DANI

DULCE

Uitare

DANIELLE LORI

DULCE
Uitare

Traducere din limba engleză și note de
IRIS-MANUELA ANGHEL

EPICLOVE

Editura Epica • București, 2022

Redactor: Ştefania COLŢEA
Corector: Duşa UDREA-BOBOREL
DTP: Simona BĂNICĂ

The Sweetest Oblivion

ISBN: 978-606-9713-22-8

Bucureşti, 2022

Descrierea CIP a Bibliotecii Naţionale a României
LORI, DANIELLE
Dulce uitare / Danielle Lori ; trad. din lb. engleză şi note de Iris-Manuela Anghel. - Bucureşti : Epica, 2022
ISBN 978-606-9713-22-8

I. Anghel, Iris-Manuela (trad. ; note)

821.111

Pentru AJ,
singura muză a dragostei mele

Playlist

World Gone Mad — Bastille

Rocket Man — Elton John

Human — Aquilo

Waterfalls — Eurielle

Her Life — Tow Feet

Like I'm Gonna Lose You — Jasmine Thompson

Madness — Ruelle

Fireworks — First Aid Kit

Seven Nation Army — The White Stripes

Dirty Diana — Shaman's Harvest

Holocene — Bon Iver

Hurt For Me — SYML

Soldier — Fleurie

A

CAPITOLUL

Unu

Nu există bani buni sau bani răi.
Există doar bani.
— Lucky Luciano

Long Island, New York

Elena

Aveam o casă pitorească. Cu ușa de la intrare roșie, „înarmată" cu un ciocănel auriu. Cu o podea ca o tablă de șah în alb și negru. Cu trepte din lemn lăcuit și un candelabru strălucitor. Dar, dacă aș da oare la o parte un crâmpei din tapetul de pe pereți... ar începe să curgă sânge? m-am întrebat mereu. Dacă lumea asta ar fi la fel străvezie ca sticla, am vedea *bălți* roșii pe podelele de marmură.

Mă uitam la televizorul din colțul bucătăriei, percutând cu greu vocea prezentatoarei de știri, când cuvântul *crimă*, rostit printre buzele-i rubinii, mi-a răsunat în minte. Am simțit un nod în gât în timp ce îmi răsuceam inelul pe degetul mijlociu.

Deși casa și *viața* mea erau clădite pe maldăre de bani murdari, m-am consolat mereu cu gândul că nu aveam nicio contribuție.

Asta cam până pe la începutul anului. Acum aveam și eu mâinile pătate de sânge, iar sentimentul de vinovăție îmi bântuia nopțile.

Din hol răzbăteau voci de fiecare dată când servitorii intrau și ieșeau pe ușile batante, pregătind masa.

Un râset feminin, apoi timbrul răsunător al vărului Benito și, în final, o voce pe care o auzisem vag de dimineață la biserică: domoală, lină și indiferentă. Am simțit că încremenesc. Știam prea bine a cui era: a viitorului meu cumnat.

Acesta era, într-o oarecare măsură — de fapt, întru totul —, motivul pentru care mă ascundeam în bucătărie, deși n-aș fi recunoscut-o nici în ruptul capului.

— Ești prea frumoasă ca să porți pe chip încruntătura asta, Dolce[1] Abelli, a spus mama, intrând în bucătărie, printre frânturile de conversații purtate de oaspeții noștri.

M-am simțit cumplit de împovărată de greutatea cuvintelor ei. Din motive lesne de înțeles, nu mai auzisem de mult porecla. Mă lepădasem de ea când îmi dădusem seama că lumea mă adora numai din motive cu totul eronate: eram drăguță, tăcută când trebuia să fiu și politicoasă când n-ar fi trebuit. Purtând parcă o rochie ce nu mi se mai potrivea, mă simțeam înglodată în așteptările celor din jur. Ani de zile mă zbătusem ca o pasăre în colivie până când, nemaiputând să îndur, mi-am luat zborul.

— Nu știu de ce urmărești știrile, Elena, a spus mama, amestecând în sosul de pe aragaz. Toate prostiile astea sunt deprimante.

Mama era soția lui Salvatore Abelli, capul unuia dintre cele mai mari clanuri mafiote din Statele Unite. Mă întrebam uneori dacă naivitatea pe care o afișa își avea rădăcinile într-o simplă tăgăduire a faptelor sau dacă prefera să urmărească intriga serialului *Days of Our Lives* în loc să-și facă griji din cauza afacerilor tatei.

— Nu știu cu cine să votez la alegeri, i-am răspuns, absentă.

---

[1] Dulce (în lb. italiană)

A clătinat din cap, nevenindu-i parcă să-și creadă urechilor, căci era *ciudat* ca fiica unui cap al mafiei să manifeste interes față de guvern.

— Tatăl tău nu e deloc mulțumit de tine, a continuat ea, privindu-mă printre genele-i negre, cu buzele țuguiate, ce păreau să spună că am dat de dracu'.

— Dar *e* tata vreodată mulțumit de mine în ultimul timp?

— La ce te aștepți după ce-ai făcut?

Deși trecuseră șase luni, nu era zi de la Dumnezeu fără să pomenească cele întâmplate. Sinceră să fiu, cred că se bucura de greșeala comisă, căci avea, în sfârșit, o armă cu care să mă pedepsească.

— De ce n-ai venit să-l cunoști pe Russo după slujba de dimineață? m-a întrebat apoi, țintuindu-mă cu lingura. Să nu-mi spui că ai uitat și ne-ai așteptat cuminte în mașină, că nu te cred!

— N-am avut chef, i-am ripostat, cu brațele încrucișate pe piept. E... bădăran.

— *Elena!* m-a mustrat ea. Nici măcar nu-l cunoști!

— Nu e nevoie să cunosc pe cineva cu o reputație ca a lui ca să-i intuiesc caracterul, mama.

— *O, Madonna, salvami!*[1] a murmurat apoi.

— Și ca să-mi dau seama că nu-i va înțelege firea Adrianei, am adăugat, cu glasul încordat.

— Nu mulți i-ar înțelege firea surorii tale, *figlia mia*, mi-a răspuns, fonfăind.

Grădinarul o înțelegea..., dar n-aveam de gând să-i mărturisesc asta mamei, căci până diseară s-ar fi și trezit pe fundul râului Hudson.

La începutul săptămânii, tata anunțase cu surle și trâmbițe nunta Adrianei cu Nicolas Russo, „nașul" unuia dintre cele cinci clanuri din New York. Purtam rănile încă sângerânde ale vechilor „păcate", iar vestea nunții surorii mele n-a făcut decât să răsucească și mai tare cuțitul în rană.

[1] *O, sfântă Fecioară, ai milă de mine!* (în lb. italiană).

Eu eram sora mai mare; mie îmi revenea, așadar, rolul primei mirese din familie. Dar din cauza greșelilor mele, aveau s-o sacrifice pe sora mea, aruncând-o în brațele unui bărbat rău famat. Toată lumea știa că trebuie să te ferești ca de dracu' de un om cu o reputație precum cea a lui Russo.

— În plus, Nico este un gentleman desăvârșit. Dacă l-ai fi cunoscut după slujba de dimineață, așa cum ar fi trebuit, ți-ai fi dat seama de asta.

Ieșind de pe porțile bisericii, mă îndreptasem direct spre mașină ca să nu fiu nevoită să-l cunosc pe viitorul meu cumnat. Cum eram practic o proscrisă pentru tata, m-aș fi mirat să-mi observe lipsa. Pe de altă parte, eram convinsă că „fațada" de gentleman a lui Nicolas Russo era doar de... fațadă.

După moartea tatălui său, survenită cu cinci ani în urmă, Nicolas, mezinul familiei, în vârstă de douăzeci și nouă de ani, căpătase un renume de temut în lumea interlopă. Mergând pe urmele părintelui său, devenise un răufăcător fără seamăn, având mâinile mai pătate de sânge decât toți pușcăriașii din New York, fără să se lase bântuit de remușcări. Cel puțin, asta îmi imaginam eu. N-aș fi auzit vorbindu-se la știri în fiecare dimineață, vreme de un an de zile, despre o nouă victimă cu numele de Zanetti — familia pe care Nicolas o acuza de uciderea tatălui său — dacă ar fi simțit vreo urmă de regret. Cu atitudinea asta, drumul spre iad îi era asigurat.

— L-am cunoscut, mama.

— Serios? m-a întrebat, ridicând dintr-o sprânceană.

— Ei bine, nu în adevăratul sens al cuvântului.

O umbră întunecată i-a învăluit chipul.

— Dar am schimbat o privire, am adăugat apoi. Și mi-a fost de-ajuns ca să-mi dau seama că nu e potrivit pentru Adriana.

— *Ridicolo!* mi-a răspuns, dându-și ochii peste cap.

O ocheadă e sinonimă cu o privire... nu-i așa? A fost mai degrabă un accident. Coboram treptele bisericii când privirea mi-a fost atrasă de întâlnirea la care trebuia să particip. Tata și mama stăteau de-o parte și de alta a Adrianei, în fața lui Nicolas Russo — așa se întâlnesc de obicei doi viitori soți. Căsătoriile aranjate sunt un lucru cât se poate de firesc în *Cosa Nostra.*

Deranjată de întreaga situație, urmăream scena printre gene înainte de a-mi aținti ochii asupra viitorului meu cumnat... ca să descopăr că și el mă privea. Așa a avut loc schimbul de priviri: un simplu accident. Dar nu aveam cum să-i sugerez asta și, de i-aș fi zâmbit, gestul ar fi părut condescendent, așa că... am continuat să-l scrutez din ochi, sperând ca acest lucru să nu-mi aducă sfârșitul.

O umbră aspră i-a învăluit chipul pentru o clipă, semn că nu-i plăcea scrutarea mea, apoi, după alte câteva secunde de „încleștare", și-a îndreptat din nou atenția spre tata, de parcă n-aș fi fost decât o frunză bătută de vânt. Răsuflând din rărunchi, căci nu îndrăznisem s-o mai fac în timpul „confruntării" noastre, m-am ascuns în mașină. După acest schimb de priviri, mi se părea cu neputință să-l mai întâlnesc. Va trebui să-l evit până la sfârșitul zilelor.

— Nu-ți mai face atâtea griji! Ai încredere în tatăl tău!

Am mormăit un *hmm* în semn de protest, căci auzisem de la vărul Benito că uniunea era doar o colaborare pentru afaceri cu arme, nimic mai mult. Sora mea era un simplu pion în traficarea armelor pe scară largă. Ce romantic! Știam însă prea bine că va veni și ziua asta. Nici eu, nici Adriana nu ne așteptam să ne căsătorim din dragoste.

Doar că sora mea credea că se îndrăgostise deja.

De *grădinar.*

— Elena, du-te să vezi dacă Adriana e gata să vină la masă!

— Mi-a spus aseară că n-are de gând să vină.

— Ba o să vină! s-a răstit mama, revărsând o cascadă de cuvinte în italiană.

Am dat, fără tragere de inimă, tejgheaua la o parte și am plecat din bucătărie. Glasul prezentatoarei de știri m-a însoțit în timp ce ieșeam pe ușile batante, rostind ca un semnal de alarmă, printre buzele-i roșii, cuvântul *crimă*.

Îndreptându-mă spre scări, am auzit la pick-up acordurile melodiei *On an Evening in Roma*[1] și am zăbovit puțin ca să-i privesc pe oaspeții din hol: sora tatei și soțul ei, câțiva veri și fratele meu, Tony, care îl scruta cu intensitate pe Nicolas. Tony stătea singur, rezemat de perete, cu mâinile în buzunarele costumului negru. Cum prietena lui nu era italiancă, era rareori invitată la petrecerile noastre. Mama n-o agrea deloc.

Îl iubeam pe fratele meu, dar era nesăbuit și impulsiv. Principiul lui era: „Nu-mi convine ceva, îi și trag un glonț în cap". Și nu cred că ar fi ezitat acum să-i împrăștie creierii lui Nicolas Russo. Îi unea un trecut… nu tocmai glorios.

Privirea mi-a fost apoi atrasă de o femeie ce ieșea în evidență printr-un… stil interesant. Stătea lângă un bărbat — bunicul ei, mi-am imaginat, ipoteză spulberată în clipa în care l-am văzut punându-i mâna pe fund. Ea și-a țuguiat buzele, vădit deranjată.

Purta un șal de nurcă, în *iulie*, peste o rochie subțire și măslinie, asortată cu o pereche de cizme lungi până la coapse. Părul negru și lung îi cădea în valuri pe umeri, părând desprinsă — cu genele-i false și cerceii mari, în formă de cerc — dintr-o reclamă a anilor '70. Și, de parcă imaginea n-ar fi vorbit de la sine, a făcut un balon roz de gumă și l-a spart, mijind ochii în timp ce mă privea ca pe o apariție dintr-o altă epocă. Nimic nu făcea un contrast mai izbitor ca noi două.

Cu mâna pe balustradă, gata să urc scările, am auzit glasul tatei răsunând în urma mea.

— Elena, vino aici!

Am simțit un nod în stomac și am închis, înfrântă, ochii, dar n-am putut să șovăi prea mult, căci ordinul nu era negociabil.

---

[1] Piesă lansată de Dean Martin în 1959.

Aveam mâinile cleioase când m-am îndreptat spre locul unde tata stătea alături de Nicolas. Ajungând lângă ei, tata m-a luat de braț și mi-a zâmbit, fără ca surâsul să i se oglindească și în ochi. Arăta cu zece ani mai tânăr decât cei cincizeci și cinci pe care îi purta pe umeri, având părul negru ușor argintiu. Îl vedeai mereu îmbrăcat la patru ace, dar și imaginea lui de gentleman era tot de fațadă. Descoperisem cum își căpătase reputația pe când aveam șapte ani, prin crăpătura ușii de la birou.

— Elena, ți-l prezint pe Nicolas Russo. Nico, ea e Elena, fiica mea cea mare.

Executasem de multe ori acest „dans", în diverse alte împrejurări și cu alți bărbați. De această dată însă, am rămas fără suflare, de parcă urma să mă prăbușesc într-o apă plină cu rechini. *E doar un bărbat*, mi-am spus în sinea mea. Un bărbat cu cea mai cumplită reputație din New York.

De ce m-am holbat la el?

Trăgând adânc aer în piept ca să-mi fac curaj, mi-am ridicat capul, fără să reușesc să-l văd pe sub borul pălăriei. Un val de căldură mi-a străfulgerat șira spinării când i-am întâlnit privirea. Avea ochii scăldați într-o nuanță de cafeniu-deschis, precum cea a whiskyului cu gheață, și gene negre și bogate. Îi confereau o expresie meditativă, de parcă se uita la soare, deși mă privea ca pe o servitoare, nicidecum ca pe o viitoare cumnată.

Cu toate că eram cu câțiva centimetri mai înaltă decât Adriana și purtam tocuri, nu-i ajungeam nici până la bărbie. Simțeam o nevoie imperioasă de a-i evita privirea, ațintindu-mi, în schimb, ochii asupra cravatei sale negre, dar aveam senzația că astfel l-aș fi lăsat să câștige ceva, așa că i-am susținut privirea. I-am vorbit pe un ton la fel de politicos cum vorbeam cu toată lumea.

— E o plăcere să...

— Ne-am cunoscut deja.

Poftim?

Glasu-i rece și indiferent mi-a străbătut trupul din cap până în picioare, lăsând în urmă un freamăt straniu. Abia de rostise două cuvinte, dar aveam impresia că mă aflu pe teritoriul lui, nicidecum pe al meu. Părea să revendice un perimetru larg de jur împrejur, indiferent unde ar fi stat.

— Când ați avut prilejul să vă cunoașteți? a întrebat tata, încruntat.

Am înghițit în sec.

O umbră pe cât de amuzată, pe atât de periculoasă îi învăluia privirea lui Nicolas.

— Ceva mai devreme, la biserică. Îți amintești, *Elena*?

Inima mi s-a oprit în piept. De ce îmi rostea numele cu atâta familiaritate?

L-am simțit pe tata crispându-se lângă mine — și cunoșteam prea bine și motivul: își imagina că făcusem ceva nelalocul lui împreună cu Nicolas, după cum dăduse de înțeles din tonalitatea glasului său. Simțeam cum obrajii îmi iau foc. Din cauza unei singure greșeli comise acum șase luni, tata credea oare că îi făcusem avansuri logodnicului surorii mele?

Am clipit de câteva ori, mistuită de teamă. Și asta numai din pricina unei priviri aruncate în grabă, nici măcar prea ostile? Nicolas îmi descoperise slăbiciunea și se juca acum cu mine.

Frustrarea îmi ardea sufletul. Nu puteam să înrăutățesc și mai mult lucrurile, tăgăduind spusele unui „naș", căruia tata i-ar fi dat mai multă crezare decât mi-ar fi dat mie.

— Da, ne-am cunoscut, tată, am răspuns, pe un ton cât mai firesc cu putință. Mi-am uitat jacheta în biserică și, când m-am întors s-o iau, l-am întâlnit acolo.

Am realizat mult prea târziu greșeala făcută. Eram în iulie; nu purtam jachetă. Și Nicolas o știa prea bine.

Și-a scos o mână din buzunar și a început să-și plimbe degetul mare pe buza de sus, clătinând ușor din cap. Părea impresionat că îi cântasem în strună, deși dezamăgit de interpretarea mea mult prea slabă.

Nu-mi plăcea omul ăsta — chiar deloc.

Un fior rece mi-a străfulgerat trupul când am văzut privirea bănuitoare a tatei.

— Prea bine, atunci, a spus, în cele din urmă, bătându-mă ușor pe braț. Cred că Nico ar vrea să-ți pună niște întrebări legate de Adriana. Tu o cunoști cel mai bine.

— Da, firește, tata, i-am răspuns, trăgând cu nesaț aer în piept.

Mai bine aș mânca un pumn de pietriș!

Ușa de la intrare s-a deschis și în prag și-a făcut apariția Marco, fratele mamei și consilierul tatei, însoțit de soția lui. Cerându-și scuze, tata s-a dus să-i întâmpine, lăsându-mă în compania lui Nicolas, a cărui prezență devenea de-a dreptul mistuitoare.

Și-a coborât ochii spre mine.

Iar eu mi-am înălțat capul.

După zâmbetul din colțul gurii, mi-am dat seama că îl distram. Aveam obrajii încinși de iritare. Înainte, aș fi plecat, invocând un pretext, dar asta se întâmpla înainte. Acum nu mai reușeam nici să afișez o expresie politicoasă pe chip în timp ce îi susțineam privirea lui Nicolas — sau Nico, cum l-o fi chemând.

— *Nu* ne-am cunoscut, i-am spus cu glas ferm.

— Ești sigură? m-a întrebat, arcuindu-și, cu aroganță, o sprânceană. Și eu care credeam că mi-ai pus deja „eticheta".

Inima îmi bătea nebunește în piept. Nu știam ce să-i răspund, căci avea dreptate. Interacțiunea noastră nu avea cum să spulbere „eticheta" pe care i-o lipisem deja pe frunte.

— Știi ce-ți aduc supozițiile? m-a întrebat, aranjându-și cu indiferență cravata.

— Sfârșitul? am murmurat eu.

— Ești o fată deșteaptă, mi-a răspuns, cu ochii atintiți asupra buzelor mele.

Cuvintele purtau o încărcătură domoală și profundă, făcându-mă să mă simt ciudat de bine.

Îmi simțeam răsuflarea sacadată când a dat să treacă pe lângă mine, oprindu-se apoi în dreptul meu. Îmi atingea brațul cu al lui, stârnindu-mi scântei ca de foc. Vocea îmi mângâia gâtul.

— Îmi pare bine să te cunosc, Elena, mi-a spus apoi, rostindu-mi numele așa cum ar fi trebuit s-o facă ceva mai devreme, fără insinuări.

Ca și când nu eram decât un nume ce putea fi oricând șters de pe listă.

Am rămas pe loc, cu privirea ațintită în gol, dăruind câteva zâmbete în stânga și în dreapta.

Acesta era, așadar, viitorul meu cumnat. Bărbatul cu care sora mea avea să se mărite.

Poate că eram o persoană cumplită, dar aveam senzația că cineva îmi luase deodată o piatră de pe inimă.

Și asta pentru că mă bucuram că nu eu aveam să-i devin soție.

CAPITOLUL

Doi

Nu e nimic personal, doar o simplă afacere.
— Otto Berman

Elena

Era mai rău decât mă așteptasem.

Adriana își împacheta, cu gesturi afectate, o bluză, punând-o apoi într-un geamantan de pe pat. Purta un tricou larg cu Tweety Bird și șosete cu Moș Crăciun, în timp ce în mijlocul camerei zăceau împrăștiate suluri de hârtie igienică.

Acum câțiva ani, într-o criză de rebeliune, Adriana își tăiase părul, adoptând o coafură pixie. N-o văzusem niciodată pe mama mai îngrozită ca atunci. Ca pedeapsă, părinții mei i-au luat cardul de credit și au retras-o de la cursurile de actorie pe care le urma la școala noastră de fete. O lună de zile s-au uitat strâmb la ea. Acum adoptase o tunsoare bob, dar gestul ei de atunci m-a făcut să înțeleg că tăierea părului era privită în familia noastră ca pe o faptă mult mai cumplită decât crima.

Având pereții zugrăviți într-o nuanță închisă de albastru, cu cornișe albe și accente aurii, camera Adrianei ar fi putut părea o scenă adevărată... dacă n-ar fi avut aerul unui kitsch pus în scenă de un designer de interior deranjat la stomac. Pe pereți atârnau postere din diverse filme și piese de teatru ca *Marele Gatsby*. Măsuța de toaletă gemea de diverse articole de recuzită, care mai de care mai ciudate — pene, pălării și măști de carnaval —, obiecte ce-ți dădeau dureri de cap, încercând să le înțelegi menirea, ca, de exemplu, capul imens de iepure de pe pat.

Nu cred că tata știa pe ce articole de recuzită se duceau banii lui. Dar nici că-și bătea capul prea tare cu sora mea. Atâta timp cât stătea la locul ei, era mulțumit. Nu o înțelegea, cum nici ea nu îl înțelegea.

Oftând adânc, i-am luat bluza din geamantan și m-am dus să i-o pun înapoi în dulap. Ignorându-mi prezența, Adriana și-a văzut mai departe de treabă, trecând pe lângă mine cu o pereche de blugi în brațe.

— Ce e cu toată hârtia asta igienică în mijlocul camerei? am întrebat-o, așezându-i bluza pe un umeraș.

A păstrat tăcerea, fonfăind.

Ultima oară când o văzusem plângând fusese la înmormântarea bunicului nostru, pe când avea treisprezece ani. Sora mea era una dintre cele mai insensibile persoane pe care mi-a fost dat să le cunosc. Cred că până și simpla noțiune de emoție îi provoca repulsie. Am simțit un nod în stomac văzându-i lacrimile, dar știam că Adriana aprecia empatia la fel cum „adora" telenovelele. Le ura din tot sufletul.

I-am luat blugii din geamantan și m-am îndreptat spre dulap.

— Și unde vrei să pleci?

— În Cuba, mi-a răspuns, trecând pe lângă mine cu un costum de baie galben, cu picouri. În Arabia Saudită. Sau Coreea de Nord. Alege tu locul!

Continuam să executăm tot acest dans de du-te-vino, de parcă eram pe o bandă rulantă.

— Nu prea-mi oferi variante, i-am răspuns, încruntată. Dar Arabia Saudită iese din discuție dacă vrei să porți costumul ăsta de baie, am adăugat, împăturindu-l și punându-l din nou în dulap.

— L-ai cunoscut? m-a întrebat, trecând din nou pe lângă mine cu o rochie în dungi de zebră.

Știam că se referă la viitorul ei soț.

— Da, i-am răspuns, șovăitoare. E... drăguț.

— Cum o să-mi încapă toată recuzita asta? a întrebat apoi, punându-și mâinile în șolduri și privind geamantanul mic, de parcă abia atunci ar fi realizat că nu era o geantă à la Mary Poppins.

— Cred că va trebui s-o lași aici.

Chipul i s-a contorsionat, gata să izbucnească în plâns.

— Dar îmi ador costumele, mi-a răspuns cu ochii în lacrimi. Ce fac fără domnul Iepure? a întrebat apoi, luând de pe pat capul imens de iepure și punându-și-l lângă al ei.

— Ei bine..., deși nu prea cunosc legea transportului din Coreea de Nord, nu cred că domnul Iepure va reuși să treacă granița.

— Dar în Cuba? a întrebat apoi, printre lacrimi, aruncându-se pe pat.

— Asta e o variantă mult mai bună.

— Trebuie să joc în curând într-o producție cu *Alice în Țara Minunilor*, mi-a răspuns, încuviințându-mi spusele cu un gest din cap.

Și-a șters apoi obrajii de lacrimi, căci parcă le vărsase pe toate.

— Ce personaj interpretezi?

Știam că nu poate fi vorba de Alice. Căci sora mea detesta tot ce însemna curent convențional sau personaje blonde.

— Motanul Cheshire, mi-a răspuns, cu un zâmbet pe buze.

— Da, ți se potrivește.

M-am dus din nou la dulap și am început să caut o rochie neagră, cu bretelușe subțiri, pe care s-o poarte la masă. Nu mi-a fost ușor s-o găsesc, „strivită" printre costumul Zeldei și cel al lui Peter Pan.

— Ar fi bine să te pregătești, i-am spus, punând rochia pe pat. Au sosit aproape toți oaspeții.

— Ryan mi-a dat papucii, mi-a răspuns, cu glas grav.

— Îmi pare atât de rău, Adriana, am murmurat, cu tristețe.

— Nu înțelege de ce mă mărit și nu vrea să ne mai vedem. Probabil că nu m-a iubit niciodată cu adevărat, nu-i așa, Elena? m-a întrebat, țintuindu-mă cu ochii ei mari și căprui.

Am șovăit.

Ce să fac, să încerc să-i alin sufletul frânt sau să rup pisica în două?

— Așa e.

— Cobor și eu imediat, mi-a răspuns, dând din cap.

Eram la parter, dând colțul holului de lângă bibliotecă în clipa în care m-am ciocnit de cineva imens și solid. Un suspin mi-a scăpat printre buze și m-am văzut nevoită să fac un pas înapoi. Știam de cine mă lovisem înainte să-mi ridic privirea.

Russo!

Un fior mi-a străbătut trupul ca o scânteie aprinsă. Nu mai eram în holul înțesat de oameni, ci complet singuri. Era atât de liniște, că auzeam cum îmi bate inima în piept.

Am mai făcut un pas înapoi ca pentru a-mi regăsi echilibrul, deși știam prea bine că o făceam mânată de un instinct de supraviețuire, ce-mi spunea să mă feresc din calea lui.

El a rămas pe loc; purta un costum gri, asortat cu o cravată neagră. Părea imens acum. Sau poate că holul era mult prea îngust? Nu, holul părea normal. *Revino-ți, Elena!*

Mă privea de parcă ar fi urmărit *Animal Planet*, de parcă făceam parte dintr-o cu totul altă specie și eram un obiect plictisitor de distracție. Pentru că își ținea telefonul într-o mână, am bănuit că se afla aici ca să vorbească nestingherit.

Holul era mai degrabă un alcov alcătuit din mai multe arcade construite în spatele scărilor. Câteva plante imense, crescute în ghivece, ne obturau priveliștea dinspre holul principal, iar veioza verde de pe o măsuță scălda locul într-o lumină difuză. Suficientă cât să-i văd umbra de iritare din privire.

— Ai de gând să te holbezi toată ziua la mine sau te dai la o parte ca să-mi văd de drum?

Am clipit de câteva ori.

— Și ce-o să faci dacă o să rămân pe loc și o să mă holbez la tine?

Cuvintele mi-au țâșnit de pe buze fără să le pot opri. Ce n-aș fi dat să le pot lua înapoi! Nu vorbisem nimănui în felul ăsta, cu atât mai puțin unui „naș". *Niciodată* în viața mea. Stomacul mi se răsucea ca o morișcă.

Cu telefonul în mână, și-a plimbat degetul mare de jur împrejurul maxilarului. Se gândea, probabil, cum să curme o viață.

A făcut un pas înainte.

Iar eu unul înapoi, de parcă eram aceiași poli ai unui magnet.

Și-a lăsat mâna pe lângă corp, în timp ce o umbră veselă i-a învăluit privirea, de parcă aș fi făcut un gest extrem de amuzant. Dar gândul că eram obiectul lui de distracție nu-mi surâdea deloc.

— Credeam că Dolce Abelli e dulce cu adevărat.

Cum de-mi știa porecla?

Nu știu ce mă apucase, dar mă simțeam eliberată de această „etichetă" — poate pentru că el nu cunoscuse niciodată acest alter ego al meu. Voiam să fiu cu totul altcineva. Mai ales în compania lui, din motive ce-mi erau complet străine.

— Atunci, presupun că amândoi am fost induși în eroare. Căci și eu mi-am imaginat că un gentleman adevărat își cere scuze când se ciocnește de o femeie.

— Se pare că faci din nou supoziții, mi-a răspuns cu glas tărăgănat.

Am clătinat din cap, în timp ce inima îmi bătea nebunește în piept.

— Nu e o supoziție.

A făcut un alt pas înainte, iar eu unul înapoi.

Și-a băgat mâinile în buzunare în timp ce mă scruta din cap până în picioare. Cu o privire nu pe atât de lascivă, pe cât de pătrunzătoare, întrebându-se parcă din ce specie fac parte și dacă sunt comestibilă.

Și-a îngustat ochii atunci când a ajuns la pantofii roz cu tocuri înalte.

— Crezi că ai și dovezi în sprijinul acestei presupuneri?

Am dat din cap, cu răsuflarea întretăiată sub privirile-i scrutătoare.

— Mama zice că te-ai comportat ca un adevărat gentleman la biserică.

— Exact *așa* am făcut.

— Să înțeleg, așadar, că e o chestiune de *dacă*? Dacă vrei…, poți?!

Deși păstra tăcerea, expresia-i neutră îmi confirma spusele în timp ce își ridica din nou ochii spre chipul meu.

— Și bănuiesc că acum *nu vrei* să fii un gentleman, am continuat, regretându-mi cuvintele de cum le-am dat glas.

M-a țintuit apoi din nou cu aceeași privire scrutătoare, ce-mi ardea sufletul ca un fier încins.

Apoi a clătinat ușor din cap.

Gata!

Îmi păstrasem suficient de mult timp poziția, mai mult decât ar fi făcut-o vreodată Dolce Abelli. Acum însă trebuia să plec dracu' de-aici.

— În regulă, atunci… Ne mai vedem…

Nici c-aş fi putut să-i dau vreun răspuns mai idiot, dar cum n-am găsit altul, am dat să plec, făcând un pas ca să-l ocolesc. N-am mai apucat să fac altul, căci *m-a prins* de mână. Încleştându-şi degetele pe încheietură. Îi simţeam strânsoarea ca un cerc de foc: aspră şi încinsă ca un fier înroşit. Teama se împletea cu o căldură mistuitoare, ce-mi făcea sângele să-mi zvâcnească prin vene.

Stătea la câţiva paşi depărtare, atingerea mâinilor fiind singura noastră conexiune.

— Fă-mi o listă cu pasiunile surorii tale! Cu lucrurile care îi plac şi cu cele pe care le detestă. Specifică atât ce măsură poartă — de la pantofi şi la haine —, cât şi orice alt amănunt pe care îl consideri util! Da?

— Da, am murmurat.

Câte vieţi curmase oare cu aceeaşi mână cu care mă ţinea acum captivă? Nu era o strânsoare puternică, ci fermă, de neclintit. Făcându-mă să mă simt şi mai mică, şi mai temătoare, şi mai stingheră. Îmi dădea de înţeles fără tăgadă că nu puteam să plec dacă nu voia să-mi dea drumul.

Mă privea cu ochi iscoditori. Aveam senzaţia că inima mi se opreşte în piept şi atingerea mâinii lui îmi arde pielea. Era un gest cu totul nepotrivit, fie că avea sau nu să-mi fie cumnat. Tata putea oricând să iasă din birou, dar lui nici că-i părea să-i pese. Mie însă da, mai ales după scena de mai devreme.

— Îţi voi da lista vineri la petrecerea de logodnă, am îngăimat eu, încercând să-mi eliberez mâna din strânsoarea lui.

Dar nu voia să-mi dea drumul. Sângele mi-a zvâcnit prin vene când am simţit cum îşi plimbă degetul mare pe mâna mea.

— Aveam senzaţia că familia Abelli îşi permite un inel mai de Doamne-ajută.

M-am uitat la inelul pe care îl purtam pe deget. Provenea de la un vânzător ambulant şi avea o piatră rotundă şi stacojie la mijloc. Amintirea lui m-a trezit la realitate ca un duş rece.

— Uneori, lucrurile ieftine sunt cele mai valoroase.

Şi-a îndreptat din nou ochii spre chipul meu şi ne-am încleştat un timp privirile. Continua să-şi plimbe degetele pe încheietura, palma şi mâna mea. Atingerile sale îmi făceau inima să-mi tresalte în piept.

— Ne vedem la masă, *Elena.*

Şi a plecat, făcându-se nevăzut în biroul tatei.

Cazzo[1]...

Rezemându-mă de perete, simţeam inelul ca o povară pe deget. Aş fi putut să-l scot şi să-l ascund undeva, pentru ca amintirea lui să nu-mi mai bântuie sufletul, dar ştiam că nu aveam s-o fac niciodată. Nu încă.

Strânsoarea degetelor sale îmi înfiera mâna ca un stigmat.

Îmi rostise din nou numele în cel mai necuviincios mod cu putinţă.

---

[1] *La naiba!* (lb. it.)

CAPITOLUL

Trei

Înfăptuiam crimele cu zâmbetul pe buze; pentru noi,
băieții buni, nu era nicio problemă
să zburăm creierii oamenilor.
— Henry Hill

Elena

În fundal se auzeau acordurile domoale ale unei piese cântate de Billie Holiday la vechiul radio de lângă piscină. Picuri de abur se prelingeau pe pereții paharelor de cristal, iar tacâmurile de argint străluceau în bătaia soarelui. Era o zi toridă de iulie, dar adierea necontenită a vântului se dovedea un interludiu perfect.

Lumina se strecura printre stinghiile de lemn ale acoperișului terasei, răsfrângându-se asupra tufelor de trandafiri ale mamei, ale căror flori ne încântau privirile. Dar, în ciuda scaunelor comode și a bucatelor delicioase, nu mi se părea deloc confortabil să iei masa în compania unui grup de străini. Cu toate astea, „modelul" din fața mea, desprins parcă dintr-o reclamă a anilor '70, nu părea să-mi împărtășească părerea.

— Poliția m-a lăsat să plec fără să-mi confiște nici măcar cocaina...

— Gianna! a intervenit Nicolas, cu o tonalitate ușor amenințătoare în glas.

Dându-și ochii peste cap, Gianna a luat o înghițitură de vin, fără să mai rostească vreun cuvânt.

Mă întrebam de ce o mustrase Nicolas și ce relație era între ei. Frați? Era evident că nu se agreau prea tare, dar auzisem undeva că Nicolas era singur la părinți. Soțul vârstnic al Giannei îi stătea alături, fără să spună nimic, chicotind doar uneori, în momente cu totul nepotrivite. Tindeam să cred că avea probleme cu auzul.

Gianna era *exact* opusul meu. Când eu tăceam, ea vorbea cu dezinvoltură și râdea cu poftă. Când eu mă retrăgeam, sfioasă, în cochilia mea, ei bine... ea își scotea, fără jenă, din gură guma de mestecat și o punea într-un șervețel înainte de a ataca pastele fără să le răsucească cu furculița. Îi priveam puțin geloasă degajarea cu care aborda viața.

Tony stătea lângă ea. Rezemat de spătarul scaunului, cu sacoul descheiat, afișa pe chip o expresie plictisită, dar eu îl cunoșteam mult prea bine. L-am văzut frecându-și maxilarul, cu un gest afectat, ca atunci când era mânios și amuzat în egală măsură. Și asta nu vestea nimic bun. Era un bărbat chipeș, dar chiar de n-am fi fost frați, tot nu m-aș fi apropiat de el nici înarmată cu o prăjină de trei metri. Firea lui nesăbuită era primejdioasă pentru toți cei implicați, chiar și pentru el însuși. Surprinzându-mi privirea neliniștită, mi-a făcut cu ochiul.

Murmurul glasurilor și clinchetul tacâmurilor de argint animau atmosfera, dar în aer plutea o încordare apăsătoare, pe care nici măcar vântul nu reușea s-o spulbere. Oaspeții păreau să vorbească nestingheriți între ei, așa că poate numai eu nutream impresia asta. Am încercat, așadar, s-o alung.

Gianna n-a păstrat prea mult tăcerea, deși n-a mai abordat subiectul cocainei. A început să vorbească, în schimb, despre cursele de cai. Un subiect atrăgător pentru mulți dintre oaspeți. Nu se poate spune că ne aflam într-o zonă unde drogurile erau interzise — primeam zilnic oameni care aveau droguri asupra lor —, dar *Cosa Nostra* afișa imaginea unei familii exemplare, înconjurate de un gard alb[1]. Chiar și casa noastră era împrejmuită cu un gard de fier și străjuită de agenți de pază.

Eram încântată s-o văd pe Adriana alături, în loc să se urce într-un avion spre Cuba. Stătea lângă logodnicul ei, în timp ce tata se afla în celălalt capăt al mesei.

Poate că dădeam dovadă de lașitate, dar mă bucuram că nu eram nevoită să stau lângă Nicolas. Eram o amfitrioană desăvârșită, oferind în stânga și-n dreapta răspunsuri politicoase — uneori, la fel de nepotrivite ca și replicile celor amețiți de aburii alcoolului —, dar în preajma lui rămâneam mereu fără grai. Mă simțeam pierdută, dezorientată și cumplit de încinsă, de parcă stăteam pe tăciuni aprinși.

Poate că nu-mi plăcea să-i vorbesc, dar mă simțeam în largul meu să-l privesc. Deși nu pentru statura-i imensă — se încadra mai degrabă în preferințele Adrianei când purta o expresie gravă pe chip. Avea pielea arsă de soare, părul aproape negru și bicepșii bine conturați, puși în valoare de cămașa mulată. Viitorul meu cumnat părea și mai chipeș în bătaia soarelui. Păcat că personalitatea nu i se armoniza cu frumusețea fizică.

Ce-mi stârnea însă și mai mult interesul era cerneala neagră ce i se ivea prin țesătura albă a cămășii, străbătându-i, deși vag, brațul de la umăr până la ceasul de aur de la încheietură. Purta o cămașă cu mânecă lungă. Știam eu că imaginea de gentleman a lui Nicolas Russo era numai de fațadă.

Și-a ridicat capul și mi-a surprins privirea, de parcă ar fi simțit că îl observam. Deși se afla la vreo cinci scaune depărtare, impactul privirii sale indiferente era la fel de puternic. În minte, îmi răsuna tonalitatea — profundă și insinuantă — cu care îmi rostea

---

[1] Imagine emblematică pentru viața păturii sociale de mijloc din Statele Unite.

numele. Ca să nu par însă lașă, i-am susținut câteva clipe privirea, apoi m-am uitat în altă parte. Nutream senzația că, dacă voiam să rămân teafără, nu trebuia să mai interacționez cu el.

— Am auzit că ai în curând un spectacol, Elena, a spus unchiul meu, Manuel, de la câteva scaune depărtare.

Glasul lui mi-a stârnit amintirile unei vărsări de sânge, la care participase și el în urmă cu șase luni. Am luat o înghițitură de vin, ce-avea gustul amar al vinovăției și resentimentelor.

Toți ochii s-au întors spre mine, dar eu simțeam ardoarea unora singuri.

— Da, am răspuns, schițând un zâmbet. Sâmbătă.

— Dansezi? m-a întrebat Gianna. Ce interesant! Și eu am luat câteva lecții de dans, dar vorbim probabil despre două lucruri diferite, a adăugat, coborând glasul.

— Tap[1]? am întrebat-o, cu o licărire în ochi.

— Da, tap, fără doar și poate, mi-a răspuns, cu un râset diafan. Dansezi de mult?

— Da, de când eram mică.

— Și ești bună?

— Sinceră să fiu, nu, i-am răspuns, izbucnind în râs, amuzată de franchețea întrebării.

Mama a murmurat ceva, nemulțumită, din celălalt capăt al mesei. Trebuia să mă contrazică — doar face parte din rolul unei mame —, dar eram mediocră la dans și nu mă deranja s-o recunosc. Era doar o simplă activitate cu care îmi omoram timpul. Când eram mică, îl iubisem. Acum însă era doar o „mânecă" dintr-o „rochie" ce nu mi se mai potrivea.

Discuția s-a împotmolit, iar Geanna se juca cu broccoliul din farfurie, de parcă avea șapte ani și nu-i plăceau legumele. Soțul ei chicotea aiurea. Dându-și ochii peste cap, a luat o înghițitură de vin.

---

[1] Tap — stil de dans în care dansatorul bate o linie ritmică pe podea cu ajutorul unor pantofi speciali. Step.

Masa se desfășura în continuare printre discuții fără noimă, bucate alese și băuturi rafinate, dar atmosfera încordată nu părea să se spulbere vreodată. Ne bântuia fără încetare. Ca o nălucă amenințătoare.

Fratele meu s-a rezemat de spătarul scaunului, scoțând un zgomot straniu când și-a plimbat degetul pe marginea paharul de vin. Adriana mânca cu poftă, vădit nestingherită de prezența bărbatului impunător de lângă ea, ce-avea să-i devină soț peste trei săptămâni.

Când tata a adus în discuție subiectul vechiului poligon de tragere pe care îl cumpărase de curând, invitații, rând pe rând, au început să-l asculte, interesați. Cum tocmai ne delectam cu prăjiturile tiramisu servite ca desert, mă așteptam ca masa să se sfârșească în curând. Dar, din păcate, năluca invizibilă, ce ne pândea din umbră, avea să scrie epilogul.

Totul a început cu propunerea inocentă ca bărbații să viziteze noul poligon de tragere. Apoi, am văzut cum scena se transformă încetul cu încetul într-un coșmar. Unul dintre membrii familiei Russo, aflat în stânga mea, a mormăit sardonic. Aflasem că îl cheamă Stefan, dar în rest nu scosese mai mult de două cuvinte.

Fratele meu a încetat deodată să-și mai plimbe degetul de jur împrejurul paharului de vin. Ațintindu-și ochii asupra lui Stefan.

— Nu cred că am înțeles gluma, Russo.

— Am altceva mai bun de făcut decât să văd cum o șleahtă din familia Abbeli ratează țintele, i-a ripostat Stefan, clătinând din cap.

— *Oho!* a exclamat Gianna în barbă.

Am închis ochii. Fratele meu nu avea să treacă în veci peste o asemenea injurie.

— Tony, las-o baltă!... a intervenit Benito de pe scaunul de alături.

Întruchipa mereu glasul rațiunii dintre cei doi. Dar Tony l-a ignorat complet. I-a zâmbit, în schimb, lui Stefan Russo — fără să confere zâmbetului său nici urmă de căldură.

Am simțit o strângere de inimă și m-am uitat peste masă ca să-i atrag atenția tatei, dar era adâncit într-o discuție cu Nicolas și unchii mei.

— Nu înțeleg la ce te referi, a spus Tony, cu glas tărăgănat. Nu l-am ratat pe... Cum îl chema oare? A, da, Piero..., a continuat, cu ochii învăluiți într-o umbră de plăcere sadică. L-am nimerit direct în frunte.

Cuvintele i-au fost întâmpinate de o tăcere apăsătoare, ce le-a atras atenția până și celor din capul mesei. Totul a încremenit pe loc ca un cadru de film surprins într-o revistă.

Nu mi-am dat seama ce avea să urmeze.

Inima mi-a stat în loc în clipa în care un braț m-a prins de talie și m-a ridicat în picioare. M-am văzut nevoită să-mi întorc capul într-o parte când am simțit țeava rece a unui pistol lipită de tâmplă.

De jur împrejur se auzeau țipete în italiană. Scaunele s-au prăbușit pe terasă când oamenii au sărit cu toții în picioare. Armele se iveau de pretutindeni.

L-am auzit pe tata dând ordine în stânga și-n dreapta, dar bătăile năvalnice ale inimii îi înăbușeau glasul. *Bu-bum. Bu-bum. Bu-bum.* Bătăile acestea înfundate străpungeau spaima nimicitoare.

N-am dus o viață pitorească, în ciuda aparențelor create de ușa roșie de la intrare și de ciocănelul auriu. Pe când aveam șapte ani, l-am văzut pe tata tăind degetul unui om. L-am văzut pe unchiul meu zburând și el niște creieri și am privit cum victima zace pe covorul pătat de sânge, cu ochii deschiși. Am văzut răni lăsate de pumnale și de gloanțe. Am văzut atâta *sânge*... Dar nimeni nu mi-a pus vreodată pistolul la tâmplă. N-am simțit nicicând mai aproape suflarea rece a morții. N-am simțit niciodată cum viața mi se scurge printre degete — în doar câteva clipe.

Sângele îmi îngheța în vene.

Am auzit glasul lui Nicolas printre bătăile răsunătoare ale inimii. Era un glas domol, lin. Și m-am agățat de el ca de un colac de salvare.

— Lasă pistolul jos, Stefan!

— El l-a ucis pe Piero!

Am simțit cum pistolul mi i se clatină la tâmplă și am rămas fără suflare, fără să mă clintesc însă din loc, cu ochii ațintiți asupra gardului viu ce străjuia gardul de fier.

— Tony! s-a răstit tata. Stai cuminte!

Uitându-mă la fratele meu, am dat cu ochii de țeava altui pistol. Voia să-l împuște pe cel care mă ținea captivă, dar purtând tocuri, eram aproape la fel de înaltă ca el.

— Ești praf la tras cu pistolul, Tony. Știm cu toții că o vei nimeri pe micuța Abelli! i-a ripostat Stefan, cu glasul încins de furie.

— Lasă pistolul jos! i-a ordonat Nicolas, pe un ton învăluit într-o liniște amenințătoare — liniștea dinaintea furtunii.

O secundă, apoi două. Stefan ezita...

Bang!

Am simțit ceva cald și umed pe față. Urechile îmi zvâcneau cumplit, în timp ce vocile de jur împrejur păreau să răzbată ca din apă. Brațul atacatorului m-a eliberat din strânsoare și un pocnet a răsunat în urma mea când s-a prăbușit la pământ.

Prin minte îmi răsuna cuvântul *crimă* rostit de buzele roșii ale prezentatoarei de știri. Stăteam încremenită pe loc, cuprinsă de amorțeală. Sunetele răzbăteau acum tot mai răsunătoare.

— Stai dracu' jos! *Acum!* a strigat tata. O să terminăm de mâncat, la naiba!

I-am procesat cuvintele abia după câteva clipe, când mi-am dat seama că toată lumea își ocupase locurile la masă, în afară de el și de Nicolas. Am simțit cum privirea apăsătoare și indescifrabilă a viitorului meu cumnat îmi arde pielea, în timp ce stăteam cu ochii pironiți asupra pistolului pe care îl ținea în mână.

— Elena! Stai jos! a repetat tata.

M-am prăbuşit pe scaun.

Simţeam cum sângele mi se prelinge, cald, pe obraz. Scaunul era şi el roşu, ca şi o porţiune din faţa albă de masă. Piciorul mi se atingea de trupul inert al lui Russo.

Stăteam împietrită pe loc, plimbându-mi privirea de la Gianna la Tony, care îşi savura cu poftă desertul.

— Elena! mi-a atras atenţia tata, cu glas ameninţător, şi, pentru că asta trebuia să fac, am luat o gură de tiramisu şi am mestecat-o.

Susţinându-mi pălăria cu o mână, mi-am ridicat ochii spre cerul senin.

Lăsând împrejurările deoparte, era cu adevărat o zi frumoasă.

CAPITOLUL

Patru

Odrasla întunericului însă e-a mea.[1]
— William Shakespeare

Nico

Zgomotul împușcăturii răsuna în aer, iar încordarea celor din jur se auzea mai tare decât clinchetul tacâmurilor lovite de vasele de porțelan. Cei din familia Abelli mă priveau cu prudență, în timp ce ai mei își țineau ochii în farfurii, mai rigizi decât scaunele pe care stăteau.

Rezemându-mă de spătar, mi-am pus brațul pe masă și mi-am ațintit privirea asupra țigării pe care o răsuceam printre degete. Trebuia să-mi domolesc cumva mânia, căci mă sufoca și îmi întuneca vederea.

Ridicându-mi ochii, l-am văzut pe Luca, singurul văr de încredere, căruia îi încredințasem rolul de *capo bastone*[2], ștergându-se la

---

[1] *Furtuna*, Actul 5, Scena 1, traducere Leon Levițki, Shakespeare, *Opere complete*, Volumul 8, Editura Univers, București, 1990.

[2] *Capo bastone* — în ierarhia mafiei, al doilea rang după *capo crimini*, „nașul" unui clan mafiot.

gură cu mâna într-o palidă încercare de a-și ascunde amuzamentul. L-am străfulgerat cu privirea, dându-i de înțeles că aș putea să mai zbor astăzi creierii unui alt văr. S-a rezemat de spătarul scaunului, ștergându-și zâmbetul de pe chip.

Câștigase un pariu că nu vom scăpa nici astăzi fără o altercație. Și încă unul *dublu*, de vreme ce altercația o implicase pe Dolce Abelli. Ai mei pariau pe orice, absolut *orice*. Nu scăpau niciodată ocazia de a câștiga niște bani în plus.

Îi datoram cinci miare. Și dădeam vina pe o prima donna cu părul negru, căci, dacă făceam greșeala să arunc vina pe fratele ei, i-aș fi zburat creierii fără să mai stau prea mult pe gânduri.

Există mereu rude într-o familie pe care le nu le agreezi, rude pe care le-ai împușca cu dragă inimă. Dacă îți mai oferă și un motiv s-o faci, e ca și cum ai da pinteni unui cal nărăvaș. Mi-am încleștat maxilarul, mistuit de veninul ce-mi curgea prin vene.

Tata avea obiceiul să mă înghiontească în coaste de fiecare dată când acționam fără să gândesc.

Mama obișnuia să fumeze la masa din bucătărie, în cămașă de noapte, după o ceartă de pomină cu tata.

Simțind aceleași înghiontiri în coaste și privind țigara din mână, am realizat că așchia nu sare departe de trunchi. Și bănuiesc că toți care îl cunoscuseră pe Antonio Russo — chiar și cei din familia lui — ar fi considerat acest lucru cu totul nefericit.

Eram copia fidelă a tatălui meu, modelat de *Cosa Nostra*. Periculos ca praful de pușcă în apropierea unei scântei. Și unde tata dăduse greș în educația mea, intervenise mama. Cel puțin, încercase, cu pupilele dilatate și nasul plin de sânge. Răposata Caterina Russo se străduise să-i insufle singurului ei copil respectul pentru femei. Dar nu se prinsese de mine. Căci e greu să respecți o mamă pe care o culegi deseori de pe jos. Ca să nu mai vorbesc de faptul că am primit întotdeauna tot ce mi-am dorit de la o vârstă fragedă. Nu aveam nevoie de farmec și respect ca să obțin o femeie — statutul și averea pe care aveam s-o moștenesc în curând mi-au adus la picioare, încă de la treisprezece ani, orice femeie pe care mi-o doream.

Mama lui Luca a fost prima care a îndrăznit să-mi arunce acum o privire mânioasă. Ai mei n-au decât să fie supărați, dar aș aprecia măcar un simplu „mulțumesc" pentru că am pus capăt unei vărsări de sânge, ce-ar fi stricat o duminică perfectă.

Isuse! Doar vorbim despre Stefan!

Nimeni nu-l agrea.

Adevărul e că nu e deloc ușor să fii un Russo. *Nonna*[1] obișnuia să spună că sângele nostru e mult mai încins decât al altora. Deși bănuiesc că era doar un pretext ca să justifice motivul pentru care toate progeniturile ei masculine aveau un sentiment exacerbat al posesiunii pentru lucruri ce nu le aparțineau. Dacă un Russo punea ochii pe ceva anume, îl obținea într-un fel sau altul. În general, prin acțiuni ilegale. Dar poate că știa ea ce știa, căci îl simțeam mai încins decât ar fi trebuit.

I'll Be Seeing You, de Billie Holiday, răsuna lin în grădină. Acordurile fine de pian inunda atmosfera încordată, presărată cu priviri șovăitoare și glasuri timorate. Mi-am răsucit țigara printre degete, încercând să-mi domolesc furia. Fumam numai când mânia îmi întuneca vederea sau în rarele ocazii când mă simțeam neliniștit.

Salvatore s-a ridicat de la masă ca să-și trimită servitorii acasă. Știau prea bine pentru cine lucrau și aveau, într-un fel sau altul, legături cu *Cosa Nostra*, dar priveliștea unui cadavru zăcând într-o baltă de sânge era, pentru unii, copleșitoare.

Am prins doar un crâmpei din discuția ce-a dus la acest deznodământ, dar am înțeles că Tony făcea bravadă cu uciderea lui Piero, un alt văr idiot de-al meu. N-am știut că Tony era autorul, dar nici nu mă surprinde. Și nici nu mă impresionează. Am tratat moartea lui Piero cum aș trata moartea unui Zanetti: cu un pahar

---

[1] Bunică (în lb. italiană)

de whisky. Prostiile se plătesc. Cu sânge. Așa funcționează lumea, iar vărul meu făcuse destule prostii la viața lui.

Sincer să fiu, am crezut că Stefan avea să lase jos pistolul. Dar în momentul acela, nici că-mi mai păsa prea tare. M-am lăsat dominat de mânia stârnită de impertinența vărului meu, cu atât mai mistuitoare cu cât o amenința pe Dolce Abelli. Numai eu am dreptul s-o ameninț, așa că i-am zburat creierii și am privit cu detașare cum sângele murdărește rochia albă a Elenei.

Tony vrea să mă vadă mort încă de când i-am făcut cunoștință bunului său prieten, Joe Zanetti, cu Coltul meu 45, dar, cum totul s-a întâmplat cu atâta amar de vreme în urmă, am crezut că nici nu mai contează. Știu că eu și Tony avem unele neînțelegeri, dar am făcut greșeala să-mi imaginez că idiotul nu avea să scormonească trecutul la masă. Gândul că aș putea să i-o „trag" surorii lui îl rodea probabil mai mult decât prezența mea.

Am stins țigara pe masă și mi-am ridicat ochii spre Dolce Abelli. Privind-o printre gene. Dacă n-ar fi fost ea, i-aș fi datorat lui Luca doar douăzeci și cinci de dolari.

Deși o dâră de sânge i se prelingea pe pielea-i măslinie, își mânca desertul doar pentru că așa îi ordonase tatăl ei. Nu sunt un sadic, dar — pentru numele lui Dumnezeu! — priveliștea îmi încingea simțurile.

Și dacă tot vorbim de sadism, ochii mi-au căzut asupra vărului Lorenzo, aflat la câteva scaune depărtare. O privea de parcă ăsta îi era rolul. Și nu unul încredințat de mine — pe astea avea un dar aparte să le facă praf —, ci părea că își făcuse o adevărată menire sau vocație din ocheadele pe care i le arunca. Deși nu aveai cum să-ți dai seama doar dintr-o simplă privire sau discuție purtată cu el, ticălosul avea o înclinație spre sadism și masochism. Văzând cum o scrutează pe Elena Abelli, m-am simțit cuprins de iritare.

Probabil că adoră gesturile tandre, dulci ca vanilia.

Poate că preferă ca bărbații să-i cadă la genunchi și să-i cerșească favorurile.

Lorenzo n-ar ezita s-o facă.

Mai bine m-aș călugări.

Privirile pe care mi le-a aruncat azi la biserică m-au făcut să mă întreb ce-ar putea să-mi ofere Dolce Abelli. Îi cunoșteam porecla înainte s-o văd. Și-o căpătase nu doar pentru că avea o fire dulce, ci și pentru formele-i la fel de dulci sau, cel puțin, asta credeau toți bărbații cu care vorbeam.

Auzisem atâtea lucruri despre fundul ei apetisant că deja era prea mult. Și, sincer, la un moment dat m-aș fi săturat. Când ceva anume e superridicat în slăvi, de regulă se dovedește a fi o mare deziluzie. Dar ce naiba spun? Nici nu s-a pus problema.

Puneam mereu capăt discuțiilor ce o aveau ca subiect de conversație. N-o văzusem niciodată, dar idioții mei de veri mă scoteau din sărite ori de câte ori îmi iroseau timpul vorbind despre ea, de parcă pentru asta îi plăteam. Mă luau nervii până și la auzul numelui ei, de parcă era un reflex pavlovian. Astfel că, atunci când tatăl ei mi-a spus că nu e o partidă bună pentru căsătorie, nici măcar n-am întrebat motivul. Am semnat contractul pentru cealaltă.

Apoi, am văzut-o la biserică.

Ticălosul naibii!

Verilor mei le fugeau privirile după toate femeile sub cincizeci de ani. *Toate*, dacă au măcar un atribut decent. Așa că n-am crezut nimic din osanalele pe care i le aduceau cu toții.

Întruchipa visul oricărui bărbat.

Avea un trup... de zeiță. Dar părul era adevărata mea slăbiciune: negru, mătăsos și lung, de puteam să mi-l înfășor de două ori pe mână. Gândul îmi trecea nestingherit prin minte. Și mai eram și la *biserică*! Isuse Hristoase!

Expresia inocentă pe care o purta pe chip mi-a înfierat însă pielea, încingându-mi simțurile. Era cu adevărat *dulce* și atunci am realizat de unde i se trăgea porecla. În niciun caz de la personalitatea Domnişoarei Privire Insistentă.

O urmărisem din spatele bisericii mai mult decât ar fi trebuit. O văzusem dăruind zâmbete în stânga şi-n dreapta, de parcă toată lumea ar fi stat la coadă s-o salute pe Maiestatea Sa.

Aveam un metru nouăzeci — n-aveai cum să nu mă observi —, dar nu m-a văzut timp de treizeci de minute. Iar când m-a zărit în cele din urmă, m-a privit stăruitor.

Dolce Abelli era dulce cu toată lumea, nu şi cu mine. Îmi venea să izbucnesc în râs — din motive obscure, privirile ei insistente nu mă deranjau. Era pentru prima oară de când devenisem „naş" când cineva mă privea cu atâta impertinenţă. Poate părea pueril, dar voiam să-i dau de înţeles Elenei Abelli că nici mie nu-mi păsa de ea.

Toate femeile care stârnesc atenţia bărbaţilor sunt arogante şi superficiale. După pantofii roz, de firmă, pe care îi purta, mi-am dat seama că îi place să cheltuiască banii tatălui ei. Sora ei purta nişte şlapi. Probabil că voi economisi milioane de dolari căsătorindu-mă cu ea.

Adriana era puţin ciudată, dar atrăgătoare. Dacă o priveşti singură, e uluitoare; dacă o pui alături de Elena, se pierde pe fundal. Scenariul îmi convenea însă de minune. Prefer o soţie după care să nu saliveze verii mei.

Nu mă interesa prea tare cu cine mă însuram. Era timpul să-mi iau o soţie şi, în lumea mea, asta înseamnă profit. Salvatore avea o mică dispută cu nişte mexicani, ce începea să devină o problemă. Odată cu trecerea timpului, îşi cam pierdea din autoritate. După nuntă, îl voi ajuta să descopere rădăcina problemei şi o vom rezolva după metodele mele: trăgând un glonţ în cap. Această alianţă îmi umfla şi mai mult conturile, ca să nu mai vorbesc de controlul pe care mi-l dădea asupra întregului oraş.

Un fior mi-a străbătut trupul din cap până în picioare când i-am surprins privirea Elenei peste masă. Era o senzație supărătoare. Voiam s-o ignor, dar m-am trezit țintuind-o cu ochii. Simțeam cum mă mănâncă ceafa, dar am continuat să-i susțin privirea până s-a uitat în altă parte.

După insistența privirilor aruncate la biserică, mă hotărâsem să aflu de ce nu era o partidă potrivită pentru căsătorie. Se pare că Dolce Abelli se dovedise mult prea „dulce" cu un bărbat.

Știam că nu pierderea virginității era motivul pentru care Salvatore nu îmi oferise mâna ei. Era doar un pretext. Salvatore n-a vrut pur și simplu să mi-o dea și nu pot să-l învinuiesc. Dacă aș fi în locul lui, nici eu nu mi-aș da fiica unui om ca mine. Era lesne de înțeles motivul pentru care Salvatore mi-a oferit-o pe cealaltă.

Adriana stătea lângă mine, într-o rochie neagră, picior peste picior. Părul castaniu, lung până la umeri, îi acoperea chipul în timp ce stătea aplecată în față și mâzgălea ceva în palmă.

Nu-i adresasem niciun cuvânt de când venise la masă. Ca să fiu sincer, aproape că și uitasem că se află aici. Cred că era timpul să-mi cunosc viitoarea soție.

— Ce desenezi?

Șovăind ușor, Adriana și-a întors palma și mi-a arătat-o.

— Un iepure.

Asta și era: un iepure.

Țuguindu-și apoi buzele, și-a retras mâna ca să-și continue desenul.

— Domnul Iepure, a adăugat, pe un ton care în mod normal m-ar fi scos din sărite.

Dar cum ajunsesem deja la limita răbdării, am ridicat din umeri și am început să mă gândesc ce pedeapsă aveam să-i aplic fratelui ei.

— Dreapta sau stânga?

Tony și-a încleștat maxilarul, dar a păstrat tăcerea, stând pe scaunul de la biroul tatălui său, de parcă s-ar fi aflat la o întâlnire de afaceri. O dâră de sânge de la buza spartă i se prelingea pe cămașa albă, deși purta încă pe chip o expresie ciudat de amuzată.

Așa că i-am mai ars una.

Am simțit o senzație ca de arsură printre degetele-mi încleștate în pumni.

A scrâșnit din dinți, dar a încasat lovitura fără să scoată vreun sunet. Tony era atât de arogant, că nici nu simțea durerea. Dar o să-l fac să simtă ceva până să ies din cameră.

Razele de soare se furișau printre obloanele trase la ferestrele biroului lui Salvatore, luminând particulele de praf din aer. Toți oaspeții plecaseră și, pentru că masa se dovedise un eșec, trebuia să particip la multe altele. Niciuna dintre familii nu-și asuma riscul să facă cunoștință cu toți cei prezenți la un eveniment de o asemenea amploare, deoarece se pot întâmpla oricând incidente precum cel de astăzi, ce se pot transforma într-o baie de sânge, unde femeile și copiii ar putea deveni victime colaterale.

Luca stătea în fața ușii, cu ochii ațintiți la ceafa lui Tony. Benito și un alt văr de-al lui mai tânăr, cam de-o vârstă cu Adriana, stăteau rezemați de perete, cu brațele încrucișate, în timp ce Salvatore privea scena de la birou, cu o figură smerită.

Dacă voiam, puteam să declanșez un război pentru moartea lui Piero, acesta fiind, probabil, și motivul resemnării lui Salvatore. Cât și faptul că viața fiicei lui se aflase în pericol din cauza tâmpeniei fiului său.

— Ai făcut-o de oaie, fiule, a spus Salvatore, încleștându-și mâinile în pumni pe biroul de lemn. Ți-am atras atenția să stai cuminte, dar ai căutat-o cu lumânarea. Dacă i s-ar fi întâmplat ceva Elenei, ai zăcea acum pe fundul râului Hudson. Poți să zici că ai noroc.

— Noroc! i-a răspuns Tony, sardonic, trecându-și mâna pe maxilar. Stânga, a spus apoi.

Cât de satisfăcut mă simțeam!

Dreapta să fie atunci!

CAPITOLUL Cinci

Există trei variante ale unei povești.
A mea, a ta și cea adevărată.
— Joe Massino

Elena

Am străbătut holul spre camera mea printre acordurile îndepărtate ale celor de la Misfits, ce răzbăteau din dormitorul surorii mele. Când am ajuns în cameră, mi-am aruncat hainele pe unde mi-a venit și am intrat în baie. Trecând prin fața oglinzii, am lăsat apa caldă să curgă în voie și am intrat sub duș.

Era fierbinte.

Voiam să șterg amintirile celor întâmplate. Căci mă purtau cu gândul spre altele petrecute cu șase luni în urmă. O altă zi înnegurată. Când sângele altcuiva mi-a înfierat chipul.

Părul mi se lipea, sub apa fierbinte, de față și de umeri. Îmi imaginam cum sângele mi se prelinge pe corp, scurgându-se în canalul colector. Ce n-aș da să scap la fel de ușor și de sentimentul de vină!

Am închis ochii.

Auzeam țipete. Și simțeam la tâmplă țeava rece a pistolului. O secundă... două... O ușoară șovăială...

Și bang!

Am deschis ochii.

Împușcătura nu-mi răsunase în minte.

Am simțit cum părul mi se zburlește la ceafă. Speram că era doar Tony, care trăgea în vazele bunicii. Dar până acum nu m-am gândit la consecințele pe care Tony le-ar putea suporta în urma valurilor stârnite...

Am sărit din duș și m-am șters cât de repede am putut. Lăsându-mi părul ud și nepieptănat, mi-am pus un tricou și niște pantaloni scurți, apoi am coborât treptele în fugă. Simțeam sub tălpile goale podeaua rece de marmură în timp ce mă îndreptam spre biroul tatei. M-am izbit din nou de ceva solid.

Un suspin mi-a scăpat printre buze. Cum mergeam într-un suflet, m-aș fi prăbușit la pământ dacă un braț nu m-ar fi prins de talie, ajutându-mă să-mi recapăt echilibrul. Atingerea sa îmi încingea pielea.

— Isuse! a murmurat Nicolas, iritat.

Am simțit un nod în stomac când trupurile ni s-au atins. N-am avut însă timp să-mi analizez sentimentele, căci Nicolas m-a dat iute la o parte ca să treacă mai departe.

M-am trezit sub privirile reci și indiferente ale vărului său, care era mâna lui dreaptă. M-am simțit deodată ciudat de încântată că m-am izbit de Nicolas și nu de el.

Inima îmi fremăta în piept, iar pielea îmi ardea încinsă. Îngrijorarea punea însă stăpânire pe mine.

— L-ai ucis pe fratele meu?

— Ar fi trebuit s-o fac, mi-a răspuns Nicolas, înainte de a ieși afară pe ușa de la intrare.

Am răsuflat ușurată, dar fericirea mea a fost de scurtă durată când l-am văzut pe Tony ieșind din biroul tatei și străbătând holul cu pași împleticiți ca un om beat. Era gol până la brâu și își ținea cămașa înfășurată în jurul mâinii. Sângele se prelingea pe podeaua de marmură.

Fratele meu era înalt și destul de vânjos, cu multe cicatrici pe trup — de la cele două răni de gloanțe până la multe altele, ale căror cauze mi le puteam imagina. Le căpătase, probabil, în urma luptelor ilegale la care participa.

Tony n-a spus nimic când a trecut pe lângă mine, dar l-am urmat în bucătărie. Stând în pragul ușilor batante, l-am privit luând din dulap o sticlă de whisky și luptându-se să-i desfacă dopul cu o singură mână. Ținând-o lipită de piept și răsucind-o, a reușit în cele din urmă să-și ducă misiunea la bun sfârșit. A băut cu nesaț din ea, apoi s-a așezat pe un scaun de lângă blatul de bucătărie.

— Pleacă, Elena!

— Trebuie să te consulte Vito.

Era vicarul bisericii, dar o făcea și pe doctorul. Doar era lucrătura Domnului, la urma urmei.

— Mă simt bine, mi-a răspuns, luând o altă înghițitură de whisky și vărsând puțin din lichid pe pieptul gol.

Nu se simțea deloc bine. Dâre de sânge continuau să se prelingă pe blat. Și părea beat înainte să dea pe gât întreaga sticlă de whisky. Arăta înfrânt.

— Îl sun pe Vito, am spus, îndreptându-mă spre telefonul fără fir de lângă frigider.

— Îmi pare rău, Elena, mi-a răspuns, privindu-mă cu regret în ochi. N-am știut că se va ajunge la asta. Sincer!

— Te iert, i-am spus, cu o strângere de inimă.

— N-ar trebui, mi-a răspuns, râzând ușor.

Tony purta de obicei pe chip un rânjet arogant, dar când zâmbea — cu adevărat —, rânjetul lăsa locul unui surâs fermecător. Aceasta era fațeta pe care o iubeam la fratele meu, chiar dacă nu o afişa prea des. Aveam uneori senzaţia că trebuie să scoţi ce-i mai rău din tine ca să supravieţuieşti în această lume.

Nu ştiu de ce l-a ucis pe acel Piero — cine o fi ăla —, dar o să-mi imaginez că a fost un gest de autoapărare. Tony a fost aruncat în arena leilor încă de la o vârstă fragedă şi era încă înlănţuit, ca şi mine, într-o lume mult prea crudă.

— N-am ce să fac, i-am răspuns.

— Nu-l suna pe Vito! mi-a spus apoi, clătinând din cap când m-a văzut formând numărul. Sunt bine.

— Ba nu eşti bine. Nu arăţi deloc bine, Tony.

Avea chipul palid şi presărat cu broboane de sudoare.

— Mă simt *bine*, Elena.

Am oftat din rărunchi. Era în firea tatei să-l lase să sângereze fără să cheme pe cineva în ajutor. Am pus telefonul la loc, căci am înţeles din glasul lui Tony că n-ar fi acceptat nici în ruptul capului ca Vito să-l consulte. Era mult prea încăpăţânat.

Mi-am încrucişat braţele pe piept şi m-am rezemat de blat, în timp ce picuri de apă mi se prelingeau din părul încă ud.

— De ce nu-l agreezi pe Nicolas?

— Din multe motive, mi-a răspuns, fonfăind şi luând încă o înghiţitură de whisky.

— Spune-mi-l pe cel mai important!

— Şi-a tras-o cu prietena mea.

— Cu Jenny? l-am întrebat, căscând ochii mari.

A luat altă înghiţitură.

— Ea ţi-a spus asta?

Tony a clătinat din cap.

— Nicolas mi-a trimis o poză.

Au!

— Eşti sigur că ea era?

— Avea un tatuaj cu un fluture. Pe spate.

— Aha!... Urât din partea lui.

Sinceră să fiu, nu simțeam nici urmă de compasiune pentru Tony. O înșelase pe Jenny cu Gabriella, servitoarea noastră, și, probabil, și cu altele. Nu mi-l imaginam pe Nicolas culcându-se cu prietenele altora doar de dragul de a stârni valuri și un gând mi-a trecut atunci prin minte...

— Dar ce i-ai făcut?

Tony și-a contorsionat buzele într-o grimasă deloc încântătoare.

Asta era, carevasăzică! Există mereu două variante ale unei povești.

A luat încă o înghițitură de whisky în timp ce priveam, încruntată, cum sângele se prelingea de pe blat, formând o baltă pe podea. Băutura îl va face să sângereze și mai tare. Îndepărtându-mă de blat, i-am smuls sticla de la buze. Lichidul i s-a împrăștiat pe bărbie și pe piept.

— Isuse, Elena! a îngăimat, privindu-mă printre gene.

Părea sleit de puteri, gata să leșine.

I-am desfăcut nasturele de la mânecă și am făcut un pas înapoi.

— *Doamne Dumnezeule!* Trebuie să mergi la spital, Tony!

Avea o rană de glonț în mână, ca și când cineva îi ținuse țeava lipită de încheietură. Mi-am acoperit gura cu palma, stăvilindu-mi cu greu senzația de greață. Când am dat să plec după Benito, Tony a leșinat și s-a prăbușit la podea într-o baltă de sânge.

La naiba!

— Benito! am strigat eu.

— De ce țipi? m-a întrebat Adriana, intrând în bucătărie, îmbrăcată cu o pereche de stretch galaxy și o bustieră sport.

— Logodnicul tău l-a împușcat pe Tony!

— Și l-a omorât? m-a întrebat, ridicând dintr-o sprânceană, în timp ce încerca să găsească cel mai frumos măr din vasul de pe blat.

— Unde e mama? am întrebat-o eu.

A ridicat din umeri, dezlipind eticheta de pe un măr verde.

Am oftat adânc. *Bine. N-aveți decât să vă jucați dacă asta vreți...* Am deschis ușile batante și am strigat pe hol cât m-au ținut plămânii:

— Chem Salvarea!

Benito, Dominic și tata au apărut cu toții ca la comandă.

Tata m-a privit printre gene, dar l-a văzut apoi pe Tony zăcând pe podea. I-a vorbit încet lui Benito — întotdeauna vorbea încet când nu era mânios —, apoi, verii mei, apucându-l pe Tony, unul de brațe, iar celălalt de picioare, l-au scos din bucătărie.

— Nu la Vito, i-am spus tatei. La spital.

— Da, da, Elena. Acolo mergem, mi-a răspuns, cu indiferență în glas, privind în treacăt balta de sânge de pe podea.

L-am scrutat suspicioasă, întrebându-mă dacă îmi spune adevărul. Tata nu ne ducea niciodată la spital fără ceartă.

— E ca la spital, mi-a ripostat, observându-mi privirea bănuitoare.

Aha! Habar nu aveam unde îl duceau. Probabil la vreun doctor aflat pe statele de plată ale tatei.

— Hei, mi-a văzut careva creioanele de desenat? a intervenit Adriana.

CAPITOLUL

Șase

În spatele fiecărei averi imense se află o crimă.
— Lucky Luciano

Elena

Poate că, la început, n-aveam niciun motiv plauzibil pentru antipatia pe care o simțeam față de Nicolas Russo, dar după ce-am ajuns să-l cunosc, după ce a tras atât de aproape de capul meu și l-a împușcat pe fratele meu, aveam toate motivele din lume să-l urăsc.

Argumentele în favoarea faptelor sale nu aveau nicio importanță.

Tony n-a mai venit acasă toată noaptea. Abia când m-am întors de la repetițiile de dans acum douăzeci de minute, am aflat că scăpase teafăr și nevătămat. Și avea să-și recapete funcțiile mâinii în proporție de șaptezeci și cinci la sută.

Se pare că Jenny se oferise să se mute în apartamentul lui ca să-i fie de ajutor, mi-a spus mama, dându-și ochii peste cap. Nu o agrea deloc pe Jenny. După ce-am aflat că îl înșelase pe Tony cu Nicolas, nici eu nu mai știam ce să cred despre ea. Recunosc că, în locul ei, i-aș fi dat papucii lui Tony cu ani în urmă și mi-e cu neputință să înțeleg cum poți să stai cu cineva care nu-ți este fidel. Tind să cred că i-a rămas alături dintr-un singur motiv.

Stăteam pe canapea, cu picioarele încrucișate, privind un documentar despre recentele crize umanitare, îmbrăcată încă cu o pereche de stretch umezi de transpirație și o bluză fără umeri. Era una dintre cele mai toride zile de vară, iar Benito ținuse geamurile deschise tot drumul spre casă. Spunea că vântul face minuni pentru părul lui, așa că n-am avut nici cea mai mică șansă să mă răcoresc. Mi-am lipit de față o sticlă cu apă rece.

Am auzit deschizându-se ușa de la intrare, apoi glasul tatei în hol. Am simțit cum un fior îmi străbate șira spinării. Căci mi-am dat seama că venise și Nicolas înainte să-i aud vocea — profundă și indiferentă. Inima a început să-mi danseze pe niște acorduri stranii.

Chiar dacă stăteam cu ochii pironiți în televizor, habar nu aveam ce se întâmplă acolo, căci stăteam cu urechile ciulite ca să surprind fiecare sunet din hol.

Când i-am auzit apropiindu-se de ușile duble din sufragerie, a sunat un telefon.

— Răspunde! a spus tata. Mă găsești în birou.

Cum s-a așternut tăcerea, mi-am imaginat că Nicolas a încuviințat din cap. Pașii tatei s-au îndepărtat apoi pe hol.

— Da, a răspuns Nicolas, cu glas tărăgănat. *Ticălosu' naibii!* a spus apoi, după câteva clipe.

Am înțepenit. Părea că avea de gând să omoare pe cineva și venea spre mine. Nici n-am apucat să-mi conturez bine gândul în minte, că l-am și simțit aplecându-mi-se peste umăr și luându-mi telecomanda din mână.

— Hei! am protestat eu.

Nu mi-a răspuns; s-a mulțumit doar să schimbe canalul. Pe jumătatea de jos a ecranului a apărut *Breaking News*, iar prezentatoarea blondă a început să relateze detaliile unei capturi imense de droguri de la graniță.

Nicolas stătea în spatele meu, suficient de aproape încât îi atingeam abdomenul cu părul strâns în coadă de cal. Își rezema mâinile de spătarul canapelei, stând ușor aplecat deasupra mea, cu ochii ațintiți în televizor, de parcă nici nu eram acolo. Era un gest invaziv și bădăran.

Sângele îmi zvâcnea în urechi și inima îmi bătea nebunește în piept, cuprinsă parcă de nerăbdare. Reacția ciudată a trupului meu mi-a stârnit un val de iritare. Nu-mi plăcea omul ăsta — în ciuda bătăilor frenetice ale inimii —, așa că nu mi se mai părea deloc necuviincios să-i vorbesc.

— Ale tale? l-am întrebat, cu glas suav. Ce păcat!

M-a apucat de coada de cal și, cu un glas domol și tulburător, mi-a spus:

— Fii atentă acolo!

Un val de căldură mi-a încins trupul. E clar că mă jucam cu focul. Voiam să repet figura. Așa devin oare oamenii dependenți?

— Mai avem încă șapte televizoare în casă, Russo.

M-a apucat din nou de coadă, obligându-mă, de această dată, să-l privesc de jos în sus.

— Încep să mă întreb dacă Dolce Abelli există cu adevărat, mi-a răspuns, mijindu-și ochii.

Am înghițit în sec.

— L-ai împușcat pe fratele meu.

Mi-a înfășurat coada... *de două ori*... de jur împrejurul pumnului său.

— Merita și mai rău, mi-a răspuns, ațintindu-și din nou ochii în televizor.

Avea oare de gând să urmărească știrile cu pumnul înfășurat în părul meu? *Dumnezeule mare!* Poate din cauza poziției incomode, sângele nu mai circula cum trebuie, iar creierul nu mai primea suficient oxigen. Plus parfumul amețitor pe care îl degaja — un amestec de săpun și virilitate —, toate îmi întunecau vederea.

— Nu cred că ești în măsură să judeci, am murmurat eu.

— Îi iei apărarea, deși era cât pe ce să mori din cauza lui? mi-a răspuns, țintuindu-mă cu ochii.

— E fratele meu.

— E un idiot, mi-a ripostat, cu glas tăios.

Vocea mamei a răsunat din camera de alături și, eliberându-mi părul din strânsoare, Nicolas a făcut un pas înapoi.

O clipă mai târziu, mama a intrat în sufragerie.

— Nico, nu te așteptam astăzi, a spus mama, cu glas încordat.

Nici ea nu era de acord cu împușcarea lui Tony, dar își imaginase, probabil, ce avea să se întâmple, căci stătuse încuiată în cameră toată noaptea.

— Rămâi la masă?

— Are multe de făcut, mama...

— Sună îmbietor, Celia.

— Prea bine atunci, a răspuns ea, părând că vrea să spună exact opusul.

Mă bucuram s-o știu de partea mea.

— Mă duc să mai pun o farfurie.

— Îți mulțumesc.

A ieșit din cameră și am auzit-o îndepărtându-se pe hol.

— Știi ce mă scoate din sărite? m-a întrebat apoi, cu un glas întunecat, ce-mi stârnea fiori.

Cunoșteam prea bine răspunsul la această întrebare.

— Supozițiile?

Stăteam cu ochii ațintiți în televizor, prefăcându-mă că nu-mi pasă ce face, dar simțind cum inima îmi tresaltă în piept când l-am auzit apropiindu-se. Am rămas aproape fără suflare când mi-a pus telecomanda în poală, șoptindu-mi apoi la ureche:

— Ești deșteaptă.

Un fior mi-a săgetat trupul.

— Încetează să mai faci asta! mi-a spus, ca un ultim cuvânt.

Soarele ardea dogoritor și apăsător. Dacă m-aș fi întins pe terasa de cărămidă, m-aș fi prăjit la fel de bine ca friptura din farfurie.

— Serios, Celia! s-a plâns *nonna*. E mai cald aici decât în cuptor, iar pe terasă văd o pată de sânge.

Mă schimbasem într-o pereche de pantaloni scurți, cu talie înaltă, și un top scurt, ce-mi dezvăluia un crâmpei din abdomen. În ciuda ținutei mele sumare, pe spate mi se prelingeau broboane de sudoare.

— Puțin aer curat îți prinde bine, a răspuns mama.

— Ca și mâncarea comestibilă, a murmurat *nonna*, împingând de colo-colo creveții cu furculița de parcă erau încă vii.

Îmi țineam ochii în farfurie în timp ce mâncam, deoarece Nicolas stătea exact în fața mea. Nu mai purta sacou și își suflecase mânecile cămășii. Am avut dreptate. Avea un tatuaj ce pornea de la încheietură și îi dispărea în mânecă. N-am întâlnit prea mulți bărbați cu tatuaje, cel puțin, nu atât de ostentativi. Singurul lucru pe care reușeam să-l disting era asul de pică tatuat pe antebraț. Acceptase, probabil, porecla pe care o auzeam adesea asociată cu numele lui: „Asul". Ca și în articolele pe care le citisem despre el.

Stătea lângă Adriana și păreau că se cunosc de când lumea și pământul. Ea îl mustra chiar din priviri când el o atingea cu piciorul. Mi se părea ciudat să mi-i închipui ca pe un cuplu, dar îi văzusem vorbind, lucru de-a dreptul inimaginabil. Îl aduseseră în discuție chiar și pe domnul Iepure. Am crezut că nu aveau nimic în comun, dar începeam să mă întreb dacă nu cumva mă înșelasem.

Tata și mama vorbeau ceva între ei, iar *nonna* continua să aleagă creveții din farfurie când Adriana a exclamat deodată:

— Se numește răscrăcănare!

— Poftim? a întrebat Nicolas, fixând-o cu privirea.

— Stai răscrăcănat.

Fără să-i răspundă, Nicolas s-a rezemat de spătarul scaunului și, punându-și brațul pe scaunul Adrianei, dornic să se așeze și mai comod cu putință, și-a întins picioarele și mai mult.

Sora mea l-a străfulgerat cu privirea.

Poate că m-am pripit când mi-am imaginat că se vor înțelege.

— Știi, Nico, a început *nonna*, nu te învinovățesc deloc pentru că l-ai împușcat pe Tony. O caută de mult cu lumânarea și tatăl lui n-a făcut nimic să-l potolească.

Tata a mormăit nemulțumit, ascultând acum discuția.

— Băiatul ăsta mi-a distrus patru vaze de flori. Nu știu ce-aș face dacă mi-ar mai sparge vreuna, a adăugat, cu tristețe în glas, de parcă ar fi fost cel mai cumplit lucru pe care l-ar fi comis Tony.

— Mă bucur, i-a răspuns Nicolas, cu voce tărăgănată.

Mama i-a aruncat o privire întunecată, iar *nonna* a zâmbit triumfătoare, cu ochii ațintiți în farfurie. Relația lor îmi era îndeajuns ca să știu că nu voi locui niciodată cu soacra mea.

Mi-am mușcat, șovăitoare, buza. Așteptasem momentul potrivit ca să-i adresez o rugăminte tatei și acum părea să fie momentul ideal. Era mereu mai ușor de convins în prezența altor oameni, cel mai probabil pentru că nu voia să pară un tiran.

De șase luni de zile nu mai ieșisem din casă, cu excepția repetițiilor de dans. Doar n-o să mă pedepsească la nesfârșit?

— Tata, am început eu, duminică, unul dintre membrii trupei noastre de dans dă o petrecere la piscină cu ocazia Spectacolului de Vară. Oare aș putea să mă duc și eu…?

— Cine e autoarea petrecerii? m-a întrebat el.

— Ei bine…, am îngăimat, mișcându-mă stingheră sub scrutarea lui de vultur,… e vorba de un el… Îl cheamă Tylor.

— De când te mulțumești cu masculi beta, Elena? a protestat *nonna*.

Am mustrat-o din priviri, temându-mă să nu-i insufle idei greşite tatei.

Şi-a ţuguiat buzele şi a început din nou „să vâneze" creveţii din farfurie.

S-a aşternut tăcerea în timp ce tata îmi „rumega" rugămintea. Am înghiţit în sec sub privirile stăruitoare ale lui Nicolas, ce-mi ardeau chipul.

Tata a ridicat paharul de pe masă şi, luând o înghiţitură, l-a lăsat apoi jos.

— Vreau adresa şi toate informaţiile legate de individul respectiv. Şi te va însoţi Benito.

Am răsuflat uşurată. Mă ierta oare? Regretele îmi mistuiau sufletul, căci ştiam că nu o meritam.

— Îţi mulţumesc, tata.

— Mă duc înăuntru până nu mă topesc cu totul, a spus *nonna*, ridicându-se în picioare. E cea mai nepotrivită zi ca să mâncăm afară, Celia. Nu ştiu ce-a fost în capul tău.

CAPITOLUL

Șapte

Noi nu ne frângem căpitanii. Noi îi ucidem.
— Vincent Gigante

Elena

— O, Doamne! a exclamat mama, făcând o grimasă după ce i-am depănat intriga romanului propus de cititoarele clubului de carte din care făcea parte. Bine că n-am citit-o.

Nu le citea niciodată — *mie* îmi revenea sarcina.

— Gata, trebuie să plec, a spus apoi, punându-și cu o mână un pantof și un cercel cu cealaltă. Tatăl tău a plecat cu Benito, dar Dominic e în pivniță. Du-te și ajut-o pe sora ta să-și aleagă tortul de nuntă! *Tua zia, Liza*, vrea să știe chiar astăzi ce preferă. Te rog, Elena!

M-am ridicat, oftând, din patul părinților mei.

— Am plecat, a spus mama, ieșind din cameră.

— În sfârșit, am auzit-o spunând apoi pe *nonna* când a trecut prin fața ușii, însoțită de Gabriella, servitoarea noastră.

Se ducea să-și facă plimbarea de după-amiază sau, cel mai probabil, avea să stea pe terasă ca să ia puțin aer curat și să bârfească.

Câteva clipe mai târziu, m-am dus în bucătărie. Adriana stătea pe blat cu picioarele încrucișate și avea în față două farfurii de tort. Stătea cu coatele rezemate pe genunchi și cu bărbia în pumni, purtând doar costumul de baie galben cu picouri.

— Cu ce sunt? am întrebat, apropiindu-mă de blatul învăluit în umbrele ramei de geamuri prin care se furișa lumina soarelui.

— Unul e cu șampanie rosé și unul e cu lămâie, mi-a răspuns, în silă, de parcă ar fi spus că aveau gust de gunoi stătut și caise stricate.

Așa avea de gând s-o țină toată ziua. Când trebuia să ia o decizie, sora mea tărăgăna lucrurile la nesfârșit, de parcă încerca să rezolve ecuația călătoriei în timp.

Am gustat, cu degetul, ambele torturi.

— Cel de lămâie, fără doar și poate, am spus, deschizând dulapul ca să iau un pahar.

Marțea, nu aveam repetiții de dans, dar cum spectacolul bătea la ușă, repetam acum în fiecare zi. Mă dureau picioarele când m-am ridicat pe vârfuri ca să iau o cană de pe raftul de sus. Deși Benito și ceilalți veri erau cu toții mai înalți, foloseau mereu paharele de pe raftul de jos doar ca să ne scoată pe noi, fetele, din sărite.

— Eu mă gândeam să-l aleg pe ăla cu șampanie rosé, a mormăit Adriana.

— Atunci șampanie rosé să fie! am spus, punând apă în pahar din dozatorul frigiderului.

— Nu, a continuat, clătinând din cap, nu mi se pare o alegere potrivită.

— Atunci, ia-l pe cel de lămâie!

— Nici asta nu mi se pare o alegere prea fericită.

Am oftat din rărunchi. Sora mea avea un dar aparte să te scoată din minți. M-am rezemat de frigider și am privit-o peste marginea paharului.

— De ce ești în costum de baie?

— Voiam să mă duc la piscină, dar m-a oprit mama și mi-a spus că, până nu iau o hotărâre, nu ies din bucătărie.

— Mama a plecat, i-am răspuns, cu un zâmbet pe buze.

Adriana a și sărit de pe blat, cu ochii plini de încântare.

O oră mai târziu, fără să fi luat vreo hotărâre în privința tortului, ne scăldam în piscină printre acordurile piesei *Don't Stop Believin'* de la radio. Scoțându-mi capul la suprafață, am simțit dogoarea soarelui ce se răsfrângea în apa albastră din piscină. În timp ce lichidul răcoros mi se prelingea pe umeri, m-am dus la sora mea, care stătea pe o saltea, purtând ochelari de soare. Ca o adevărată divă. Cu alte cuvinte: *plictisitoare*. Am răsturnat-o de pe saltea.

A ieșit la suprafață, scoțându-și ochelarii de soare și dându-și părul la o parte de pe față.

— Nu înțeleg de ce nu mă lași...

Și s-a oprit, lăsând cuvintele suspendate în aer.

Pentru că piscina se afla în partea laterală a casei, puteam să vedem porțile din față. Urmărindu-i privirea, am zărit venind pe alee o camionetă pentru servicii de grădinărit. *O, nu!* Până să apuc să rostesc vreun cuvânt, a și sărit din piscină.

— Nu, Adriana! am intervenit eu, simțind un nod în stomac.

Nu știu cum de reușise să se întâlnească cu Ryan atâta amar de vreme fără știrea tatei. Își prelungise orarul de la școală ca să petreacă puțin timp împreună, dar era mult prea primejdios să se întâlnească cu el acasă.

— Vreau doar să stăm puțin de vorbă, mi-a răspuns, privindu-mă cu ochi duioși și imploratori.

— Și ce vrei să-i spui? Că te măriți peste trei săptămâni?

— Și cine-i oare vinovat? mi-a ripostat ea.

Au!

Nu îmi răspunsese niciodată atât de tăios. Deși nu prea stătuserăm de vorbă în ultimul timp — despre ce să vorbim? despre nunta ei? —, nu fusese nicicând atât de ostilă cu mine.

— N-am făcut nimic din ce n-ai făcut și tu, i-am răspuns.

— Știu. Vreau doar să stăm puțin de vorbă. Și tu ai vorbi cu..., a continuat, privindu-mi inelul de pe deget,... cu *el* dacă ai putea, nu-i așa?

Oare? Nu știu. Poate că acesta era motivul vinovăției pe care o simțeam ca o povară pe umeri. Un gest complet gratuit. Ce nu purta nici măcar amprenta iubirii. Și numai eu scăpasem cu viață.

— Nu uita de camerele de supraveghere! am prevenit-o eu.

Dacă Dominic verifica sistemul de supraveghere de la parter, vedea ce se întâmplă afară. Am tras adânc aer în piept, încercând să ignor freamătul ce-mi tulbura sufletul.

— Vorbiți în sufragerie ca să vezi tot ce mișcă pe alee!

Cum grădinarul venea marțea și vinerea ca să îngrijească peluza și să curețe piscina, prezența lui nu avea să stârnească suspiciunile lui Dominic. Să sperăm că vărul nostru era, ca de obicei, mult prea „adâncit" în jocul video Skyrim ca să-și facă apariția înăuntru. Din fericire, Benito nu era acasă; avea un simț de observație mult mai acut.

Mi-am ațintit privirea asupra lui Ryan, care stătea lângă camionetă și se uita la noi. Nu purta nici măcar tricoul de muncă, ci o cămașă cu nasturi și blugi. *Unde naiba i-o fi capul?* m-am întrebat, scoțând un suspin.

— Îți mulțumesc, Elena! mi-a răspuns Adriana, radiind de fericire. Și a luat-o la fugă spre el.

M-am întins pe spate, cu brațele larg depărtate, bucurându-mă deopotrivă de căldura soarelui și de răcoarea apei. Am închis ochii. Mă întrebam cum avea să fie viața mea de acum încolo fără Adriana. Cât va mai dura oare până să-i împărtășesc soarta? Oare tata o să mă lase să mă duc la școală trimestrul viitor? Mă îndoiam.

M-a retras de la toate cursurile acum șase luni. Nu aveam voie să mă angajez, nu aveam voie să fac absolut nimic. Deși apa mă ținea la suprafață, învârtindu-mă în cerc, aveam senzația că mă înec. Într-o greșeală comisă în trecut, pe care nu voi putea niciodată s-o îndrept, dar față de care voi încerca să mă revanșez. În singurul mod ce-mi stătea în putință.

Zgomotul domol al unui motor m-a trezit din visare.

Și am deschis ochii.

Îndreptându-mă spre marginea piscinei, m-am prins cu mâinile de bară și am văzut o mașină neagră și strălucitoare parcată lângă camioneta lui Ryan. Nu știam cui îi aparține, dar când portiera s-a deschis, am zărit cu stupoare că omul care cobora era exact cel care nu trebuia.

Broboane reci de sudoare îmi străbăteau trupul. Nori de furtună se adunau în zare. Vestind o altă baie de sânge. Vedeam alți ochi tineri, lipsiți de viață. *Nu!* Nu se va mai întâmpla din nou.

Am ieșit iute din piscină și m-am îndreptat spre ușa din față, ignorând impulsul de a o lua în direcție opusă. Nicolas ținea un plic de carton într-o mână, în timp ce cu cealaltă închidea portiera. Mistuită de fiori reci, m-am oprit, cu picioarele goale, la capătul aleii.

Stăteam încremenită, purtând doar un costum de baie alb, udă leoarcă, cu inima bătându-mi frenetic în piept.

Când a dat, în sfârșit, cu ochii de mine, s-a oprit pe loc. Ne scrutam din priviri. Purta o pereche de pantaloni negri și o cămașă albă, cu mânecă scurtă. Am înghițit în sec. Aveam senzația că era îmbrăcat mult mai sumar decât mine. Cerneala neagră a unui tatuaj îi acoperea un braț, iar celălalt îi zvâcnea presărat de mușchi. Un val de căldură mi-a străbătut trupul din cap până în picioare.

Abia mai reușeam să respir sub privirile-i scrutătoare, ațintite asupra picăturilor de apă ce mi se prelingeau pe trup. Fiecare strop ce cădea pe alee părea să ardă ca o scânteie între noi. Și-a ridicat apoi ochii spre chipul meu, privindu-mă printre gene.

— Așa îți întâmpini toți oaspeții?

Am clipit de câteva ori, uimită de brutalitatea glasului său. N-aş putea spune că priveliştea aproape goală pe care i-o ofeream acum stârnise vreodată mânia vreunui bărbat ce nu făcea parte din familie.

— Pe unii, i-am răspuns, încercând să adopt un ton nonşalant, ce-mi trăda şi mai tare răsuflarea sacadată.

A clătinat din cap, în timp ce de pe buze i-a scăpat un suspin, amuzat parcă de răspunsul meu. Dar nu era deloc amuzat, lucru cât se poate de evident din felul în care îşi încleşta maxilarul. Nu mi se întâmpla adesea să stârnesc iritarea cuiva şi nu ştiam dacă îmi place sau nu.

Când l-am văzut îndreptându-se spre uşa de la intrare, sângele mi-a îngheţat în vene. Am făcut un pas înainte.

— Stai, Nicolas!

S-a oprit, privindu-mă pieziş.

— Tata nu e acasă, am continuat, într-un iureş de cuvinte.

— Ştiu, mi-a răspuns, pornind din nou spre uşă.

Am simţit un nod în stomac.

Fără să mai stau vreo clipă pe gânduri — căci, de-aş fi făcut-o, aş fi dat înapoi — i-am luat-o înainte şi i-am ţinut calea. S-a oprit pe loc, străfulgerându-mă cu privirea.

Inima îmi bătea nebuneşte în piept. Eu nefiind pe tocuri acum, prezenţa lui îmi părea şi mai impunătoare.

— Nu poţi să intri. Nu... se cuvine dacă tata nu e acasă.

Era cu neputinţă ca tata să-l fi invitat acasă în lipsa lui. Cum trecuse oare de porţile de la intrare? Ştiam însă că Nicolas făcea ce voia, indiferent de reguli, şi tata trebuie să fi înţeles asta înainte de semnarea contractului nupţial.

— Ai o secundă la dispoziţie ca să te dai la o parte dacă nu vrei s-o fac eu în locul tău, mi-a spus, străfulgerându-mă cu ochii.

— N-ai decât. O să te uzi din cap până în picioare.

Deşi l-am vrut ca pe o ripostă, răspunsul meu n-a făcut altceva decât să scoată şi mai mult în evidenţă faptul că eram aproape goală și udă leoarcă. Adierea vântului a devenit și mai fierbinte, iar atmosfera și mai încinsă.

Și-a încleștat maxilarul și a făcut un pas înainte. Nu m-am clintit din loc. Îmi atingea aproape cu cămașa albă sutienul costumului de baie. Sânii mi s-au trezit, nerăbdători, la viață și picăturile de apă mă gâdilau în timp ce mi se prelingeau pe trup. Îi simțeam cu ardoare căldura corpului, invitându-mă să mai fac un pas și să-mi lipesc trupul de al lui.

Abia mai răsuflam când l-am văzut aplecându-se spre mine și șoptindu-mi la ureche:

— Ai noroc că sunt al dracului de ocupat astăzi.

Vocea-i aspră îmi mângâia gâtul, făcându-mi pielea de găină. *Ce-ai fi făcut dacă n-ai fi fost ocupat?* m-am întrebat în gând.

M-a apucat ușor de mână, strecurându-mi plicul în palmă.

— Pune-l pe biroul tatălui tău! mi-a spus apoi, făcând un pas înapoi, în timp ce eu ardeam sub scrutarea lui. Și nu care cumva să-ți bagi nasul în el!

Mi-ar plăcea să spun că tonul lui m-a răcorit ca un duș rece, dar nu era deloc așa.

Mi-am ridicat capul și l-am privit printre gene. Ochii lui ca de chihlimbar păreau și mai aurii în bătaia soarelui.

— Afacerile tale cu tata sunt ultimul lucru care mă interesează.

— Bun, mi-a răspuns, cu glas întunecat.

Ne-am mai înfruntat un timp din priviri. Zăngănindu-și cheile în mână, a făcut un pas înapoi, apoi s-a întors și a pornit spre mașină. Am rămas pe loc, urmărindu-l cu privirea, căci era la fel de frumos din spate ca și din față.

— Apropo, mă cheamă Nico, a strigat apoi, deschizând portiera. Nimeni nu-mi spune Nicolas.

Privindu-l cum se îndepărtează pe alee, mi-am notat în minte să-i spun în continuare tot Nicolas. Am intrat în casă și am lăsat plicul pe biroul tatei, dar înainte să plec, ochii mi-au căzut pe seiful din colțul camerei. M-am îndreptat spre el, cu un nod în gât, și i-am încercat mânerul, chiar dacă știam că e încuiat.

Vina lăsa locul unor crâmpeie de speranță.

Am verificat fiecare sertar al biroului imens, din lemn de mahon, deși știam prea bine că nu voi găsi ce caut. Tata își ținea toate documentele bancare sub seif, dar într-o bună zi avea să facă o greșeală.

Și, într-o bună zi, familia lui va plăti pentru sângele vărsat fără vină.

Când am ieșit din birou, Adriana îl conducea afară pe Ryan.

Mi-am încrucișat brațele pe piept când i-am văzut sutienul legat stângaci într-o parte și slipul făcut tanga la spate. În timp ce eu îi salvam pielea, ea făcea sex? Ce… *Ah!*

După plecarea lui, s-a rezemat de ușă, răsuflând ușurată, cu chipul palid.

Dezgustată și dezamăgită, m-am întors să plec.

— Lămâie, am spus apoi, urcând scările.

CAPITOLUL Opt

Dacă îi dai unei fete pantofii potriviți, va cuceri lumea.
— Marilyn Monroe

Elena

M-am oprit în pragul ușii Adrianei și am închis ochii, căci nu-mi venea să cred ce văd.

— Tata o să te omoare, am spus eu.

— Foarte bine, a murmurat, adăugând un arc lung cu penelul pe pânzele rezemate de perete.

Ar fi trebuit să fie un curcubeu, dar totul era atât de negru...

Sora mea era atât de supărată de la ultima întâlnire cu Ryan. Se ducea la ore, dar în rest stătea închisă în cameră. Toată săptămâna a pictat tablouri întunecate și a ascultat balade. Începeam să mă simt din nou vinovată, dar nici că-mi doream să fiu în locul ei. Voiam un soț care să nu fie atât de necioplit și de afemeiat, după cum auzisem că era Nicolas, și nici atât de chipeș. Poate părea ciudat, dar pentru mine era cât se poate de logic.

Râsetele răzbăteau de la parter și am închis din nou ochii. Petrecerea de logodnă a Adrianei începuse de vreo cinci minute, iar ea stătea cu picioarele încrucișate pe podea, într-o salopetă murdară de vopsea.

Simțeam mânia tatei răsfrângându-se asupra mea, căci eram o țintă mult prea ușoară. Pentru că accesele sale de furie o lăsau rece pe Adriana, și-o revărsa asupra mea.

— La ce naiba ți-o fi capul acum? am spus eu, îndreptându-mă spre dulapul de haine ca să-i caut, printre costumele de scenă, o rochie elegantă pe care s-o poarte în seara asta.

— La faptul că îmi urăsc logodnicul. E bădăran și bănuiesc că ai văzut cum arată, nu-i așa? Ne vezi făcând sex, Elena?

M-am oprit pe loc, clătinând din cap, apoi am continuat să dau la o parte umerașele cu haine.

— Mmm, nu. N-am de gând să-mi imaginez așa ceva.

— Cu doar câteva ore în urmă, am realizat că va trebui să fac sex cu el, mi-a răspuns, oftând adânc.

Nu mă mira că înțelesese asta abia acum. Lucrurile evidente reprezentau un mister pentru mintea excentrică a Adrianei. Surprinzător era faptul că învăța mult mai bine la școală decât mine și avea mai mulți prieteni decât îmi voi face eu vreodată.

— Mă gândesc că poate există un motiv pentru care stă atât de răscrăcănat. *E* imens. Cum gândul mi-a dat fiori, am început să mă uit la poze — la filmulețe — cu bărbați dezbrăcați, de statura lui, și asta mi-a provocat și mai mulți fiori.

— Te-ai uitat la filme porno, am spus, stând încremenită în ușa dulapului și privind-o cum îl picta pe domnul Iepure sub curcubeul negru.

— Da, mi-a răspuns, înclinându-și capul într-o parte ca să-și admire capodopera. Cred că așa se numesc.

— *Adriana!*

Sora mea a scos un suspin, iar eu m-am uitat spre ușă. Era mama, care purta o rochie roșie de cocktail și care spumega de furie.

Un iureș de cuvinte în italiană i-a scăpat printre buze, smulgându-mi rochia din mână și apucând-o pe Adriana de ceafă.

— Treci imediat în baie!

Adriana s-a ridicat, mormăind, în picioare.

— *Porno!* a adăugat, printre alte mustrări în italiană. Unde ți-a fost capul?

Un râset mi-a scăpat printre buze.

Mama mi-a aruncat o privire mânioasă și m-am prefăcut că tușesc. Își făcea mereu apariția în cele mai nepotrivite momente. Nimic nu-i scăpa.

— Elena, du-te și calmează-l pe Russo! Poate-l apucă iar, Doamne ferește, să zboare creieri în stânga și-n dreapta!

— Eu? Dar ce-ar trebui să fac?

Am primit doar un alt șuvoi de cuvinte în italiană, ce nu aveau nici cea mai mică legătură cu subiectul discuției noastre. Când mama era mânioasă, începea să bată câmpii pe orice temă, în afară de cea care îi stârnise mânia. De data asta, ni s-a plâns că spărsese o farfurie preferată de porțelan, că *nonna* nu era mulțumită de masa de prânz, iar grădinarul nu venise astăzi la muncă. Un lucru cu adevărat salutar...

Oaspeții se perindau pe ușa de la intrare când am coborât la parter. Purtam o rochie roz, lungă până la glezne, cu o eșarfă la gât, și o pereche de pantofi cu tocuri înalte, ce se prindeau de picior cu o fundă. Îmi lăsasem părul să-mi cadă în valuri pe umeri, prins doar într-o parte. Chiar dacă nu eram de acord cu nunta surorii mele, aveam de gând să profit de orice ocazie ca să-mi etalez ținutele elegante. Practic, era punctul de atracție al săptămânii mele.

— Elena! „a chițăit" verișoara mea, Sophia, intrând pe ușă.

Numai așa puteam să-i descriu tonalitatea glasului, căci exact așa făcea: „chițăia". Avea nouăsprezece ani și era foarte răutăcioasă.

— Ce dor mi-a fost de tine! a spus apoi, luându-mă în brațe.

Am făcut un pas înapoi sub ardoarea îmbrățișării ei.

— Dar ne-am văzut duminică la biserică, i-am răspuns, râzând.

— Știu, mi-a spus, sărutându-mă pe obraji și retrăgându-se un pas. Dar s-au întâmplat atâtea de atunci.

Nu fusese de față la incidentul de acum câteva zile, dar îmi cunoșteam bine familia ca să știu că vestea se răspândise cu iuțeala fulgerului.

— Unde e Sal? am întrebat-o eu.

Fratele său mai mare era versiunea ei masculină.

— A dat de Benito. Și discută ca între băieți, mi-a răspuns, dându-și ochii peste cap. Bine. Mă duc să-mi iau ceva de băut. Și apoi trebuie să vorbim de acest Nico de care tot aud în ultimul timp.

— Petele de sânge de pe terasă îți vor spune tot ce trebuie să știi, i-am ripostat.

— Nu asta am auzit. Mama zice că e mai seducător decât David Beckham.

— Cine e ăsta?

— Pe ce lume trăiești, Elena? m-a întrebat, cu gura căscată. Prea multe cărți și prea puține emisiuni TV.

— Filosofia secolului, am murmurat, sec, pe când Sophia s-a îndepărtat, chițăind numele altei verișoare.

Am rămas un timp singură în hol. Ferestrele și ușile spre terasă erau larg deschise, lăsând aerul cald de vară să intre nestingherit în casă. Era o seară frumoasă și m-am rugat să nu se sfârșească la fel ca ultima oară. Cum Tony nu era aici, aveam mai multe șanse ca seara să treacă fără incidente.

M-am întors, căutându-l pe tata din priviri, ca să-i spun că Adriana avea să mai întârzie puțin, pentru că avea o problemă cu rochia, rugându-l să-i dea de veste și lui Nicolas, dar înainte să apuc să fac vreo mișcare, ușa de la intrare s-a deschis din nou. Am simțit un gust amar în gură, dar era mult prea târziu ca să mai scap.

Nicolas Russo avea, de departe, cea mai proastă reputație dintre toți bărbații pe care îi cunoșteam. Dar găsisem curajul de a mă comporta firesc în compania lui, fără să mai joc rolul lui Dolce Abelli. Acum însă m-am trezit din nou într-un abis de zâmbete și cuvinte false, din care nu știam cum să mai ies.

— *Elena!*

Un val de aer cald mi-a învăluit pielea când ușa de la intrare s-a închis, dorindu-mi cu ardoare să mă aflu oriunde în altă parte. Însă am zâmbit politicos.

— Oscar!

În vârstă de vreo treizeci și ceva de ani, cu părul de un blond spălăcit și costume scumpe, asortate mereu cu o cravată colorată, Oscar Perez era un bărbat atrăgător și charismatic în sensul clasic al cuvântului. Deși nu-i lipsea niciodată atenția feminină, prefera să și-o reverse pe a lui asupra mea. Întrucât lucra pentru tata, venea deseori la petrecerile noastre, dar cum nu mai organizaserăm nimic de mult timp, nu-l mai văzusem de luni bune. O adevărată bucurie pentru mine, dar, din păcate, fericirea se dă cu lingurița.

— Arăți splendid, ca de obicei, mi-a spus, sărutându-mă pe obraji, cu gesturi mult prea tărăgănate. *Demasiado hermosa para las palabras*[1].

N-am înțeles ce-a spus, dar bănuiam că se referea la trăsăturile chipului meu.

Stăteam cu ochii țintuiți asupra cravatei lui de un albastru-deschis, ca nuanța ochilor săi.

O uram.

Era cel mai chipeș columbian pe care îl întâlnisem vreodată, dar din motive obscure, nu mă simțeam atrasă de frumusețea lui fizică. Era doar un balon de săpun.

— Îți mulțumesc, i-am răspuns, încercând să fac un pas înapoi, dar m-a oprit, punându-mi mâna pe spate și apoi coborând-o puțin mai mult decât era necesar, spre fund.

---

[1] Mult prea frumoasă pentru a transmite în cuvinte. (în lb. spaniolă)

Am simțit un nod în stomac. Era înalt și zvelt, dar prezența lui îmi provoca un gust cumplit de amar.

Mereu se purta inadecvat: își furișa mâinile în locuri ce nu i se cuveneau. Suficient de nepotrivit ca să mă facă să mă simt stingheră, dar nu destul încât să-și încaseze un glonț în cap de la tata. Dacă mergea mai departe de atât, oare tata m-ar fi crezut acum?

Oscar s-a retras un pas ca să mă privească în ochi, fără să-și dezlipească însă mâna așezată la limită. Un fior de dezgust mi-a străbătut trupul din cap până în picioare. Am înțeles atunci de ce nu puteam să înlătur așteptările pe care oamenii le aveau de la Dolce Abelli — cu toții, în afară de logodnicul surorii mele. Nicolas Russo nu reprezenta un pericol. Se însura cu Adriana. Cum nu exista nicio șansă să mă mărit cu el, nu exista nici pericolul să mă trateze ca pe o soție. Majoritatea bărbaților care intrau acum pe ușă puteau fi posibili candidați la mâna mea. De ce să-mi înrăutățesc situația?

Oscar m-a tras mai aproape de el, șoptindu-mi la ureche:

— Am auzit că ai avut necazuri de când nu ne-am mai văzut.

Inima îmi bătea frenetic în piept. Era un tip cu un comportament ciudat, dar niciodată n-a intrat cu bocancii în viața mea.

— Am fost extrem de dezamăgit când am aflat, Elena, a continuat, presărându-și glasul siropos cu o tonalitate sarcastică. Înțelegi de ce, nu-i așa?

Cuvintele lui însemnau un singur lucru — cel mai cumplit coșmar al meu —, dar nu aveam de gând să-l accept nici în ruptul capului. Nu-mi venea să cred. Dar nu puteam să-i spun asta.

— Firește, i-am răspuns, în șoaptă.

Am realizat cât de strâns mă ținea abia când mi-a dat drumul și am făcut un pas înapoi, cu ochii pironiți asupra cravatei lui dizgrațioase. Mi-am dat seama abia după câteva clipe că nu mai eram singuri, iar prezența impunătoare din spatele meu îi aparținea unui singur om.

Uitându-se prudent peste umărul meu, m-a țintuit apoi cu ochii, schițând un zâmbet fals, în timp ce o umbră amară îi învăluia privirea.

— Ne vedem la masă, Elena, mi-a spus apoi, sărutându-mi mâna, cu o grimasă pe chip când mi-a văzut inelul de pe deget, apoi s-a făcut nevăzut ca un șarpe lăsat liber.

Am rămas cu privirea țintuită spre ușă, în timp ce insinuările lui îmi răsunau în minte. Resentimentele mi se cuibăreau din nou în piept. Dar poate că asta meritam: un soț ca Oscar Perez.

M-am întors încet și am dat ochii de o vestă neagră, asortată cu o cravată neagră, apoi de o privire la fel de întunecată.

— Dacă asta a fost o mostră de Dolce Abelli, nu pot să spun că sunt impresionat.

Deși prezența lui Oscar părea o umbră întunecată și amenințătoare, pălea în comparație cu cea a lui Nicolas — mistuitoare și imensă. Ce te atrăgea ca un magnet. Mult mai primejdioasă.

În aer pluteau încă aluziile la comportamentul meu reprobabil și nu știam cum să mă fac mai repede nevăzută.

— Scuză-mă! am murmurat, încercând să-l ocolesc, dar m-a prins de mână.

Nici n-am apucat să-i cântăresc bine expresia de pe chip că m-a și tras după el pe ușa de la intrare. Palma-i aspră îmi ardea practic pielea, stârnindu-mi o senzație de căldură în tot corpul.

Mi-am regăsit cu greu vocea și când am reușit în cele din urmă să-mi îmbrac gândurile în cuvinte, am făcut-o cu un glas mai sacadat și mai șovăitor ca niciodată.

— Ce faci?

Era mânios. Altfel nu vedeam cum de mă lua de mână în mijlocul holului înțesat de oaspeți.

— Unde mi-e lista? m-a întrebat, ignorându-mi întrebarea.

M-am încruntat, nedumerită, apoi mi-am amintit de lista pe care trebuia s-o scriu.

— Ăăă... am uitat de ea.

În bătaia luminii calde de pe terasă, i-am auzit pe Benito și pe Sal râzând lângă una dintre mașinile parcate pe alee, dar era mult prea întuneric ca să-i văd. Cum Nicolas mă ținea strâns de mână, n-aveam altă șansă decât să-l urmez pe cărarea pietruită ce ducea spre colțul casei.

Habar n-aveam ce urma să facem, dar fie îl urmam pe Nicolas, fie mă întorceam în casa bântuită de prezența lui Oscar. Era lesne de înțeles ce aveam să fac, deși surprinzător dacă ținem seama că îl văzusem de curând zburând creierii unui membru al familiei sale.

Nicolas s-a oprit lângă colțul casei și, eliberându-mi mâna, s-a rezemat de zidul ei de cărămidă. O clipă mai târziu, flacăra portocalie a unei brichete i-a scăldat chipul în nuanțe aurii în timp ce și-a aprins o țigară.

— Fumezi? l-am întrebat eu, prostește, în timp ce sufla un norișor de fum și mă privea cu o expresie indolentă.

— Uneori, mi-a răspuns, cu umerii crispați.

Și-a ridicat privirea spre camerele de supraveghere de deasupra noastră. Nu-l puteau surprinde din locul unde stătea, dar eu eram, probabil, pe tot ecranul lui Dominic. Ce vor crede oamenii dacă voi fi din nou prinsă cu un bărbat în compania căruia n-ar trebui să mă aflu? Cuprinsă de neliniște, m-am dat la o parte ca să nu fiu surprinsă de obiectivul camerelor de supraveghere.

Nicolas mă privea printre gene, cu ochi mânioși, făcându-mă să mă întreb cu ce-i greșisem. M-am uitat la bolta înstelată. Era o priveliște frumoasă, dar mă îndoiam că mă adusese aici ca să ne desfătăm amândoi cu frumusețea nopții. De fapt, aveam senzația că ar fi preferat să nu fiu deloc aici.

— Ce caut cu tine aici? l-am întrebat, oftând.

În ciuda faldurilor întunecate ale nopții, i-am văzut umbra amară ce i s-a așternut pe chip.

— L-am văzut pe idiotul ăla cum te strângea și cum era cu mâna pe fundul tău. Și mă întrebam dacă eu aş scăpa făcând așa ceva.

Inima mi s-a oprit pentru o clipă în piept, apoi i-am aruncat o privire mânioasă. Aveam motivele mele pentru care îl toleram pe Oscar, dar nu eram obligată să suport același comportament și din partea unui cumnat. Am dat să plec, dar o mână aspră m-a apucat de încheietură.

— Rămâi!

Nu era o sugestie, dar niciun ordin. De ce voia să rămân dacă era mânios pe mine? Era bădăran și tulburător. Și cine îi dăduse voie să mă ia de mână, să mă atragă aici și să-mi încingă simțurile? Îmi imaginam că Nicolas Russo era obișnuit să obțină ce vrea încă de la o vârstă fragedă și, fiind singurul copil la părinți, nu împărțea nimic cu nimeni.

Cu răsuflarea întretăiată, mi-am eliberat mâna din strânsoarea lui. Era stupid, dar aveam de gând să rămân. Mi-am spus că o făceam doar ca să-i cunosc caracterul de dragul surorii mele. Nu pentru că prezența lui îmi descătușa nevoi ciudate.

I-am privit țigara. Părea mică și neînsemnată în mâna lui. Mă întrebam cum ar fi arătat într-a mea.

Mi-a observat, probabil, privirea, căci și-a scos țigara din gură și mi-a oferit-o. Era oare dispus să împartă ce-avea? Mă privea cu o expresie voalată, de parcă se uita la soare, fără să spună vreun cuvânt. Sângele îmi zvâcnea prin vene.

Trecuseră șase luni de când fusesem ultima dată în brațele unui bărbat — poate de aceea și priveam cu ochi ca de școlăriță ideea de a te ține cineva de mână și a unei țigări împărtășite. Contactul masculin era o raritate pentru mine, iar înainte de a-mi pune inelul pe deget, lipsise cu desăvârșire.

I-am luat țigara din mână și mi-am dus-o la buze sub privirea lui scrutătoare, apoi am tras fumul în piept. Am început imediat să tușesc, cu ochii în lacrimi.

O umbră amuzată i-a învăluit privirea înainte de a-mi lua țigara din mână, atingându-mi degetele cu ale sale.

— N-am terminat, am protestat eu, încă tușind puțin.

Dacă aveam de gând să fumez, măcar s-o fac cum trebuie. Poate că eram o perfecționistă, dar nu făceam nimic cu jumătate de măsură.

L-am privit atingând țigara cu buzele exact în locul în care o atinsesem și eu. Slavă Domnului că era întuneric, căci aveam obrajii cumplit de încinși. Deși tot ce îmi spunea o făcea pe un ton necioplit, casant sau impunător, trupul meu reacționa ca sub o vrajă. *Che palle!*[1] Făcusem o pasiune pentru viitorul meu cumnat.

— Trage mai ușor! mi-a spus apoi, oferindu-mi din nou țigara.

L-am ascultat și am tras numai puțin. Au trecut câteva secunde până ca fumul să-mi scape printre buzele-mi depărtate. M-am simțit cuprinsă de o senzație de moleșeală și de o ușoară amețeală. Vântul adia cald printre țârâitul necontenit al greierilor, iar eu împărțeam țigara cu un bărbat despre care nu știam mai nimic.

— Mama o să mă omoare, am spus, cu glas domol, însoțită de râsetele înăbușite ale verilor mei.

Nicolas a aruncat apoi mucul de țigară pe jos și, scoțând un norișor de fum, l-a călcat în picioare.

— Îi spui chiar totul mamei tale?

Mi-am ridicat privirea spre cerul înstelat. Nu, nu spuneam nimănui mai nimic. Nimic important.

— O să-și dea seama că am fumat, i-am răspuns, privind constelațiile.

Apoi, mi-am îndreptat ochii spre el ca să văd că mă privea la rândul lui. M-am îmbujorat toată, încinsă din cap până în picioare.

— Vino aici! mi-a spus, presărându-și vocea cu o tonalitate ușor duioasă și fermecătoare.

Inima mi-a stat în piept.

---

[1] *Ce aiurea!* (în lb. italiană)

Așa cucerea femeile — spunându-le un simplu „Vino aici!" pe acest ton. Dar nici când îmi vorbea rece nu reușea să mă îndepărteze.

Am făcut mereu ce mi s-a spus, cu atât mai mult cu cât am crescut într-o familie de mafioți, dar tot ce făceam acum nu avea nicio legătură cu asta. Mă simțeam atrasă de foc ca un fluture ce-avea să-și ardă aripile.

Mi-am ținut răsuflarea când i-am simțit mâna pe talie, strângându-mă ușor și apropiindu-mă de el până când trupurile ni s-au atins. Sângele îmi zvâcnea prin vene, iar atingerea mâinii lui calde îmi provoca un nod în stomac. Aproape că nici nu l-am văzut aplecându-se și atingându-și fața de părul meu.

— Nu se simte fumul, mi-a spus, presărându-și cuvintele într-o nuanță aspră.

Mâna i-a alunecat de pe talie pe șold, apoi s-a retras, lăsându-mi trupul mistuit de dorință. S-a îndepărtat de zid, iar eu m-am dat la o parte din calea lui. A făcut câțiva pași, dar s-a oprit pe loc și s-a întors din nou spre mine.

— Vreau lista mâine, *Elena*, mi-a spus apoi, cu glasul lui rece, indiferent și impunător, cel pe care îl știam foarte bine.

CAPITOLUL
Nouă

Cum adică să am la mine o carte de vizită pe care să scrie „Mafia"?
— Willie Moretti

Nico

Ispita capătă formele unei fete aproape dezbrăcate, inocente și ude leoarcă.

Iar eu nu mă deosebesc cu nimic de idioții mei de veri.

Astea sunt cele două concluzii la care am ajuns săptămâna asta, și nu îmi convenea situația. Deși aveam de muncă până peste cap, nu mă gândeam decât la un singur lucru.

La Elena Abelli, firește. *Al dracului* de udă.

La felul în care îmi aținea calea, udă leoarcă, privindu-mă cu ochii ei căprui și cu o expresie dulce pe chip. Cu părul lung și ud, și formele unei starlete porno. Nu-mi venea să cred, *Dumnezeule mare*! Asta am și încercat să-mi spun — că nu e adevărat —, dar imaginea nu-mi ieșea din minte.

Era cumplit de reală. Fiecare părticică din trup.

Din motive obscure, gândul că așa își întâmpină oaspeții m-a scos din sărite. Oare tatăl ei o lasă să se perinde pe jumătate goală prin fața tuturor bărbaților care le trec pragul? Și ca viitor cumnat am oare dreptul să-i spun să-și pună dracu' niște haine pe ea?

Niciodată nu mi-am dorit să îmbrac o fată, cu atât mai puțin una cu un fund precum cel al Elenei Abelli. Frustrarea mi se cuibărea în suflet, căci știu prea bine că reacțiile iraționale duc, de obicei, spre un singur lucru, care nu se dovedește deloc de bun augur pentru niciuna dintre părțile implicate.

Noaptea era scăldată în luminile felinarelor tiki și ale becurilor portocalii de deasupra mesei familiei Abelli. Atmosfera părea suficient de degajată, poate pentru că toți Abelli stăteau într-un capăt al curții, iar cei din familia Russo, în celălalt capăt.

O servitoare i-a turnat Adrianei încă un pahar de vin — al șaselea din seara aceea —, iar eu i l-am luat din față și l-am pus lângă farfuria mea cu desert.

Ea m-a străfulgerat cu privirea.

— N-ai nici măcar vârsta necesară ca să bei, la naiba! i-am spus eu.

A oftat și mi-a răspuns împleticit că bea ca să uite de scenele din film — ce-o fi vrând să spună cu asta.

Ar fi trebuit „să încercăm să ne cunoaștem", după cum ne-a sugerat mama ei, dar abia de ne-am adresat câteva cuvinte toată seara și, sincer să fiu, nici că-mi păsa. Cu atât mai mult cu cât încercam cu disperare să nu mă uit după sora ei. Toate specimenele masculine din New York păreau dornice s-o pupe în fund și n-aveam niciun chef să fac parte din acest cerc.

Cu toate astea, când o licărire roz mi-a atras atenția, n-am putut să nu-mi îndrept privirea spre ea. Juca crochet cu verișoarele ei și cu Benito. Și, la fel ca o prima donna, purta încă pantofii cu toc înalt. Am crezut că personalitatea ei se va dovedi respingătoare ca un spray de gândaci sau ca un gaz lacrimogen. Din păcate însă, nu făcea nimic să mă îndepărteze. Mai ales când îmi vorbea cu glasul ei cald și domol, ce-mi încingea simțurile.

Le înțelegeam acum fascinația verilor mei.

Iar faptul că mă încadram în aceeași liotă de idioți era... ridicol.

Cunoșteam prea bine motivul. Doar eram un Russo. Voiam cu toții ceva ce nu puteam avea, iar eu o voiam pe Elena Abelli în patul meu măcar o singură dată.

— Nu-ți place de sora mea? m-a întrebat Adriana.

O, Doamne, avea un oarecare simț al observației! Va trebui să-mi amintesc asta.

— Ba îmi place de sora ta bine-mersi, i-am răspuns, luând o înghițitură de whisky.

— Hmm! a murmurat, de parcă nu m-ar fi crezut, fără să-i pese însă prea mult.

Așa se derula discuția noastră. Casantă și apatică. Nu știu dacă eram potriviți unul pentru celălalt sau dacă avea să mă scoată din sărite cu idiosincrasia ei.

Ochii mi-au căzut pe idiotul ăla blond, care vorbea cu unul dintre unchii Elenei. Nu-l cunoșteam, dar știam că nu i-aș fi întins o mână de ajutor dacă l-aș fi văzut rănit de moarte pe stradă. Numai simplul fapt că mă uitam acum la el îmi provoca o apăsare în piept. Mă abținusem cu greu să nu-i sparg fața de ușă ceva mai devreme. Elena Abelli nu era treaba mea, chiar dacă mi se încingea sângele în prezența ei.

— Yankees sau Mets? m-a întrebat Adriana, care răsturnase toată sarea din solniță și desena acum caricaturi pe masă.

— Red Sox, i-am răspuns, sec.

— Boxeri sau slipi?

— Fără, am mințit eu.

Și-a ațintit ochii asupra penisului meu, ca apoi să se uite imediat în altă parte.

— Jocul ăsta e plictisitor.

O priveam amuzat. Fata asta era al dracului de ciudată. Și-am înțeles atunci de ce mi-o oferise Salvatore de soție. „Nepotrivită", îmi spusese despre Elena. *Nepotrivită, pe dracu'!* Nimeni din *Cosa Nostra* n-ar fi refuzat-o pe Elena pentru că își pierduse virginitatea. Salvatore n-a vrut pur și simplu să renunțe la Dolce Abelli, cel puțin nu în favoarea *mea*. Și-a imaginat el, probabil, că o să mă prostească.

O iau pe asta ciudată. Măcar o să fie distractiv. S-ar putea să fie și o alegere înțeleaptă. Cine știe cu câți bărbați s-o fi distrat Elena? Eram „naș". Dacă mă însuram cu o femeie care trecuse prin paturile mai multor membri din *Cosa Nostra*, mi-ar fi știrbit imaginea. Și, sincer să fiu, niciodată nu mi-am împărțit avutul de bună voie. Ar trebui să-i omor pe toți și am și așa mâinile pătate suficient de sânge.

Luca stătea rezemat de peretele de lângă ușile duble și privea scena, împreună cu vărul meu, Ricardo, care urmărea și el partida de crochet de pe margine. Luca și-a ridicat două degete, făcându-i semn cu capul spre fetele de pe peluză. Ricardo i-a făcut semn că nu. După alte câteva gesturi tacite, au încuviințat amândoi din cap.

Măcar seara asta părea suficient de plictisitoare, animată doar de pariuri stupide pe jocuri de crochet, spre deosebire de cea de duminică, bogată în incidente. Și nici prin cap nu-mi trecea s-o stric spărgând niște tigve de uși.

Aruncându-i o privire Elenei, am văzut că și ea mă scruta cu ochii. Privindu-mă cu aceeași expresie ca atunci când mi-a spus: „O să te uzi din cap până în picioare". Am încercat să-mi ignor simțurile excitate la maxim. Rostise cuvintele cu inocență, fără să-i treacă nicio clipă prin minte că orice bărbat s-ar bucura să se „ude" în brațele ei. Și nu cu apa din piscină.

La început, am crezut că cel care îi pusese porecla nici măcar n-o cunoscuse, dar, observând-o cu mai multă atenție, totul începea să capete sens. Părea crispată de fiecare dată când mă înfrunta, de parcă jocul îi era complet străin și se aștepta s-o strâng de gât. Lucru care mi-a trecut și mie prin minte, deși într-un alt context.

Dolce Abelli încerca să prindă aripi.

Minunat, la dracu'!

Mă umplea de satisfacție de fiecare dată când mă asculta fără crâcnire. Masculul feroce din mine se întreba cât de ascultătoare era cu adevărat. Și cât de departe mă lăsa să merg.

M-a lăsat deja s-o ating mai mult decât ar fi trebuit. I-am dat țigara doar ca să-i simt buzele. Îmi imaginam atingerea degetelor ei pe un loc anume de pe trupul meu, nu pe o țigară.

Deși i-am atins doar talia, căldura și moliciunea corpului ei îmi ardeau încă palma.

Toată situația asta era al dracului de enervantă.

Idiotul ăla blond a prins-o pe Elena de braț, trăgând-o spre el ca să-i spună ceva la ureche. O ură puternică mi se cuibărea în suflet. Rezemându-mă de spătarul scaunului, mi-am pus mâna pe masă, cât mai departe de pistol, căci simțeam dorința de a mai zbura niște creieri în curtea familiei Abelli. Tatăl Elenei privea schimbul de replici dintre ei, dar nu părea deloc îngrijorat.

Mi-am plimbat limba pe dinți, cuprins de o patimă tulburătoare.

Elena a dat, crispată, din cap, iar idiotul i-a eliberat mâna, lăsând-o să plece. Și s-a făcut nevăzută înăuntru.

— Cum îl cheamă? am întrebat-o pe Adriana, arătându-i-l cu capul pe individul blond, a cărui simplă prezență devenea tot mai obositoare.

— Oscar Perry..., nu, Brezel, mi-a răspuns, încruntată. Nu, parcă nici așa. Oscar și nu mai știu cum. Doamne, ce poftă mi s-a făcut acum de covrigei!

— Ce face pentru tatăl tău?

— Nu știu, mi-a răspuns, la fel de încruntată. E ciudat. Umblă după Elena.

— Cine nu umblă? am murmurat, cu răsuflarea întretăiată.

Au întâmpinat-o la biserică de parcă era Fecioara Maria.

— E adevărat, dar n-o interesează niciunul dintre ei. Căci sora mea e îndrăgostită.

— Poftim? am întrebat, privind-o printre gene.

— E îndrăgostită.

Un fior rece mi-a străbătut trupul din cap până în picioare.

Adriana a căscat ochii cât cepele, realizând că spusese prea multe. Și-a dat pe gât tot paharul de vin. Nici n-am observat când a luat altul.

Am clătinat, iritat, din cap.

— Dacă vomiți în seara asta, e problema ta. Te descurci.

— O să mă ajute sora mea, mi-a răspuns, gata parcă să și verse. Am terminat cu cunoașterea pe ziua de astăzi?

— Deocamdată.

— Slavă Domnului! a murmurat, ridicându-se în picioare și ducându-se, cu pași împleticiți, să vorbească cu una dintre verișoarele ei.

Fata venise deja să facem cunoștință, spunându-mi: „Mama are dreptate. David nu-ți ajunge nici la degetul mic", apoi mi-a făcut cu ochiul și a dispărut. O familie a dracu' de ciudată!

Am acceptat încă un pahar de whisky de pe tava unui servitor, ignorându-l pe vărul Lorenzo, care mi s-a așezat alături. Și-a desfăcut sacoul și și-a băgat mâinile în buzunare. Cine știe unde dracu' fusese, dar preferam să-l știu lângă mine decât lângă Elena Abelli. Gândul îmi provoca fiori.

Într-un moment de tăcere, Lorenzo și-a ațintit privirile lascive asupra altei puicuțe din familia Abelli.

— Ce ți-a făcut? m-a întrebat apoi, arătându-mi-l cu capul pe individul blond, căruia i-aș fi zburat bucuros creierii.

— M-a enervat, i-am răspuns, răsucindu-mi paharul de whisky.

— Cred că a dat-o rău în bară. Că nu-ți ieși ușor din pepeni. Ia să vedem ce-a făcut! A înjurat-o pe mama ta?

— Nu.

— Pe tatăl tău.

— Nu.

— Pe cel mai frumos văr al tău. Înalt, cu părul negru şi bine dotat....

— Lorenzo! i-am spus, pe un ton sec.

— Da.

— Du-te dracu'!

Lorenzo a izbucnit în râs, mi-a ars una peste umăr, suficient de tare cât să-mi împrăştie whiskyul peste marginea paharului, şi a plecat.

Nişte idioţi, verii mei!

CAPITOLUL
Zece

Fie de cădem împinși de ambiție, de sânge sau de patimă,
suntem plămădiți, ca niște diamante, din propriul colb.
— John Webster[1]

Elena

Era scurtă, argintie și reflectorizantă. Aproape că-mi vedeam chipul reflectat în ea, în rochia Giannei, firește. Era asortată cu o pereche de cercei lungi, cu pene, și pantofi verzi, cu toc înalt. Își prinsese părul în creștetul capului, iar rujul roșu de pe buze, fără fard, îi completa ținuta din seara asta.

— ... Dacă tot vrei s-o faci, fă-o cu un stripper! Ascultă-mi sfatul!

Vorbea cu verișoara mea, Emma, de cincisprezece ani, care stătea la blatul din bucătărie și sorbea, plictisită, cu paiul dintr-un pahar cu punci.

Toate mătușile mele discutau despre petrecerea burlăcițelor organizată pentru Adriana, pe când eu stăteam la masă cu *nonna*, ce „descânta" o ceașcă de cafea. Am surprins doar câteva crâmpeie

---

[1] John Webster (1580–1632) — dramaturg englez iacobin, cunoscut pentru tragediile sale *The White Devil* și *The Duchess of Malfi*.

din discuția Giannei înainte să se piardă înăbușită printre celelalte glasuri din bucătărie.

Am clătinat din cap, ușor amuzată, dar și tulburată. Cuvintele pe care Oscar Perez mi le șoptise la ureche ceva mai devreme îmi stăruiau în minte, provocându-mi un nod în stomac. Mă trăsese deoparte ca să-mi spună să zâmbesc, căci zâmbetul îmi completa *belleza*[1] — ce-o fi însemnând și asta? Nu vorbeam spaniola și nici nu mi-am dorit vreodată s-o învăț. Limba — frumoasă, de altfel — îmi părea aspră și cotropitoare pe buzele lui. Uram să mi se spună să zâmbesc, de parcă zâmbetul le aparținea altora, nu mie.

Nu mi-a explicat de ce aventura mea în brațele unui bărbat l-a supărat atât de tare, dar nu putea fi decât un singur motiv pentru asta: credea că aveam să ne căsătorim. Era greu de imaginat că tata ar accepta o astfel de uniune, ținând cont de faptul că Oscar nu avea nici măcar rădăcini italiene, dar de ce ar fi trebuit să stau lângă el la masă când niciodată nu mi s-a impus acest lucru?

— Ești abătută.

Mi-am ridicat privirea de la crăpăturile ce brăzdau suprafața de lemn a mesei spre chipul nonnei. Și am clătinat din cap.

— Nu, nu sunt.

N-aș lăsa niciodată pe cineva ca Oscar Perez să-mi răpească liniștea sufletească.

— Nu știi să minți, *cara mia*.

Nu i-am răspuns, căci nu știam ce să-i spun.

— Voi, tinerii ăștia, luați totul prea în serios, a continuat, cu glas tânguitor. Și eu îmi făceam griji ca tine. Dar nu mi-au adus niciodată nimic bun. Nu-ți mai irosi timpul cu lucruri pe care nu le poți schimba!

S-a ridicat apoi în picioare, rezemându-se de masă.

— Mă duc la culcare.

— Noapte bună, *nonna*!

---

[1] Frumusețea (în lb. spaniolă)

S-a oprit, întorcându-se spre mine.

— Știi ce trebuie să faci când te simți abătută?

Cum nu voiam s-o contrazic, am privit-o ridicând din sprâncene.

— Ce anume?

— Ceva incitant.

— Ca de pildă?

— Nu știu. Să fumezi în compania unor tineri frumoși.

Opa! Un zâmbet mi-a apărut în colțul gurii. Oare intra și Nicolas în categoria asta?

— Noapte bună, *tesoro*, mi-a spus *nonna*, făcându-mi cu ochiul.

Flacăra lumânării scălda împrejurimile într-o lumină portocalie, misterioasă și fascinantă. Perdelele străvezii fluturau în adierea blândă a vântului de vară, iar o veioză zugrăvea cărțile de pe rafturile bibliotecii în nuanțe suave de auriu. Acordurile unei melodii cântate de Frank Sinatra se strecurau pe sub ușă, îndepărtate ca o amintire a unei nopți similare de acum o jumătate de secol.

Stăteam cu picioarele îndoite lângă mine pe un fotoliul de lângă șemineu, cu o carte în mână. După nici două pagini, renunțasem să mai citesc și stăteam cu capul rezemat de spătarul fotoliului și cu ochii ațintiți în flacăra lumânării, ce scălda camera în arome de lavandă. Pantofii mei cu toc înalt și funde albe zăceau pe podea, pe covorul roșu cu motive orientale.

Evadasem din bucătărie cât putusem de repede, sătulă de discuțiile interminabile ale mamei despre nuntă, ce deveneau tot mai obositoare și mai răsunătoare. Nu mă mai bântuia nici măcar gândul la Oscar Perez. Ci doar anumite cuvinte rămase nerostite și un viitor incert.

La fel precum cochilia tare a unei nuci de cocos, rolul pe care îl jucam ca Dolce Abelli mă proteja de lumea înconjurătoare.

Nu putea fi spartă prea ușor. Coborâsem însă garda, dezvăluind o latură pe care nu mulți o văzuseră: o latură vulnerabilă. Și nu știam de ce o făcusem tocmai în fața lui Nicolas Russo. Poate pentru că indiferența lui mă făcuse să cred că nu voia să vadă ce este dincolo de această cochilie.

Mi-am ridicat ochii când am auzit ușa de la bibliotecă deschizându-se și, de parcă l-aș fi chemat cu gândurile, Nicolas și-a și făcut apariția în prag.

Când m-a văzut, s-a oprit în loc. Am crezut pentru o clipă că o să plece, fără să rostească vreun cuvânt, doar pentru că dăduse de mine acolo. Mă privea cu aceeași expresie indiferentă și condescendentă pe chip, de parcă ar fi găsit în biblioteca *lui* un servitor care avusese îndrăzneala să-i ocupe locul. Era evident că nu voia să aibă de-a face cu mine. Ei bine, nici eu nu mă dădeam în vânt după el. Cu atât mai mult cu cât nici el nu părea să mă agreeze.

— De ce nu ești la petrecere? m-a întrebat, mijindu-și ochii.

— Dar *tu* de ce nu ești? i-am ripostat.

Și-a dus mâna la cravată, scrutându-mă cu o privire calculată, de parcă ar fi cântărit avantajele și dezavantajele prezenței mele aici. Se pare că erau mai multe dezavantaje.

Hotărându-se să intre în cele din urmă, a închis ușa în urma lui și s-a îndreptat spre minibar, fără să-mi răspundă la întrebare. Și-a turnat ceva de băut, pe când eu încercam să-i ignor prezența, ce-mi înnebunea gândurile. M-am trezit că îi scrutam cu ardoare fiecare gest pe care îl făcea, în timp ce își turna whisky într-un pahar.

Sângele îmi zvâcnea prin vene și pielea îmi ardea sub adierea blândă a vântului ce se strecura prin geamul deschis. Văzându-l că trece pe lângă mine, m-am prefăcut absorbită de paginile cărții mele, dar, în realitate, nu reușeam să disting nici măcar un cuvânt despre asasinarea lui John F. Kennedy. Faptele istorice se dovedeau o ancoră în vremuri de îndoială, căci, într-o bună zi, urma să devin și eu doar o filă de istorie.

S-a așezat într-un fotoliu gri de lângă fereastră și și-a scos telefonul. S-a aplecat în față, cu coatele rezemate pe genunchi. Își descheiase sacoul, dezvăluindu-și vesta neagră, ce i se mula pe abdomenul plat, iar cravata îi atârna, desfăcută, într-o parte. *Oare cum o arăta dimineața, complet răvășit?* m-am întrebat, tulburată de priveliștea pe care mi-o oferea. Am înghițit în sec.

În ciuda eleganței și pretențiilor de gentleman, știam prea bine că imaginea era doar de fațadă.

Avea chipul ușor nebărbierit și părul negru, des și răvășit. Prezența-i impunătoare și privirea sfredelitoare îmi înfierau sufletul, dar când purta o expresie gravă..., ușor duioasă, precum cea de acum..., nici nu trebuia să se uite la mine ca să-mi încingă simțurile.

Întorcându-și capul, mi-a surprins privirea.

— Trebuie să înveți să nu te mai uiți așa.

Am simțit un nod în gât și m-am făcut roșie ca racul.

Ochii i-au căzut pe obrajii mei încinși.

Și a făcut ceva ce nu mi-aș fi imaginat vreodată. Poate pentru că nu-i venea să creadă sau poate pentru că i se părea ridicol. Nu știam și nici nu-mi păsa. A început să râdă. Pe un ton domol și *sumbru*. Un râset ce nu avea nimic vesel. Un râset ce-ți rămâne adânc întipărit în minte.

Deși simțeam un nod în stomac, am continuat să-l scrutez cu privirea, căci nu mă puteam abține. Avea dinții albi și incisivii ascuțiți ca un animal de pradă, căci asta și era. Când l-am văzut privindu-mă pieziș, cu ochii învăluiți într-o umbră întunecată, sângele a început să-mi zvâcnească prin vene.

— *Isuse!* a murmurat în barbă, trecându-și mâna prin păr.

Mi-am rezemat capul de spătarul fotoliului, mușcându-mi buza de sus. M-a privit încă o dată, încetând să mai râdă, într-o atmosferă tot mai încordată, gata să explodeze. O pală caldă de vânt mi-a provocat fiori din cap până în picioare.

Nu știu cât am stat așa în aceeași cameră, într-o tăcere apăsătoare, nu departe unul de altul. Timpul trecea sacadat, în funcție de fiecare gest al său: privirea ridicată din telefon, o înghițitură de whisky sau ocheadele aruncate când întorceam o pagină ori îmi dădeam părul la o parte de pe umeri.

Credeam că mă descurc de minune, dând câte o pagină exact la timp cât să zici că am citit-o. Simțindu-i, însă, privirea pe chip, mi-a fost cu neputință să mai continui trucul. A zăbovit puțin acolo, apoi i-a alunecat pe gât și pe umeri. Am rămas fără suflare când i-am simțit-o pe sâni și apoi pe abdomen. Și m-am înroșit toată când mi-a mângâiat picioarele, oprindu-se la unghiile roz de la picioare ce mi se iveau printre faldurile rochiei.

El era cel care se uita acum la mine, dar nu aveam curajul să-i atrag atenția. Eram obișnuită cu ocheadele bărbaților, îndeajuns cât să le ignor, dar nimeni nu mă făcuse vreodată să mă simt în felul ăsta: încinsă și aproape *fără suflare.*

Acordurile melodiei lui Whitney Houston, *I Will Always Love You,* se strecurau pe sub ușă, acompaniate de glasul lui Benito. Dădea mereu startul distracției la karaoke și, ca printr-o ironie a sorții, toate erau piese emblematice de dragoste. Vărul meu nu se culca niciodată de două ori cu o fată dacă nu purta — ca să-l citez — cele mai mari cupe la sutiene.

Când l-am auzit încurcându-se la următorul vers, am pufnit în râs. M-am uitat la Nicolas, convinsă că era la fel de amuzat ca și mine, dar râsul mi-a pierit de pe buze când l-am văzut privindu-mă cu o expresie întunecată și gravă.

Muzica și glasurile ce răzbăteau pe sub ușă păreau să se înece deodată în zvâcnetul bătăilor de inimă. Nicolas s-a ridicat în picioare și, lăsând paharul neterminat de whisky pe o măsuță, a dat să plece. Dar s-a oprit lângă mine. Am încetat să mai respir când i-am simțit degetul pe obraz, ușor ca faldurile de satin și aspru ca vocea lui. M-a apucat de bărbie și mi-a întors fața spre el.

Ne-am privit câteva clipe, ce nu păreau să se mai sfârşească.

— Nu te mai duce cu bărbaţii pe la colţuri! mi-a spus, cu un licăr straniu în ochi, mângâindu-mi cu degetul buza de sus. Data viitoare, s-ar putea să nu mai scapi cu viaţă.

Şi, lăsând cuvintele să plutească ameninţătoare în aer, şi-a desprins mâna de pe chipul meu şi a ieşit din cameră, fără să mai spună altceva.

Mi-am rezemat capul de spătarul fotoliului şi am respirat normal pentru prima oară de când intrase pe uşă. Nu ştiam cum să-mi explic fiorii pe care îi simţeam prin tot corpul, dar nici nu voiam să-i analizez. Ştiam că nu vesteau nimic bun. N-au cum să fie de bun augur de vreme ce nu te lasă să respiri.

Ochii mi-au căzut pe paharul de pe masă.

Mi-am pierdut minţile.

Ardeam ca pe jar.

Am închis cartea şi m-am ridicat de pe fotoliu. Îndreptându-mă spre masă, am răsucit paharul printre degete pe suprafaţa lăcuită de lemn.

Lichidul făcea valuri aurii.

Niciodată nu mi-a plăcut gustul de whisky.

Dar l-am dus la gură... şi l-am dat pe gât.

CAPITOLUL
Unsprezece

Dacă pot opri o inimă să se frângă, nu voi trăi degeaba.
— Emily Dickinson

Elena

Simțeam și acum în stomac senzația de căldură lăsată de whisky, în timp ce stăteam pe vine în fața suportului TV din camera surorii mele.

— *Fright Night, Evil Night* sau *Night of the Living Dead?* am întrebat-o, ținând filmele în poală și așteptând un răspuns.

— *Sixteen Candles*, a îngăimat Adriana, din vârful patului.

— *Sixteen Candles?* am repetat, cu ochii mari cât cepele.

— Îhî!

Nu era a bună. De fapt, era *rău* de tot.

— Ești sigură?

— Da, Elena, mi-a răspuns, oftând.

— Bine... Mă duc să-l iau.

Am privit-o de parcă avea două capete când am ieșit din cameră. Părea însă doar beată și obosită, învelită într-o pătură cu *Star Wars*.

M-am întors în dormitor câteva clipe mai târziu, am băgat DVD-ul în aparat și m-am strecurat în pat lângă ea. „Furându-i” jumătate de pătură, mi-am tras-o peste rochia de care nu aveam energia să mă schimb. Televizorul licărea difuz în camera întunecată în timp ce urmăream filmul în tăcere.

— Elena, m-a strigat ea, în șoaptă.

— Da.

— Ce părere ai de Nico?

Am șovăit.

— Nu prea știu, i-am răspuns, în cele din urmă.

— Am stat puțin de vorbă în seara asta.

— Serios?

— Da. N-a fost așa de rău. E puțin cam bădăran, dar nu-l urăsc.

M-am concentrat asupra filmului, căci nu știam ce să-i răspund. Mă bucuram că găsiseră ceva în comun de discutat... Dar tot am simțit o strângere ciudată de inimă.

— Elena, a spus apoi, încet, luând ceva de pe noptieră.

— Da.

Mi-a întins telefonul fără să se uite la el.

— Trimite-l tu, te rog! Eu nu pot.

Am luat telefonul și am citit mesajul de pe ecran destinat Samanthei, numele de cod al lui Ryan. Un simplu „Adio" era tot ce scria.

Am simțit un nod în gât, dar am apăsat pe butonul ce putea schimba vieți și frânge inimi doar printr-un singur cuvânt trimis în lumea virtuală. Am făcut-o de dragul lui Ryan și, de-aș putea da timpul înapoi, aș face același lucru și pentru altcineva.

— Gata, am murmurat eu.

Stăteam una lângă alta: una îndrăgostită, cealaltă jurând să nu se îndrăgostească vreodată.

Stăteam la masa din bucătărie, cu picioarele încrucișate pe scaun, privind picăturile de ploaie ce cădeau pe fereastră.

— Nu, nu, nu! a exclamat mama, aruncând lingura de lemn pe blat după ce gustase din sosul roșu pregătit de Adriana.

Mama purta un trening purpuriu astăzi și avea părul strâns ca întotdeauna la spate.

— O să-l omori de data asta.

— Cum l-am omorât de fiecare dată? a întrebat Adriana, oftând, cu o expresie de frustrare pe chip.

— Sosul e atât de amar, că o să leșine.

Priveam scena, amuzată. Ultima dată când Adriana pregătise sosul, sărmanul Nicolas aproape că murise de foame tot așteptând să-l termine.

— *Incredibile!* a spus mama, în italiană, clătinând din cap. Nu înțeleg cum de n-ai învățat până acum să pregătești *una semplice salsa di spaghetti*. Ar trebui să te retragi de la cursuri ca să petreci mai mult timp în bucătărie.

Adriana stătea rezemată de blat. Purta un șorț alb, care îi acoperea tricoul cu *Hamlet*, mai lung decât pantalonii scurți, și o bandană galbenă, ce-i împiedica părul să-i cadă pe față.

— Nici Elena nu gătește mai bine.

I-am aruncat o privire încruntată.

— Dar nu Elena se mărită peste două săptămâni!

Zgomotul domol al picăturilor de ploaie ce se loveau de geam părea răsunător în liniștea așternută între noi. Trebuia să detensionez cumva atmosfera apăsătoare. Doar mă pricepeam de minune s-o fac.

— Mă îndoiesc că o să-l omoare, mama. Dacă a reușit să supraviețuiască de câte ori o fi fost împușcat, atunci o să scape cu viață și după sosul Adrianei.

— De trei ori, a intervenit sora mea.

— Poftim? am întrebat, încruntată.

— A fost împușcat de trei ori.

— *Mamma mia!* a exclamat mama. Nu vorbiți de așa ceva!

— De unde știi? am întrebat, mânată de curiozitate, ignorând-o pe mama.

— L-am întrebat aseară, mi-a răspuns Adriana, cu un licăr vesel în ochi.

— Poftim? *Adriana!*

— Și ți-a spus? am continuat tirul de întrebări, aplecându-mă pe scaun.

— Nu chiar. Când l-am întrebat, mi-a aruncat o privire iritată. Dar mi-a răspuns Gianna, care ne-a auzit discuția.

— Tu ai ceva în capu' ăla? Cum să-l întrebi așa ceva?

Niciuna dintre noi nu s-a uitat la mama. Am schițat amândouă un zâmbet. Voiam s-o șocăm atât de tare că se va năpusti ca o furtună afară din bucătărie, bombănindu-ne în italiană. Era un joc pe care îl făceam amândouă de mult timp. Și aveam să începem prin a o ignora de câteva ori.

— Gianna e sora lui? am întrebat, deși eram convinsă aproape sută la sută că era singur la părinți.

Ar fi putut să fie o verișoară, dar știam că nu era deloc așa.

— Nu, a răspuns Adriana, râzând. E mama lui vitregă.

— Dar e mai tânără decât el! am spus, cu gura căscată.

— Cu un an, a confirmat Adriana.

— O, Doamne! Îți poți imagina cum o fi să te culci cu un bărbat care are de două ori vârsta ta?

— *Elena!*

— Crezi că a făcut sex cu tatăl lui? a întrebat Adriana, cu ochii mari cât cepele.

— Încetați cu discuția asta!

— Dacă au fost căsătoriți..., i-am răspuns, indignată de întrebare. Aveau măcar o îndatorire misionară...

— *Basta!* a exclamat mama, îndreptându-se spre ușă, aruncându-și șorțul pe blatul de bucătărie și ieșind într-o cascadă de dojeni în italiană la adresa fetelor ei păgâne.

Râsetele noastre au dezghețat atmosfera.

— Nu-mi vine să cred că e mama lui vitregă, am spus, adăugând apoi: Sau a fost.

— Știu, mi-a răspuns Adriana, băgându-și degetul în sos și gustându-l, cu o grimasă pe chip. Dar nu cred că au o relație de mamă–fiu.

— Nu, am încuviințat eu, mai degrabă invers.

— Nu, nici așa, a spus Adriana, clătinând din cap.

— Cum adică?

— Aș paria pe toată colecția mea de costume că s-au culcat împreună.

— Serios? am întrebat, cu ochii mari.

— Da, mi-a răspuns, ștergând blatul.

Sora mea era de obicei tăcută, cu greu își făcea prezența cunoscută în mulțime, dar asta o ajuta să descifreze mai bine caracterul oamenilor — când avea timp și chef s-o facă. Avea, probabil, dreptate. Ce... blasfemie! Dar la ce să te aștepți din partea „nașului"?

Am sărit de pe scaun și, îndreptându-mă spre cratița de pe aragaz, am gustat puțin din sosul rămas în lingura de lemn. O amărăciune cumplită mi-a invadat pupilele gustative.

— Vai! E...

Adriana a izbucnit în râs, încercând să ia o cană de pe raftul de sus al dulapului. Deși țopăia, mormăind, tot nu ajungea la ele. S-a întors, capitulând, spre mine, și m-a privit printre gene.

— Benito și Dominic sunt jos, i-am spus eu. Poate că sunt flămânzi.

— Și ce-mi pasă mie...?

S-a oprit. Înțelegându-mi apoi jocul, a sărit de pe blat.

— Mă duc să le spun că e gata masa.

Luminile roșii și portocalii ale felinarelor de pe străzi licăreau încețoșate prin negura ploii ce cădea pe geam. Cerul era întunecat, de parcă se lăsa seara, deși era doar ora șase într-o zi de vară.

Telefonul lui Benito s-a luminat și a bâzâit — *din nou* — pe consolă. În mod ironic, Benito îmi amintea, ca înfățișare și personalitate, de Manny Ribera din *Scarface*. Eram convinsă că flirta cu cel puțin o femeie oriunde se ducea, fix ca un ceasornic.

— Citește-mi mesajul, Elena!

— Nu, am protestat eu. Ultima oară când am făcut-o am văzut ceva ce nu voiam să văd.

— Atunci, nu mă mai lua la rost că îl verific!

Of! Am luat telefonul și am citit mesajul.

— De la Angela Blonda.

Adăuga numelor feminine câte un atribut ca să le diferențieze, căci erau, probabil, prea multe. Și nu voia să le încurce.

— „Nu vreau să te mai văd", am citit, cu indiferență în glas, punând iute telefonul pe consolă ca să nu mai văd vreo altă poză de „adio".

S-a încruntat, cu o mână pe volan. Purta niște pantaloni negri și o cămașă albă, fără cravată. Era o zi lejeră pentru el. Dimineața, se întâmpla deseori să-i ia mai mult timp decât mine ca să se îmbrace.

Mama și tata urmau să ia masa cu o cunoștință de-a tatei, iar nonnei i-am spus să rămână acasă din cauza ploii torențiale. Așa că am plecat doar cu Benito, care avea să mă lase, ca de obicei, la teatru și să se ducă apoi acasă la vreo prietenă. Nu la Angela, însă.

Oftând adânc, vărul meu și-a trecut mâna prin părul închis la culoare și dat pe spate cu gel.

— Privindu-l prin prisma unei femei, Elena, cum ai interpreta mesajul?

Am şovăit puţin.

— Aş zice că nu vrea să te mai vadă.

— Asta presupune şi sexul?

— Da.

— La naiba! a exclamat, încruntat.

— Poartă „cupe" mari?

— Da, mi-a răspuns, cu tristeţe în glas.

— Păcat! i-am spus, imitându-i tonul glasului.

A parcat maşina în faţa teatrului şi, întinzând mâna, mi-a deschis portiera.

— Fă-i praf, fetiţo! Mă întorc la nouă.

— Mulţumesc, i-am răspuns, sărind din maşină şi luându-mi geanta de pe bancheta din spate.

— Elena! m-a strigat apoi, aplecându-se pe scaun şi întinzându-şi braţul pe spătarul scaunului din dreapta. Crezi că mesajul e valabil și pentru sexul oral?

— O, Doamne, eşti dezgustător! i-am răspuns, dându-mi ochii peste cap.

— Baftă! mi-a spus, zâmbind.

Cu geanta pe umăr, am intrat şi am salutat câţiva dansatori pe care i-am întâlnit în cale. Nu era un teatru mare, dar era elegant — de parcă tata m-ar fi lăsat să dansez în orice speluncă. Avea lumini strălucitoare şi pereţi crem, cu accente aurii şi roşii. Era o sală frumoasă. Îmi plăcea feeria spectacolelor — machiajul, costumele şi prieteniile cu colegii de trupă —, deşi superficiale, dar, pentru mine, dansul era doar o formă de exerciţiu. Pasiunea pe care o nutrisem cândva începea să se şteargă şi nu ştiam cât voi mai continua să-l practic.

O pală de aer m-a învăluit deodată, însoţită de o voce profundă:

— Spune-mi că ieşi cu mine în oraş!

Fără să mă uit la posesorul vocii, care își potrivea mersul cu al meu, am clătinat din cap, cu un zâmbet pe buze.

— Nu.

— La sushi?

Am strâmbat din nas.

— Bine, nu la sushi. La un restaurant italian?

— Ha, ha! i-am răspuns, râzând.

— Vii mâine?

Tyler era zvelt, ca majoritatea dansatorilor, cu părul de un blond spălăcit și un zâmbet în colțul gurii. Era drăguț și politicos, dar nu era genul meu. Era doar un prieten, care voia mai mult, dar, de dragul lui, nu aveam să accept să am o relație cu el. Îmi învățasem lecția.

Mă întrebam uneori cum ar reacționa dacă i-aș spune adevărul despre familia mea. Mă îndoiesc că m-ar mai invita să ieșim împreună de fiecare dată când m-ar vedea. Oricine ar înțelege cine era tata, dacă i-ar căuta numele pe Google. Colegele mele de la școala de fete pe care o frecventasem îmi aflaseră rădăcinile încă de la bun început și devenisem practic o proscrisă. Adriana își făcuse o mulțime de prieteni la cursurile de teatru, dar eu nu reușisem această performanță.

— Da, vin, i-am răspuns. Cu vărul meu, dacă nu e vreo problemă.

— O, da, cu Benito. Ai tăi nu știu că fetele nu mai au astăzi nevoie de însoțitor?

— Ba da, i-am răspuns, zâmbind. Dar nu le pasă.

Zgomotul de glasuri devenea tot mai tare odată ce ne apropiam de culise, unde se adunaseră cam vreo zece dansatori.

— Ultima ofertă, a spus el, cu fermitate. Cheeserburgeri. Ia-l și pe Benito cu tine! Ménage à trois.

— Nu cred că îl interesează bărbații, i-am răspuns, râzând.

— Ha, ha! mi-a spus, la rândul lui, când ne-am despărțit.

CAPITOLUL
Doisprezece

Orice sălbatic poate să danseze.
— Jane Austen

Elena

Stăteam rezemată de ușa ce dădea spre aleea din spate, simțind atingerea aspră și rece a metalului. Burnița ce cădea ușor se împletea cu broboanele de sudoare de pe trup. Câte un scârțâit de roți, un vuiet de sirene și un râset ce se auzea uneori de la vreun bar închis spulberau tăcerea din împrejurimi.

— Ai avut o idee bună, a spus Sierra, ieșind și strângându-și în coc părul blond, ce-i încadra chipul transpirat.

Spectacolul fusese un succes. Era o interpretare modernă à la Romeo și Julieta, unde eroul principal moare în numele iubirii, iar eu interpretam rolul Morții.

În ciuda dramatismului și lentorii acțiunii, spectacolul era presărat cu accente frumoase și tulburătoare. De ce toate intrigile ar trebui să aibă un sfârșit fericit? Momentele cu adevărat memorabile și tulburătoare ale istoriei nu sunt oare cele tragice? Am apreciat mereu poveștile cu final tragic. Eram realistă, nu romantică.

Am vorbit un timp cu Sierra despre fiul ei de doi ani, pe care îl creștea singură, apoi, gândindu-mă că Benito se va plictisi așteptându-mă, m-am hotărât să plec.

— Ne vedem mâine la petrecere, Sierra, dacă vii.

— Da, vin. Îl las pe Nathan cu mama. Spune-mi că-l aduci și pe vărul ăla sexy al tău!

— Da, o să vină și el, am bombănit, dându-mi în joacă ochii peste cap.

— Minunat! Pe mâine atunci, mi-a răspuns, făcându-mi cu ochiul.

Schimbându-mă cu o bluză fără umeri, mi-am luat geanta și m-am îndreptat spre ieșire. Dar nici n-am apucat să ajung bine la ușă, că o mână m-a și luat de umăr.

— Știu că am spus că e ultima ofertă, dar am uitat să-ți propun mâncarea chinezească.

Am clătinat din cap, cu un zâmbet pe buze, dar nu aveam cum să merg la mașină însoțită de Tyler. Țineam la Benito, dar n-aveam cum să uit că lucra pentru tata. Iar Manuel, tatăl lui și unchiul meu, era responsabil pentru moartea ce-mi bântuia gândurile. Benito privise spectacolul macabru cu mâinile în sân, lucru care mă făcea să cred că n-ar fi împiedicat o altă tragedie.

Exact când am ajuns pe holul de la ieșire și mă pregăteam să-i dau la o parte mâna lui Tyler de pe umăr, inima mi-a stat în piept și m-am oprit pe loc.

Nicolas stătea lângă uși, rezemat de perete, cu mâinile în buzunare. Îmbrăcat într-un costum negru, în bătaia luminilor strălucitoare, putea părea un domn respectabil și chipeș. O singură privire însă, ațintită asupra chipului său întunecat, îți dădea de înțeles că era o imagine înșelătoare. Dar ce-mi stârnea cu adevărat fiori de spaimă era veninul cu care părea să-l împroaște din ochi pe Tyler.

Simțind un nod în stomac, i-am dat brațul la o parte de pe umăr. Abia atunci a observat prezența lui Nicolas.

— Cineva din familie? m-a întrebat, șovăitor.

— Ăăă..., da.

Nu era chiar o minciună. Dar nu aveam de gând să-i explic toate detaliile sub privirile sfredelitoare ale lui Nicolas. De vreme ce avea să facă acum parte din familie, își asuma responsabilitatea de a se ocupa de bărbații ce-mi ieșeau în cale.

Frustrarea mi se cuibărea în suflet. Aveam și așa atât prea mulți veri și unchi protectori, cât și un frate temperamental, nu mai aveam nevoie de încă unul care să-mi controleze viața. Îmi imaginam că Nicolas se implica în orice cu toată ființa, căci nici măcar Benito n-ar purta expresia asta pe chip dacă ar vedea un bărbat ținându-și brațul pe umărul meu.

— Să înțeleg așadar că... refuzi și mâncarea chinezească?

— Pleacă, Tyler!

— Bine, mi-a răspuns, făcând un pas înapoi, dezarmat, probabil, de tonalitatea glasului meu. Atunci, ne vedem mâine, Elena.

Am răsuflat ușurată să-l văd plecând, încă în viață. Toți bărbații din viața mea erau niște psihopați. Și în momente precum cel de acum îmi uram existența. Încercasem să scap cândva, în trecut. Când am simțit că eram doar o fată frumoasă, captivă într-o lume presărată cu zâmbete false și un viitor sumbru. Cu petreceri, dansuri și zâmbete forțate — realitatea mi s-a înfățișat însă crudă, în toată splendoarea ei când m-am trezit singură într-un oraș ce-mi era complet străin.

Și am înțeles în curând că nu aveam ce căuta acolo, că eram deja pângărită de lumea în care am crescut. Că un bărbat cu o conștiință curată și mâini la fel de curate nu mi se potrivea. Am distrus viața unui om decent, dorindu-mi — deși mă atinsese în locuri în care n-o mai făcuse nimeni vreodată — ca îmbrățișările sale să fie mult mai brutale. Dorindu-mi să fie la fel de întunecat ca bărbații de care eram înconjurată.

Toți știam că nu te poți îndrăgosti de un bărbat din lumea mea, cu atât mai puțin de unul ca acela care stătea acum în fața mea. Asta dacă nu vrei să-ți simți inima frântă în mii de bucăți. Nu, nu mă voi îndrăgosti niciodată. Nici nu mă așteptam s-o fac. N-ai cum să plângi după ceva ce știi că n-ai putea avea.

Cel puțin, Nicolas nu putea fi al meu. Era răvășitor, fascinant, capabil să-ți sucească mințile... N-aș scăpa niciodată cu viață dintr-o asemenea relație.

Mi-am potrivit bareta genții pe umăr și m-am îndreptat spre el, în timp ce inima îmi bătea frenetic cu fiecare pas pe care îl făceam. M-am oprit la o oarecare distanță. Văzându-i expresia din priviri, nu m-aș apropia nici moartă de el.

— Tatăl tău știe că te săruți cu bărbați pe scenă?

Am șovăit, încleștându-mi mâna pe geantă. Venise, probabil, suficient de devreme cât să prindă sfârșitul spectacolului. Unde naiba era Benito? Omul ăsta o să mă omoare numai din priviri.

— N-am sărutat pe nimeni, i-am răspuns, mișcându-mă pe loc.

Practic, era o minciună, dar trebuia să găsesc o cale de scăpare. Căci, după ce Nicolas îl auzise pe Tyler invitându-mă în oraș și mă văzuse sărutându-l pe scenă, lucrurile păreau mai grave decât erau cu adevărat. Pentru bărbații din familia mea, era ca și cum m-ar fi prins goală în compania lui. Niște *psihopați*, după cum v-am spus. Se pare că nici cei din familia Russo nu erau mai breji.

Nicolas s-a desprins de perete și s-a apropiat de mine.

— Serios? Atunci ce-ar fi să-mi explici ce făceai acolo?

— Jucam rolul Morții, i-am răspuns, cu obrajii încinși. Și... îi sugeam viața din trup.

Poate că nu era cea mai bună explicație, căci expresia-i de pe chip a devenit și mai întunecată. Poate că verbul „a suge" nu era cea mai bună alegere. Of! Privirea-i sfredelitoare îmi încingea sufletul.

— A fost un sărut complet platonic, am spus apoi.

— Când atingi buzele unui bărbat și *îi sugi* răsuflarea, nu e niciodată un sărut platonic, mi-a ripostat, străfulgerându-mă cu ochii.

Îl făcea să pară un gest atât de murdar, când nu fusese decât copia palidă a unui sărut. Mânia îmi clocotea prin vene. Cine se credea de-mi spunea pe cine am voie să sărut: Domnul Corectitudine, care se culca cu mama vitregă și cu femeile altora?

Cum frustrarea îmi provoca un nod în gât, împiedicându-mă să-i răspund, m-am mulțumit doar să trec mai departe. În trecere, mi-a luat geanta de pe umăr, străfulgerându-mă cu aceeași privire încinsă. Apoi, a venit după mine.

Afară, continua să burnițeze și am clipit de câteva ori, căutându-i mașina din priviri. Era parcată lângă trotuar, neagră și strălucitoare. N-aveam de gând să merg cu el; o să-l aștept pe Benito. Am rămas pe trotuar în timp ce Nicolas mi-a aruncat geanta pe bancheta din spate.

A închis portiera și s-a uitat la mine.

— Ai de gând să stai acolo toată noaptea sau te urci în mașină?

— Unde e Benito?

— Are niște treabă cu tatăl tău, mi-a răspuns, deschizând portiera din față.

Din experiențele trecute, asta însemna că se întâmpla ceva rău la New York în seara aceea. Mă miram că tata îl trimisese pe Nicolas să mă ia de la teatru, ținând cont de scepticismul cu care îmi privea comportamentul față de bărbați. Mă simțeam însă și puțin îngrijorată pentru că apelase la Nicolas.

Dacă avea un motiv întemeiat pentru care se temea pentru siguranța mea, atunci mă bucuram că îl trimisese pe Nicolas să mă ducă acasă. Deși avea numeroși dușmani, reușise să rămână în viață.

Cu toate astea, gândul de a sta în mașină cu el îmi provoca fiori în stomac. Probabil că m-aș simți la fel și dacă aș sări din avion. Nu știu de ce-mi crea senzații atât de viscerale, dar nimic nu mi-a displăcut mai tare ca tonul cu care mi-a ordonat să intru imediat în mașină.

Voiam să-i spun să adauge un *te rog*, dar norii grei de furtună ce i se adunau în priviri m-au determinat să renunț la idee. Am trecut pe lângă el și m-am urcat în mașină.

Frustrarea mi se împletea cu furia. Ce voia oare să facă cu informațiile legate de Tyler? Nu cred că tata va acorda prea multă atenție unui sărut regizat pe scenă, dar brațul pe umăr și invitația în oraș..., gândul îmi provoca un nod în stomac. Asta n-ar suna deloc bine.

Îl detestam acum atât de mult pe Nicolas Russo, încât am încercat să ignor parfumul masculin ce-mi îmbăta simțurile: aromele de santal și săpun se îngemănau cu un iz de pericol, stârnindu-mi fiori din cap până în picioare și înnegurându-mi mintea. Am încercat să ignor toate aceste senzații, concentrându-mă să-mi pun centura.

Când s-a așezat la volan și a închis portiera, mașina părea deodată cumplit de mică. Tăcerea era atât de răsunătoare, că îmi auzeam bătăile inimii, și atmosfera — atât de încinsă de credeam că dăduse drumul la radiator. Oare Nicolas degaja atâta căldură?

Ploaia lovea în parbriz, prelingându-se pe geam și înnegurând lumea de afară. Eram singură cu el într-un spațiu atât de mic. Gândul îmi răsuna amețitor în minte, aruncându-mă într-o vâltoare de sentimente.

Fără să-mi spună vreun cuvânt, Nicolas a scris un mesaj pe telefon. Probabil tatei. Îmi imaginam cum sună: *Pachetul a fost preluat în siguranță.*

Mi-am înfipt unghiile în palme.

Cum să-i vorbesc? Nu-mi fusese niciodată greu să încropesc o discuție, dar toate gândurile raționale îmi piereau când mă aflam în preajma lui.

— Nicolas, am murmurat, șovăitoare. Poate că am pornit cu stângul... la biserică, weekendul trecut. N-am vrut să mă holbez la tine, crede-mă pe cuvânt!

M-a țintuit cu ochii. O umbră ușor amuzată i-a învăluit chipul, deși îmbrăcată în tonalități întunecate. Tot ce îl privea pe Nicolas părea scăldat în nuanțe întunecate.

M-am făcut roșie ca racul la față.

— Am vrut să-ți cer scuze. La început, am avut îndoieli în privința căsătoriei voastre, dar acum... cred că tu și Adriana... veți fi fericiți împreună, am adăugat, schițând un zâmbet cât mai încântător cu putință.

N-a stârnit reacția scontată.

Scoțând un murmur sardonic, și-a aruncat telefonul în consola din mijloc.

— Mă bucur s-o aflu, dar tot o să-i spun tatălui tău de idila ta cu dansatorul.

Zâmbetul mi-a pierit de pe buze și stomacul mi s-a întors pe dos.

A băgat cheile în contact și a pornit motorul. O piesă metal cânta în surdină la radio. Nu mi-a scăpat faptul că era același post pe care îl asculta și Adriana uneori.

— Stai puțin! am spus deodată, punând mâna pe schimbătorul de viteze, de parcă aș fi putut să-l opresc. Nu e nimic între mine și Tyler, am continuat, în timp ce mă scruta cu privirea, dându-mi de înțeles că avea să-mi dea mâna la o parte dacă n-o făceam eu. N-a fost nici măcar un sărut! Îi... extrăgeam viața din trup. A fost un gest complet platonic.

N-a spus nimic, dar tăcerea lui m-a făcut să cred că șovăia.

— Nicolas, te rog..., am continuat, înghițind în sec.

— Cum îmi spui? m-a întrebat, luat evident prin surprindere.

Am ezitat, deschizând gura, apoi închizând-o. Nu voiam să i-l rostesc. Nicolas Russo avea o reputație. Nicolas Russo era un străin.

Nicolas era undeva departe. Nu voiam să-i spun Nico. Ar fi ieşi prea uşor şi lin de pe buzele mele. Ar fi sunat mult prea bine.

Am rămas un timp într-o tăcere apăsătoare, apoi a clătinat din cap.

— De obicei, când cineva vrea ceva, încearcă să intre pe sub pielea celui pe care încearcă să-l convingă. O regulă de bază în negocieri.

Mi-a spus-o de parcă avea de-a face cu o toantă, și asta m-a scos din sărite.

— Nu negociez cu un escroc.

Cuvintele mi-au scăpat de pe buze înainte să mi le stăvilesc.

— Touché, mi-a răspuns, trecându-şi mâna peste faţă, cu o umbră amuzată.

Aruncându-mi o ocheadă pieziṣă, m-a privit din cap până în picioare, impresionat poate că am avut curajul să-i ripostez.

— Dovedeşte-mi-o! mi-a spus apoi, cu glasul grav, plimbându-şi limba pe buze.

— Ce să-ţi dovedesc? l-am întrebat, încruntată.

— Că a fost un sărut platonic.

— Şi cum vrei să...?

Stoluri de fluturi au început să mi-o ia razna prin stomac când am înţeles ce voia să fac. Atmosfera părea deodată cumplit de apăsătoare.

— Doar nu vorbeşti serios?

— Extrem de serios.

Abia atunci am înţeles de unde i se trăgea renumele. Nu de la moartea vărului său. Şi nici de la „îndeletnicirile" lui, ci de la expresia rece și indiferentă cu care mi-a întins capcana.

Aştepta să-i spun că nu se cuvine. Şi atunci pretextul „sărutului platonic" se spulbera de-ndată.

Nu ştiu de ce manifesta atâta interes faţă de Tyler, dar bănuiesc că egoul lui masculin prindea aripi ştiind că o împiedicase pe viitoarea sa cumnată să se întâlnească cu bărbați ce nu erau de origine italiană. Benito mă aștepta mereu în mașină — de ce naiba n-a putut să vină să mă ia și astăzi?

N-o să-i cad în capcană. Asta însemna că trebuia să joc cu cărțile lui.

— Bine, i-am răspuns, cu glas calm, complet neașteptat.

O umbră i-a învăluit privirea. Și-a mușcat buza de sus, uimit, poate, că nu căzusem în capcana pe care mi-o întinsese. Gestul m-a făcut să-mi ațintesc ochii asupra gurii lui. Un val de căldură mi-a cuprins stomacul.

— Bine, mi-a răspuns, în cele din urmă, cu o nuanță întunecată în privire.

Ce e?

Credea că joc la cacealma. Dar nu era deloc așa, el se juca cu mine. Voia să mă facă să mă simt prost — i-o vedeam în expresia-i rece de pe chip. Toată scena îmi stârnea valuri de frustrare.

— Bine, am repetat.

Ne-am înfruntat din priviri.

Jucam amândoi la cacealma, dar niciunul dintre noi nu voia s-o recunoască. Eu — de dragul lui Tyler, iar el — de dragul ego-ului său exacerbat. Neliniștea îmi sfâșia sufletul. Nu credeam că aveam să scap cu viață din încercarea asta.

— Dacă îți dovedesc, păstrezi secretul? l-am întrebat, desfăcându-mi centura sub privirile-i scrutătoare.

Și-a încleștat maxilarul, adâncit, parcă în gânduri, dar umerii încordați mi-au dat de înțeles că era ultimul lucru pe care voia să-l facă. Poate că n-ar fi trebuit să-și subestimeze adversarii. M-a scrutat cu privirea, încuviințând din cap, iar fluturii din stomacul meu au luat-o iar razna.

Voiam să-mi termin misiunea cât mai repede cu putință, dar fiorii și emoțiile, ce-mi făceau inima să-mi vibreze în piept, îmi încetineau mișcările.

Rezemându-mă cu mâna de consolă, dornică să evit orice alte atingeri inutile, m-am aplecat spre el. Mă privea cu o expresie rece, de parcă stătea la coadă la înmatriculări mașini. M-am aplecat tot mai mult...

Până i-am atins buzele, în timp ce la radio cânta piesa *Snap Your Fingers, Snap Your Neck*. Parfumul său cald și suav îmi îmbăta simțurile, înnegurându-mi gândurile. Mi-am apăsat ușor buzele de ale lui, fără să mi le mișc, gata să scap un suspin. Dar am reușit să mi-l stăvilesc.

Nu puteam să mai respir; căci aveam senzația că stau pe jar.

La fel cum făcusem și cu Tyler, deși nu se compara cu sărutul regizat de pe scenă, am sorbit o gură de aer de pe buzele-i ușor depărtate. O secundă, două, trei. I-am sorbit răsuflarea, complet amețită, de parcă el juca rolul Morții, nu eu.

Nu auzeam decât zvâcnetul sângelui în urechi. Și nu-i simțeam decât dulceața buzelor. Mi s-a făcut pielea de găină, și fiori mi-au străbătut corpul din cap până în picioare.

Și atunci am făcut ceva ce n-ar fi trebuit să fac, căci n-am putut să-mi stăvilesc dorința. I-am cuprins pentru o clipă buza de sus, umedă și caldă, cu ale mele. Am vrut să văd ce gust ar fi avut un sărut adevărat. Apoi, m-am depărtat iute și m-am așezat pe scaun, cu ochii ațintiți în parbriz.

— Vezi? am murmurat eu. Complet platonic.

I-am simțit privirea înfierându-mi obrazul alte câteva secunde. Probabil că l-am convins, căci a pornit motorul și s-a îndepărtat de trotuar.

CAPITOLUL
Treisprezece

Îmi place să fiu în pielea mea. Și să nu sufăr singur.
— Anthony Corallo

Nico

Am urmat mereu două reguli.

Nu pleca niciodată de acasă neînarmat!

Și nu te pune niciodată într-o poziție de unde nu mai ai cale de scăpare!

Aveam mai mulți dușmani decât președintele Statelor Unite și am reușit mereu să scap cu viață tocmai pentru că am urmat aceste două reguli simple. N-am fost niciodată tentat să le încalc, până m-am trezit în mașină cu Elena Abelli.

Luminile străvezii de la benzinărie îmi licăreau deasupra capului. Picăturile de ploaie ce cădeau dintr-un cer întunecat și fără stele îmi ardeau pielea încinsă. Mă simțeam mistuit de dorință. Mi-am scos sacoul și l-am aruncat pe bancheta din spate. Mi-am desfăcut cravata și m-am rezemat de portieră. Am tras adânc în piept aerul ce mirosea a ploaie și benzină, ascultând zgomotul traficului de pe șosea.

Aş fi izbucnit în râs, deşi nu era nimic amuzant. Palida interacţiune sexuală cu Elena mi-a aprins atât de tare simţurile că am fost nevoit să opresc la o benzinărie doar ca să ies dracu' din maşină, nu era nevoie să alimentez. Simţindu-mă cumplit de încins, mi-am suflecat mânecile.

Atingerea buzelor Elenei Abelli a însemnat încălcarea regulii numărul doi. Ştiam că nu voi reuşi să gestionez situaţia, dar m-am lăsat mânat de instincte ca un idiot. N-am murit, dar nici nu mai era mult. Eram mai excitat ca niciodată. Mă simţeam mistuit de o poftă carnală de-a dreptul nimicitoare.

Mi-am pus o ţigară în gură şi mi-am băgat mâinile în buzunare. N-aveam de gând s-o aprind. Dacă o făceam, era ca şi cum aş fi recunoscut că un nenorocit de sărut adolescentin mă scosese din minţi.

Am stat rezemat de maşină mai mult decât era nevoie să umplu rezervorul. Cinci dolari, atât era de plată. Am plătit la pompă. Nu puteam să intru în benzinărie pentru că eram cumplit de excitat.

Ploaia rece începea să-mi răcorească simţurile, dar senzaţia buzelor ei moi contopite uşor cu ale mele, răsuflarea-i sacadată şi atingerea limbii sale fierbinţi şi *umede* mi le-au aprins din nou. *La dracu'!*

Nu ştiu cum de-am reuşit să n-o apuc de ceafă şi să n-o trag mai aproape, strecurându-mi limba printre buzele ei şi explorându-i adâncurile. Nu era doar o simplă dorinţă, ci o *necesitate* mistuitoare. Iar conştientizarea acestui lucru mi-a dat puterea să mă abţin. Mai ales după noaptea trecută. Am crezut că era materialistă şi superficială, dar faptul că urmărea documentare şi citea cărţi de istorie mi-a spulberat această imagine. Voiam să ştiu ce face în timpul zilei şi ce gânduri îi trec prin minte.

Uşa unei portiere m-a trezit din visare.

Întorcându-mi capul, am văzut-o pe Elena privindu-mă peste capota maşinii. Avea părul strâns într-o coadă de cal pe care n-ar fi trebuit niciodată să mi-o înfășor de jur împrejurul pumnului. Acum nu mai puteam să uit cât de mătăsos era.

— Mă duc la toaletă, mi-a spus, arătând cu capul spre benzinărie.

Am încuviințat din cap, apoi m-am întors cu spatele, căci ultimul lucru care îmi lipsea acum era s-o văd cum își leagănă fundul. Purta o pereche de colanți — și cu asta am spus totul.

O subestimasem. Am crezut că avea să refuze repetarea sărutului de pe scenă, oferindu-mi astfel ocazia de a-i demola teoriile așa-zis „platonice". Adevărul era că puțin îmi păsa cum îl percutase pe scenă. Gestul în sine mă scotea din sărite.

Voiam s-o fac să se simtă prost după ce toată săptămâna încercasem în zadar să-mi scot din minte imaginea ei pe jumătate goală. Dar nu mi-a făcut pe plac; căci, în loc să se simtă stânjenită, și-a desfăcut centura și m-a sărutat. „Platonic", zice ea, deși eu eram cât pe ce să-mi pierd cumpătul și s-o „înec" în brațele mele.

Mă scotea din minți, la dracu'! Mă tulbura îngrozitor. Trebuia s-o privesc ca pe un bibelou. O căutam însă pretutindeni.

Cu o noapte în urmă, în bibliotecă, mă privise stăruitor, incitându-mi simțurile. Când îi atrăsesem atenția, continuase să mă privească, în tăcere, cu ochii ei castanii și obrajii trandafirii.

N-am crezut niciodată că un chip îmbujorat ar putea să mă excite atât de tare.

Văzând-o împreună cu Tyler, m-am întrebat dacă nu de el era cumva îndrăgostită. Nu ezitase să mă sărute doar ca să-l protejeze. Am strâns din dinți. Inelul pe care îl purta pe deget era de la un bărbat. Puneam rămășag pe asta. De la Tyler? Sau de la cel cu care fugise?

O, Doamne, dar de ce-mi bat capul?

N-aveam de gând să îngroș coada de masculi din New York care o venerau pe Elena. Preferam să stau deoparte și să-i văd pe idioți cerșindu-i atenția. Mi-am trecut mâna peste față, mi-am scos țigara din gură și am băgat-o în buzunarul cămășii.

Închizând capacul rezervorului, mi-am ridicat privirea și am văzut-o întorcându-se spre mașină, cu pași repezi și ochii ațintiți în pământ.

Am scrutat-o printre gene. Învățasem de-a lungul timpului să descifrez limbajul trupului. E bine de știut când cineva vrea să-ți zboare creierii în toiul unei întâlniri. Iar ținuta Elenei îmi ridica semne de întrebare. Evitarea contactului vizual, umerii crispați: era stresată.

— Elena! am strigat-o, încercând s-o fac să se uite la mine.

Nu s-a oprit la auzul glasului meu. S-a urcat în mașină și a trântit ușa. Fără să știu cum am ajuns acolo, m-am și trezit în fața portierei.

— Ce s-a întâmplat? am întrebat-o, deschizând ușa.

— Nimic, mi-a răspuns, clătinând din cap. Putem să mergem?

Poate aș fi crezut-o dacă nu ar fi fost atât de tulburată. Deși puțin probabil, chiar și atunci. Toți bărbații știu ce înseamnă cuvântul *nimic* atunci când iese din gura unei femei.

— Da.

Și-a întors ochii spre mine și atunci i-am citit freamătul în priviri.

— Da? m-a întrebat în șoaptă.

— Da. După ce-mi spui ce dracu' s-a întâmplat.

A oftat adânc și și-a rezemat capul de spătarul scaunului.

— Nimic. Vreau doar să ajung acasă.

M-am lăsat pe vine și, apucând-o cu mâna de bărbie, i-am întors capul spre mine.

— Nu plecăm până nu-mi spui ce s-a întâmplat.

Și-a mușcat buza de sus, evitându-mi privirea.

— Nu vreau să faci din țânțar armăsar.

— N-o să fac.

Depinde.

— Promite-mi că n-o să faci absolut nimic!

— Promit.

Vrăjeală!

Şi-a aţintit ochii în ochii mei, străpungându-mi sufletul.

— Casierul..., a început, înghiţind în sec. Mi-a spus că trebuie să cumpăr ceva pentru că am fost la toaletă. Când i-am răspuns că n-am bani la mine...

S-a oprit, şovăitoare.

— Spune dracului odată! m-am răstit eu, simţind cum mânia mi se cuibăreşte, încet, dar *furibundă*, în suflet. Te-a atins cumva?

— Nu! mi-a răspuns, mult prea repede. Nu s-a întâmplat mare lucru... M-a ameninţat doar că o va face dacă nu plec imediat.

— Minţi! i-am ripostat, tăios ca moartea.

Şi-a întors capul, încercând să se elibereze din strânsoarea mea.

— Unde? am întrebat-o, ţinând-o cu putere.

— M-a pocnit peste fund, mi-a răspuns, străfulgerându-mă cu privirea, şi mi-a spus că sunt şi alte modalităţi de plată.

Abia după câteva clipe, am reuşit să-mi domolesc mânia nimicitoare ca să pot formula o propoziţie coerentă. Fata asta nu putea oare să meargă nicăieri fără să-i scoată pe bărbaţi din minţi? Începeam să nu pot să mai ţin în frâu bestia din mine.

— Cu ce mână te-a pocnit? am întrebat-o, plimbându-mi degetul mare pe bărbia ei.

— O, nu! a murmurat ea, cu ochii mari cât cepele. Mi-ai promis!

Abia îi auzeam glasul printre zvâcnetele de mânie ce-mi răsunau în urechi. Vedeam numai roşu de jur împrejur. Am închis ochii şi, trăgând adânc în piept aburii de benzină, m-am ridicat în picioare.

— Nu, te rog, Nicolas, te implor!

— Mă duc doar să stau puţin de vorbă cu el.

— Nu, n-o să...

Am trântit portiera.

Un suspin de frustrare i-a scăpat printre buze.

În dreptul pompei, stătea un negru, care umplea rezervorul maşinii sale vechi. Pe caldarâmul pătat cu ulei, am văzut o canistră de benzină; aceeaşi pe care o umpluse ceva mai devreme cât timp Elena stătuse înăuntru. Am luat canistra şi am pornit spre uşile benzinăriei.

— Ce dracu' crezi că faci, omule?

— Îţi dau un sfat prietenesc, i-am răspuns, fără să mă întorc. În locul tău, m-aş căra dracu' de aici cât mai repede posibil.

I-au trebuit cam două secunde să pună lucrurile cap la cap.

— O, nu, *la dracu*! l-am auzit spunând în urma mea.

Cineva a trântit apoi o portieră şi o maşină a pornit în trombă.

„P"-ul de pe firmamentul benzinăriei Pronto licărea intermitent. S-a auzit clinchetul unui clopoţel când am intrat pe uşile benzinăriei strident luminate, prevăzute cu un parchet laminat, murdar şi scorojit. Casierul stătea la casă şi citea o revistă. Părea să aibă cam patruzeci şi ceva de ani şi un început de chelie. Purta un tricou roşu şi scrobit, pe care scria „David" cu litere galbene.

— Eşti singur în seara asta?

Omul şi-a ridicat privirea, ţinând capacul unui stilou între dinţi. Şi l-a scos înainte să-mi răspundă cu un puternic accent tipic locuitorilor din Long Island:

— Da. Care-i problema?

Ignorându-i întrebarea, am scrutat împrejurimile cu privirea.

— Frumoasă benzinărie. E a ta?

— Da, mi-a răspuns, cu ochii aţintiţi asupra canistrei pe care o ţineam în mână.

— Îmi imaginez că aşa îţi câştigi existenţa.

— Nu ştiu ce vrei, mi-a răspuns, cu o expresie rigidă pe chip, dar nu mă interesează.

— Nu-ţi permiţi să schimbi parchetul şi nici becul ce licăre intermitent pe firmamentul de pe uşă. Sunt convins că dai toţi banii în casă. Ai soţie..., poate şi copii, am continuat, desfăcând dopul canistrei şi turnând nişte benzină pe parchetul laminat.

Casierul a scăpat stiloul din mână şi a făcut un pas în spate.

— Ce dracu' faci?

— Îți amintești de fata care a intrat adineauri aici? l-am întrebat, clătinând din cap. Nu ți-ai ales-o bine, David, am adăugat, împroșcând cu benzină un raft cu ilustrate.

— Chem poliția, a spus casierul, cu glasul fremătător.

Am observat cu coada ochiului că nu se întindea să-și ia telefonul. Stătea cu ochii pironiți pe brațul meu, pe asul de pică tatuat pe antebraț.

Un râset mi-a scăpat printre buze.

— Jur că lipsa anonimatului îmi știrbește distracția. N-ar fi trebuit să-mi fac tatuajul ăsta.

— N-am știut, a îngăimat omul. N-am știut cine e!

— Am vrut inițial să-ți tai mâna, am continuat, plimbându-mă printre rafturi și stropind cu benzină tot ce întâlneam în cale: articole, frigidere, reviste porno. Dar se face al dracu' de multă mizerie. Și nici n-am un satâr bun la mine.

Casierul stătea încremenit pe loc, ud de nădușeală.

— Ai asigurare, David?

— Firește, mi-a răspuns, înghițind în sec.

Mirosul de benzină plutea stăruitor în aer. Am aruncat canistra, acum goală, pe podea și am luat o brichetă Zippo de pe un raft. Ca printr-o ironie a sorții, avea încrustată pe ambele părți câte un as de pică.

— La Harford? am întrebat apoi, intuind compania de asigurări.

— D... da.

Mi-am băgat o țigară în gură, cu un zâmbet sinistru pe buze.

— Răspunsul corect este că *ai avut* asigurare.

— Stai puțin! m-a rugat omul. La dracu', îmi pare rău! Lasă-mă să-mi cer scuze!

Îi percutam cuvintele ca pe un zgomot deranjant, ca pe un bolborosit enervant. Stând în fața ușilor de sticlă, mi-am aprins ţigara ce mi se legăna printre buze. Vârful îi ardea incandescent şi nicotina mi se prelingea prin vene.

— Dacă ai o uşă în spate, n-ar fi rău s-o găseşti, i-am spus apoi casierului, care stătea încremenit pe loc, cu ochii mari de spaimă, scrutându-l cu privirea crudă şi rece, ce-mi devenise aproape o „semnătură".

Un nor de fum mi s-a înălţat de pe buze în timp ce omul a luat-o la fugă, alunecând pe podeaua presărată cu benzină. Înainte să ajungă la uşa din spate, am aruncat ţigara pe jos, sperând în tăcere ca David să nu fie atât de iute pe cât părea.

Clopoţelul a scos un clinchet când uşile de sticlă s-au închis în urma mea. Mi-am băgat mâinile în buzunare. Ploaia rece îmi cădea pe faţă în timp ce la spate simţeam dogoarea focului.

Vechea benzinărie Pronto ardea ca un pom de Crăciun.

CAPITOLUL Paisprezece

De-i dulce cântul auzit, mai dulce e cel tăcut.[1]
— John Keats

Elena

— Tată, ți-aș fi recunoscătoare dacă vei trimite pe altcineva — dar pe *altcineva* — în afară de Nicolas să mă aducă acasă data viitoare.

Stăteam în pragul biroului tatei, cu geanta pe umăr. Imediat cum Nicolas parcase mașina pe aleea din curte și văzusem că tata e acasă, am și sărit afară și am venit direct în biroul lui.

Mă simțeam și așa suficient de umilită în urma incidentului. Nu voiam să fiu nici salvată, nici răzbunată. Voiam doar să uit cele întâmplate și să le las în urmă. Dar nu puteam s-o fac, dat fiind ceea ce tocmai se petrecuse?! Flăcările, scrumul, poate și vreun cadavru... nu mă lăsau în pace. Nu l-am văzut pe casier ieșind. Da, era un nenorocit, dar merita oare să moară *ars* de viu? Am simțit un nod în gât.

---

[1] John Keats, *Odă la o urnă grecească*, *Cele mai frumoase poezii*, traducere de Aurel Covaci, Editura Tineretului, București, 1969.

Tata a lăsat pixul jos și m-a privit cu o expresie gravă pe chip, cum nu o mai făcuse de mult timp.

— Și de ce, mă rog?

— E psihopat, tată, i-am răspuns simplu, încrucișându-mi brațele pe piept.

În clipa aceea, un fior mi-a străbătut șira spinării, iar tata și-a ridicat privirea pe deasupra capului meu. Se pare că Nicolas se plimba acum nestingherit de colo-colo ca la el acasă.

Nu îi adresasem niciun cuvânt tot drumul spre casă, dar nici el nu făcuse vreun efort să înceapă o discuție. Și în tot acest timp, de când mă văzuse cu Tyler și dăduse foc benzinăriei, m-am simțit mai frustrată ca niciodată.

Sărutul îmi încinsese simțurile cum nu mai simțisem vreodată, fără măcar să mă atingă. Cât îmi uram trăirile! Căci îmi creionau o realitate crudă — distrusesem viața unui om pentru o aventură lipsită de sens, dar mai ales lipsită de *pasiune.*

Percutându-mi cuvintele, tata a ridicat din sprâncene, apoi a izbucnit în râs.

— Ei bine, dragul meu As, n-am primit niciodată o asemenea acuzație din partea fiicei mele. Ce-ai de spus în privința asta?

Nicolas stătea atât de aproape de mine, că îi atingeam pieptul cu părul strâns în coadă de cal. Nu înțelegea ce înseamnă limitele, mi-am spus iritată, încercând să-mi stăvilesc dorința de a face un pas înapoi ca să-mi contopesc trupul cu al lui.

— Casierul a pipăit-o, i-a răspuns, cu indiferență în glas. Așa că am dat foc benzinăriei... cu proprietar cu tot.

— Cine e atât de idiot s-o atingă pe fiica mea? a spus tata, cu o privire aspră.

Oscar Perez o face de fiecare dată când îl inviți pe aici...

— Un nimeni, asta dacă a scăpat cu viață.

— Bun, a ripostat tata. Să sperăm că n-a scăpat!

Nu știu de ce m-am m-ai dus la tata să-i spun ce se întâmplase...

— Nico, trebuie să stăm puțin de vorbă, dacă ai timp. Elena, du-te în bucătărie să vezi dacă Benito mai trăiește încă!

— Poftim? am întrebat, cu ochii mari cât cepele.

— A încasat un glonț în seara asta. Deși poate te interesează mai mult cine te conduce acasă.

I-am aruncat o privire încruntată.

Frustrată de sarcasmul replicii lui, m-am întors pe călcâie, uitând că Nicolas se afla atât de aproape. M-am lovit de el și i-am pus mâna pe abdomen ca să-mi recapăt echilibrul. Atingerea părea să-mi ardă palma, atât era de fierbinte. Ca un furnal. Mi-am încleștat, fără să vreau, mâna pe cămașă înainte să fac un pas înapoi.

— Cred că ți s-ar potrivi mai bine porecla de Clumsy[1] Abelli, a spus, pe un ton iritat.

— Ce drăguț! i-am ripostat, străfulgerându-l cu privirea.

Schițând un zâmbet ușor amuzat, m-a apucat de mână și m-a dat la o parte din drum, închizând apoi ușa în urma lui.

Alungând senzația de căldură lăsată de atingerea sa, am pornit spre bucătărie. Nu mi-a trebuit mult să-mi dau seama că Benito era teafăr și nevătămat. Deschizând ușile batante, m-am oprit pe loc în fața spectacolului horror ce mi se desfășura în fața ochilor.

Benito stătea rezemat de blat, cu un prosop de bucătărie lipit de umăr, în timp ce Gabriella — care n-ar mai fi trebuit să fie aici la ora asta — îl săruta pe gură, șoptindu-i ceva mult prea încet ca să aud. Probabil, ceva de genul: „Sărmanul de tine!"

Era stânjenitor, dar nu acesta era motivul pentru care m-am întors pe călcâie și am pornit spre camera mea. Ci pentru că își ținea mâna în pantalonii lui. Deși „frecatul" în bucătărie era un lucru cât se poate de insalubru, nu aveam forța să le spun s-o facă în altă parte.

---

[1] Neîndemânatică (în lb. engleză)

Mai târziu, în timp ce stăteam în pat, cu ochii aţintiţi în tavan, mi-era cu neputinţă să adorm, căci de fiecare dată când îi închideam, revedeam focul unor priviri de chihlimbar.

De fiecare dată când închideam ochii, simţeam doar nişte buze încinse contopite cu ale mele.

— Ţi-am spus că nu era nevoie să mergem, Benito.

— Da, ştiu. Şi ţi-am răspuns că nu e nicio problemă, Elena.

Am oftat adânc şi m-am rezemat de scaun. Deşi fusesem încântată iniţial să mă duc la petrecerea lui Tyler, după noaptea trecută, nu mai eram atât de sigură că era o idee bună să petrec timpul alături de el. Mai ales acum când văzusem cât de uşor era pentru Nicolas Russo să distrugă viaţa unui om în mai puţin de cinci minute.

Peisajele urbane, scăldate în soarele de dimineaţă, mi se perindau prin faţa ochilor în timp ce ne îndreptam spre centrul oraşului. Benito conducea cu mâna zdravănă, bătând darabana cu degetele pe volan pe acordurile melodiei *How Deep Is Your Love* a celor de la Bee Gees, în timp ce îi acompania şi cu vocea. Un comportament tipic pentru el, deşi era extrem de tăcut... lucru care m-a făcut să-l privesc cu o grimasă pe chip.

— Ai luat analgezice?

— Am luat doar trei de dimineaţă, mi-a răspuns, încruntat.

— Adică înainte de a pleca la drum.

— Da, cu nişte suc de portocale, mi-a răspuns, de parcă informaţia ar fi avut vreo importanţă.

Am închis ochii. Benito era ameţit de la medicamente. Ar fi trebuit să ştie că analgezicele date de Vito aveau doze de cal, iar el luase nici mai mult, nici mai puţin de *trei*.

— N-ar fi trebui să te urci la volan, i-am spus, frecându-mi tâmplele.

— Şi ce-ar fi trebuit să fac? mi-a răspuns, sfidător. Să te las pe tine să conduci? Dar n-ai carnet.

— Nu, voiam să spun că ar fi fost mai bine să rămânem acasă, am spus, şovăitoare, văzând că se abate de pe şosea. Ce faci, Benito? Nu poţi s-o iei pe aici.

— Ba pot, Elena. Îmi permite nunta surorii tale.

Cum aş fi putut să uit? În timp ce străbăteam pentru prima oară teritoriul familiei Russo, nunta devenea tot mai reală. Adriana se mărita cu Nicolas. Gândul îmi provoca un nod în gât.

— Ce căutăm aici?

Aveam senzaţia că vizităm o altă lume, când ne aflam doar într-un cartier din New York unde nu fusesem niciodată. Am realizat atunci cât de izolată trăiam. Fusesem numai în Italia şi Mexic. În Italia, ca să le vizităm pe rudele mamei de acolo; iar în Mexic — ca să petrec vacanţele, deşi bănuiam că erau doar un paravan pentru afacerile tatei cu cei din cartelurile mexicane.

— Trebuie să-i las ceva lui Nico.

Am înghiţit în sec şi am încercat să-mi potolesc fiorii de nerăbdare ce-mi făceau sângele să-mi zvâcnească prin vene. Am clătinat din cap, mistuită de frustrare. Adevărul era că simţeam o atracţie nebună faţă de logodnicul surorii mele, fie că-mi plăcea, fie că nu. Şi nu, *nu-mi plăcea*. Numai simplul gând că aş putea să-l zăresc din maşină mă făcea s-o iau razna. Îmi uram senzaţiile, dar nici nu ştiam cum să mi le stăvilesc.

Priveliştea oraşului mi se derula prin faţa ochilor în timp ce străbăteam teritoriul familiei Russo.

Locuiam într-un cartier rezidenţial din Long Island. Singurul vecin pe care îl vedeam din curte era Tim Fultz. Avea o firmă de avocatură prin intermediul căreia tata spăla bani; cel puţin, asta îmi spusese cândva Benito. Dar era un tip drăguţ. Pentru că stăteam într-un cartier liniştit şi select, mi-am imaginat că şi Nicolas locuia într-o zonă asemănătoare, dar m-am înşelat. Stătea în centrul

Bronx-ului, într-o casă roşie de cărămidă, cu o verandă mică şi albă şi o alee ce ducea spre un garaj din spate.

Benito a luat-o pe alee şi a parcat maşina în spate, lângă cea a lui Nicolas. Uşa garajului era deschisă, dezvăluind două vehicule, una cu capota ridicată. Ambele erau negre, la fel ca sufletul lui Nicolas. Nu mă pricepeam la maşini — şi cine m-ar fi putut învinui? Nu mă învăţase nimeni să conduc, dar am intuit că erau model clasic. Una era un Gran Torino. Ştiam asta pentru că văzusem de curând filmul *Gran Torino*. Benito vărsase câteva lacrimi, deşi n-ar fi recunoscut nici în ruptul capului. Şi, cum lacrimile unui bărbat mi se par cel mai trist lucru din lume, am plâns şi eu.

Inima mi-a tresărit în piept când Nicolas s-a ivit de sub capotă, ştergându-şi mâinile cu o cârpă. Purta o pereche de blugi negri şi un tricou alb, simplu. Nu-l văzusem niciodată murdar de ulei, dar n-arăta rău deloc. Mi-am rezemat capul de spătarul scaunului.

— La dracu'! Am început din nou să sângerez.

Benito avea într-adevăr cămaşa albă pătată de sânge. Deşi mergeam la o petrecere organizată la piscină, nu putea nici să înoate, nici să facă plajă. Unde să-şi lase pistolul?

— Nu te-au cusut?

— Ba da, mi-a răspuns, scoţând cheile din contact. Dar mi s-a desfăcut o rană.

— De ce? am întrebat, prosteşte.

— Din cauza Gabriellei, mi-a răspuns, cu un rânjet pe buze.

— A, da, apropo de asta..., am spus, strâmbând din nas. N-aţi putea să n-o mai faceţi în bucătărie?

S-a încruntat, apoi chipul i s-a înseninat deodată, vădit amuzat.

— Ştiu că avem cu toţii ciudăţeniile noastre, Elena, dar suntem veri. Găseşte-ţi alţi protagonişti la care să te uiţi!

Mi-am dat ochii peste cap, am deschis portiera şi am ieşit înainte să-mi dau seama ce fac. Nu voiam să stau într-o maşină încinsă — mă simţeam şi aşa mai încinsă decât ar fi fost cazul.

Nicolas stătea rezemat de garaj, cu un prosop în mână. Mi-a întâlnit privirea, îngustându-și ochii, apoi s-a uitat la Benito, care i-a întins un plic manila. Ce le mai plăceau plicurile astea!

— Hei, omule, pot să mă duc la baie?

Văzându-i pata de sânge de pe cămașă, Nicolas a încuviințat din cap.

— A doua ușă pe stânga.

— Mulțumesc, a spus Benito, intrând.

Eu și Nicolas am rămas pe loc, scrutându-ne din priviri. Ochii i-au căzut pe breteluțele costumului alb de baie pe care îl purtam pe sub o rochie roz de plajă, asortată cu o pereche de sandale cu platformă. Era o ținută frumoasă, care mi-a atras însă doar o privire condescendentă.

M-am încruntat, încrucișându-mi brațele pe piept într-un gest defensiv.

M-a privit încă o clipă, apoi s-a întors în garaj. L-am urmărit cu ochii până a dispărut din nou sub capota mașinii, ignorându-mă cu totul. O adevărată gazdă!

Era o zi cumplit de toridă, când simți cum căldura se așterne tot mai apăsătoare. Am avut parte de o vară răcoroasă până acum o săptămână când, la începutul lui august, am început să ne topim sub un soare dogoritor și nemilos, ale cărui raze încinse îmi înroșeau pielea măslinie dacă stăteam suficient de mult în bătaia lor.

Căldura toropitoare și felul în care Nicolas își ștergea gâtul de sudoare cu gulerul tricoului îmi înnegurau mintea.

Un ventilator se învârtea lângă ușă. Un meci de baseball răzbătea pe geamul deschis al casei de vizavi, iar de la televizorul din colțul garajului se auzea glasul unei prezentatoare de știri. Voiam să prind titlurile zilei, dar avea sonorul mult prea încet și, ca să aud ce spune, trebuia să străbat cei câțiva pași din spatele lui Nicolas. Am șovăit.

Gândul că sunt ridicolă m-a urnit din loc. Cu nervii întinși ca un arc, am trecut pe lângă el și m-am îndreptat spre bancul de lucru din lemn, cu un scăunel alături. Am luat telecomanda și am dat mai tare volumul televizorului, deși s-a dovedit o misiune mult mai anevoioasă decât ar fi trebuit. Căci ascultam cu urechile ciulite orice gest și fiecare mișcare ce răzbăteau în urma mea. Stăteam ca pe arcuri. O picătură de sudoare mi se prelingea pe spate și aveam pielea de găină.

Încercam să urmăresc știrile, dar mi-era cu neputință să înțeleg ceva, la fel cum mi se întâmplase și când încercasem să citesc în compania lui Nicolas. Mi-am strâns părul la spate, prefăcându-mă că ascult știrile prezentate de moderatoarea blondă.

Îi simțeam privirea ațintită asupra umerilor mei goi în timp ce îmi prindeam șuvițele lungi de păr. Abia mai reușeam să respir. Fremătam din cap până în picioare. Cumplit de încinsă. Ar fi trebuit să mă duc la biserică astăzi, căci nu așa trebuia să mă simt în prezența viitorului meu cumnat. Dar rămăsesem acasă, căci altfel aș fi întârziat la petrecere.

Mi-am înfipt unghiile în palme. De ce mă simțeam atât de atrasă de Nicolas? Dacă aș fi avut de ales, preferam să fac o pasiune pentru un bărbat însurat, de cincizeci de ani, ca Tim Fultz. Poate, dacă aveam să intrăm în vorbă, personalitatea lui respingătoare va stinge această atracție atât de ciudată. Merita să încerc...

M-am întors și, rezemându-mă de bancul de lucru, mi-am ignorat nervii întinși ca un arc la gândul de a începe o discuție cu el.

— E frumos aici... la tine. Nu e deloc cum m-am așteptat.

Mi-a aruncat o privire piezișă, care mi-a făcut inima să-mi tresalte în piept, în timp ce lucra sub capota mașinii Gran Torino.

— Și la ce te-ai așteptat?

Am înghițit în sec sub scrutările-i stăruitoare. Cele câteva cuvinte rostite erau mai incitante decât ar fi trebuit.

— Mă așteptam să văd... foc și cazane cu smoală.

— Da, iad, mi-a răspuns, cu un licăr amuzat în privirile-i întunecate.

— Sau cămăși de forță...

— Dat fiind că mă consideri un psihopat, nu pare să-ți fie teamă să rămâi singură cu mine, mi-a răspuns, ștergându-se pe față cu mâneca tricoului, concentrat asupra a ceea ce făcea.

— Pot să țip. Tare!

M-a privit de parcă tâlcul cuvintelor mele era cu totul altul — de parcă i-ar fi plăcut să mă audă țipând. Aveam răsuflarea întretăiată.

Meciul de baseball de la casa alăturată m-a făcut să-mi arunc privirea dincolo de ușile garajului. Nicolas avea un gard de sârmă, ce nu oferea prea multă intimitate... pentru cineva din breasla lui, nu era normal.

— Ai vecini atât de apropiați, am observat eu.

— Crezi că zbor creieri de trei ori pe zi? m-a întrebat, cu un licăr amuzat în ochi.

Am ridicat din umeri, mușcându-mi buza de sus.

Ne scrutam din priviri. Discuția asta nu făcea nimic să-mi spulbere atracția. Era ușor transpirat, murdar de ulei și tatuat. Nimic din toate astea nu mi-ar fi stârnit interesul până acum. Atracția ciudată pe care o simțeam pentru el îmi incita fiecare celulă din trup.

— Singurele acte de violență pe care le-am comis săptămâna asta au avut cumva de-a face cu tine, a subliniat el.

— Cum a fost cel de aseară când ai promis că n-o să faci nimic? i-am ripostat, cu dulceață în glas, înclinându-mi capul într-o parte.

— Nu tu ești cea care mi-a spus că sunt un escroc, *Elena*?

Nu știu cum îl rostea, dar numele meu îi ieșea de pe buze învăluit într-o ușoară tărăgănare ambiguă, ce-mi provoca fiori din cap până în picioare. Aveam simțurile cumplit de încinse.

— Nu-l mai rosti așa!

— Așa cum?

Mă simțeam ca pe jar.

— Știi foarte bine ce vreau să spun. Încetează!

A venit spre mine, cu o piesă auto în mână, și a pus-o pe bancul de lucru. Am început să freamăt doar la simpla apropiere. M-am întors spre el și m-am rezemat cu șoldul de masă. Nu știu ce căutam aici, privindu-l cum lucrează, dar era... incitant de periculos. De parcă mă aflam pe culmea unei prăpăstii. Cine ar fi stat în mașină?

A luat o piesă asemănătoare dintr-o cutie. Nu-mi venea să cred că își repara singur mașinile. Dar poate până și oamenii ca el au un hobby.

— Ce treabă ai cu Benito? m-a întrebat, pe un ton indiferent, ce-i trăda însă interesul.

— Ne ducem la o petrecere cu piscină.

— Acasă la Tyler Whitmore, îmi imaginez, mi-a spus apoi, după câteva clipe de tăcere.

— Da...

Am încremenit. Știam eu că interacțiunea asta merge prea lin.

— Cum de-i știi numele de familie?

— În ziua de azi, poți să afli orice, Elena, mi-a răspuns, pe un ton sumbru, ștergându-se pe mâni.

— N-am întrebat cum, ci *de ce*, i-am ripostat, încleștându-mi dinții.

M-a scrutat cu privirea-i aspră și intimidantă.

— Prin căsătoria cu sora ta, devin membru al familiei tale. Și ce te privește pe tine mă privește acum și pe *mine*.

— Nu e deloc așa, i-am ripostat, privindu-l printre gene. Te privește numai ce ține de Adriana. Am și așa destui bărbați în viața mea.

— Te-ai mai ales cu încă unul, mi-a răspuns, rostind cuvintele cu glas domol.

Profund. Și *decisiv.*

Am deschis gura să spun ceva — cât de mult mă dezgustă, de exemplu —, dar până să apuc să-mi îmbrac gândurile în cuvinte, a continuat:

— Poate ar fi bine să te gândești de două ori înainte să vorbești.

Am închis gura. Era vădit netulburat și sigur pe sine, în timp ce stomacul mi se întorcea pe dos sub imperiul grijilor pentru Tyler. Ultimul lucru pe care ți-l doreai era să te afli pe radarul lui Nicolas Russo. Frustrarea mi se cuibărea în suflet. Intra cu bocancii în viața mea de parcă avea tot dreptul s-o facă. O să mi-o distrugă

Și nu puteam să-l împiedic.

— Ai fost mereu așa, labil psihic? Ori nevoia ta de a controla totul și gradul de paranoia de care suferi sunt rezultatul faptului că ești dezechilibrat? l-am întrebat, pe un ton dulce, dulce ca *otrava.*

A continuat să asambleze piesa auto, cu ochii atintiți asupra motorului, de parcă nici nu m-ar fi auzit.

Trebuie s-o recunosc: mă simțeam bine îmbrăcându-mi gândurile în venin. Minunat, chiar!

Un val de stupoare mi-a încătușat sufletul când m-a apucat de ceafă și m-a tras spre el. Inima îmi bătea nebunește în piept și am închis ochii, căci nu voiam să văd cum avea de gând să mă omoare. Mi-a smucit ușor rochia, apoi și-a desprins mâna de pe gâtul meu și a făcut câțiva pași.

Când am deschis ochii câteva clipe mai târziu, l-am văzut îndepărtându-se cu o altă piesă în mână.

Am rămas, încremenită, pe loc.

— Nu m-am gândit, mi-a răspuns, cu glas tărăgănat. Dar probabil că da.

Simțind că ceva nu era în ordine, mi-am lăsat ochii în pământ.

Și-am căscat gura, uluită. Îmi tăiase bretelele sutienului costumului de baie.

Aveam senzația că n-o făcuse din cauza replicii mele; ci pentru că nu voia să mă duc la petrecere.

Vocea lui Benito a răsunat în garaj, deși nu-l vedeam peste mașină.

— Ți-am folosit trusa medicală de sub chiuvetă ca să-mi cos câteva suturi. Sper că nu te superi.

Am încercat să-mi recapăt răsuflarea și cumpătul cât timp au stat de vorbă. Mi-am scos sutienul pe sub rochie — era inutil acum. Nu puteam să mă duc la petrecere fără sutien. Nu îndeplineam criteriile lui Benito, dar eram pe aproape. Va trebui să-mi țin brațele încrucișate pe piept tot drumul spre casă și să-i spun vărului meu că am o problemă cu costumul de baie. O să mă creadă, fără să observe nimic. Bărbații nu sunt atenți la detalii.

— Ești gata, Elena? m-a întrebat Benito. Hai să mergem!

— Vin imediat.

Când am trecut pe lângă Nicolas și am văzut că Benito era ocupat, scriind un mesaj afară, lângă mașină, i-am aruncat sutienul sub capotă.

— Psihopații adoră suvenirele!

A apucat cu mâna pătată de ulei sutienul alb, schițând un zâmbet în colțul gurii, înainte să ies din garaj.

Benito mă aștepta la volan, cu ochelarii de soare la ochi.

— Îmi pare rău că a durat atâta. A fost cât pe ce să leșin cât am cusut rana.

După cum mi-am imaginat, n-a observat lipsa sutienului. Și nici nu m-a întrebat nimic. M-a dus acasă. Dar, înainte să ajungem la ușa roșie de la intrare, mi-a aruncat o privire bănuitoare.

— Ce-ai pe gât?

M-am frecat și am văzut că eram murdară de ulei. Teama mi s-a cuibărit în suflet.

— Ăăă... nu știu.

Nu mi-a răspuns şi nici nu părea să-mi audă bătăile frenetice ale inimii. Deşi avea chipul învăluit într-o umbră uşor întunecată când am urcat scările în camera mea.

Nu făceam nimic ca să stârnesc comportamentul grosolan al lui Nicolas Russo, logodnicul surorii mele. Dar îmi plăcea — ăsta era adevărul amar — şi mă temeam să nu-şi dea seama Benito de asta.

CAPITOLUL

Cincisprezece

Vreau să-mi trăiesc viața, nu să scriu despre asta.
— Jackie Kenney

Elena

Începeam să cred că această atracție era pedeapsa mea pentru greșeala din trecut. Pentru *el*. O pedeapsă hărăzită de destin. Un joc al karmei. Căci, în timp ce eram împreună, îmi doream să fiu în brațele altcuiva. Și acest altcineva s-a materializat sub forma logodnicului surorii mele.

Am petrecut restul zilei de duminică adâncită în gânduri, în bătaia rece de gheață a aerului condiționat. Înainte să-l cunosc pe *el*, eram virgină — nu cunoscusem nici măcar vraja unui sărut furat. Deși lumea dorințelor carnale și a sexului nu mi-era străină, am cunoscut-o cu adevărat doar în clipa în care am intrat într-un apartament ieftin, ținând de mână un bărbat despre care nu știam mai nimic. Habar nu avea cine era Dolce Abelli și, pentru mine, asta era suficient.

Când am ieșit pe ușa cu lacătul spart, purtând un inel ieftin pe deget, eram o femeie cu totul diferită, cu mâinile pătate pentru totdeauna de sânge și trupul înfierat de dorințe mult mai întunecate. Odată ce pășești în lumea înnegurată a poftelor carnale, nu mai ai cale de-ntoarcere. Interesant este că nici nu vrei să o mai faci. Încercam să mă resemnez însă cu gândul că asta era problema mea și să accept faptul că îmi pierdeam mințile.

Când l-am auzit pe viitorul meu cumnat intrând în hol cu câteva minute în urmă în timp ce spălam rufe ca să-mi omor timpul, i-am ieșit în cale. Nu era neapărat nevoie să beau apă și nici nu era neapărat necesar să port acei pantaloni scurți, minusculi. Încălcam niște bariere, dar nu știam cum să mă opresc.

Îmi înțelegeam prea bine atracția pe care o nutream față de Nicolas. Mâinile-i aspre, vocea-i profundă, prezența-i impunătoare..., pericolul pe care îl degaja prin toți porii... toate îmi incitau simțurile.

De câte ori se afla prin preajmă, ceva mă atrăgea ca un magnet spre el, făcându-mă să vibrez din cap până în picioare. Până să-l cunosc, n-am știut că pot să-mi pierd cumpătul atât de ușor. Dar nici că voiam să mă abțin.

Știam însă că nu am cum să încalc doar eu, singură, toate limitele. Din fericire, era nevoie de doi pentru asta.

Nicolas vorbea la telefon în hol când am trecut pe lângă el. Și-a ridicat privirea din pământ, poposind asupra pantalonilor ridicol de scurți pe care regretam acum că îi purtam și scrutându-mă apoi cu ochii. Mă privea ca pe talpa de gumă a pantofilor săi scumpi. Era un mister cum de mă simțeam atât de atrasă de el.

De la scurta noastră interacțiune, încercam cu disperare să găsesc o cale prin care să trec peste această atracție mistuitoare pe care o simțeam pentru Nicolas Russo.

Aș putea să-l ignor. Și, deși îmi spuneam că puteam s-o fac, m-am dus, în schimb, în bucătărie ca să beau un pahar cu apă de care nu aveam nevoie, îmbrăcată cu niște pantaloni scurți, pe care îi puteai confunda ușor cu o pereche de chiloți. Ar trebui să mă duc la biserică să mă spovedesc și să-L rog pe Dumnezeu să mă mântuiască, deși, la cât noroc aveam, era posibil ca părintele Mathews să-i spună totul tatei.

Cea mai plauzibilă variantă era să încerc să-mi îndrept atenția spre altcineva. Acest lucru s-ar putea dovedi o problemă în sine, dar măcar nu aș mai tânji atâta după logodnicul surorii mele. Dar, de-ar fi fost posibil, aș fi făcut-o deja.

Frustrarea mi se cuibărea în suflet și am aruncat în chiuvetă apa rămasă în pahar. Mă purtam ridicol. Trebuia să sting atracția asta. Mintea înaintea trupului. Ușor, nu-i așa...?

Cum nu prea mai aveam încredere în mine, luni seară, în timp ce ne îndreptam să luăm masa cu familia Russo la Don Luigi, i-am înfățișat nonnei o situație ipotetică. Trebuia să-i prezint lucrurile cât mai vag cu putință, căci, abilă cum era, le-ar fi pus ușor cap la cap.

— *Nonna*, am început eu șovăitor, să spunem că... ai vrea un câine.

— Nu mi-aș lua niciodată un câine, mi-a răspuns, strâmbând din nas. Sunt alergică.

Dominic stătea între noi, în mașină, și scria mesaje. Era cel mai tăcut și mai visător dintre veri. Și fuma prea multă „iarbă". O simțeam în mirosul pe care îl răspândea acum.

Benito se afla la volan, cântând *Rocket Man* alături de Elton John, cu ochelarii de soare pe nas, deși soarele se ascunsese deja în spatele zgârie-norilor. Mama stătea pe scaunul din față, aranjându-și machiajul în oglindă și plângându-se că Benito încălca cu cinci kilometri pe oră limita de viteză. În mod surprinzător, Adriana mergea cu tata și cu Tony. Probabil că tata voia s-o instruiască în privința lucrurilor pe care nu avea voie să le facă după ce se va căsători cu Nicolas.

— Imaginează-ți că nu ești alergică și vrei un câine, *nonna*! Dar nu vrei orice câine..., ci pe cel al vecinului.

— Nu ne luăm câine, Elena, a intervenit mama.

— *Cazzo!* Știu.

Vorbeam în italiană numai când voiam să înjur. O făceam însă rareori, folosind expresii de ocară ca *la naiba!*, *la dracu'!* și *ticălos* când era vorba de Nicolas. Cum, în general, o făceam doar în sinea mea, nu se punea.

— Vorbim ipotetic, am continuat eu. Să presupunem că vecinul are un câine atât de drăgălaș... că îl vrei pentru tine!

— Cred că aș prefera o pisică, mi-a răspuns *nonna*, uitându-se pe geam.

— Bine, am spus, oftând. Atunci, o pisică. Vrei pisica vecinului...

— Nu ne luăm nici pisică, Elena, a intervenit mama din nou.

O, Doamne!

— Știu. Am spus că vorbim ipotetic...

— Ce e duhoarea asta ca de sconcs aici? a întrebat *nonna*, încruntată.

Am văzut numaidecât uitătura aspră pe care Benito i-a aruncat-o lui Dominic în oglinda retrovizoare. Nu avea voie să fumeze „iarbă"; alterează judecata și încetinește reflexele. Tata se va înfuria dacă va afla.

— Probabil că parfumul tău duhnește în halul ăsta, Celia, a spus *nonna*, adunând o scamă de pe fustă. Parcă fermentează după un timp.

Auzindu-i spusele, Benito a început să tușească, iar Dominic și-a trecut mâna peste chipul învăluit într-o umbră amuzată, fără să-și desprindă ochii din telefon. Aveam senzația că *nonna* se leagă tot timpul de mama tocmai ca să-i facă pe băieți să râdă.

Mama a clătinat din cap, intenționând, probabil, să bea cât cinci în seara asta. Adora vinul. Și telenovelele. Ce n-ar fi dat ca măcar unul dintre copiii ei să joace fotbal!

— De ce mă întrebi, Elena? Vrei un animal de companie? a spus *nonna*, deschizându-și poșeta ca să ia, cel mai probabil, o bomboană.

Ținea acolo numai ciocolată și șervețele Kleenex, pe care le refolosea de nenumărate ori, de parcă nu s-ar mai fi fabricat.

— Nu-și ia niciun animal de companie, a spus mama, cu glas aspru.

— Am auzit că animalele te ajută să scapi de depresie, i-a răspuns *nonna*, foindu-se mândră pe banchetă. Poate ar fi cazul să-ți faci griji în privința sănătății mentale a fiicei tale.

— Nu e deprimată.

— Vrea un animal! În casă. Ce mai e de spus? Serios, Celia...

Le-am închis „sonorul" în minte ca pe un buton de radio.

Se pare că trebuia să găsesc singură o rezolvare.

Fotografii în alb și negru, înfățișând vechiul Bronx, atârnau pe pereți. Mesele rotunde erau acoperite cu fețe de masă în carouri roșii și verzi. Mama s-a îndreptat direct spre barul de lemn ce străjuia un perete. Lângă celălalt, se aflau câteva separeuri, ocupate de femeile din familia Russo. Localul era scăldat într-o lumină caldă și difuză. Era o atmosferă îmbietoare, ce te invita să mănânci și să descânți în tihnă un pahar de vin, dar eu am rămas, șovăitoare, în prag.

Era un restaurant frecventat de familia Russo, în teritoriul familiei Russo.

Mă simțeam ca peștele pe uscat și, judecând după cum se uitau de jur împrejur, cu mâinile în buzunare, cred că și verii mei se simțeau la fel.

Le cunoșteam pe câteva dintre femeile din separeuri, dar nu îndeajuns cât să mă simt bine în compania lor, așa că nu m-am dus să mă așez lângă ele. Nici barul din colț nu se dovedea o variantă prea atrăgătoare, înțesat cum era de bărbați, printre care îi zăream statura impunătoare a lui Nicolas. Nu doar înălțimea îl scotea în evidență, ci și simpla-i prezență.

Un val de căldură mi-a cuprins trupul când ochii i-au căzut asupra mea. Modul în care mă privea îmi crea impresia că eram îmbrăcată indecent. Când și-a îndreptat privirea spre interlocutorul de alături, am scos un suspin.

— De ce stați în ușă? a bombănit *nonna*, croindu-și drum printre mine, Dominic și Benito. Copiii din ziua de azi! Stau călare pe telefoanele alea până-și fac creierii praf...

Vocea i s-a pierdut în depărtare în timp ce se îndrepta spre o masă.

O pală caldă de aer mi-a mângâiat pielea când ușa s-a deschis și Adriana a intrat, cu ochii învăluiți într-o umbră întunecată. I-am scrutat ținuta: purta o rochie sport, galbenă, și o pereche de tenișii negri Converse. N-arăta rău, dar era o cină formală, chiar dacă nu ne aflam într-un restaurant de lux. Alesesem o rochie lungă, cu fir metalic, discret, deși nu eu eram mireasa.

Expresia de pe chip îi trăda deopotrivă furia și disperarea.

— Ce-ai pățit? am întrebat-o eu.

A deschis gura, apoi a închis-o și s-a îndreptat spre bar, unde s-a așezat pe un scaun. Mama tocmai lua o înghițitură de vin când a văzut-o pe Adriana. A căscat ochii mari, cu chipul întunecat, apoi a clătinat din cap, de parcă nu era momentul să-și bată capul cu asta, și a luat-o în direcție opusă.

Îndreptându-mă spre bar, i-am întâlnit privirea barmanului tânăr, cu cămașă albă și vestă neagră, și am comandat o bere. A ridicat din sprâncene la auzul comenzii.

Benito era cu patru ani mai mare ca mine și avea mereu frigiderul ticsit cu bere. Obișnuiam să beau mereu cu el, în taină, în anii adolescenței, departe de ochii mamei. Și agream mai mult berea decât gustul sec al vinului. La vremea respectivă, mi se părea cel mai scandalos lucru din lume. Ce n-aş da să fi fost adevărat!

— De ce nu merge melcul pe bicicletă? am întrebat, fără s-o privesc pe sora mea, care sorbea, adâncită în gânduri, dintr-un pahar cu votcă.

Nu ştiu cum de reuşea să bea aşa ceva, lucru care mă făcea să mă întreb dacă mama nu avusese cumva vreo aventură cu un rus. Un rus mort la scurt timp, fără doar şi poate, dacă s-a întâmplat aşa.

— Pentru că-i fâlfâie ochii.

La naiba! Probabil că îi mai spusesem bancul ăsta. Obişnuiam să-i spun bancuri seci de fiecare dată când era supărată, dar se pare că, de această dată, nu mai avea niciun efect.

— Bine, mi-am continuat eu jocul. De ce se dau bananele cu cremă solară?

Nu mi-a răspuns — a luat doar o înghiţitură de votcă.

— Ca să nu se decojească! am exclamat, mult prea tare, chiar şi pentru propriile-mi urechi.

Barmanul a chicotit şi mi-a împins berea pe suprafaţa lăcuită a barului. Sora mea nici n-a clipit.

— Uite! am spus oftând. Până şi lui i se pare nostim.

— Nici vorbă! Vrea doar să se culce cu tine, mi-a ripostat, cu glas grav.

Am căscat ochii mari şi m-am uitat la barman, care stătea suficient de aproape ca să audă ce vorbim. Mă aşteptam să protesteze, dar a ridicat doar din umeri, cu un rânjet pe buze, înainte de a servi un alt client.

Era fie mult prea curajos, fie mult prea idiot ca să facă avansuri fiicei unui „naş".

M-am înroşit toată şi, clătinând din cap, am dus sticla la gură şi am luat o înghiţitură de bere. Era rece şi revigorantă, cu o uşoară tonalitate amară.

— Nu vrei să-mi spui care e problema sau preferi să bei în continuare? am întrebat-o, rezemându-mă confortabil de bar, căci îi știam deja răspunsul.

— Vreau să beau și să uit.

Și am continuat să bem.

CAPITOLUL
Șaisprezece

Nimic nu mi se pare mai pare promițător de jur împrejur ca priveliștea văzută dintr-o roată Ferris.
— E.B. White[1]

Elena

Mă simțeam ușor amețită după ce și cea de-a doua sticlă de bere își croia drum în stomacul meu.

Plutind printre aburii alcoolului, am înlocuit berea cu apă. Nu obișnuiam să beau atât de mult în public; îmi dezleagă limba într-atât încât mă tem de ce-aș putea să spun sau să fac. Dacă aveam să spun în gura mare ce-mi trece prin minte? Dolce Abelli nu face casă bună cu alcoolul. Nu eram încă pregătită să mă arunc cu capul înainte în noul rol pe care îl jucam acum și nici nu știu dacă aveam să fiu vreodată. Când ți se proiectează o anumită imagine încă din copilărie, uneori nu mai ai nicio cale de scăpare.

Adriana nu-mi împărtășea însă părerile. Era beată turtă. Din fericire, când se afla sub imperiul licorilor bahice, devenea tăcută,

---

[1] Elwyn Brooks White (1899–1985) — scriitor american, autor al mai multor cărți pentru copii.

mulțumindu-se doar să mănânce ceva mai mult și cu mai puțină eleganță decât de obicei.

Tot mai multe familii veneau la restaurant, umplând localul până la refuz. Cei din clanul Russo făceau notă disparată de cei din clanul Abelli. Adriana stătea însă lângă Nicolas, alături de unchii lui și soțiile acestora. Știam că își pierduse mama în adolescență, iar tatăl pierise ucis în timpul unui atac organizat de clanul Zanetti într-unul dintre cluburile sale de noapte. În urma unei escrocherii puse la cale de tatăl lui Nicolas, lucru deloc surprinzător.

Mi se părea ciudat să n-o avem la masă pe Adriana, dar avea să intre în familia Russo în mai puțin de două săptămâni. Gândul îmi provoca un nod în gât.

Stăteam lângă Tony, care părea să fie în toane bune. Pentru că avea mâna dreaptă bandajată, îmi tot cerea ba să-i pasez băuturile, ba să-i tai friptura, ba una, ba alta. Mi le cerea cu prea mult entuziasm, încântat parcă de noua lui condiție. Mi-era milă de Jenny, chit că îl înșela sau nu.

Stăteam la aceeași masă cu părinții mei, cu *nonna*, cu Dominic și cu Benito. Bărbații purtau discuții anoste legate de muncă — tata deținea mai multe afaceri, de la cluburi de striptease la spălătorii de rufe, deși ultimele erau, probabil, un paravan pentru ambalarea și distribuirea drogurilor — sau legate de pariuri și lupte ilegale.

Gianna îi antrena în discuție atât pe membrii familiei Abelli, cât și pe cei din familia Russo. Arăta ca o păpușă Barbie astăzi. Purta o rochie roz, mulată pe trup, își legase părul în coadă de cal și se fardase în nuanțe trandafirii. Era charismatică și independentă și, pentru că eram convinsă că se culcase cu Nicolas, o priveam acum mai stăruitor decât ar fi trebuit. Eram fascinată de gândul că știa cum era Nicolas în pat. Deși, cu cât mă gândeam mai mult la asta, cu atât mă simțeam mai bântuită de un sentiment complet străin și neplăcut.

Invidia.

Căci despre asta era vorba.

Nu mă simțeam doar atrasă de Nicolas, ci și geloasă pe femeile din viața lui.

Un suspin mi-a scăpat printre buze.

Atrăgând toate privirile de la masă.

— Ai indigestie? m-a întrebat *nonna*.

— Da, i-am răspuns, fără să mă gândesc, împingând scaunul. Mă duc la baie.

Am realizat ce-am spus abia când m-am îndepărtat de la masă și am auzit hohotele domoale de râs ale fratelui și verilor mei. *Bărbații!*

Deschisesem ușa de la toaletă câțiva centimetri când mi-am auzit numele rostit printre zgomotul apei de la robinet și al celei trase la WC.

— Toată lumea o cunoaște ca Dolce Abelli, dar porecla i se trage de la „dulceața" revărsată asupra multor bărbați.

Am simțit un gust cumplit de amar în gură.

Vocea aparținea unei membre a familiei Russo: Valentina. Soția unuia dintre verii lui Nicolas, deși nu știam care dintre ei. Era înaltă și statuară, cu trăsături puternic siciliene. Era greu să n-o observi sau s-o uiți.

— Ești geloasă pentru că Ricardo nu și-a dezlipit ochii de la ea toată seara, a răspuns altcineva.

Jemma, verișoara lui Nicolas. Era cam de vârsta mea, poate puțin mai tânără, cu ochi căprui și părul castaniu. Am vorbit doar o singură dată cu ea, dar mi s-a părut o fată drăguță.

— Nu-mi pasă ce face Ricardo. Îl am pe Eddie, i-a ripostat Valentina.

Am auzit un foșnet ca atunci când scotocești prin geantă, apoi s-a așternut tăcerea. Poate că își aranjau machiajul.

— I-au ucis iubitul, nu știai? Un tip din Staten Island.

— O să-i împărtășești soarta dacă nu-ți ții gura, a spus Jemma.

— Eu și Ricardo nu mai facem sex, a răspuns Valentina, râzând disprețuitor. Ce-ar vrea să fac?

— Încetează! Nu vreau să aud cum faci sex cu fratele meu — în aceeași propoziție.

— Bine, *mironosițo*!

Am închis încet ușa. N-am știut că porecla mea se bucura de atâta popularitate până nu i-am cunoscut pe cei din clanul Russo. Oare asta credeau cu toții — că Dolce Abelli era „dulce" cu toți bărbații?

Am simțit cum stomacul mi se întoarce pe dos. Nu mă interesau prea mult părerile celor din jur, dar zvonurile nu erau departe de adevăr. Un om și-a pierdut viața pentru că am făcut greșeala să mă culc cu el și acum tânjeam după logodnicul surorii mele. Comentariul a atins o coardă sensibilă.

Fetele au ieșit din toaletă, lăsând în urmă o pală proaspătă de parfum, fără să-mi observe prezența în întuneric.

M-am rezemat de perete, bântuită de fantasmele trecutului.

L-am cunoscut la carnaval.

În adierea unui vânt blajin, în bătaia caldă a soarelui și în râsetele cristaline ale celor din roata Ferris. Printre arome de prăjituri, floricele și vată-de-zahăr. Cel puțin așa îmi imaginam eu locurile. În realitate, totul era pustiu ca zâmbetul lui Dolce Abelli. Sub suflarea rece a unui vânt de iarnă.

Lucra la un mall din apropiere ca agent de pază, având încă două slujbe cu jumătate de normă ca să-și întrețină mama și sora mai mică. Acum se luptau să supraviețuiască singure în timp ce plâng pierderea fiului și a fratelui lor. Nici nu știam cum îl cheamă — asta era adevărul, cumplit de crud. Cum n-am vrut să i-l dezvălui pe al meu, mi-a răspuns, cu un zâmbet pe buze, că nici el nu mi-l va împărtăși pe al lui. Acum nu va mai spune nimic nimănui.

Era blond, fermecător și relaxat. N-am cunoscut pe nimeni atât de vesel ca el și asta m-a fermecat cumva. Crescusem însă într-o lume cu totul diferită, în care eram puternic înrădăcinată. O lume care i-a curmat, în cele din urmă, viața.

Și mai amar era faptul că sentimentul de vinovăție începea ușor-ușor să se estompeze ca imaginea dintr-o oglindă retrovizoare.

Mi-am rezemat capul de perete, înclinându-l într-o parte, și mi-am răsucit inelul de pe deget. Mi-l dăduse în glumă. Devenise însă simbolul unei promisiuni tacite de a încerca să-mi îndrept cumva greșeala. Și nu aveam de gând să mi-l scot de pe deget până nu aveam să-mi duc misiunea la bun sfârșit.

O prezență familiară mi-a mângâiat atunci pielea.

Întorcându-mi capul într-o parte, l-am văzut pe Nicolas în capătul holului, cu mâinile în buzunare și ochii ațintiți asupra mea.

— Și eu care credeam că n-o să te văd niciodată altfel decât în roz.

Auzindu-i tonalitățile unduioase ale glasului, am simțit fiori din cap până în picioare. *N-o să te văd niciodată altfel decât în roz.* Mi-a apărut în minte, instant, o imagine murdară, cu mine goală, iar el uitându-se. Sânii mi s-au întărit sub privirile-i scrutătoare și am simțit cum o căldură mi-a coborât lânced între picioare. Am înghițit în sec, încercând să-mi păstrez cumpătul.

Purtam rareori ținute negre, dar, mânată în seara asta de emoții, am ales o rochie neagră, sperând că îmi va conferi puterea de a-i ignora prezența. Mă văzuse îmbrăcată numai în haine albe sau roz — nu e de mirare că mă considera ridicolă. Dar așa era mai bine. Dacă mi-ar fi împărtășit fascinația, am fi dat naștere unui alt haos și nu mai voiam încă un scandal. Nicicând.

Stând încă rezemată de perete, mi-am ridicat puțin rochia, dezvăluindu-mi pantofii roz, cu toc înalt, pe care îi purtam.

Schițând un zâmbet vag, și-a plimbat degetul mare pe buze, apoi și-a băgat din nou mâna în buzunar. Fluturii mi-au luat-o razna în stomac. De-ar fi să-i redau frumusețea, numai un cuvânt lasciv și senzual ar putea să-l descrie în toată splendoarea.

— Ce înseamnă pentru tine Dolce Abelli? l-am întrebat, îngândurată.

Voiam să știu dacă toți membrii *Cosa Nostra* mă considerau o târfă. Nu-mi stătea în fire să mă ascund în spatele naivității, indiferent cât uram adevărul.

A ridicat din sprâncene, păstrând distanța.

— Chiar vrei să-ți spun?

Am dat din cap, mușcându-mi buza de sus.

Cât de rău ar putea fi?

Un licăr amuzat i-a apărut în ochi, presărat însă cu o tonalitate ușor amară.

— E sinonim cu cel mai „dulce" posterior din New York.

Am clipit de câteva ori. Și am înghițit în sec. Am murmurat un *hmm* ca să-mi ascund răsuflarea sacadată. Ăsta era „renumele" pe care îl purtam — nu-i reflecta neapărat și părerea, nu-i așa? Dar tot nu reușeam să-mi stăvilesc presiunea și căldura pe care o simțeam între picioare. Rochia îmi părea încinsă și abrazivă.

Atracția față de Nicolas îmi înfiera sufletul și, dacă nu voiam să mă stigmatizeze pe veci, trebuia să-l tratez cu totul diferit. Poate, dacă îl priveam ca pe un membru al familiei — cum va deveni în curând —, va începe să se estompeze.

M-am îndepărtat de perete și m-am îndreptat spre el. Atmosfera părea de-a dreptul electrică. Mă întrebam dacă senzația era doar o reacție între două materiale combustibile sau dacă pasiunea pe care o nutream pentru el devenea și mai apăsătoare în prezența lui.

— Nu e așa de rău cum am presupus, i-am răspuns, prefăcându-mă că răsuflu ușurată.

Stăteam în fața lui, la niciun pas depărtare. Îmi simțeam egoul umflându-se în pene ori de câte ori mă aflam în compania lui, de parcă mă bucuram de atenția celui mai popular băiat de la școală.

Bântuită încă de amintirile trecutului, nu mi-a fost greu să-mi iau inima în dinți și să mai fac încă un pas, plimbându-mi degetul de jur împrejurul nasturelui de la sacou.

Glasul îi era învăluit într-o umbră întunecată — de data asta, mai aspră și mai puțin amuzată.

— Ce ți-am spus eu despre presupuneri?

Firea lui dominantă și autoritară îmi încingea și mai tare obrajii. Cât de ușor își impunea voința în fața oamenilor, așteptând supunere necondiționată! Probabil că ursitoarele îi dăruiseră mult noroc la naștere.

— Am avut un motiv întemeiat să cred că poartă altă semnificație, am spus, desfăcându-i nasturele de la sacou.

Mă privea cu ochi scrutători, arzându-mi pielea ca niște tăciuni încinși.

— Aș vrea să-ți aud raționamentul, mi-a răspuns, cu un glas ce-mi spunea exact opusul.

— Ce cauți aici? I-am întrebat, desfăcându-i sacoul pe sub care purta o vestă neagră, mulată pe abdomen. Ai venit să vezi ce fac?

— Sora ta e beată, iar tu ai încurajat-o, mi-a răspuns, cu asprime în glas.

— O, atunci, chiar am dat de dracu', nu-i așa? i-am ripostat, strecurându-mi mâna în buzunarul vestei și scoțând o țigară.

Știam că o ținea acolo, căci îl văzusem băgând-o în gură sau răsucind-o printre degete, fără s-o aprindă, de parcă încerca să se lase de fumat.

— Spune-i-o lu' tata! Sunt o Abelli, nu o Russo.

Am dat să mă întorc, dar m-a apucat de mână.

— Nu ieși singură.

— I-am văzut pe cei din personalul de la bucătărie că se tot perindă pe acolo, i-am răspuns, încercând să mă eliberez din strânsoare.

Dar n-am făcut decât să-i atrag și mai mult atenția asupra inelului de pe mână. Îl privea cu o umbră întunecată, de parcă ar fi vrut să mi-l scoată de pe deget. Mi-am strâns, protectoare, mâna în pumn, căci nu s-ar fi dat în lături s-o facă. Simțindu-mă liberă, m-am îndreptat spre ușa din spate.

— Nu ieși cu personalul de la bucătărie.

Exact ca un membru al familiei, corect?

— Nicolas, du-te și fă pe cocoșul cu altcineva!

Am încremenit pe loc, iar inima mi-a stat în piept. M-a apucat de părul strâns în coadă, împiedicându-mă să mai fac vreun pas, de parcă mă ținea în lesă. Am rămas fără suflare când i-am simțit trupul lipit de spate. Era atât de fierbinte că aș fi gemut de plăcere dacă aș fi avut puterea s-o fac.

Mă ținea ușor de păr și mi-a dat capul într-o parte. Apoi și-a lipit buzele de pielea sensibilă din spatele urechii și mi-a șoptit:

— Mai spune-mi încă o dată ce dracu' să fac!

Gâtul meu ar fi fost cel mai sensibil loc dacă nu era evident ce simțeam deja în alte părți ale corpului meu. Pielea mi s-a făcut de găină sub răsuflarea-i fierbinte și glasu-i aspru ca prundișul și fiori îmi străbăteau trupul din cap până în picioare, făcându-mă să mă arcuiesc ca strunele unei viori.

— Nu ieși singură. Și nici cu personalul de la bucătărie.

Cu mintea-mi înnegurată și genele greoaie, abia i-am percutat cuvintele. Am clipit de câteva ori, încercând să-mi limpezesc gândurile.

— Ai o brichetă? l-am întrebat, căci mă duceam afară, fie că voia, fie că nu.

Întrebarea deschidea porțile unei invitații, deși nu știam de ce. Interacțiunea noastră dovedea faptul că nu-l puteam trata ca pe un membru al familiei.

M-a prins de talie și m-a împins ușor, un pas mai în față. Probabil că își luase mâna din părul meu, dar nici că observasem.

Când a deschis ușa spre aleea din spate, iar aerul umed de august mi-a atins chipul, am șovăit ușor.

Ținea ușa deschisă, stând cu spatele lipit de ea și cu mâinile în buzunare. Mă scruta cu o privire încinsă — poate chiar cu iritare. Nu voia să fie aici cu mine.

Dolce Abelli ar fi ținut cont de sentimentele lui. Dar eu nu trebuia să joc rolul ei în prezența lui.

Așa că am ieșit să fumez cu Nicolas Russo.

CAPITOLUL
Șaptesprezece

Cele mai frumoase și mai bune lucruri din lume nu pot fi nici văzute, nici atinse — trebuie simțite cu inima.
— Helen Keller[1]

Elena

Trecutul exercita un farmec simplist în sufletul meu, dar asta nu însemna că nu puteam să văd frumusețea unui prezent complicat. Priveliștea orașului se îngemăna cu cerul înnegurat de poluare, dar la poalele orizontului se întindea magia omenirii. Lumea era frumoasă, lucru care mă făcea să mă întreb de ce prezentatoarea blondă de la știri se axa numai asupra urâțeniei înconjurătoare.

Aleea era pustie, căci membrii personalului de la bucătărie se făcuseră nevăzuți. Din depărtare, răzbăteau zgomote de roți, claxoane și sirene, învăluite în acordurile line și armonioase ale unui saxofon.

Tocurile îmi pocneau pe asfalt când am făcut câțiva pași, atrasă de muzică. O realitate crudă mi se cuibărea în suflet: nu puteam

---

[1] Helen Adams Keller (1880–1968) — scriitoare, eseistă, oratoare și activistă pentru drepturile persoanelor cu handicap din America, prima persoană cu surdocecitate care a absolvit colegiul.

să-i dăruiesc lumii o poveste de dragoste cu adevărat captivantă. Îmi plăceau poveștile triste pentru că știam că nici a mea nu avea să fie cu mult diferită.

Aerul cald îmi mângâia spatele gol, presărat de promisiuni fremătătoare. Când m-am întors, l-am văzut pe Nicolas stând atât de aproape, că a trebuit să-mi înclin capul într-o parte ca să-i întâlnesc privirea. Mi-a luat țigara din mână, mi-a strecurat-o printre buze și, cu un clic metalic, a aprins bricheta Zippo, aceeași brichetă care avea incrustată pe o parte un as de pică.

— E ultima țigară pe care o mai fumezi. Savurează-o, așadar, din plin!

Am zâmbit și, în timp ce mi-o aprindea, am tras încet fumul în piept, atentă să nu mă mai înec și să nu mai par din nou o ageamie.

— Ce găsești așa de nostim?

— Pe tine, i-am răspuns, râzând ușor.

Cu o privire îngândurată, mi-a luat țigara din gură și, strecurându-și-o printre buze, a tras fumul în piept.

Mi-am înclinat capul într-o parte, scrutându-l cu ardoare.

— Așadar, pot să te numesc acum *mio fratello*?

Nu știu de ce l-am întrebat asta, dar cuvintele mi-au scăpat printre buze ușor ca o răsuflare. Nicotina mi se prelingea în sânge și îmi descătușa limba.

M-a țintuit cu ochii, suflându-mi un norișor de fum deasupra capului. Stăteam atât de aproape, că îmi atingea brațul cu mâneca. Atât de aproape, că prezența lui mi-o anula pe a mea. Fără vreo tangență... *familială*.

— Nu, mi-a răspuns, dându-mi țigara înapoi.

Un *nu* aspru, ce nu lăsa loc de negociere.

— De ce nu? Doar asta o să și fii.

— O să fiu *tuo cognato*[1], nu fratele tău.

---

[1] Cumnatul tău (în lb. italiană)

— Cam același lucru. Ai și început să te porți ca un frate dominator.

Expresia de pe chip mi-a dat de înțeles că discuția nu i se părea deloc amuzantă și nu avea de gând s-o continue.

— Poți să-mi spui *tua sorella*. Poate că existența unei surori te va face să înțelegi că nu ești buricul pământului.

A gemut amuzat, deși părea dornic mai degrabă să mă strângă de gât.

— Fumează-ți țigara și mai taci din gură!

M-am întors pe călcâie ca să-mi ascund obrajii ridicol de încinși și m-am îndepărtat câțiva pași. Pocnetul tocurilor pe asfalt, în acorduri de saxofon, era de-a dreptul hipnotic. Nicotina se împletea, probabil, cu alcoolul, creându-mi o stare de beatitudine. Sau poate că prezența lui îmi îmbăta, pur și simplu, simțurile.

Întorcându-mă din nou cu fața spre el, l-am țintuit cu privirea.

— Nu trebuie să mă dădăcești. De obicei, nu *mă atacă* nimeni de două ori într-un weekend.

— Doar o dată *te atacă*? mi-a ripostat, rezemându-se de ușă, cu privirea încărcată de sarcasm.

— Da, doar o dată, i-am răspuns, cu un zâmbet pe buze.

— Nu te dădăcesc deloc.

— Atunci, ți-ai jucat bine rolul, căci ai reușit să mă păcălești.

Mi-a aruncat o privire întunecată. Nu știu de ce îl provocam în felul ăsta, dar orice urmă de raționament părea să-mi fi dispărut practic odată cu ultima notă a saxofonului.

— Dacă mai deschizi gura o dată, o să vezi cum e *să fii atacată* de mine.

Nu cred că se referea la „picanterii" sexuale, deși ăsta era tâlcul pe care preferam să-l extrag din cuvintele sale. Mi-am băgat țigara în gură și am tras încet din ea. Ne-am întâlnit privirile printr-un norișor de fum.

— O să am grijă să-i spun următorului meu atacator că numai *mio cognato* are dreptul *să mă atace.*

Aveam senzația că atmosfera înconjurătoare era atât de apăsătoare, că oricine ar fi trecut atunci pe alee ar fi putut s-o simtă. Am afișat o expresie îngândurată pe chip, deși inima îmi dansa frenetic în piept.

— Sunt sigură că ai epuizat toate căile prin care poți distruge viața unui om.

— Se numește repertoriu, Elena. Și îl poți folosi de multe ori.

— Hmm! Și cine-i următorul pe listă?

— Adică cine va fi următoarea victimă? m-a întrebat, cu indiferență în glas, de parcă vorbeam despre vreme.

Am ridicat dintr-un umăr și am zis:

— Eu.

Mi-a aruncat o privire glacială, păstrându-și însă tonul impasibil.

— Distracția din seara asta ar fi să-l văd sângerând de moarte.

Expresia pe care o purta acum pe chip îmi spunea că nu exagerează cu nimic.

— N-ar fi o seară normală dacă n-ai vărsa câteva picături de sânge, i-am ripostat, făcând apoi o pauză. Deși te-ai descurcat de minune ultima dată când am luat masa împreună.

— Așa zic și eu, mi-a răspuns, cu un zâmbet sumbru pe buze.

Fluturii mi-au luat-o razna în stomac. Zâmbetul sardonic din colțul gurii reprezintă exact motivul pentru care femeile se simt atrase de băieții răi.

Cazzo!

Simțeam că mă sufoc.

Aplecându-mă, am stins țigara de asfalt, apoi am aruncat-o în pubela restaurantului. Aleile sunt și așa pline de mucuri de țigară și de gunoaie; nu voiam să mai contribui și eu.

Cum Nicolas stătea încă rezemat de ușă, m-am oprit în fața lui și am așteptat.

— Scrie-mi lista aia! mi-a spus apoi, întinzându-mi telefonul.

Mi-am plimbat privirea încruntată de la mobil la Nicolas.

Mă scruta cu o expresie gravă și, sinceră să fiu, cum atracția pe care o simțeam pentru el îmi provoca fiori din cap până în picioare, nu aveam puterea de a mă împotrivi. I-am luat telefonul și am făcut câțiva pași în spate. N-aș fi reușit sub nicio formă să-mi adun gândurile stând atât de aproape.

I-am scris apoi mărimile pe care Adriana le purta la rochii, la pantofi și chiar la sutiene. Părea să acorde o atenție deosebită detaliilor. Când am ajuns la pasiunile Adrianei, nu m-am putut abține să nu-i scriu:

Actoria

Filmele de groază

Grădinăritul

Tu nu.

Am zâmbit, dar când telefonul mi-a bâzâit în mână, zâmbetul mi-a pierit de pe buze.

M-am uitat la ecran.

Era de aceeași teapă cu *Benito*?

Mi-a apărut imaginea unei femei, goale. Blondă, cu un zâmbet timid și sânii mari.

Jenny.

Ridicându-mi privirea, am văzut că aștepta să termin lista. I-am arătat telefonul. M-a privit o clipă înainte să-și ațintească ochii în ecran. Nici n-a clipit măcar.

— E prietena lui Tony, i-am spus, cu glas acuzator.

— Serios?!

Nu-mi dădeam seama dacă se amuza sau era iritat. Dacă știa cine era Jenny sau făcea pe prostul. Primea oare fotografii nud de la atâtea femei că nici nu le mai știa numărul? Și nici cine sunt? Mânia îmi clocotea în suflet.

— Nu te mai culca cu ea! i-am spus, cu răceală în glas.

Umbra-i întunecată de pe chip părea acum învăluită într-un licăr vesel.

— Nu se cuvine, am continuat, strângând telefonul în mână.

— Dinte pentru dinte, mi-a răspuns, ridicând din umeri.

— Dar n-ai pe nimeni, i-am spus, șovăitoare.

Ai logodnică..., deși asta nu înseamnă mai nimic pentru bărbații din lumea mea.

— Am avut.

Aha!

Un sentiment straniu mi se cuibărea în piept.

Am clipit de câteva ori, încercând să pătrund tâlcul spuselor lui.

— Vă culcați cu iubitele altora ca să vă răzbunați unii pe alții?

Nu mi-a răspuns, iar din privirea lui am înțeles că nici n-avea de gând s-o facă.

— O iubește, Nicolas, fie c-o știe, fie că nu.

— Te pricepi la chestiuni amoroase, după câte se pare, nu-i așa? mi-a ripostat, cu o expresie de gheață pe chip. Din propria-ți experiență?

Poftim?

L-am privit printre gene. Nu știu ce voia să spună și eram mult prea mânioasă ca să-mi mai pese.

— Te însori cu sora lui, așa că nu e deloc cinstit.

Habar nu aveam ce spun, dar nu aveam de gând să-i iau partea.

A izbucnit în râs. Un râs întunecat.

Nu-i plăcea să iau partea cuiva. Își imagina oare că aveam să fiu de partea lui?

Un gând mi-a trecut atunci prin minte și mi-a scăpat printre buze fără să mai stau vreo clipă la îndoială.

— O să-i fii fidel Adrianei? l-am întrebat, în timp ce inima îmi bătea nebunește în piept.

Era cea mai nevinovată întrebare pe care i-o pusesem cuiva, lăsându-mi pe buze un gust cumplit de amar.

Mi-a susţinut privirea, vădit iritat de întrebare, dar păstrând tonul domol şi profund al glasului.

— Se aşteaptă să-i fiu?

Fireşte că nu.

Nicio femeie nu se aşteaptă la asta într-o lume ca a mea, nu când afacerile bărbaţilor presupun frecventarea cluburilor de striptease. Nu când banii şi puterea înseamnă corupţie. Nu când femei ca Jenny se aruncă în braţele unora plini de bani. Acesta era şi motivul pentru care nu-mi doream un soţ atât de chipeş ca Nicolas. Nici nu trebuia să se ducă la muncă pentru a-şi înşela nevasta, i se aşeza „munca" direct în poală.

Am clătinat din cap, frustrată de toată această discuţie.

— Te învârţi în jurul cozii, Nicolas. Răspunde la întrebare! l-am rugat eu.

Poate, dacă mi-o spunea în cuvinte că nu putea fi loial, reuşeam să pun capăt fascinaţiei pe care o simţeam pentru el. Voiam să-i aflu răspunsul mai mult decât ar fi vrut Adriana.

— Răspunde-mi şi tu *mie*! mi-a ripostat, desprinzându-se de uşă.

— Îţi dau înapoi telefonul numai după ce-mi răspunzi la întrebare, am insistat, cu glas calm, încărcat însă cu nuanţe suicidale.

Mi-a aruncat o privire condescendentă, apoi, clătinând uşor din cap, a venit spre mine.

Inima mi-a sărit în piept şi am făcut un pas înapoi până am atins cu spatele zidul aleii, simţind un fior rece pe şira spinării. Eram împrejmuită, încolţită şi suficient de beată ca să nu mai gândesc limpede. Ca să nu mai gândesc deloc.

Am lăsat telefonul să alunece în decolteul rochiei.

Nicolas a încremenit pe loc, la doi paşi depărtare. Cu ochii pironiţi în decolteu. Şi-a plimbat apoi limba pe dinţi într-un rânjet ca de lup.

— Chiar crezi că asta o să mă împiedice să mi-l recuperez?

Nu știu de ce o făcusem. Îmi doream, pentru prima oară în viață, ca rolul lui Dolce Abelli să mă salveze. Felul ei calm și rațional de a acționa nu m-ar fi băgat în încurcătura asta. Am înghițit în sec, încercând să-mi păstrez cumpătul.

— Nu s-ar cuveni.

Privirile ne-au căzut amândurora asupra telefonului, ce-mi aluneca printre sâni spre abdomen înainte de a rămâne blocat în țesătura mulată a rochiei. Chiar deasupra buricului.

— Din câte am înțeles, în ziua de azi sărutul a devenit platonic, mi-a răspuns, susținându-mi privirea. Să iau telefonul de acolo nu poate fi un gest... mult mai necuviincios.

— *Nu* poți să faci asta, am murmurat, simțind un nod în stomac.

— Ai trei secunde la dispoziție, Elena, mi-a spus, cu glas casant și iritat.

Îmi dădea astfel de înțeles că aveam trei secunde la dispoziție ca să-i dau telefonul.

Nu știu ce făceam și când am început să-mi doresc moartea, dar i-am înfruntat privirea timp de trei secunde.

— Nu mi-ai răspuns la întrebare, i-am spus, cu glas domol și grav.

Și-a ațintit ochii în pământ, apoi, când i-a îndreptat din nou spre mine, încinși și sfredelitori, am înțeles că înotam în ape cumplit de tulburi. Nerăbdarea se împletea cu neliniștea când l-am văzut apropiindu-se de mine.

Bloca aleea cu statura lui impunătoare, iar prezența-i apăsătoare mă împiedica să respir. Țintuindu-mă în continuare cu ochii ca de chihlimbar, mi-a apucat, cu un gest aspru, poalele rochiei.

A început apoi să mi-o ridice ușor, provocându-mi fiori din cap până în picioare și mistuindu-mi pielea cu atingerile sale. Când a ajuns în dreptul coapselor, mi-am mușcat buza ca să-mi stăvilesc un suspin. Îi simțeam palma aspră și cumplit de încinsă. Și mirosea amețitor! Voiam să-mi îngrop fața în gâtul lui și să-i sorb parfumul. Cu nesaț!

Nu mi-a scăpat faptul că, deşi îl criticam pentru infidelitatea față de Adriana, îmi imaginam că fac acelaşi lucru în brațele lui. Gândul mi-a zburat însă iute, sub prezența şi căldura trupului său.

Nu ştiu dacă îşi încetinise mişcările sau dacă, mistuită de senzațiile momentului, trăiam experiența cu încetinitorul, cert este că totul părea să se desfăşoare lent, într-o tăcere spulberată doar de răsuflarea mea întretăiată. O adiere uşoară de vânt îşi croia drum printre noi, făcându-mă să realizez cât de încinsă eram. Nicicând nu avusesem simțurile atât de aprinse.

S-a lipit şi mai mult de mine, simțindu-i ceasul rece pe pielea din zona coapselor. Îşi ținea o mână pe zidul din spatele meu, țintuindu-mă pe loc, de parcă aş fi vrut să scap.

Când mi-a atins pielea goală, privirea i s-a întunecat deodată, apoi şi-a ațintit-o în pământ, dezgustat, parcă, de ce trebuia să facă. Am simțit un freamăt puternic între picioare. Mi-am depărtat coapsele, imaginându-mi cum îşi strecoară mâna printre ele. Cum îmi dă la o parte chiloții tanga şi cum îşi bagă un deget în mine. Stăteam cu palmele lipite de zidul rece din spatele meu, simțind cum sângele îmi zvâcneşte în urechi.

Şi-a încleştat maxilarul, strângându-mă cu degetele de coapsă. Atingerile lui îmi provocau scântei prin tot corpul, încingându-mi simțurile mai presus de orice imaginație. Nu trebuia decât să-şi plimbe mâna pe țesătura lenjeriei ca să vadă că ardeam în flăcări. Ca să vadă cât de mult îl doream.

Dar n-a făcut nimic din toate astea.

Şi-a luat doar telefonul.

Şi mi-a atins cu degetul mare breteaua de pe şold a chiloților, dând-o puțin în jos înainte de a-şi retrage mâinile. Când rochia a căzut în falduri pe asfalt, mi-a şoptit, cu glas aspru, la ureche:

— Ştii deja răspunsul.

A făcut un pas în spate și, aplecându-și capul spre ușă, mi-a dat de înțeles să intru.

Rămasă fără suflare, n-am putut decât să mă supun, în tăcere, mistuită de șoaptele unei patimi răvășitoare.

CAPITOLUL
Optsprezece

Nimeni nu mă va omorî vreodată,
căci nimeni nu va îndrăzni s-o facă.
— Carmine Galante

Nico

Nu exista un loc mai bun pentru mine ca în inima *Cosei Nostra*. Existența mea se integra perfect aici, ca o piesă dintr-un puzzle.

Orice aș fi fost: fiu de avocat, de doctor sau de administrator de bloc, tot mi-aș fi găsit calea spre lumea infracțională ca să fac ce-mi place mai tare: să fac bani, cu orice preț, indiferent prin ce căi.

Dar, cum eram fiul lui Antonio Russo, nici mai mult, nici mai puțin, îmi îndeplineam rolul al naibii de bine. Tata avea o vorbă: *Non può provare il dolce chi prima non ha provato l'amaro*. E un fel de a spune că în această lume nu există loc pentru regrete, că omul trebuie să guste mai întâi din amărăciunea vieții ca să-i guste apoi dulceața.

Am auzit-o pe când aveam șapte ani în timp ce priveam pentru prima oară trupul lipsit de viață al unui om ce zăcea cu ochii deschiși, într-o baltă de sânge, pe podeaua de beton a unui depozit.

În profesia mea, regretele își fac cu ușurință loc în sufletul nostru, știrbindu-ne hotărârile. Până acum, n-am regretat mai nimic, cu excepția unui singur lucru: faptul că m-am culcat cu Gianna pe când era încă măritată cu tata. Iar de curând, am început să regret semnarea contractului nupțial pentru căsătoria cu Adriana.

O voiam pe sora ei.

În patul meu.

În genunchi în fața mea.

Trecusem deja în revistă ce însemna încălcarea contractului. Știam foarte bine ce aveam să fac. Familia mea era renumită pentru încălcarea înțelegerilor — asta i-a și adus moartea tatei. Nu era cel mai bun stimulent, dar nu mă temeam de clanul Abelli. De fapt, nu mă temeam de nimic, lucru care îmi va aduce, probabil, sfârșitul.

O voiam pe Elena Abelli și perspectiva de a stârni un război pentru ea începea să nu-mi mai pară deloc o idee proastă. Dar nu aveam de gând să-mi duc la îndeplinire planul conceput de mintea-mi vicleană.

O voiam doar în pat.

Nu să mă însor cu ea.

Soția mea trebuia să-mi câștige respectul și să-mi dăruiască copii. Nu aveam nevoie de o femeie care să-mi întunece judecata și care să mă năucească în halul în care îl făcea Elena. În lumea mea, nu-ți poți permite să te lași purtat de valuri. Nu trebuie să te legi la cap dacă nu te doare. Iar Elena deja mă zăpăcise complet.

Dar, indiferent cât de regretabil era, mă simțeam fascinat de tot ce-i ieșea pe gură. Și îi urmăream toate mișcările, oricât aș fi încercat să mă stăpânesc.

Nu știu de ce îmi vorbea cu atâta libertate și încăpățânare — poate pentru că mă vedea acum ca pe un *frate*. De-ar ști cu câtă ardoare îmi doream s-o lipesc de un zid, să-i pun mâna la gură și să-i privesc șocul din ochi în timp ce îmi strecuram mâna printre chiloții tanga, roz și minusculi, pe care îi purta! *Roz*, la dracu'! Nu știu de ce, dar când i-am văzut, am fost cât pe ce să-mi pierd cumpătul.

Dacă aș fi început, nici că m-aș mai fi oprit.

I-aș fi tras-o chiar acolo, țintuită de zid, deși am senzația că nu m-aș fi săturat. Poate era glasul sângelui ce-mi curge prin vene. Când își dorește ceva, un Russo face tot ce poate ca să-l obțină.

Ușa ce dădea spre alee s-a închis cu zgomot în urma mea, trezindu-mă din visare. Mi-am încheiat nasturele de la sacou și am urmat-o pe Elena pe hol, privindu-i părul negru și mătăsos, strâns în coadă, la spate. Când s-a răsucit pe călcâie ceva mai devreme, pe alee, mi-a atins pieptul cu el. Trebuia să-mi reamintesc că nu era o lesă, căci, după ce-am prins-o de coadă cu câtva timp în urmă, îmi stăvileam cu greu dorința de a o apuca din nou de păr și de a o trage direct în pat, fie că voia, fie că nu.

Decolteul adânc al rochiei, cu bretelele subțiri încrucișate la spate, îi dezvăluia pielea fină și măslinie. Țesătura neagră i se mula pe trup, scoțându-i fundul în evidență într-atât încât imaginația nu-și mai găsea rostul.

O, Doamne, ce i-aș face!

Nu ești de niciun ajutor, Russo!

Mi-am ațintit privirea în altă parte, încercând să-mi ignor simțurile cumplit de încinse.

Fără să-mi mai spună vreun cuvânt, a intrat în restaurant și s-a îndreptat direct spre sora și bunica ei, ce păreau angrenate într-un joc cu creioane pe un meniu pentru copii.

Discuțiile se purtau amical, într-o atmosferă degajată, lucru care ar fi trebuit să mă bucure, dar, sincer să fiu, mi-ar fi prins bine acum puțină animozitate. Mă simțeam încordat sub imperiul frustrărilor sexuale.

Tony stătea cu spatele la mine, râzând împreună cu verii lui. Trebuia să ne înfruntăm în seara asta. Știam că va trebui să facem, în cele din urmă, pace, așa că îl invitasem la masă. Și, mistuit cum eram acum de frustrare, mă bucuram că o făcusem.

M-am dus la bar și m-am așezat lângă Luca. Simțeam nevoia să beau ceva. Doar un pahar, ca să-mi potolesc nervii. Ultima dată când mă îmbătasem fusese acum șase ani când i-am tras-o nevestei lui taică-miu. Îmi învățasem lecția.

Luca m-a privit pieziș, cu o expresie amuzată pe chip, luând o gură de bere. Știa, se pare, că o vreau pe Elena, cum o voiau toți bărbații din New York. I se părea amuzant, probabil, de vreme ce, înainte s-o cunosc, îmi exprimasem vădit dezgustul pentru ea.

— Mai du-te dracu'! i-am spus printre dinți.

A chicotit încet.

Câteva clipe mai târziu, mi-am băut tacticos whiskyul, ascultând în treacăt discuția vărului meu, Lorenzo, despre calul pe care pariase o sumă importantă.

— Are șanse mari..., a spus Lorenzo, oprindu-se apoi, cu ochii ațintiți la o fată din spatele meu. Dumnezeule mare, ce n-aș da s-o iau de nevastă!

Un val de iritare mi-a străbătut șira spinării, căci știam despre cine vorbea, dar m-am mulțumit doar să agit whiskyul din pahar înainte să iau altă înghițitură.

Am auzit-o pe Elena râzând ușor la o replică spusă de Tony. Am dat băutura pe gât. Îi era atât de loială idiotului de frate-su, deși a fost cât pe ce să moară din cauza lui. Mi-am încleștat dinții de furie.

Trebuia să-mi potolesc cumva nervii înainte să explodez.

Fie arzând niște pumni, fie făcând sex. Și, cum cea de-a doua variantă era compromisă de atracția pe care o simțeam pentru Elena Abelli, trebuia să mă mulțumesc cu prima.

Mi-am scos telefonul din buzunar.

Și i-am trimis lui Tony poza lui Jenny.

Apoi, am așteptat.

Adevărul era că nu aveam nicio iubită. Cea pe care aş fi putut s-o numesc aşa era mai degrabă o partidă constantă de sex, dar, cum mă îndoiam că Elena ar fi fost impresionată de asta, am preferat să arunc o minciună... ca un adevărat *escroc* ce sunt. Pentru că Tony se culcase cu Isabel, dându-mi apoi de ştire, m-am culcat şi eu, aşa, din principiu, cu Jenny. Stânjenitor de uşor.

Nu mai vorbisem cu Jenny de mai bine de un an. Dacă încercase să ia legătura cu mine, bănuiam că Tony nu mai reuşea s-o satisfacă acum cu mâna stângă la fel de bine cum o făcea cu dreapta.

— Ăă, şefu'...

— Nu te băga! am spus, agitând whiskyul din pahar.

— *Bine*, şefu', a răspuns Lorenzo, făcând un pas înapoi.

Luca a clătinat din cap şi s-a ridicat de pe scaun.

N-ar fi trebuit s-o fac. De obicei, nu mă las pradă nervilor, în public. Dar mă temeam de ce-aş putea să fac dacă nu-mi domoleam pasiunea pe care o simţeam pentru Elena Abelli. Dacă mai interacţionam încă o dată în seara asta... aveam să-mi pierd minţile cu totul.

Un val de încordare mi-a străbătut trupul, urmat de o durere surdă în moalele capului.

— Tony! a îngăimat Celia, când paharul de whisky s-a făcut ţăndări pe podea.

Apoi s-a aşternut o tăcere apăsătoare.

Nu mi-am putut stăvili zâmbetul din colţul gurii.

Slavă Domnului că idiotul era atât de nesăbuit!

CAPITOLUL
Nouăsprezece

Imperfecțiunea înseamnă frumusețe,
iar nebunia e sinonimă cu geniul.
Și e mult mai bine să fii cumplit de ridicol
decât cumplit de plictisitor.
— Marilyn Monroe

Elena

— *Stupido!* a spus mama, de trei ori, plecând apoi din bucătărie într-o cascadă de cuvinte în italiană, din care reieșea că toți plozii ei erau *stupido*.

— La dracu', Elena! Oprește-te! s-a răstit Tony, tresărind ușor.

Mi-am retras tamponul de vată de pe tăietura urâtă ce-i brăzda fața.

— Poți să-l lovești pe Nicolas cu mâna rănită, dar nu suporți puțin alcool pe rană?

Și cât am așteptat momentul ăsta, dar mă gândeam că nu poate din cauză că e rănit, dar el era bine-mersi, gata să ardă pumni în stânga și-n dreapta. O regreta acum, după câte citeam de pe expresia-i încordată și bandajul murdar de sânge de pe mână.

Doamne, ce cumplit arăta!

Nimic nu e mai înspăimântător decât spectacolul oferit de doi bărbaţi care se luptă pe viaţă şi pe moarte. Mai ales când nu ştii de partea cui eşti. De partea lui... Tony... nu? Am înghiţit în sec, bântuită de sentimentul că sunt o trădătoare.

După ce Tony a spart un pahar în capul viitorului său cumnat, Nicolas l-a luat de gât şi l-a trântit pe podea. Zgomotul impactului cu solul îmi răsuna şi acum în minte.

— În sfârşit, avem parte şi de puţină distracţie, a spus *nonna*, ridicându-şi privirea din jocul cu X şi 0 pe care îl juca cu sora mea.

Adriana a luat o înghiţitură de vin, cu o expresie ceva mai senină decât cea pe care o avea mai devreme, şi a pariat cincizeci de dolari — banii nonnei — pe Tony. După câte se părea, Nicolas era motivul supărării ei.

Tata a urmărit impasibil spectacolul, împreună cu unchii lui Nicolas. Nimeni n-a intervenit, deşi era evident că asistam la o înfruntare pe viaţă şi pe moarte. Cum gândul îmi provoca un nod în stomac, am ieşit şi am rămas în faţa restaurantului, alături de Dominic.

Nu ştiu de la ce pornise, dar îmi imaginam că Tony văzuse poza lui Jenny sau poate că Jenny îi mărturisise că se culcase recent cu Nicolas.

Iar astea erau consecinţele.

Tony era plin de răni şi de vânătăi. Iar sângele ce-i curgea din nas, din buza spartă şi din tăietura de pe faţă i se prelingea pe piept.

S-a rezemat de spătarul scaunului de bar, purtând încă pantofii eleganţi şi pantalonii de la costum, şi a început să scrie un mesaj.

— Cum te-a tăiat în halul ăsta? l-am întrebat, căci mi-era cu neputinţă să înţeleg cum ar fi putut să capete o rană atât de urâtă în urma unei încăierări cu pumnii, indiferent cât de acerbă ar fi fost — și fusese acerbă, pe viață și pe moarte.

— Cu piciorul de la un scaun.

— Te-a lovit cu piciorul de la un scaun? am întrebat, cu ochii mari cât cepele.

Ce nemernic!

— Da. După ce l-am lovit eu mai întâi.

Aha!

Sinceră să fiu, nici nu știu de ce încercam să-l ajut pe Tony. Nu se dovedise un frate prea bun în ultimul timp. Mă făcea să mă simt ca o fraieră, dar nu reușeam să mă abțin să fiu mama răniților. Nu știu de unde moștenisem asta. În niciun caz de la mama și nici de la *nonna*, care i-a mulțumit lui Tony pentru pariul câștigat.

Simțeam fiori din cap până în picioare, fiori pe care seara aceea n-a făcut decât să-i amplifice și mai tare. Trebuia să-mi abat gândurile de la *el*, căci îmi încingeau simțurile dincolo de orice imaginație. Și tocmai latura lui întunecată mă atrăgea mai tare.

Mi-am încrucișat brațele pe piept, purtând încă rochia de seară și pantofii cu toc înalt.

— Măcar ai reușit să dai și tu niște pumni? Căci am senzația că doar i-ai încasat.

— Am dat și eu destui, mi-a răspuns, cu o privire sarcastică, înainte să-și ațintească din nou ochii în telefon.

— Spune-mi că nu-i scrii lui Jenny!

— Nu-i scriu lui Jenny, mi-a răspuns, pe un ton sec.

Făcând exact pe dos.

— Vă înșelați unul pe altul. Nu ți se pare că nu e tocmai o relație sănătoasă?

A lăsat telefonul pe blatul de bucătărie și și-a trecut mâna prin păr.

— O iubesc, Elena.

— Uneori, dragostea nu e de ajuns, Tony, am murmurat, cu un nod în gât.

— Firește că nu, mi-a răspuns, pe un ton grav, făcându-mă să cred pentru o clipă că purtam o discuție inteligentă și plină de sens, dar când a deschis din nou gura, mi-a spulberat orice iluzie: Trebuie să fie încununată de partide fantastice de sex.

Am oftat adânc.

A izbucnit în râs și și-a plimbat mâna pe piept, murdărindu-se de sânge.

— Ești o soră bună, Elena. Vino să te strâng în brațe!

— Nu, am spus, încruntată. Ești transpirat și plin de sânge.

— E tot ce pot să fac pentru tine, să te strâng în brațe.

— Tot ce poți să faci pentru mine e să... Nu, Tony, nu!

M-a strâns tare la piept, frecându-și de mine trupul asudat și murdar. Am scos un suspin, strâmbând din nas, și am încercat să mă eliberez din strânsoarea lui.

— *La dracu'!* a murmurat, trăgând aer în piept.

Am încremenit pe loc.

— Ce-ai pățit?

— Cred că am vreo coastă ruptă.

M-am retras, înfiorată, un pas exact în clipa în care tata a intrat în bucătărie. S-a uitat mai întâi la trusa mea de prim-ajutor, apoi la mine, cu o privire dezaprobatoare, ce-mi spunea să nu-l mai cocoloșesc atâta pe fratele meu. În final, l-a străfulgerat cu ochii și pe Tony.

— Arăți ca dracu'.

— Mulțumesc, tată, i-a răspuns Tony, chicotind.

Tata a ieșit apoi din bucătărie, lăsând ușile batante să se legene în urma lui.

— Treci *imediat* în birou! l-am auzit spunând apoi de pe hol.

Trează, cu sinapsele încă pe jar, m-am dus în camera mea. În timp ce apa de la duș mi se prelingea fierbinte pe trup, mă întrebam cum se simte Nicolas. Cine îi curăța oare rănile? *Gianna?* Gândul mi-a provocat o strângere de inimă.

Cu mintea înnegurată și inima bântuită de neliniște, mi-am pieptănat părul ud și mi-am pus o pereche de chiloți și un maiou mulat, pe care scria: *Sleep Tight, I Bite!*

Din pat auzeam muzica ce răzbătea din camera Adrianei. Asculta goth, Type O Negative. O soră bună s-ar fi dus s-o întrebe de ce era supărată, dar începeam să cred că eram egoistă. Am închis ochii, dorindu-mi cu ardoare să pot apăsa pe un buton care să-mi șteargă atracția pe care o simțeam pentru logodnicul ei.

Când i-am deschis, am simțit aceeași fascinație mistuitoare, adânc înrădăcinată în suflet, de parcă s-ar fi aflat dintotdeauna acolo. Am rămas aproape fără suflare, retrăind momentele din seara aceea — auzindu-i glasul șoptit la ureche, sub prezența-i apăsătoare, și simțindu-i mâna pe coapse.

Un val de căldură mi-a cotropit trupul, lăsând în urmă un vid pe care numai el îl putea umple.

Îl doream cu ardoare.

Cu patimă chiar.

Îl voiam dincolo de orice imaginație.

Dând păturile la o parte, am coborât din pat și m-am dus la măsuța de toaletă. Și am luat o brichetă Zippo.

Aprinzând-o cu un sunet metalic, am privit flacăra ce-mi dansa prin fața ochilor.

După ce încăierarea luase sfârșit, am intrat din nou în restaurant ca să-mi iau geanta și am găsit bricheta pe podea. Era a lui, căci avea încrustată pe laturi câte un as de pică.

Am luat-o ușor de pe jos.

Urcându-mă acum din nou în pat, mă jucam cu bricheta, aprinzând-o de nenumărate ori în timp ce priveam flacăra la fel de mistuitoare precum cea care îmi ardea sufletul.

Apoi am stins-o.

CAPITOLUL
Douăzeci

O femeie e asemenea unui pliculeț de ceai:
nu știi cât de tare e până n-o fierbi în apă.
— Eleanor Roosevelt

Elena

— Mă duc să alerg! am strigat pe hol.

Un mormăit somnoros s-a auzit din „caverna" de la parter până să trântesc ușa.

Îmi plăcea să pretind că puteam să plec de acasă când voiam ca să alerg singură prin cartier, dar nu era deloc așa. Stăteam, așadar, pe scări și îmi încheiam pe-ndelete șireturile de la adidași.

Era devreme — în jur de ora opt — și servitorii bântuiau de colo-colo, făcând curățenie într-o casă curată lună. Întotdeauna era cineva aici. Când o să fiu la casa mea, n-o să-mi iau servitori. Vreau să umblu goală pe holuri. Să sperăm că asta se va dovedi un stimulent suficient pentru soțul meu ca să-mi îndeplinească dorința.

Câteva clipe mai târziu, Dominic și-a făcut apariția, cu părul încă răvășit și o expresie și mai îngândurată ca de obicei. Purta un tricou fără mâneci, nişte pantaloni scurţi de sport şi pantofi. Ştiam că avea şi un pistol la brâu.

Gabriella a apărut de după colţ, ţinând în braţe nişte aşternuturi. Ochii i s-au luminat când m-a văzut.

— Ce bine că te duci să alergi! O să încep atunci cu camera ta. *Nonna* mă ceartă dacă intru la ea mai devreme de ora zece.

Avea părul negru strâns de-a valma în creştetul capului şi purta un zâmbet contagios pe buze. N-aveam de ales decât să-i zâmbesc şi eu.

— Da, trebuie să-i respecţi programul de regină.

Gabriella era extrem de frumoasă şi de cochetă. M-am întrebat adesea dacă bărbaţii din familia mea profitau de asta, dar mi-am dat seama că mă înşelam când am văzut-o ducându-se la Dominic — care scria un mesaj pe telefon — şi, ridicându-se pe vârfuri, i-a şoptit ceva la ureche, ce nu putea fi decât o aluzie sexuală.

El nu şi-a desprins ochii din telefon, dar un zâmbet i-a apărut pe buze.

— Mai târziu, a fost tot ce i-a răspuns.

Gabriella s-a lăsat apoi pe tocuri, cu un zâmbet sfios, şi a trecut pe lângă mine pe scări.

Şi cu el?

— Incredibil! am murmurat când s-a îndepărtat suficient cât să nu audă ce vorbim. Nu trebuie nici măcar să te uiţi la o femeie ca să te culci cu ea.

Dominic a schiţat un zâmbet în timp ce îşi băga telefonul în buzunar.

— Hai să mergem până nu se face prea cald!

Am alergat de jur împrejurul cartierului strict controlat. I-am făcut cu mâna lui Tim Fultz, care se pregătea să plece la muncă cu maşina. Celelalte proprietăţi erau învăluite în tăcere, stăpânii lor fiind fie plecaţi jumătate de an în vacanţă, fie stând încă în pat, copleşiţi de mahmureală, sau în braţele unei prostituate de lux.

L-am văzut pe Ryan cosind iarba pe una dintre peluzele lor şi un sentiment amar mi s-a cuibărit în suflet.

Pe la zece, pe când ne aflam la nicio azvârlitură de băţ de casă, soarele bătea mai nimicitor ca niciodată. Broboane de sudoare îmi curgeau pe spate şi aveam senzaţia că îmi ard plămânii. Ideea de a mă arunca în piscină îmi părea cumplit de atrăgătoare.

— Hai să ne întrecem până acasă! i-am propus, gâfâind.

— Nu, mi-a răspuns Dominic, mergând la pas, ud leoarcă de năduşeală.

— Hai, fricosule!

— Poate provocarea ta ar mai ţine dacă aş mai avea cinci ani.

— O să-i spun tatei unde-ţi ţii „iarba".

Scoţând un suspin sarcastic, a clătinat din cap şi a dat startul cursei, fără să mă mai aştepte.

— Hei!

Am luat-o şi eu la fugă până l-am ajuns din urmă, alergând apoi unul lângă altul. L-am înghiontit în umăr, pentru că n-a procedat corect, reuşind să-l împing un pas. Am realizat că nu avea să-mi răspundă la fel când l-am văzut pe tata stând pe verandă, alături de un bărbat necunoscut, cu ochii aţintiţi asupra noastră.

Maşina lui Nicolas se afla pe alee şi, când l-am văzut coborând din ea, inima mi-a luat-o razna în piept.

Dominic a încetinit ritmul, gândindu-se, probabil, că nu se cuvenea să alerge împreună cu verişoara lui. Am mers pas la pas până am ajuns pe peluza din faţa casei.

Dominic şi-a cuprins ceafa cu mâinile şi a tras adânc aer în piept.

— La dracu'! s-a plâns, gâfâind.

— Prea multă „iarbă", i-am răspuns, înecându-mă cu aer, căci abia mai respiram.

A ridicat din sprâncene, întrebându-mă din priviri ce scuză aveam pentru oboseala mea.

— Prăjiturile mamei, i-am răspuns, sfidătoare.

A început să râdă, purtând pe chip aceeași expresie îngândurată.

Picioarele îmi ardeau ca pe jar, dar am rezistat ispitei de a mă lăsa în genunchi. M-aş fi trântit oricând pe peluză, dar, *din păcate*, astăzi aveam musafiri. Dacă mă minţeam cu gândul că prezenţa lui Nicolas era doar un lucru regretabil, voi ajunge s-o şi cred până la urmă. Mă agăţam şi eu de un fir de pai.

Părul mi se lipea de faţa udă de transpiraţie, iar inima îmi bătea fără încetare. Mi-am odihnit mâinile pe creştetul capului, încercând să-mi trag sufletul, în timp ce ochii îmi fugeau necontenit la Nicolas. Purta un costum gri, cu o cămaşă albă şi cravată neagră. Arăta de milioane, ca de fiecare dată. Ce mi-ar fi plăcut să-l stropesc puţin cu câteva broboane de sudoare!

Mi-a aruncat o privire în timp ce străbătea aleea. Cu o expresie deloc încântătoare. Mergea cu paşi fermi şi, de la distanţă, nimic din ţinuta lui nu trăda încăierarea de aseară. Tony se refăcea, probabil, dormind. Îşi petrecuse noaptea, gândindu-se — speram eu — la relaţia lui cu Jenny.

Glasul tatei m-a readus cu picioarele pe pământ.

— Vino aici, Elena!

Am protestat în sinea mea. Era felul lui de a-mi spune: „Vino să-ţi prezint pe cineva!" Uitându-mă la el, am încercat să-i sugerez din priviri că nu aveam o ţinută potrivită pentru o vizită, dar am înţeles din expresia pe care o purta pe chip că nu aveam de ales.

Simţeam cum ard de invidie când l-am văzut pe Dominic dând ocol casei şi intrând pe uşa din spate.

Oftând adânc, m-am îndreptat spre terasa unde se afla viitorul meu cumnat. Mi s-a făcut pielea de găină.

M-am oprit lângă tata şi oaspetele lui, auzind doar vag prezentarea tatei, bântuită cum eram de prezenţa lui Nicolas. Stătea rezemat de una dintre coloanele terasei, cu mâinile în buzunare, scrutându-mă cu o privire ce-mi ardea chipul. M-am făcut roșie la față ca racul, iar el a schițat un zâmbet în colțul gurii.

Imaginea lui de gentleman era doar de fațadă...

Mi-am îndreptat atenția spre oaspetele tatei.

— Îmi pare bine să te cunosc, Christian.

Aveam abilitatea de a prelua inconștient informațiile, mai ales când tata îmi prezenta pe cineva.

M-am uitat la Christian și am făcut o pauză.

Căci era *dumnezeiesc* de frumos.

Cu părul negru, ochi albaștri și sfredelitori și trăsături statuare. Emana un magnetism masculin pur și simplu desăvârșit. Dar, în același timp, degaja, o răceală ce-ți îngheța sângele în vene. Izvorând, poate, din încrederea și eleganța pe care le răspândea prin toți porii. Omul era — fără doar și poate — un perfecționist. Când zâmbea, căpăta un farmec cu totul aparte, chiar dacă părea ușor indiferent. Era atât de chipeș că m-am trezit îmbujorată toată.

— Ar fi trebuit să vin mai devreme ca să alergăm împreună. Se pare că l-ai obosit pe vărul tău de nici nu mai știe cum îl cheamă, a spus el.

Mintea mi-o lua razna. Era cumplit de fermecător, vorbind pe un ton bine studiat, cu tonalități ușor trufașe. Era un adevărat Adonis.

— Ei bine, Christian, alerg la ora opt în fiecare dimineață, i-am răspuns, cu un zâmbet timid pe buze.

Era, evident, o invitație, la care tata nici n-a clipit. Afișa aceeași expresie calmă pe chip. Nu știam dacă era de bine sau de rău.

Christian a izbucnit în râs, plimbându-și degetul mare de la mâna dreaptă pe ceasul de la mâna stângă.

— O să țin minte, mi-a spus, cu o privire ușor caldă, deși rezervată. Mi-a făcut plăcere, Elena.

Tata a spus ceva, dar „rotițele" din capul meu se învârteau prea tare ca să-i mai percutez vorbele. I-am urmărit apoi cu privirea cum intră în casă.

Christan avea să stingă flacăra pe care o simțeam pentru Nicolas. Era primul bărbat interesant ce-mi ieșea în cale după logodnicul surorii mele și voi face tot ce-mi va sta în putință ca să-l cunosc mai bine. Îmi voi revărsa pasiunea asupra lui, în ciuda pericolului pe care îl răspândea prin toți porii.

Întorcându-mi privirea spre Nicolas, am văzut că stătea în același loc.

Mă scruta cu o expresie ce vorbea de la sine.

— De când alergi în fiecare dimineață?

De unde știa că nu alerg?

— De-acum, i-am răspuns, clipind de câteva ori.

Și-a încleștat maxilarul și, aruncând o privire întunecată într-o parte, și-a îndreptat din nou ochii asupra mea. Era felul lui de a-mi transmite disprețul fățiș pe care îl nutrea pentru mine.

Ce naiba avea?

— E polițist.

Am strâmbat din nas, căci nu mă puteam abține.

Nu era o perspectivă atrăgătoare, dar puteam să mă împac cu ideea. N-arăta a polițist, căci, de obicei, îi miros de la o poștă. Chiar dacă sunt corupți, nu se „brodesc" în lumea noastră. Poate lucra la FBI. Nu era, în niciun caz, un polițist oarecare. Cum nu veneau niciodată la noi acasă, prezența lui Christian aici indica faptul că ocupa o poziție importantă și nu se temea că ar putea fi urmărit. Numai cei certați cu legea știu cât de corupt e guvernul. Poate că acesta era și motivul pentru care mă simțeam atrasă de politică — cunoșteam prea bine mizeria în care se scaldă cei sus-puși.

— În regulă, am răspuns, după câteva clipe, ridicând din umeri.

— Nu te apropia de el! mi-a spus apoi, străfulgerându-mă cu ochii.

Am șovăit ușor, căci nu-i înțelegeam mânia. Poate că avea vreo legătură cu incidentul de aseară. Poate era supărat din cauza conflictului stârnit de poza lui Jenny?

— Nu eu i-am spus lui Tony de fotografie, Nicolas.

— Știu, mi-a răspuns, cu aceeași mânie în glas. Eu i-am trimis-o.

— De ce? l-am întrebat, privindu-l printre gene.

— Pentru că am vrut să-l stâlcesc în bătaie.

Am clipit de câteva ori — căci nu mă așteptam la un răspuns atât de sincer —, apoi am râs cu jumătate de gură.

— Și te-ai simțit satisfăcut?

— Nu, mi-a ripostat, cu glasul întunecat, încărcat parcă de sensuri ascunse, pline de subînțeles, și un magnetism ce l-am simțit profund ca un fior în piept și pe pielea sânilor mei. Nu prea ești fidelă de fel, nu-i așa? m-a întrebat apoi, uitându-se la mâna mea, apoi din nou la mine.

Întrebarea m-a lăsat fără grai, chiar dacă nu o înțelegeam.

— Ce vrei să spui cu asta?

În loc să-mi răspundă, s-a desprins de lângă coloană și și-a trecut mâna peste cravată.

— Nu e italian. N-aveți nicio șansă să fiți împreună.

Ne învârteam din nou în jurul lui Christian?

Nicolas a făcut un pas spre ușa deschisă de la intrare, dornic să pună capăt discuției noastre.

Tata nu părea să fi avut o problemă cu invitația tacită pe care i-am aruncat-o lui Christian. De ce făcea Nicolas din țânțar armăsar? Frustrarea mi se cuibărea în suflet, iar cuvintele mi-au scăpat de pe buze fără să le pot stăvili.

— Dar cine s-a gândit la căsătorie?

S-a oprit pe loc, scrutându-mă cu o privire de-a dreptul sinistră.

Se pare că n-am fost deloc prea *inspirată*.

— Îți jur, Elena, că, dacă aflu că te-a atins cineva, îi tai mâinile și ți le fac cadou, cu fundă.

Am înghițit în sec.

— Și să nu crezi că vorbesc aiurea.

A trântit apoi ușa în urma lui.

CAPITOLUL
Douăzeci și unu

Pot să rezist oricui, mai puțin ispitei.
— Oscar Wilde

Elena

Vine un moment în viață când îți dai seama că obiectul dorinței tale e o greșeală și trebuie să te hotărăști dacă te împotrivești ispitei sau îi cedezi.

Eu m-am hotărât să îi cedez.

Cuvintele lui Nicolas ar fi trebuit să-mi provoace spaimă. Au avut însă un impact cu totul diferit: mi-au intrat pe sub piele și m-au lăsat fără aer, și un suvoi de emoții m-a zguduit din cap până în vârful picioarelor.

Era necioplit, arogant și ușor psihopat.

Glasul rațiunii îmi spunea să mă feresc de el. Dar glasul pasiunii carnale îmi spunea să-i dăruiesc tot ce își dorea.

Și asta era o problemă serioasă.

Cu atât mai gravă, cu cât afirmația lui părea să-i trădeze gelozia. Gândul îmi făcea inima să vibreze în timp ce am rămas în prag, privindu-l cum îmi trântește ușa în nas.

Lăsând în urmă o dorință extrem de *primejdioasă.*

Acțiunile mele stăteau sub semnul manipulării și imaturității, dar n-aveam timp de pierdut. Voiam să-i stârnesc interesul cât mai repede cu putință. Deși era la fel de posibil să-i stârnesc și gelozia.

Trebuia să aflu dacă îmi oglindea pasiunea.

Nu știam ce aveam să fac după ce îi voi afla răspunsul, dar nu mergeam cu gândul prea departe. Singurul lucru pe care mi-l *doream* acum era să-i cunosc răspunsul.

Așa că m-am hotărât să-l pun la încercare.

Să-l tachinez.

Și să-l *provoc.*

Și am „regizat" o scenă din filmul *Colegiul Ridgemont*[1], în costum de baie.

Apa mi se prelingea pe trup când am ieșit din piscină, mi-am stors părul și m-am așezat pe un șezlong.

Adia un vânt blând, iar la radio cânta în surdină muzica rock a anilor '70. Așezându-mă pe burtă, în bătaia caldă a razelor de soare, am realizat că, deși acțiunile mele erau nevinovate, *motivele* ce stăteau la baza lor erau cu totul greșite.

Am vrut să înot înainte să-i văd pe tata, Nicolas și Christian venind să lucreze la masa de pe terasă, dar când le-am observat prezența, dorința s-a transformat într-o *prioritate.*

Purtam un costum de baie întreg, într-o nuanță trandafirie. Tata m-ar omorî dacă m-aș plimba așa prin fața oaspeților. Costumul, ușor indecent, avea două bretelușe încrucișate la spate și era puțin cam mic, reușind cu greu să-mi acopere fundul.

Tata stătea cu spatele la mine, Christian — în capul mesei, iar Nicolas — cu fața spre mine. Simțeam că mă topesc ori de câte ori mă privea. Stătea rezemat de spătarul scaunului, jucându-se cu pixul pe hârtii și țintuindu-mă uneori cu privirea.

---

[1] Film realizat în anul 1982, cu Sean Penn în rolul principal.

Nu ştiu ce voiam să fac. N-am încercat niciodată să-mi scot în evidenţă atracţiile seducătoare. Până să-l cunosc pe Nicolas, am vrut mereu să trec cât mai neobservată cu putinţă.

Nu-mi mai ascultam glasul raţiunii.

Acţionam mânată numai de pornirile carnale, care îmi îmbătau simţurile şi îmi întunecau judecata.

Christian mă privea şi el uneori, deşi ceva mai detaşat, apreciind formele feminine, dar nimic mai mult. Cred că va trebui să-l cuceresc cu personalitatea mea. Poliţist sau nu, era suficient de fascinant ca să-mi capteze interesul, făcându-mă să-mi doresc să-l cunosc mai bine. Dacă Christian îşi ascundea latura întunecată în spatele unei atitudini de gheaţă, Nicolas o răspândea prin toţi porii. Nu ştiu care dintre ele era mai primejdioasă.

Se cunoşteau. Îmi dădeam seama din uşurinţa cu care comunicau. Erau prieteni. Nu-mi imaginam cum ai fi putut fi prieten cu Nicolas Russo, dar Christian se încadra în acest tipar.

Când m-am ridicat în picioare şi mi-am desfăcut părul strâns la spate, am simţit privirile încinse ale amândurora aţintite asupra mea. Cel mai probabil pentru că aveam fundul pe jumătate gol. Un fior mi-a străbătut şira spinării.

Acţiunile mele nu vor contribui cu nimic la mişcarea feministă — în ipoteza că ar fi existat aşa ceva în *Cosa Nostra*.

Observându-le, probabil, privirile înfocate, glasul tatei s-a oprit deodată. Mă aşteptam să mă certe în orice clipă. Îi simţeam încordarea în aer.

Mi-am luat, oftând, prosopul şi am pornit spre uşă, fără să-mi aranjez costumul de baie. Aruncându-i în trecere o privire lui Nicolas, am înghiţit în sec. Îşi ţinea pixul în gură şi mă urmărea, spumegând de furie.

Nu-i înţelegeam reacţia. Poate că îl irita faptul că mă bălăceam în apă în timp ce el încerca să lucreze. Doamne, ce făceam? Odată ajunsă înăuntru, departe de privirile tulburătoare ale viitorului cumnat, tot ce făcusem îmi părea acum extrem de ridicol.

Casa era învăluită în tăcere. Adriana avea ultimele cursuri de teatru, mama era, probabil, în camera ei, adâncită în telenovele, *nonna* urmărea *Jerry Springer Show*, iar băieţii, ale căror hohote de râs răzbăteau până în bucătărie, se aflau la subsol.

Tony era mereu implicat în munca tatei, dar s-ar putea să-i fi dat o zi liberă, ţinând cont de bătaia încasată aseară şi de faptul că Nico era cel care i-o aplicase.

Am şovăit deodată. *Nico?*

Merda!

M-am dus desculţă să iau un pahar din dulapul de deasupra tejghelei. După ce înotam, mă simţeam mereu deshidratată.

Deschizând dulapul, am privit neputincioasă primul raft, complet gol. Mă bătea gândul să-i pun un lacăt şi să le dau cheia numai femeilor din casă.

M-am ridicat, oftând, pe vârfuri, încercând să ajung la un pahar de pe raftul de sus. Exact când mă pregăteam să renunţ şi să mă urc pe bufet, i-am simţit prezenţa.

Şi am încremenit.

Un val de căldură mi-a învăluit spatele în timp ce un braţ tatuat a luat un pahar din dulap, de sus, şi l-a pus pe tejghea lângă mine.

M-am crispat toată, cu ochii aţintiţi asupra încheieturilor ce purtau amprenta luptei de aseară şi a asului de pică tatuat pe antebraţ.

Mânia pe care o răspândea prin toţi porii îmi stârnea fiori de teamă şi eram extrem de neliniştită pentru că nu ştiam ce avea să se întâmple în continuare.

— Mulţumesc, i-am spus, lăsându-mă pe călcâie şi luând paharul de pe tejghea.

Am încercat să mă îndepărtez, dar m-am trezit țintuită pe loc, între mâinile sale, cu care ținea marginea bufetului.

Inima îmi bătea atât de frenetic, că abia mai reușeam să respir.

— Știi ce se întâmplă când te plimbi în felul ăsta prin fața bărbaților?

Am înghițit în sec și am clătinat din cap.

— Nu ești respectată, mi-a spus, cu un glas atât de aspru și de fierbinte, că mi-a stârnit fiori pe gât.

— Dar cine are nevoie de respectul lor?

— Vrei să te culci cu el? m-a întrebat apoi, încleștându-și mâinile pe tejghea.

— Poftim? am îngăimat, clipind de câteva ori.

— Cu Christian, a mormăit el.

— Și dacă aș vrea? i-am ripostat, încet.

— Afirmația de mai devreme ar rămâne în picioare.

Am tras, încet, aer în piept, încercând să gândesc limpede în prezența lui.

— Dar *tu* mă respecți?

Habar n-am cum de-am rostit cuvintele, dar mi-au scăpat de pe buze, încărcate de subînțeles.

Nu mi-a răspuns.

Un val de șoc m-a cutremurat când i-am simțit degetul pe marginea costumului de baie, ce-mi dezvăluia fundul cu multă generozitate. Am rămas fără suflare când i-am simțit și cealaltă mână pe talie, sub sân. Sfârcurile mi s-au întărit instant, cerșind după mai mult. Mistuită de un val de căldură între picioare, mi-am stăvilit cu greu dorința de a-i lua mâna și de a i-o strecura pe sâni. Fremătând toată, abia m-am stăpânit să nu sar în brațele lui.

Degetul i-a alunecat apoi pe fund, poposind la confluența cu coapsa. Sângele mi-a zvâcnit prin vene când a ajuns mult prea aproape de un loc tabu pentru mine. Un loc unde nu mă atinsese nimeni până atunci.

Dorința de a-i simți atingerile-i fierbinți era atât de puternică, încât m-am ridicat pe vârfuri și mi-am arcuit spatele, îndemnându-l să-și ducă mâna între picioarele mele și să-l simt înăuntru.

Înjurând în barbă, mi-a tras țesătura costumului peste fund. Mâna i-a alunecat apoi pe șold, poposind pe talie ca și cealaltă. Erau atât de aproape de sâni, că mă scoteau din minți. Aplecându-mă pe spate, m-am lipit de el, iar trupul a început să-mi cânte cum n-a mai făcut-o vreodată.

Aveam nervii întinși ca un arc, gata să explodeze. Era cumplit de fierbinte și de *excitat*. Îi simțeam penisul cum mă împungea în spate. Nicolas Russo era excitat și asta îmi aprindea simțurile mai presus de orice imaginație.

Mi-am rezemat capul de pieptul lui, simțind cum nasturii de la cămașă îmi gâdilă spatele gol. I-am cuprins mâna cu a mea și mi-am împletit degetele cu ale lui. Răsuflarea noastră spulbera tăcerea din bucătărie.

Auzind hohotele de râs ale fratelui meu din „peștera" de la subsol, am realizat că ne jucam cu focul. Oricine putea să intre peste noi.

— Vrei să te respect?

Era o întrebare cu subînțeles, ce-avea un singur răspuns. Voiam un singur lucru de la Nicolas — un singur lucru, o singură dată, ca să-mi satisfac dorința și curiozitatea.

Am clătinat din cap.

Nu respectul i-l doream. Ba, dimpotrivă, voiam să mă trateze cu cât mai multă lipsă de respect cu putință. După asta tânjeam cu fiecare *fibră* din trup.

I-am simțit mâinile strângându-mă de talie, cu o durere aproape surdă, de parcă n-ar fi vrut să și le mai desprindă de acolo. Mi-a dezmierdat ceafa cu nasul, întrebându-mă însă, pe un ton glacial:

— Îți place când bărbații te tratează cu lipsă de respect?

Un fior ca de gheață mi-a străbătut șira spinării.

Cum îmi țineam încă mâna peste a lui, mi-a învârtit inelul cu un deget, întorcându-l cu fața în jos.

— Sau poate îți place doar să-i excIți și să-i vezi cum tânjesc după tine, a adăugat, zgâriindu-mi ușor urechea cu dinții.

Îmi atingea gâtul cu buzele, făcându-mi pielea de găină.

— Ce-ți place, așadar?

Eram o târfă sau îmi plăcea doar să chinui bărbați?

Astea erau variantele pe care mi le oferea — asta mă considera. Frustrarea mi se cuibărea în suflet.

— Ambele.

S-a oprit apoi, scoțând un suspin de mânie, m-a îmbrâncit cu putere.

M-am prins de tejghea ca să-mi păstrez echilibrul, apoi m-am întors pe călcâie.

— Se pare că și tu ești o *escroacă* la fel de mare ca și mine, Elena, mi-a spus, străfulgerându-mă cu privirea.

La ce se referea oare? Era a doua oară când îmi flutura infidelitatea pe la nas.

Sângele mi-a înghețat prin vene când cineva și-a făcut apariția în capul scărilor ce dădeau spre subsol. *Gabriella.* S-a uitat când la mine, când la Nicolas, cu un zâmbet stingher pe buze, apoi a fugit din bucătărie.

Nu eram în măsură să analizez ce căuta în pivniță cu trei bărbați din familie și, chiar de-aș fi fost, nu mă interesa prea tare. Am răsuflat doar ușurată că nu intrase mai devreme.

— Du-te și schimbă-te, Elena! mi-a ordonat Nico, cu glas aspru, ce nu lăsa loc de negociere.

Oare chiar își imagina că aveam să mă supun? Doamne, cât de plin de el era!

— Nu, i-am răspuns, privindu-l printre gene.

Şi-a plimbat limba pe dinţi şi, până să înţeleg ce gânduri avea, m-a prins cu braţul de coapse şi m-a ridicat în aer. Am rămas fără suflare când m-a aruncat peste umăr.

— Atunci, te ajut eu, mi-a ripostat, purtându-mă spre uşă.

— Bine, bine, mă duc.

Cum nu m-a lăsat jos, am început să mă zvârcolesc în braţele lui, încercând să mă eliberez. M-a strâns şi mai tare, ca într-o menghină, zădărnicindu-mi orice mişcare. Când a deschis uşile batante, o spaimă cumplită mi s-a cuibărit în suflet.

— Opreşte-te! am murmurat, cu capul în jos. Am spus că mă duc.

— Roagă-mă frumos!

— Te rog, lasă-mă jos! i-am spus printre dinţi.

Şi m-a pus cu picioarele pe pământ, în hol. Mi-a arătat scările cu capul, cerându-mi la fel de poruncitor să urc în cameră.

— Ai o problemă gravă, i-am ripostat, îndepărtându-mă, în timp ce inima îmi bătea frenetic, gata să-mi iasă din piept.

— Şi încă n-ai văzut nimic, Elena, mi-a răspuns, cu un râset sardonic.

Şi, sinceră să fiu, de asta mă şi temeam.

CAPITOLUL

Douăzeci și doi

Asta a marcat începutul sfârșitului poveștii noastre.
— Anthony Casso

Elena

— Intrați!

Ușa penthouse-ului de la etajul douăzeci și doi s-a deschis și în prag a apărut Gianna. Chiar de-ai fi cunoscut-o bine pe Gianna, tot n-ai fi știut ce ținută avea să poarte la următoarea petrecere.

În seara asta, a ales o rochiță neagră, mulată, asimetrică, despicată pe diagonală de la șold la celălalt genunchi. Asortată cu niște pantofi roșii, cu toc înalt. Și ciorapi-plasă. Avea părul lăsat pe spate și două cocuri mici în creștetul capului. Nu era machiată deloc. Dar nici nu avea nevoie.

— Ce devreme ați ajuns! a exclamat ea, cu ochii puțin prea strălucitori și pupilele prea mari — efectul cocainei, cel mai probabil.

— Am adus niște bruschete și salată de fructe-de-mare, a spus mama, îndreptându-se spre bucătărie cu un bol de roșii în mână, în timp ce Benito căra restul lucrurilor.

Eu și Adriana am rămas, șovăitoare, în hol.

De ce răspundea Gianna la ușa apartamentului lui Nico?

Un sentiment straniu mi s-a cuibărit în suflet și, pentru o clipă, nu mi-a mai plăcut Gianna. Antipatia era atât de puternică și de neașteptată, încât am fost nevoită să trag adânc aer în piept ca să mă liniștesc.

Eram mistuită de o gelozie irațională pe care n-ar fi trebuit s-o cunosc, *mai ales* după ziua de ieri. Dar îi simțeam încă atingerile-i fierbinți pe trup, de parcă m-ar fi stigmatizat pe vecie. Mângâierile, mult mai calde și mai blânde, ale celuilalt bărbat pe care-l cunoscusem în afară de Nicolas mi se ștergeau deja din memorie. Ce n-aș fi dat să le pot inversa!

Adriana a intrat în apartament, scrutând împrejurimile cu privirea.

— Carevasăzică, asta îmi va fi temnița.

— *Adriana!* a icnit mama, aruncându-i o privire mânioasă.

Sora mea a mai făcut câțiva pași prin cameră, în timp ce eu o urmam îndeaproape.

— Din fericire, temnița asta vine la pachet și cu niște facilități, a răspuns Gianna, râzând. Hai să-ți arăt apartamentul!

Se pare că Nicolas deținea mai multe proprietăți în New York și pe acesta îl alesese pentru Adriana. Nu era la fel de spațios sau de îmbietor precum casa lui de cărămidă, dar era elegant din toate punctele de vedere.

Era modern decorat, cu podele de marmură în alb și argintiu, cu mese lungi de sticlă și finisaje din crom. Becurile aruncau o lumină difuză și romantică, licărind în peretele de sticlă ce dezvăluia panorama orașului. Era o priveliște amețitoare, pe care sora mea nu o va agrea.

— Nu-mi place, a spus ea, cu glas sumbru, scrutând împrejurimile.

— Hai, fii serioasă! i-a răspuns Benito, punându-și brațul pe umerii ei. Nu e așa de rău. Uite, are și piscină!

Era adevărat. Apa se reflecta albastră şi neclintită în peretele de sticlă dincolo de care se întindea un hău de şaizeci de metri.

— Dacă tot îţi place aşa de mult, de ce nu te muţi tu aici? i-a ripostat Adriana.

— Nu cred că lui Nico i-ar plăcea.

Sora mea a schiţat un zâmbet vag.

Gianna a condus-o pe mama prin tot apartamentul, printre exclamaţii de încântare.

Nimeni dintre ceilalţi invitaţi nu sosise încă, nici măcar mirele.

Intenţiona, probabil, s-o lase aici pe Adriana, urmând să apară numai atunci când vizitele conjugale deveneau necesare. Verişoara mea, Cici, care locuia la Chicago, a avut aceeaşi soartă. Deşi nu şi-o deplângea chiar atât de tare doar pentru că îşi ura soţul.

Cum gândul „vizitelor conjugale" mi-a rămas în gât, am hotărât să-mi iau ceva de băut. Şi m-am dus în bucătărie.

Scotoceam prin frigider când l-am auzit în urma mea.

— Ca să vezi, îţi bagi nasul printre lucrurile mele! Doar nu te iau pe tine de nevastă.

Glasul lui mi-a trimis un fior rece pe şira spinării, dar am ignorat ce simţeam şi am luat de pe raft o sticlă de vin.

Închizând frigiderul, m-am întors pe călcâie.

Nicolas stătea de cealaltă parte a blatului de bucătărie, ţintuindu-mă cu privirea în timp ce a lăsat un dosar lângă aperitivele mamei. Venea, probabil, direct de la muncă, deoarece purta o cămaşă neagră cu nasturi şi nişte pantaloni de stofă. Nu era îmbrăcat de gală. Avea părul răvăşit, de parcă şi-ar fi trecut mâinile prin el, stârnindu-mi brusc dorinţa de a-l răvăşi şi eu.

— Slavă Domnului că mai există şi minuni, nu? i-am ripostat, rezemându-mă de frigider.

Mi-a evitat privirea în timp ce şi-a scos ceasul de la mână şi l-a pus pe blat, dar un zâmbet i-a apărut în colţul gurii.

Sângele mi-a zvâcnit prin vene. Chiar de m-aş fi măritat cu el, eram convinsă că Nicolas mi-ar fi frânt inima în mii de bucăţi — doar că *ea* nu ştia asta. Sau poate că ştia şi era dispusă să-şi asume riscul în pofida glasului raţiunii. Din fericire, am fost mereu realistă şi am urmat, din instinct, vocea raţiunii.

Cu toate astea, când era vorba de el, acţiunile îmi erau dominate de instincte primare. Aşa se înmulţeşte specia umană. Prin pofte carnale şi atracţii animalice. Iar Mama Natură îmi aducea acum aminte că în preajmă se afla un mascul atrăgător.

Nu trebuia să facem ce-am făcut ieri. N-am încălcat propriu-zis o barieră, dar am păşit amândoi într-un teritoriu interzis. Data viitoare, ne va fi şi mai uşor să facem alţi câţiva paşi. Era un drum primejdios, de la care trebuia să mă abat complet.

Habar nu aveam cum mă privea acum, acum după ce îi spusesem că nu voiam *respectul* lui. Voiam să cred că nu se petrecuse nimic între noi, dar trupul meu nu uitase cele întâmplate. Vibra în prezenţa lui, iar inima îmi cânta de dor, neştiind că se juca cu focul.

Când a ocolit blatul, venind la mine, i-am dat sticla de vin, făcându-i semn să mi-o desfacă.

Mă privea cu subînţeles, sugerându-mi că îşi amintea prea bine ce-i cerusem ieri şi nu avea de gând s-o treacă sub tăcere, deşi purta o expresie indiferentă pe chip, de parcă nimic nu i se părea nou. Sunt convinsă că aşa şi era. Îi ţinusem telefonul în mână doar două minute şi a şi primit o fotografie nud. Nici nu voiam să-mi imaginez ce-aş mai descoperi dacă l-aş ţine toată ziua.

Mi-a luat sticla din mână şi i-a scos dopul. Şi, înainte să mi-o dea înapoi, a luat o înghiţitură, fără să-şi desprindă ochii de la mine. Fluturii mi-au luat-o razna în stomac la gândul că o să beau după el, dar am ignorat sentimentul mult prea ridicol.

Am înghiţit în sec când mi-a dat sticla înapoi şi s-a îndreptat spre chiuvetă. Am privit încruntată sticla pe jumătate goală. Cum reuşesc bărbaţii să bea atât de mult dintr-o singură înghiţitură?

Rezemându-mă de frigider, cu sticla între buze, l-am urmărit cum se spăla pe mâini.

M-a scrutat cu privirea, de la părul pieptănat drept și lăsat să cadă liber pe umeri până la rochia aurie, lungă până la jumătatea coapselor. A mijit ușor ochii, nemulțumit, parcă, de ce vedea. Când a ajuns la pantofii albi, cu toc înalt, și-a plimbat din nou privirea pe trupul meu. Știam ce caută: ceva roz.

Pericol. Nebunie. *Febră.* Toate îmi făceau sângele să-mi zvâcnească prin vene. Incitându-mi simțurile dincolo de orice imaginație.

Ușor amețită, cu buzele lipite de sticlă, am băut cu nesaț din ea.

Mă scruta cu ochi întunecați.

Mi se părea mie sau se făcea tot mai cald în cameră?

Cazzo!

Era cumnat. CUM-NAT!

Am șovăit, cu ochii asupra mâinilor pe care și le spăla în chiuvetă.

Apa era trandafirie.

Avea mâinile pătate de sânge.

— Ai avut o zi bună la muncă? l-am întrebat, pe un ton pe cât de dulce, pe atât de sarcastic.

— Ia uite ce ți se potrivește rolul de nevastă! mi-a răspuns, cu un licăr vesel în ochi. Încep să cred că am tras paiul scurt.

Urmărindu-i privirea, ochii mi-au căzut asupra Adrianei, care stătea pe podea, cu picioarele încrucișate, într-un colț al camerei, angrenată într-un joc de pe telefon. Purta o ținută ceva mai potrivită acum. Avea pe ea o rochie galbenă, cu spatele gol, și o pereche de balerini. Doar printr-un șantaj ai fi putut s-o convingi să poarte pantofi cu toc înalt.

Se auzea mergând televizorul de pe peretele scund ce despărțea bucătăria de sufragerie și mi-l imaginam pe Benito stând pe canapea, cu brațele întinse pe spetează, cum îi era obiceiul. Undeva mai departe, mama își manifesta, zgomotos, încântarea față de mărimea camerei de duș.

— Cred că ne descurcăm mai bine ca *fratello* și *sorella*, nu-i așa? l-am întrebat, înclinând capul într-o parte.

Și-a plimbat limba pe buze, mușcându-și-o pe cea de sus, absorbit, parcă, de gânduri *interzise*.

Fluturii mi-au luat-o din nou razna în stomac.

— Dacă spui tu, *Elena*.

— Da, *Asule*.

S-a șters pe mâini cu un prosop, aruncându-l apoi pe tejghea. Tipic pentru un bărbat să nu-l pună la loc.

— Și presupun că m-ai studiat bine până acum?

— Poate, i-am răspuns, ridicând din umeri. Dar nimeni nu știe de ce ți se spune Asul. Poți să ucizi un om cu o carte de joc?

— De ce trebuie să aibă neapărat vreo legătură cu moartea cuiva? m-a întrebat, vădit amuzat. Poate că sunt doar foarte bun la cărți.

— Și ești bun? mi-am continuat tirul de întrebări, ridicând din sprâncene.

Inima îmi bătea năvalnic în piept când a venit spre mine, cu pași fermi și mândri.

— Mă descurc binișor, mi-a răspuns, cu o expresie pe cât de amuzată, pe atât de sumbră, de parcă ar fi ascuns ceva.

S-a oprit la un pas de mine și, punându-și mâna pe frigider deasupra capului meu, s-a aplecat spre mine, obturându-mi priveliștea.

Mi-am ținut răsuflarea.

Mă privea adâncit în gânduri, întrebându-se dacă să-mi încredințeze sau nu secretele sale.

— N-ai aflat prea multe, mi-a spus apoi.

Am clătinat din cap.

Și-a plimbat ușor degetul mare pe bărbia mea, a urcat aproape de buza de jos și apoi a coborât spre gât.

— Primul om pe care l-am omorât a fost cu un as de pică înfipt pe gât.

Am înghițit în sec când a făcut un pas în urmă, îndepărtându-se de mine.

— De aici mi se trage numele.

— Dar ea?

— Acră și bisexuală, a răspuns Adriana, cu glas indiferent, luând o înghițitură de vin de pe scaunul din fața blatului unde stăteam una lângă alta.

— De unde știi că e bisexuală? am întrebat-o eu.

— Și-a dezlipit cu greu privirea de pe sânii Giannei și în același timp nu-și putea lua ochii de la Benito.

— Mda, sânii ei sunt ceva..., am spus, după câteva clipe de tăcere.

— Da, cred că ai dreptate, mi-a răspuns sora mea, scrutând pieptul generos al Giannei.

Apartamentul era înțesat acum de oaspeți — cam douăzeci de membri ai familiei Russo, pe care nu îi cunoșteam. Femeile stăteau într-un colț, vorbind vrute și nevrute. Ultimul lucru pe care mi-l doream era să intru în discuție cu ele. Adriana ar fi trebuit să încerce să le cunoască mai bine, dar nu făcea niciodată ceva „ce trebuia".

Tata stătea de vorbă cu Nico, care tocmai ieșise din camera lui, proaspăt spălat și îmbrăcat într-un costum negru. Mama afișa un zâmbet fals pe buze — nu se pricepea să simuleze interesul pentru discuția purtată cu mătușa lui Nicolas. Iar eu și Adriana stăteam împreună și le dădeam porecle tuturor, de plictiseală, pentru că mama îi luase telefonul surorii mele — unde juca *Angry Birds* — certând-o să nu mai stea pe podea.

Nu-mi împărtășise încă motivul tristeții de aseară, ceea ce putea să însemne două lucruri: fie îl răsucise pe toate părțile și ajunsese la concluzia că situația nu era atât de gravă cum își imaginase inițial; fie — lucru mult mai îngrijorător — nu avea de gând să-i îndeplinească cerințele. Cum avea să „înghită" Nicolas o atitudine atât de rebelă? Gândul îmi întorcea stomacul pe dos.

— E rândul tău, a spus Adriana, dezlipind eticheta de pe sticla goală de vin.

— De ce? am îngăimat atunci printre buze, când ușa de la intrare s-a deschis.

În prag, s-a ivit Tony cu Jenny. Își lăsase părul blond să-i cadă liber pe umeri și purta o rochie mulată, de un albastru-închis, ca nuanța ochilor ei.

— O, Doamne! a exclamat, țintuindu-ne cu privirea. Nu v-am mai văzut de-o veșnicie!

Adriana și-a dat ochii peste cap. Nu suporta râsetele false — de fapt, nu suporta râsetele în general. Nici mie nu-mi plăceau, dar purtam mai bine masca *disimulării*.

Am înghiontit-o pe sora mea în umăr, rugând-o în tăcere să fie drăguță.

Exclamațiile lui Jenny au atras toate privirile spre ușă. Nico a scrutat-o cu ochii în timp ce vorbea cu tata. Nu știam la ce să mă aștept, dar nu-i stătea în fire să reia firul unei discuții, vădit dezinteresat de ce se întâmplă de jur împrejur.

Tony s-a îndreptat spre Benito și Dominic, care stăteau lângă minibar, iar Jenny a venit direct la noi. M-am crispat când l-am văzut pe fratele meu trecând pe lângă Nicolas, apoi am răsuflat ușurată când nu s-a stârnit nicio altercație. S-au privit amândoi cu indiferență. Nu-i înțelegeam pe bărbați.

— Sunt atât de fericită pentru tine, Adriana, a spus Jenny, venind la noi. Te căsătorești în curând.

Jenny părea dornică s-o îmbrățișeze, dar expresia de pe chipul surorii mele îi spunea, clar și răspicat, că nu vrea s-o atingă. Jenny a făcut, stânjenită, un pas în urmă, căci se apropiase prea mult.

— Ce faci, Jenny? am intervenit eu, încercând să dezamorsez atmosfera. Am auzit că termini în curând școala de artă culinară.

— Da, dar nu cred că voi ajunge vreodată o bucătăreasă la fel de bună precum Celia, mi-a răspuns, suficient de tare ca să audă mama, care și-a țuguiat buzele și a luat o înghițitură din paharul cu cocktail.

— Ce lingușitoare! a murmurat Adriana.

Adevărul era că nimeni n-o agrea pe Jenny.

Tata s-a încruntat când a văzut-o, iar mama a ignorat-o cu totul. Tata n-o simpatiza, pentru că nu avea rădăcini italiene și nici legături cu *Cosa Nostra*, dovedindu-se, așadar, o verigă slabă. Jenny știa în ce era implicată familia mea, deși nu se trădase niciodată. Nu-i era loială lui Tony, pentru că nu-l iubea. Există, așadar, un singur motiv pentru care o femeie din lumea exterioară stă cu un bărbat pe care nu-l iubește: banii.

Jenny era o profitoare.

Frumoasă, e adevărat, dar o profitoare.

Tony îi plătea cursurile, apartamentul și brățara cu diamante pe care o purta la mână.

Am încercat mereu să-i acord prezumția de nevinovăție, dar după ce-am văzut-o goală în telefonul lui Nicolas, am înțeles că mă înșelam.

A crescut în centre de plasament, înconjurată de asistenți maternali. Nu puteam s-o condamn pentru că încerca să-și facă viața mai frumoasă, dar nu-mi plăcea că profita de sentimentele pe care fratele meu le nutrea pentru ea.

Nu ceream însă socoteală nimănui.

Cu excepția lui Nicolas Russo.

— Ești infinit mai bună decât eu și Adriana la un loc, i-am răspuns, râzând.

Când Nico și-a ațintit privirea asupra mea, am înghițit în sec.

— Va trebui să ne dai niște lecții la un moment dat, am adăugat apoi.

— Cu multă plăcere! a exclamat Jenny.

Cineva a bătut atunci de două ori la ușă și, punând capăt discuției pe care o purta cu Valentina Russo, Gianna s-a dus să deschidă.

Când l-am văzut în prag pe Christian, m-am îndreptat pe scaun. Avea părul castaniu dat pe spate și purta un costum bleumarin, cu o cravată roșie. Afișa o ținută caldă. Doar ochii albaștri și glaciali rezonau cu vibrațiile reci pe care le răspândea prin toți porii.

Toate femeile din cameră și-au întors privirile spre el — chiar și mama a căscat ochii mari cât cepele când l-a văzut. Ar fi putut la fel de bine să-și scoată chiloții și să se arunce în brațele lui, așa erau de ostentative. I-am simțit privirea lui Nicolas încingându-mi chipul, dar am refuzat să mă uit la el.

Când a văzut cine stă în prag, Gianna și-a dat, iritată, capul pe spate și a încercat să-i trântească ușa în nas.

Christian a împiedicat-o, ținând, indiferent, ușa cu o mână.

Gianna a dat să plece, dar a oprit-o, prinzând-o de încheietură și trăgând-o mai aproape.

Priveam scena, fascinată.

Nu voiam ca Gianna să aibă o relație cu Christian, căci aveam nevoie de *el*, dar interacțiunea dintre agentul federal, îmbrăcat la patru ace, și Gianna, un adevărat dezastru vestimentar, era realmente captivantă. Erau atât de diferiți și... totuși semănau atât de mult.

Apucând-o de bărbie, Christian și-a ațintit ochii într-ai ei. A clătinat din cap, cu o ușoară grimasă pe chip, apoi i-a dat drumul cu un gest violent al mâinii. Gianna a murmurat ceva ce aducea cu *stronzo*[1] — apoi s-a îndepărtat cu pantofii ei stiletto.

[1] Ticălos (în lb. italiană)

Christian a observat, probabil, că se afla sub influența drogurilor, dar Giannei nu părea să-i pese prea mult de părerea lui. Așadar, ce relație era între ei? Poate că era mama lui vitregă. Era căsătorită cu un bărbat care avea de trei ori vârsta ei, deși n-o văzusem purtând vreodată verighetă.

Adriana l-a scrutat cu privirea pe Christian înainte să declare cu emfază:

— E perfect.

Apoi, înclinându-și capul într-o parte, a adăugat:

— Direct, fără ocolișuri.

Măcar îmi oglindea părerea.

CAPITOLUL
Douăzeci și trei

Judecătorii, avocații și politicienii
au nevoie de licență ca să fure. Noi nu.
— Carlo Gambini

Nico

Îmi turnam niște whisky când Adriana a venit lângă mine. Am urmărit-o în timp ce își turna votcă în pahar.

S-a uitat la mine, apoi în altă parte și din nou la mine când a observat că o priveam.

— Ce e?

— Poate n-ar fi rău ca de acum încolo să-ți ascunzi alcoolismul în prezența mea.

— Lasă-mă să mă duc în continuare la cursuri și așa o să fac!

— Ce preferi? Să fii în siguranță sau să fii fericită?

— Ambele, probabil, mi-a răspuns, clipind de câteva ori, ca în fața unei întrebări mult prea complicate.

— Din păcate, n-ai de ales.

— Ce vină am eu că mulți vor să te vadă mort, mi-a ripostat, oftând adânc.

Mulți e probabil un termen edulcorat.

— Acum și pe tine.

— Poftim? m-a întrebat, încruntată.

— Vor dori să-mi omoare și nevasta, am spus, adăugând: După ce te vor viola mai întâi de câteva ori.

— Cum o să faci și tu? mi-a ripostat, încruntată.

Mă așteptam cumva la replica asta. Am privit-o cu o expresie impasibilă. Și-a dat după ureche o șuviță din părul vopsit în nuanțe de caramel. Avea, ca și Elena, un licăr auriu în ochii căprui. Speram să mai descopăr și alte asemănări între ele.

— N-ai de gând nici măcar să negi că nu o vei face? m-a întrebat, iritată, ducând paharul la gură, cu privirea ațintită pe pereții din sticlă.

— Nu, i-am răspuns, admirând împreună priveliștea.

— De ce nu?

— Pentru că nu-mi prea țin promisiunile.

Auzindu-mi răspunsul, s-a înecat cu o înghițitură de votcă și m-a privit cu ochii mari cât cepele.

— O să mor, a murmurat, făcându-se apoi nevăzută.

Am clătinat ușor din cap, vădit amuzat. Întâlnirea cu viitoarea mea soție mergea bine. N-am violat în viața mea o femeie și nici n-aveam de gând s-o fac acum, deși, dintr-un motiv sau altul, am vrut să sabotez discuția. Poate pentru că mă simțeam deja agitat, iar seara abia începuse.

Elena stătea de vorbă cu Lorenzo în bucătărie, acordându-i întreaga ei atenție. Avea părul lăsat liber pe spate și purta o rochie aurie, ce-i scotea toate formele în evidență. Era *al naibii* de mulată, atrăgând privirile verilor mei, lucru care mă scotea din sărite. Până și Luca o privea zâmbind cu subînțeles, apoi a ridicat berea spre mine cu un gest respingător.

Lorenzo se purta ca un idiot în prezența ei. Deși era un ucigaș cu sânge-rece, părea să aibă emoții când vorbea cu Elena Abelli.

Își freca ceafa, roșu la față ca racul. Simpla imagine a Elenei legate în patul lui Lorenzo într-un soi de scenariu sado-maso îmi făcea sângele să-mi zvâcnească prin vene.

— A mers bine, a spus Gianna, pe un ton sec, auzind discuția purtată cu Adriana. P-ăsta de ce-a trebuit să-l inviți?

Avea pupilele atât de dilatate, că irisurile abia i se mai zăreau. Instantaneu, m-au luat nervii. Mi-a venit în minte imaginea mamei, cum am găsit-o fără suflare, cu ochii larg deschiși, pe când aveam vreo cincisprezece ani.

— Pe cine? am întrebat-o, cu indiferență în glas, deși știam la cine se referă.

— Pe Christian, mi-a răspuns, mijindu-și ochii.

— Nu e treaba ta pe cine invit la *mine* acasă, Gianna.

Nu l-aș fi invitat dacă n-aș fi avut un motiv întemeiat s-o fac, mult mai întemeiat decât s-o văd pe Elena salivând după el. Ticălosu' arăta bine și interesul pe care i-l stârnise Elenei mă scotea din sărite mai mult decât voiam s-o recunosc.

— Nu-l vreau aici, înțelegi? mi-a spus apoi, privindu-l cu o expresie acră pe Christian, angrenat într-o discuție cu unchiul meu, Jimmy.

— De parcă-mi pasă, i-am ripostat, sec.

Gianna nu l-a agreat pe Christian încă de la bun început. Faptul că lucra la FBI se afla în capul listei de motive, dar nici nu aveau ceva în comun. Ea îi disprețuia perfecționismul, pe când el îi privea cu dezgust indecența.

Râsetele domoale ale Elenei au răsunat prin cameră, lovindu-mă direct în moalele capului.

Mi-am încleștat maxilarul.

Lorenzo nu era deloc nostim.

— Ai încurcat surorile. Nu te uiți la cine trebuie. Ailaltă de colo ți-e sortită, a spus Gianna, arătându-mi-o cu degetul pe Adriana, care stătea pe canapea lângă Benito, cu picioarele strânse alături. Încearcă să-și revină, probabil, după amenințarea cu violul.

Am oftat adânc când am văzut-o pe Adriana chicotind, cu ochii ațintiți în telefonul lui Benito.

— Pare într-adevăr traumatizată.

În ciuda atitudinii reci și sfidătoare pe care o afișa, ideea de a face sex cu mine i se părea atât de neatrăgătoare, încât era convinsă că o să moară. Poate că ar trebui să țin minte amenințarea, căci s-ar putea să am nevoie de un „stimulent" puternic în cazul ei.

Sincer să fiu, perspectiva de a mă culca cu Adriana nu mi se părea nici mie deloc atrăgătoare. Toate gândurile legate de sex se învârteau în jurul surorii ei, mai ales după momentul de ieri, când își arcuise corpul spre mine, gest care, în limbajul universal al bărbaților, reprezintă, în mod cert, o invitație.

Nu s-a sfiit să-mi dea de înțeles că nu s-ar fi împotrivit atingerilor mele, dar n-am putut să-mi stăvilesc iritarea când i-am simțit inelul de pe deget. Iubea pe cineva. Și purta inelul ieftin de pe deget ca pe un diamant.

Am fost cuprins de amărăciune. Era dornică de plăceri interzise și se folosea de mine ca să le obțină. Când am realizat asta, am simțit ceva ce nu mi-a fost dat să cunosc vreodată: am avut senzația că sunt folosit. Și asta m-a scos din sărite.

Dar întrebarea ei — *Tu mă respecți?* —, rostită cu vocea-i dulce și suavă, m-a urmărit fără încetare. Oriunde m-am dus.

Toți membrii familiei Russo sunt bântuiți de câte un viciu ce le aduce, în cele din urmă, sfârșitul.

Iraționalitatea. Prostia. Tendința de a face sex neprotejat cu prostituate ieftine. În cazul tatei, lăcomia după bani.

Începeam să cred că viciul meu era Elena Abelli.

Voiam să mă culc cu ea, ca să nu mai fie a nimănui. Voiam să-i distrug aripile și să i le lipesc apoi din nou, ca să fie dependentă de mine. Îmi doream cu ardoare *să aibă nevoie* de mine. Acest sentiment periculos de posesiune mi se cuibărea în suflet de fiecare dată când drumurile ni se împleteau.

Elena Abelli era viciul meu, și să fiu al naibii dacă o s-o las să mă omoare!

Cu toate astea, dorința de a mă culca cu ea era mistuitoare, chiar dacă știam că își dorea pe altcineva. Era o pornire pe care nu mi-o puteam stăvili. Și, la final, o s-o fac să nu-și mai dorească pe altcineva.

Gianna a clătinat din cap, privindu-mă de sus, deși era mult mai scundă decât mine, chiar și cu tocuri înalte.

— Nu e o idee prea fericită, a spus apoi.

— Ce anume?

— Să te culci cu Elena.

Doamne!

Tatăl Elenei se afla doar la câțiva pași de noi, dar era mult prea adâncit în discuție ca să audă ce vorbim.

— Gianna! i-am spus, cu glas amenințător.

— Ce e? Doar la asta te gândeai.

— Și ce crezi că îmi trece acum prin minte?

Gianna se credea clarvăzătoare când consuma droguri, adică mai tot timpul.

— Ai vrea să mă strângi de gât, mi-a răspuns, cu buzele țuguiate.

Am încuviințat din privire, luând o înghițitură de whisky.

— Nu înțeleg cum de m-am culcat cu tine, a spus apoi, oftând, cu ochii ațintiți asupra invitaților.

Nici eu nu înțelegeam, deși mă simțeam ușurat că ea fusese cea care îi dăduse curs. Dar am fost atât de beți, că amintirea ni s-a și șters aproape din memorie.

Ochii mi-au căzut asupra lui Tony, care se pare că avea o „ședință" cu mama lui. Mă distra faptul că venise cu Jenny, care încerca să-i vândă acum mătușii mele produse cosmetice Mary Kay.

Gianna părea să se lase dusă de val sub impactul stupefiantelor, dar până să-mi dau seama ce fac, am apucat-o de braţ, întrebând-o:

— Şi de ce n-ar fi o idee fericită?

Nu m-am uitat la ea, dar i-am simţit zâmbetul trist.

— Pentru că o să te îndrăgosteşti, mi-a răspuns. Iar ea nu te va iubi.

Elena

Murmurul de glasuri se îngemăna cu acordurile melodiei lui Elvis Presley: *Can't Help Falling In Love*. Lumina difuză se reflecta în pereţii de sticlă, contopindu-se cu priveliştea oraşului şi scoţând în evidenţă silueta întunecată a lui Nicolas de lângă bar.

Nu ştiu cum se întâmplase, dar eram beată. Pluteam pe aripile unei senzaţii de căldură şi satisfacţie, dornică să-l înfrunt pe amfitrionul petrecerii cu pretenţii de gentleman. Un gentleman ce nu s-ar fi dat în lături să profite de mine. Dar poate că era doar o dorinţă tainică... Cel mai probabil, avea să-mi arunce o privire dispreţuitoare.

— Nu mă aşteptam să-ţi placă Elvis Presley.

Făceam presupuneri doar pentru că puteam.

Nicolas mă privea cu ochii lui ca de chihlimbar, ce-mi făceau mereu sângele să-mi zvâcnească prin vene.

— De fiecare dată când ţi-ai dat cu presupusul, s-a dovedit că ai greşit.

M-am îndreptat spre el, printre volţii tensiunii electrice ce pluteau între noi.

— Nu e adevărat.

M-am oprit lângă el, scrutând sticlele de băutură. Suficient de aproape cât să-i ating pieptul cu umărul. Suficient de aproape cât să simt fiori din cap până în picioare.

— Serios? Și care s-au dovedit corecte?

Am întins brațul după sticla de gin, prefăcându-mă că atingerea noastră nu mă afecta deloc, când în realitate mi-a stârnit simțurile la viață.

— Am dedus încă din prima zi că ești un căcănar și am avut dreptate, i-am răspuns, cu mâna pe sticlă, fără să-mi vină să cred ce-mi ieșea pe gură.

A schițat un zâmbet ironic, de parcă se aștepta la un răspuns necuviincios.

— E prima dată când folosești cuvântul ăsta?

— Da. Sper că m-am descurcat bine, i-am ripostat, desfăcând dopul și turnând niște băutură în pahar.

— Se putea și mai bine.

M-am încruntat, simțindu-mă ușor ofensată. Jigneam și eu pe cineva pentru prima oară în viață — și îmi ieșea jalnic? Poate că nu-mi stătea în fire. M-am uitat la el, cuprinsă deodată de un val de timiditate când l-am văzut scrutându-mă cu ochii.

— Cum așa? l-am întrebat, punând niște apă tonică și o felie de lime în pahar.

— Complet neimpresionant, mi-a răspuns, ținând o mână în buzunar, în timp ce cu cealaltă și-a dus paharul la buze, scrutând împrejurimile cu privirea.

— Cum ar proceda atunci Nicolas Russo?

— Dacă ar fi să te jignesc, mi-a răspuns, țintuindu-mă cu ochii, te asigur că n-ai uita niciun cuvânt din ce ți-am spus.

Mi-am agitat băutura, înotând într-o vâltoare de senzații.

— Arată-mi!

— Vrei să te jignesc? m-a întrebat, privindu-mă printre gene.

Am încuviințat din cap, am luat o înghițitură și mi-am plimbat limba pe buze. Am rămas fără suflare când i-am văzut ochii ațintiți asupra gurii mele, învăluiți într-o umbră întunecată.

— Credeam că am făcut-o ieri.

— Serios? Nu-mi aduc aminte.

Şi-a plimbat limba pe dinţi, privind camera cu o expresie pe cât de amuzată, pe atât de calculată. Stăteam oarecum izolaţi, în apropierea unor oaspeţi, ce vorbeau cu spatele la noi. Prezenţa lui anula oricum orice altă companie.

— N-am de gând să te jignesc, mi-a spus, clătinând din cap.

— De ce? Vrei *să joci* rolul gentlemanului în seara asta?

— Nici gând! N-am chef s-o fac.

— Asta pentru că n-ai un vocabular adecvat..., i-am răspuns, în zeflemea.

Am rămas însă fără grai în clipa în care m-a apucat cu mâna de gât şi m-a tras spre el. După care şi-a lipit uşor buzele de urechea mea:

— Arăţi ca o târfă în rochia asta, Elena.

Un fior mi-a străbătut trupul din cap până în picioare.

Am închis ochii, îmbătându-mă cu parfumul lui plin de masculinitate.

— Eşti bună pentru un singur lucru, pe care guriţa ta n-o să reuşească însă niciodată... să-l pronunţe, a adăugat, îndulcindu-şi cuvintele.

Abia mai puteam să răsuflu, simţindu-i trupul lipit de al meu şi auzindu-i cuvintele „murdare", şoptite la ureche. Şi-a plimbat degetul mare pe ceafa mea, făcându-mi pielea de găină, apoi mi-a dat drumul. Îl priveam fără suflare luându-şi paharul şi făcând câţiva paşi.

— Aşa aş proceda, mi-a spus apoi, îndepărtându-se.

CAPITOLUL
Douăzeci și patru

Luna de-ai fi, și tot ai fi gelos pe stele.
— Gary Allan[1]

Elena

— Mamă, rochia asta mă face să arăt... ca o femeie ușoară?

Mama a sorbit din cocktail cu un pai, purtând pe chip o expresie încruntată.

— Ei bine, *cara mia*... doar te-ai culcat cu un bărbat pe care nici nu-l cunoșteai.

— Mama! a mustrat-o Adriana.

Existau momente în propria existență când mama și sora mea își schimbau rolurile și *acesta* era unul dintre ele.

— Nu te-am întrebat dacă sunt o femeie ușoară. Ci dacă arăt ca o femeie ușoară, i-am răspuns, oftând.

Sinceră să fiu, rochia era *mult* prea mulată pe corp. Și asta pentru că n-am probat-o la magazin, iar când am reușit, în cele din urmă, s-o probez, am descoperit că era cu două numere mai mici. Dar era prea frumoasă ca s-o țin în șifonier.

---

[1] Frederick Gary Allen (1936–1986) — scriitor american.

— Nu arăți ca o femeie ușoară, Elena, m-a asigurat Adriana.

Benito stătea lângă ea pe canapea, cu brațul rezemat de spetează. M-a scrutat cu o expresie prudentă pe chip și și-a frecat maxilarul.

— Ei bine...

— Las-o baltă!

Croindu-mi drum prin mulțimea de invitați, m-am îndreptat spre piscina de pe terasă. Murmurul de glasuri s-a risipit în noaptea caldă și tăcută când am trecut dincolo de ușile duble. Terasa era pustie; companie îmi țineau numai clădirile înalte și luminile galbene de la orizont.

Mi-am încrucișat brațele pe piept și mi-am ridicat privirea spre bolta întunecată.

— Nicio stea, am murmurat eu.

Aveam sentimentul că se vedeau de la casa roșie de cărămidă a lui Nicolas.

— Scorpionul, a spus o voce rece.

Prezența lui Christian m-a învăluit ca o umbră când a venit lângă mine.

— Acolo e constelația Scorpionului, mi-a spus, arătându-mi cu capul cerul întunecat pe care îl scrutam cu privirea.

— Și acolo? l-am întrebat, arătând cu mâna spre stânga.

— Constelația Vulturului, mi-a răspuns, cu un zâmbet vag pe buze.

Cunoștea, probabil, numele tuturor constelațiilor și al stelelor ce le alcătuiau. Aveam senzația deodată că nu făcea parte din liga mea. *Polițist* sau nu.

Un suspin mi-a scăpat printre buze. Mă simțeam ușor amețită și lipsită de inhibiții după alcoolul consumat.

— Nu-ți plac petrecerile? m-a întrebat el.

— Ba da. Dar nici nu mă omor după ele.

A izbucnit în râs. Cu glasu-i profund și aspru, ce-mi provoca fiori pe șira spinării. Râdea ca un Adonis.

— Cum de știi atâtea lucruri despre stele? l-am întrebat eu.

— Am crescut la o fermă din Iowa. Uneori, n-aveam nimic de făcut decât să privesc stelele. Și m-am hotărât să aflu la ce mă uit.

— E o explicație plauzibilă, dar nu stă în picioare. Mai încearcă o dată!

Am clipit de câteva ori. Cuvintele astea nu mi-ar fi scăpat niciodată de pe buze acum un an. Aș fi acceptat minciuna și aș fi mers mai departe. Poate că alcoolul îmi conferea curajul de a mă elibera din lanțurile copilăriei.

— Am studiat astronomia peste hotare, mi-a răspuns, cu un licăr vesel în ochi. Voiam să le impresionez pe franțuzoaice și să le atrag direct în pat.

— O explicație și mai puțin credibilă. Tu nu te uiți în oglindă? Cu un chip ca ăsta, n-ai nevoie să impresionezi pe nimeni.

A schițat un alt zâmbet vag.

— Cum ți-ai dat seama că primul răspuns nu e corect?

— Ești mai rece decât toată Arctica. Nu devii așa dacă crești într-un orășel cu oameni prietenoși. Atitudinea glacială e mai curând amprenta unei copilării petrecute cel mai probabil de unul singur, într-un oraș mare. Nu e de mirare că ai ajuns să fii certat cu legea.

— Am auzit multe despre tine, Elena Abelli, mi-a răspuns, clătinând din cap. Nu ești deloc cum mi-am imaginat.

Nici nu voiam să știu ce auzise despre mine. Mă bucuram de o popularitate izvorâtă din motive cu totul eronate.

— Încă n-ai aflat că presupunerile îți aduc sfârșitul?

— Pare un dicton scos din „manualul" Asului, mi-a răspuns, cu un rânjet pe buze.

Un fior de neliniște mi s-a cuibărit în suflet. Știa că există ceva între mine și Nicolas, deși nici eu nu știam ce anume. Cât de încâlcite sunt ițele vieții!

— Vrei ceva de băut, Christian?

— Da.

— Mă duc la toaletă, apoi iau ceva de băut. Ce-ai vrea? l-am întrebat, desprinzându-mi, în sfârșit, privirea de la cer și privindu-i silueta impunătoare, într-un costum bleumarin, străjuită de orizonul puternic luminat.

Degaja o atitudine afabilă, dar distantă, de parcă se afla pe o altă terasă, într-o altă lume. Ne-am întâlnit privirile, așteptând ca între noi să se aprindă o scânteie, dar n-am simțit decât scrutarea rece a unor ochi albaștri, plini de secrete.

Și-a plimbat, îngândurat, degetul mare pe ceas, într-un gest devenit tic.

— Mă duc eu să iau ceva de băut și mă întorc.

Urmărindu-i privirea, l-am văzut pe tata privindu-ne prin peretele de sticlă al sufrageriei, cu o expresie curioasă pe chip. Și atunci am înțeles jocul. Era o înscenare.

Am simțit în gură gustul amar al dezamăgirii. Voiam să dețin controlul anumitor lucruri în viață — ca, de pildă, această discuție —, dar, în ciuda mesajului tacit pe care tata îl purta în priviri, avertizându-mă să fiu cuminte, știam că totul era doar o făcătură.

Deși îl considera pe Christian posibil candidat la mâna mea, asta nu însemna că îl eliminase complet din joc pe Oscar Perez. Gândul îmi lua însă o piatră de pe inimă. L-aș prefera oricând pe Christian în locul individului ăluia.

— În regulă, i-am răspuns, dăruindu-i un zâmbet dulce, demn de Dolce Abelli.

Simțindu-mă ușor amețită și copleșită de gânduri, am intrat în casă. Am încremenit pe loc când am dat cu ochii de Nicolas rezemat de peretele din hol. Avea o mână în buzunar, iar în cealaltă ținea o țigară, cu care se juca printre degete. Purta o expresie pe chip ce i-ar fi pus pe mulți pe fugă.

N-aveam altă șansă decât să trec pe lângă el, așa că am înghițit în sec și am făcut un pas înainte când tot ce-mi doream era s-o iau în direcție opusă.

Îi simțeam privirea încinsă în timp ce îmi urmărea fiecare pas. Mă rugam, cu inima fremătându-mi în piept, ca cineva să ne iasă în cale și să mă salveze.

Am simțit fiori de teamă trecând pe lângă el, dar se pare că voia să mă omoare numai din priviri, căci n-a spus nimic. Tăcerea-i părea să fie mai amenințătoare decât cuvintele; știam, cel puțin, ce intenții avea. Când am reușit să trec dincolo de el, m-am oprit pe loc și, întorcându-mă pe călcâie, l-am întrebat cu glas răstit:

— Ce e?

— Ce ți-am spus despre Christian, Elena? mi-a ripostat, cu o voce calmă și șoptită, presărată însă cu tonalități amenințătoare.

Nu m-am gândit nicio clipă că ar putea fi atât de mânios doar pentru că am stat de vorbă cu Christian pe terasă. Am vorbit în văzul tuturor. Doar nu era serios, nu?

— Nu știu. Probabil că am uitat, i-am răspuns, pe un ton sarcastic.

Nu i-a plăcut, dacă e s-o iau după privirea-i încruntată.

— Atunci, e cazul să-ți aduc aminte. Stai dracului departe de el!

— Ți-am mai spus și ți-o repet: sunt o Abelli, nu o Russo. N-ai niciun drept să-mi spui ce să fac.

— Am obosit să-ți tot atrag atenția să-mi arăți respectul datorat unui „naș", mi-a ripostat apoi.

— Iar eu m-am săturat, la dracu', de bărbați!

— Ai grijă cum vorbești! mi-a spus, străfulgerându-mă cu privirea.

Nu-mi venea să cred că îi ripostam cu atâta virulență, dar eram amețită de aburii alcoolului, frustrată și sătulă să-mi înfrânez sentimentele. Simțeam încă în gură „gustul" — ciudat de imoral și de *izbăvitor* — al înjurăturii.

— Nu Christian!

Două cuvinte — doar atât! Şi se aştepta să le dau ascultare.

Am clătinat din cap. În mintea mea, aveam de făcut o alegere: Christian sau Oscar. Era o decizie uşor de luat.

— Nu.

Şi-a băgat ţigara în buzunar şi inima a început să-mi bată frenetic în piept când a venit spre mine.

M-am retras uşor, făcând încă un pas înapoi în clipa în care m-a prins de gât şi m-a împins cu un gest pe cât de agresiv, pe atât de blând, ţintuindu-mă cu spatele de zid. Înotam într-o vâltoare de sentimente: dorinţă, pasiune, *patimă*.

S-a apropiat şi mai mult, atingându-mi rochia cu vesta şi trezindu-mi sânii la viaţă. Abia mai reuşeam să respir, stând atât de aproape unul de altul şi simţindu-i mâna la gât, mistuită de gândul că oricine ne-ar putea surprinde pe hol.

Şi-a lipit palma de zidul din spatele meu, devorându-mă din priviri. Îşi ţinea capul uşor aplecat, atingându-mi în treacăt creştetul.

Ce făcea oare?

Inima îmi ardea în piept.

— Nicolas, am murmurat eu. Nu se cade.

Şi-a plimbat degetul mare pe gâtul meu, făcându-mi sângele să-mi zvâcnească prin vene.

— E platonic, mi-a răspuns, cu glas aspru.

Simţeam cum mă topesc sub atingerea lui. Mi-am depărtat buzele şi vederea mi s-a înnegurat. Voiam să-i sorb cuvintele de pe buze. Un râset ce răzbătea dincolo de zid mi-a stârnit un semnal de alarmă. Am clătinat din cap, încercând să-mi limpezesc gândurile, dar prezenţa lui atât de aproape îmi tulbura judecata.

— Nu, am îngăimat, cu răsuflarea întretăiată. Nu e deloc aşa. Te rog, lasă-mă să plec!

— Nu Christian! a repetat, cu glas aspru, deşi atingerile îi erau blânde.

Era un joc straniu, cu sufletul şi trupul meu.

Şi am înţeles atunci despre ce era vorba.

Mă supunea unui şantaj.

Avea să mă ţină imobilizată acolo până când aveam să mă supun. Ştia prea bine că perspectiva de a fi surprinşi aici mă tulbura mai mult decât pe el, din cauza trecutului meu.

Frustrarea mă lăsa aproape fără suflare. Cu cât stăteam mai mult aici — într-o poziţie mult prea intimă — cu atât spaima mi se cuibărea mai tare în suflet, bântuindu-mi gândurile. Am încercat să-l dau la o parte într-un efort cu totul zadarnic, căci părea să mă lupt cu un zid de beton.

— Bine, am murmurat eu. O să-l evit.

Mulţumit, se pare, de răspunsul meu, s-a dat la o parte.

O clipă mai târziu, cineva s-a ivit pe hol. Am simţit un nod în gât. Benito s-a oprit pe loc când ne-a văzut, privindu-ne printre gene.

Eu şi Nicolas stăteam acum la câţiva paşi depărtare, deşi eram complet singuri, iar ochii mei mari precum cei ai unei căprioare speriate păreau să trădeze cele întâmplate. Am schiţat un zâmbet, iar Nicolas l-a privit cu indiferenţă înainte să mă năpustesc în toaletă.

Rezemându-mă de uşă, am răsuflat uşurată.

Nici prin cap nu-mi trecea să mă mărit cu Oscar Perez.

Acum, când ştiam că am o şansă de evadare, nu puteam s-o las să-mi scape printre degete. Şi, în niciun caz, din cauza lui Nicolas Russo.

Când am ieșit din toaletă, m-am dus direct pe terasă, am acceptat paharul cu gin tonic oferit de Christian, căruia nu-i scăpase faptul că îmi place — o calitate rară la un bărbat — şi am băut cu nesaţ ca să-mi fac curaj.

Apoi am început să vorbesc cu el. Cu multă însufleţire. De parcă alegerea era numai a mea, nu pusă la cale de interesele tatei. De parcă nu mă şantajase nimeni să n-o fac.

Christian părea amuzat de tot ce-i spuneam, intuindu-mi, parcă, toate gândurile şi intenţiile. Nici nu era de mirare. Era receptiv şi... *seducător*. Devenea şi mai seducător cu fiecare înghiţitură de alcool, dar, din motive cu totul ilogice, gândul îmi fugea necontenit la Nicolas. Îi simţeam prezenţa alături, în ciuda atenţiei avide pe care mi-o acorda un bărbat cumplit de atrăgător.

Mi-am întâlnit privirea cu cea a lui Nicolas peste marginea paharului. Mă scruta cu intensitate, ţinându-şi mâinile în buzunare, în timp ce vorbea cu Luca. Purtând pe chip o expresie indiferentă şi calmă. De parcă nu s-ar fi întâmplat nimic pe hol.

Cât de tulburător era!

Mi-a spus că nu juca la cacealma şi, din păcate, aveam să aflu în curând că aşa şi era.

Cinci minute mai târziu, cu obrajii încinşi după cinci pahare de băutură, tindeam să cred că mânia lui Nicolas era doar rodul imaginaţiei mele. Era uşor să vorbesc cu Christian, deşi mă întrebam cât din ce-mi spunea era adevărat. Îl ascultam acum povestindu-mi despre o cabană pe care o avea în Munţii Stâncoşi, unde stelele erau incredibil de strălucitoare.

— Pare atât de frumos! am spus eu. Mi-ar plăcea s-o văd.

— Ce să vezi?

M-am crispat toată când i-am auzit vocea lui Nicolas în spatele meu.

— Cabana mea din Colorado, a răspuns Christian.

— Nu e treaba ta, am spus şi eu, la unison.

— Pari mânioasă, Elena, a adăugat Nicolas, cu glasul presărat de tonalităţi ameninţătoare. Poate n-ar fi rău să te răcoreşti puţin.

— Poftim? l-am întrebat, încruntată. Nici...

Dar n-am mai apucat să-mi duc gândul la bun sfârşit.

Căci, cuprinzându-mă cu o mână, Nicolas m-a împins în piscină.

CAPITOLUL

Douăzeci și cinci

Ce este drama dacă nu viața însăși,
cu părțile plictisitoare tăiate la montaj?
— Alfred Hitchcock

Elena

Când am ieșit din piscină, udă leoarcă, i-am văzut scrutându-se din priviri, la câțiva pași depărtare unul de altul.

Christian a strâns din buze când și-a dus paharul la gură, fără să-și desprindă însă nicio clipă privirea de la Nico.

— *Elena!* a îngăimat mama, venind într-un suflet pe terasă. Ce s-a întâmplat?

Toate privirile erau ațintite spre mine prin peretele de sticlă, de parcă eram un animal de la grădina zoologică.

— Am căzut, i-am răspuns printre dinți.

— *Madonna!* Dar cât ai băut?

— Se pare că ceva mai mult decât era necesar, am murmurat eu.

Și-a plimbat privirea șovăitoare de la Nicolas la Christian, doi „domni" care nu cunoșteau noțiunea de cavalerism: unul pentru că mă împinsese în piscină, iar celălalt pentru că nu-mi sărise în ajutor.

Gianna a venit în fugă la mine cu un prosop, iar Christian a scrutat-o cu privirea peste marginea paharului, cu o expresie pe cât de involuntară, pe atât de ostilă.

— Mulțumesc, am îngăimat eu, luând prosopul.

— Cred că am ceva să-ți dau ca să te schimbi, mi-a spus apoi, luându-mi pantofii din mână, pe care îi scosesem ca să ies din piscină.

Ar fi trebuit să-i arunc în capul lui Nicolas, dar aș fi atras și mai mult atenția oaspeților.

Când am urmat-o pe Gianna înăuntru, toată lumea mă privea cu ochii mari cât cepele — ei bine, toate invitatele. Mă așteptam la o reacție urâtă din partea tatei, dar nici nu se uita la mine. Stătea cu ochii ațintiți asupra celor doi bărbați de pe terasă, cu o expresie tot mai întunecată pe chip.

Nu mă simțeam deloc bine.

Oare câți dintre invitați văzuseră că Nicolas m-a împins în piscină? Și de ce-a făcut-o? Probabil pentru că cei din familia Russo făceau mereu ce voiau când voiau. Tata ar fi trebuit să știe de la bun început că nu era cazul „să se încurce" cu Nicolas.

Am urmat-o pe Gianna într-o încăpere, ce părea cameră de oaspeți, ștergându-mi părul cu prosopul. Văzând-o cum scotocește printr-o geantă de voiaj de pe pat, am simțit o strângere de inimă. Avea de gând să petreacă noaptea aici? Dar de ce mă interesa? Nicolas m-a împins în piscină. Nutream doar resentimente pentru el.

Gianna a găsit o pereche de pantaloni scurți, roșii, cu tivul și marginile laterale albe, și un tricou simplu, alb. Ținuta părea desprinsă din anii '70, direct din garderoba lui Farrah Fawcett. Oare de unde își făcea Gianna cumpărăturile?

Am acceptat hainele și o bustieră sport — din fericire, Gianna purta același număr la sutien ca și mine — și m-am întors cu spatele ca să mă schimb.

— Îți mulțumesc. Îmi cer scuze pentru deranj. A fost... o stângăcie din partea mea.

Of!

— Nu e nevoie să minți, mi-a răspuns Gianna, râzând. L-am văzut cum te-a împins în piscină.

Am șovăit, cu rochia scoasă până în talie, în timp ce îmi puneam tricoul.

— Câți au văzut?

— Aproape toată lumea.

Firește. Am răsuflat adânc și, dându-mi rochia jos, mi-am pus pantalonii scurți.

Întorcându-mă din nou cu fața, am văzut-o pe Gianna stând întinsă pe pat, cu picioarele pe podea și brațele sub cap. Era o postură cu totul nepotrivită pentru o doamnă, pe care Dolce Abelli n-ar fi imitat-o niciodată. O postură pentru care însă o invidiam.

— Îți mulțumesc încă o dată pentru haine, i-am spus apoi. O să le spăl și ți le voi da înapoi.

— Păstrează-le!

Cum tăcerea se lăsa apăsătoare între noi, am simțit nevoia s-o spulber.

— L-ai mai văzut făcând asta vreodată cu vreo fată?

— Nu, nici vorbă, mi-a răspuns, râzând și ridicându-se în capul oaselor. Trebuie să-l intereseze mult persoana respectivă, ca să recurgă la asta.

Am șovăit, neștiind ce să spun, tulburată de aluzia că i-aș fi *captat* interesul. În ce mă băgasem oare? Nu știam. Știam doar că trebuia să găsesc o cale de ieșire.

— Nu e vorba de asta, i-am spus, încercând să adopt o tonalitate cât mai fermă cu putință, dar părând mai nesigură ca oricând.

— Da, cum zici tu, mi-a răspuns, încet, cu un zâmbet pe buze, dar cu ochii încărcați de tristețe.

Câteva minute mai târziu, am aflat că toți invitații văzuseră că logodnicul surorii mele mă împinse în piscină. Se pare că, până și pentru membrii familiei Russo, era un gest greu de înțeles, căci femeile — mai ales, Valentina — mă scrutau cu intensitate, de parcă abia atunci mi-ar fi observat prezența la petrecere. Jemma, însă, mă privea cu compasiune, ca și când m-aș fi băgat într-o situație de unde nu mai aveam scăpare. Nu știam ce să cred despre ea.

Pornind spre casă, am ignorat întrebările curioase, puse de Adriana printre aburii alcoolului, privirile mânioase aruncate de Benito și tăcerea rece ca de gheață a tatei, dar și a fratelui meu. Când am ieșit pe ușă, am aruncat o privire în urmă.

Nico își ținea mâinile împreunate pe blatul de bucătărie și mă urmărea cu ochii lui încinși, ce-mi înfierau pielea. Mă obișnuisem cu scrutările sale pline de fervoare, dar în seara asta, avea un licăr cu totul aparte. Nu era ironic și necuviincios. Era meditativ, calculat și ușor răutăcios. De parcă se gândea să facă ceva ce n-ar trebui.

Am înghițit în sec și, desprinzându-mi privirea, nu m-am mai uitat înapoi.

Mă așteptam ca toată lumea să-mi sară de gât în drum spre casă, dar nimeni nu mi-a adresat vreun cuvânt. Mama vorbea de nunta din weekendul viitor, iar tata îi răspundea de la volan.

Adriana dormea, cu capul rezemat de geam.

Tony m-a cuprins cu brațul de după umeri, strângându-mă ușor. Ascultam zgomotul roților și priveam luminile galbene ce mi se perindau prin fața ochilor.

Vedeam încă privirea calculată de pe chipul lui Nico și o simțeam cum îmi înfierează pielea.

Și știam că se gândea la *mine*.

Era joi pe la prânz. Razele toride de soare topeau asfaltul printre aromele de pâine proaspătă și usturoi ce răzbăteau printre ușile duble ale restaurantului unchiului meu, Francesco.

Îmi țineam ochii ațintiți în pământ când am coborât din mașină și am pornit spre restaurant, pentru că mi se desfăcuse o bretea de la pantofi. Am încercat s-o leg la loc, țopăind într-un picior, apoi, pe când mă clătinam, gata să cad, o mână puternică m-a prins de talie, ajutându-mă să-mi recapăt echilibrul.

— Te cam bate vântul, nu crezi?

M-am crispat toată. Glasu-i profund și sinuos îmi aprindea simțurile cum n-ar fi trebuit s-o facă.

Îndepărtându-mă un pas, am simțit cum mâna îi alunecă de pe talie pe șold. Încingându-mi pielea. Și trezindu-mi la viață dorințe obscene. Mă simțeam frustrată, căci nu reușeam să-mi stăvilesc vâltoarea de sentimente și senzații pe care mi le stârnea de fiecare dată când se afla prin preajmă.

Mi-am îngustat ochii, dar am păstrat tăcerea. Mă gândeam cum să fac să mă descurc cu acest om. *N-o face!* mi-am zis. Cea mai bună strategie era să nu-l înfrunt deloc.

Văzându-mă cum mergeam stângace, cu breteaua încă desfăcută, m-a întrebat, cu o nuanță amuzată în glas:

— Ai intrat în *silenzio stampa*?

Mi-am încleștat dinții. I se părea nostim. Cum de îl consideram atât de tulburător când totul pentru el era doar o simplă distracție? M-am întors pe călcâie și i-am ripostat:

— M-ai împins în piscină! Ce-aș mai putea vorbi cu tine?

Purta o cămașă albastru-deschis, o vestă și pantaloni gri, cu o cravată neagră. Era cumplit de atrăgător. Am înghițit în sec. *De ce l-am înfruntat?* Era mult prea târziu ca să mai dau acum înapoi.

Şi-a plimbat degetul mare pe buza de sus, în timp ce mă scruta cu ochii din cap până în picioare, poposind asupra pantofilor roz, cu toc înalt.

— *Eşti* o mică mincinoasă, Elena.

Fireşte că arunca vina asupra mea; doar era un adevărat maestru.

— *Eu?* Ai încercat să mă şantajezi!

— Dacă m-ai fi ascultat de la bun început, nu s-ar fi ajuns acolo.

Doar nu vorbea serios! Mă privea cu o expresie gravă pe chip. Ba da, vorbea al naibii de serios!

M-am întors, dând să plec, dar gata să cad din nou, m-am rezemat cu o mână de peretele fierbinte de cărămidă şi am reuşit să-mi leg cu cealaltă breteaua rebelă.

— Unde e vărul tău? m-a întrebat, scriind un mesaj pe telefon. N-ar trebui să fii singură.

Benito mă lăsase la uşa restaurantului ca să parcheze maşina, iar mama şi tata veniseră separat, împreună cu Adriana. Dar nu era nicidecum treaba lui Nicolas.

— Renunţă la rolul de frate! Mi-ajunge unul, i-am ripostat, doar din dorinţa de a-l tachina.

— Intră, Elena! mi-a ordonat, cu maxilarul încleştat.

— Roagă-mă frumos! i-am răspuns, pe un ton batjocoritor, dându-i aceeaşi replică pe care mi-o aruncase şi el cu câteva zile în urmă.

Şi-a ridicat ochii din telefon şi m-a privit cu o expresie deopotrivă amuzată şi întunecată.

— Dacă n-ai de gând să-ţi mişti fundu' înăuntru, Elena, tu o să fii cea care o să mă roage frumos!

Dumnezeule!...

— Nu e frumos, am murmurat, îndreptându-mă spre uşă.

— E pur platonic, mi-a ripostat.

Am realizat atunci ce greșeală covârșitoare am făcut folosind cuvântul.

Prin vitrina din apropierea câtorva rafturi cu pâine proaspătă, se vedea plăcuța pe care stătea scris, cu litere roșii, ÎNCHIS, dar când am deschis ușa, cineva m-a și întâmpinat, spunându-mi:

— *Mia bella ragazza!*

— *Zio*[1]*!*, i-am răspuns, cu un zâmbet pe buze.

Unchiul mi-a cuprins chipul în căușul palmelor și m-a sărutat pe obraji. Mirosea a oregano și răspândea un aer melancolic: dorul de casă. Unele lucruri nu-și pierd niciodată miresmele.

Francesco Abelli se ocupa de latura „curată" a *Cosei Nostra*. Fiecare centimă „spălată" din familia noastră era produsul unchiului meu, de șaizeci și cinci de ani, ce purta un maiou și pantaloni de stofă pe sub șorțul de bucătărie. Când nu mușamaliza câștigurile mafiei, se ocupa de restaurant.

— Ia un loc lângă fereastră! *È una bella giornata.*

Nu era o zi chiar *atât* de frumoasă. Era mai cald decât în iad, dar poate că nu ieșise afară. Locuia la etaj.

M-am așezat pe un scaun și mi-am turnat un pahar de apă din vasul de pe masă. Soarele pătrundea amețitor prin fereastra înaltă. Era un loc infernal, dar unchiul avea mereu ultimul cuvânt, ca și tata, indiferent dacă te simțeai bine sau nu.

Benito a intrat și el în restaurant și s-a așezat la masă, dregându-și vocea și turnându-și niște ceai. Îl priveam printre gene în timp ce sorbeam cu un pai din paharul cu apă.

— Ai o urmă de mușcătură pe gât.

---

[1] Unchiule (în lb. italiană)

— Şi doar i-am spus să n-o facă, a murmurat, frecând locul cu degetele.

Am clătinat din cap, fără să sondez subiectul, căci nu voiam să știu cum de reușise să aibă parte de puțină „acțiune” într-un răstimp atât de scurt.

Câteva minute mai târziu, stăteam cu toții la masă: mama și tata în fața mea, Adriana într-o parte și Nico în cealaltă. Mama s-a încruntat când a realizat că sora mea și Nico nu stăteau unul lângă altul, dar nici mirele, nici mireasa nu păreau sub nicio formă preocupați. Tony, Benito, Dominic, Luca și unchiul Manuel împărțeau o masă lângă noi, angrenați în discuție.

Mama clipea deseori, deranjată de soarele amețitor, pe care tata i-l mai bloca uneori, citind meniul, deși îl știa pe de rost.

Atmosfera nu părea atât de încordată cum mă așteptasem după povestea de aseară. Ciudățenia o reprezenta însă Adriana. Părea distantă, de parcă se afla cu gândul la mii de kilometri depărtare. Stătea cu ochii pironiți pe geam, când toată lumea știa că trebuia să-și facă mereu de lucru cu mâinile.

Masa s-a umplut de hârtii când mama a început să discute cu Nico ultimele detalii legate de nuntă, cerându-i aprobarea în anumite aspecte.

— Veți pleca și în luna de miere? a întrebat mama.

Un fior de neliniște m-a străbătut din cap până în picioare. Am început să mă fâțâi pe scaun.

Nico și-a trecut mâna pe maxilar, cu ochii pironiți pe geam. I-am urmărit privirea prin soarele ce scălda din belșug caldarâmul din Long Island.

Neliniștea s-a transformat în spaimă când am văzut pe stradă o mașină neagră, ce mergea mai încet decât era firesc. Apoi, vocea lui Nico a răsunat în tot restaurantul:

— *Giù!*

Jos!

Toată lumea a început să țipe. Nu auzeam decât *Giù, giù, giù* într-o cascadă de glasuri răsunătoare. Spaima plutea în aer atât de apăsătoare, că îi simțeam gustul în gură.

Apoi am rămas fără suflare în clipa în care cineva m-a trântit pe podea. M-am trezit strivită de un trup masiv, în timp ce ferestrele se transformau în țăndări sub o salvă de împușcături. Sângele îmi zvâcnea prin vene, împletindu-se cu vuietul gloanțelor.

Știam cine mă apăra cu trupul său și, încercând să-mi stăvilesc răsuflarea întretăiată, contopindu-mi-o cu a lui, m-am simțit cuprinsă de un sentiment de siguranță, în timp ce haosul se așternea de jur împrejur, iar restaurantul devenea un câmp de bătaie pentru mafioții din New York.

Părea să nu se mai sfârșească, apoi, după un timp, o tăcere adâncă, purtând încă ecoul împușcăturilor, s-a lăsat printre noi.

— *Stai bene?*

Deși am auzit cuvintele, nu reușeam să-mi desprind ochii de la sângele de pe podea.

Cineva mi-a cuprins chipul în căușul palmelor, întorcându-mi-l spre al său.

— Ești bine? a repetat Nico.

Am dat din cap, pe când zvâcnetul din urechi începea să se estompeze.

Și-a plimbat mâinile pe trupul meu, scrutându-mă cu ardoare ca să vadă dacă sunt teafără și nevătămată, dar nu simțeam nimic, mistuită cum eram de picurul asurzitor al stropilor de sânge. *Pic, pic, pic.* O agonie cumplită îmi încătușa sufletul, întunecându-mi gândurile.

— Dă-te la o parte! i-am spus lui Nico, îndepărtându-i mâinile.

— Încetează! mi-a răspuns, apucându-mă de încheieturi. Toată lumea e teafără.

— Da? am îngăimat, clipind năucă.

— Da, mi-a răspuns, plimbându-și degetul mare pe obrazul meu. Respiră adânc!

Am tras aer în piept și abia apoi le-am auzit vocile, înăbușite până atunci de picurii amețitori de sânge.

Benito era rănit.

— La dracu'! a mormăit el, ținându-se de mână. Același braț.

Tata vorbea la telefon, într-o cascadă de cuvinte în italiană, iar mama plângea. Adriana s-a ridicat în capul oaselor, printre cioburile geamurilor sparte și debandada înconjurătoare. Când sirenele s-au auzit în depărtare, o liniște mormântală s-a așternut în restaurant, de parcă haosul de mai devreme ar fi lăsat locul tăcerii.

Cu privirea țintuită în fața ei, sora mea a rostit apoi cele două cuvinte ce-aveau să ne schimbe viața pentru totdeauna:

— Sunt însărcinată.

CAPITOLUL
Douăzeci și șase

Zarurile au fost aruncate.
— Iulius Caesar

Elena

Uneori, nu mai e nimic de spus.

Uneori, cuvintele sunt doar de „umplutură”, căci nu pot anula un adevăr mult prea trist.

Stăteam lângă sora mea pe canapea, privind, amândouă amorțite, un episod din *La birou*.

Nici măcar cele mai tari scene comice nu reușeau să ne smulgă vreun zâmbet.

După ce luase o sticlă de vin în cameră și o cutie de Xanax, mama nu-și mai făcuse apariția de ore bune.

După declarațiile vagi oferite poliției — eram instruite încă de la vârste fragede cum să vorbim cu polițiștii —, am venit în sufragerie și aici am rămas. Unchiul Marco și Dominic, fiul lui, ne însoțiseră acasă, unde se făcuseră nevăzuți împreună cu restul bărbaților din familie.

Vedeam numai *roșu* în fața ochilor.

Picuri de sânge se prelingeau acum pretutindeni în mintea mea. Nu mai simţeam nimic, nici măcar vreo urmă de căinţă, doar o amorţeală.

Pe la două noaptea, s-au hotărât să-şi facă apariţia. Cineva a aprins lumina în sufragerie, iar din hol au răzbătut glasuri şi zgomote de paşi. Inima mi s-a strâns în piept.

Tata a dat ocol canapelei. Avea mânecile de la cămaşă suflecate şi îşi scosese sacoul de la costum, lucru pe care nu-l făcea niciodată, nici măcar în zile înăbuşitoare precum cea de astăzi. Nu era de bun augur. Am înghiţit în sec când am observat că avea pete de sânge pe cămaşa albă.

Marco, Dominic, Manuel, Tony, Benito — proaspăt externat din spital — Luca şi, în final, Nicolas au intrat în cameră. L-am urmărit pe Nico cu privirea, dar nu s-a uitat la mine. Purta aceeaşi ţinută de la prânz şi avea o expresie indescifrabilă pe chip în timp ce stătea rezemat de suportul TV.

Logodnica lui purta în pântec copilul altcuiva. Orice bărbat din mafie ar fi considerat asta drept o insultă *gravă*, dar când şi-a îndreptat, în cele din urmă, privirea îngândurată spre mine, ceva m-a făcut să cred că nu la asta se gândea.

Toţi cei opt bărbaţi stăteau cu ochii pironiţi asupra surorii mele. Vor încerca s-o intimideze ca să le spună numele celui cu care s-a culcat.

— Telefonul! a mârâit tata.

Adriana stătea cu picioarele încrucişate pe canapea, îmbrăcată în rochia albă de la prânz. Nu şi-a ridicat nici măcar privirea spre tata şi nici nu s-a grăbit să-i dea ascultare. Atitudinea ei l-a făcut să scrâşnească din dinţi.

I-am luat telefonul, care se afla pe canapea între noi, şi i l-am dat tatei. Şterseserăm deja orice urmă a existenţei lui Ryan.

Tata i l-a întins lui Dominic, care a început să-l verifice.

— O să aflăm oricum despre cine-i vorba, Adriana, aşa că ar fi mai bine să ne spui de bunăvoie, a intervenit Marco, încercând o abordare ceva mai blândă, care nu era însă pe placul tatei.

— Spune-ne, Adriana! *Acum!* Altfel jur că nu mai apuci ziua de mâine!

Sora mea îi privea sfidătoare, cu braţele încrucişate pe piept. Ameninţările nu-şi aveau rostul în cazul Adrianei, şi tata o ştia prea bine. Spera, probabil, ca, într-o bună zi, să devină ascultătoare ca prin farmec.

— Îl lăsăm în viaţă, a spus Marco. Lucrurile stau cu totul diferit acum, de vreme ce e vorba de un copil.

N-a spus-o în cuvinte, dar ştiam cu toţii la ce se referea: Situaţia era diferită de a *mea*.

Când am văzut licărul de speranţă din ochii Adrianei, am simţit un nod în stomac.

— Minte, am spus iute.

Toate privirile s-au întors, mânioase, spre mine.

Am înghiţit în sec şi m-am uitat la Nicolas, dar părea la mii de kilometri depărtare.

— Nu, nu mint, a spus unchiul Marco, clătinând din cap. Îl lăsăm în viaţă, Adriana. Îţi promit.

Licărul de speranţă i-a apărut din nou în ochi.

Spaima mi s-a cuibărit în suflet. Cunoşteam prea bine tâlcul ascuns din privirea lui Benito şi a fratelui meu.

E o minciună. O minciună sfruntată.

— Te mint, Adriana, am intervenit eu. Nu-i crede!

Am rămas fără suflare când l-am văzut pe Manuel ridicând mâna spre mine. Am tresărit, aşteptând să mă lovească. Simţind, în schimb, doar o pală de aer, am deschis ochii şi l-am văzut pe Nicolas ţinându-l de mână pe unchiul Manuel.

— Dacă loveşti o femeie în faţa mea, s-ar putea să n-o mai faci a doua oară, a mormăit Nico.

Câteva clipe mai târziu, Manuel și-a smuls mâna din strânsoarea lui Nico și a făcut un pas înapoi, cu o grimasă de dispreț pe chip.

Tata a privit conflictul cu indiferență, dar o umbră de nemulțumire i-a învăluit ochii când s-a uitat la Nico. O nemulțumire ce izvora nu din faptul că îmi sărise în ajutor, ci dintr-un alt motiv, deși nu știam ce anume.

Frații mamei erau cu toții violenți, în afară de Marco. El era blând și rezervat, dar, dincolo de imaginea de mielușel, se ascundea un lup gata de atac.

— Elena, ieși afară! a mormăit tata.

Nu-l înfruntasem niciodată până atunci. O cunoșteam însă mult prea bine pe sora mea: era tenace, dar naivă. Voia să creadă într-un basm. Ce-avea să-i aducă pieirea prințului.

Nu m-am clintit din loc.

— *Elena!* a spus tata, cu un glas pe cât de glacial, pe atât de uluit.

Pendulam între dorința de a-i da ascultare și amintirile tulburătoare ce mă făceau să stau încremenită ca o stană de piatră, retrăind o scenă asemănătoare într-un alt decor.

Tata i-a aruncat o privire lui Tony, care a venit spre mine, cu o expresie plină de căință pe chip.

— Nu plec, am protestat eu.

— Hai să mergem, Elena! a spus Tony, încercând să mă prindă de mână, dar m-am zbătut, ferindu-mă de el.

Oftând adânc, m-a cuprins cu brațul de talie și m-a luat pe sus.

— Nu le spune nimic, Adriana! am rugat-o, în timp ce Tony mă ducea spre ușă, ba în brațe, ba târându-mă. Te mint, crede-mă!

Cunoșteam prea bine povara vinovăției — și a unei inimi frânte — și nu voiam ca Adriana să trăiască o experiență similară.

Odată ajunși pe hol, Tony m-a așezat jos și a închis ușa, lăsându-mă singură de cealaltă parte. Am scos un suspin de frustrare și am lovit lemnul cu palma. Lipindu-mi urechea de ușă, am încercat să le surprind glasurile printre crăpături.

Am tot așteptat să aud numele lui Ryan de pe buzele surorii mele.

Dar nu l-am auzit.

Nico

Ticăia un ceas. Cuburile de gheață se loveau de pereții unui pahar. Un fum de țigară plutea de jur împrejur. Iar Salvatore stătea la biroul său și părea extrem de nemulțumit.

Eram pe un scaun în fața lui, rezemându-mă cu cotul de brațul acestuia. Nu-i plăcea alura plictisită pe care o afișam, de aceea și continuam să stau așa.

Nu știu de cât timp ne aflam în biroul lui, într-o tăcere deplină, în timp ce Salvatore își fuma țigara, dar simțeam o încordare în aer, pe care nu eu o răspândeam. Dar îmi plăcea atmosfera. Tăcerile încordate și stânjenitoare mă făceau să mă simt ca peștele în apă.

— Nu poate fi a ta.

Cuvintele au sfâșiat liniștea ca tăișul unui pumnal.

I-am susținut privirea lui Salvatoare printr-un nor de fum.

— Dar nici n-am spus c-o vreau.

A scos un suspin sardonic, clătinând din cap.

— Lasă prostiile, Asule! Știu că o vrei pe Elena, dar nu se află printre ofertele de pe masă.

Mi-am încleștat maxilarul. Nu-mi place să mi se spună ce nu pot să am.

— Nu cred că ești în măsură să pui oferte pe masă, Salvatore. Mi-ai „tras-o"!

Practic, fiica lui era cea care și-o „trăsese" cu altcineva, dar pentru noi e același lucru. A încălcat termenii contractului.

Salvatore a mai tras o dată din țigară înainte s-o stingă cu o expresie îngândurată pe chip.

— Elena nu reprezintă o variantă, chiar dacă aş vrea să ţi-o dau, mi-a spus, cu o privire din care îmi dădea de înţeles că nici prin cap nu-i trecea s-o facă. E logodită.

L-am privit cu indiferenţă, deşi simţeam o ură soră cu moartea. Am analizat situaţia pe toate faţetele, gândindu-mă cum să profit de faptul că Salvatore încălcase contractul şi să obţin ce-mi *doream* mai tare. Începea cu litera E şi avea părul lung şi negru. Viciul meu.

O voiam cu ardoare, dar nu puteam să mă las pradă acestui viciu. Acum însă, că ştiam că era a altcuiva, mă simţeam cuprins de nişte fiori ca de gheaţă, ce-mi făceau sângele să-mi zvâcnească prin vene.

Începeam să vorbesc cu vocea iraţiunii.

— Aţi semnat contractul?

Salvatore a încuviinţat din cap, cu un licăr de satisfacţie în ochi. L-am scrutat cu intensitate. Sunt convins că, după incidentul de la petrecere când am împins-o pe Elena în piscină, i-a şi smuls semnătura individului.

N-aveam nimic împotriva lui Salvatore, dar nu cred că îi plăcea să împartă titulatura de „naş" cu cineva ce n-avea nici jumătate din vârsta lui. Şi eram mult mai bogat. Nu-i plăcea reputaţia mea şi nici „dedesubturile" renumelui meu. Dar după povestea de astăzi, ştia că nu-şi poate permite să-mi fie potrivnic. Am descoperit că mexicanii se aflau în spatele atacului de la restaurant, dar mai erau şi alte clanuri de care trebuia să ne ocupăm.

Aveam mai mulţi oameni pe stradă decât Salvatore. Oameni chiar din „ograda" lui, care m-au ajutat să-i găsesc pe autorii atacului de astăzi. Salvatore nu era încântat că mi-am folosit „asul" din mânecă. Nu jucam după reguli, iar naşul cel „puritan" nu avea încredere în mine. Dar avea nevoie de mine. Acesta era şi motivul pentru care nu mă agrea. Cum nu agrea nici ideea ca un Russo să pună mâna pe fiica lui preferată.

— Cine e?

Întrebarea mi-a scăpat fără să vreau printre buze și m-am rugat să nu-mi răspundă.

— Oscar Perez, mi-a răspuns, privindu-mă printre gene în timp ce lua o înghițitură de whisky. Columbianul.

Ne-am înfruntat din priviri, simțind în piept tot mai multe pumnale de gheață.

— Problema cu mexicanii mi-a cam stricat relațiile cu furnizorii. Oscar este... o cunoștință mai veche. Are „marfă" bună, dar o vrea pe Elena.

Salvatore încerca să se convingă singur că a încheiat o afacere bună. Oscar era un pervers cu pretenții de bun samaritean, imagine de care voia să scape căsătorindu-se cu Elena.

M-am ridicat de pe scaun și, încheindu-mi nasturii de la sacou, am dat să plec.

— Mai vorbim și mâine despre asta. S-a făcut târziu.

— Cum rămâne cu Adriana? m-a întrebat când am deschis ușa.

Nu mă arătasem prea interesat să mă răzbun pe cel care îndrăznise să se culce cu logodnica lui Nicolas Russo și asta doar pentru că m-am gândit cum să pun mâna pe sora ei.

— Verificați înregistrările telefonice! Trebuie să fi luat cumva legătura, i-am răspuns, înainte să ies.

Nu mă interesa cu cine s-a culcat Adriana.

O făceam doar din principiu.

Elena

Era ora opt de dimineață și stăteam pe canapea, purtând un tricou roz, foarte larg, cu emblema echipei Yankees, și o pereche de pantaloni scurți. Mâncam o porție de cereale Cap'n Crunch în timp ce prezentatoarea blondă de la știri mă punea la curent cu ultimele noutăți.

Urmăream știrile în fiecare dimineață și seară. Știam tot ce se întâmplă în lume: de la criza forței de muncă din Coreea până la intervențiile nereușite cu botox făcute la Los Angeles.

Când un chip cunoscut a apărut pe ecran, mi-a stat inima în loc. Numele lui Oscar Perez, însoțit de comentariul reporteriței cu buzele roșii — „executat în stil mafiot în fața apartamentului său", m-a făcut să mă înec cu cereale.

Nici zece secunde n-au trecut până să-l aud pe tata exclamând în birou: TICĂLOSUL NAIBII!

Am căscat ochii mari cât cepele.

Prăbușindu-mă pe canapea, ușurată să aflu de moartea lui Oscar, am auzit în hol glasul lui Nicolas și al fratelui meu. Vorbeau despre înregistrările telefonice ale Adrianei. Am simțit o strângere de inimă. Dacă aceste înregistrări aveau să conțină și mesajele surorii mele, nu le va fi greu să-l găsească pe Ryan.

Tony și Nicolas aveau acum ceva în comun? M-am simțit cuprinsă de un val de dezgust.

Au trecut prin fața ușilor de la sufragerie spre biroul tatei, în timp ce urmăream știrile, clocotind de furie.

Mânia tatei era palpabilă, ca o negură groasă, făcându-mă să mă întreb dacă nu aveam să aud în curând și niște împușcături, apoi, după alte cinci minute, l-am auzit strigând:

— Elena! Treci *imediat* în biroul meu!

Am șovăit, apoi m-am ridicat în picioare și am pornit, desculță, spre biroul său. Spaima mi se cuibărea în suflet cu fiecare pas.

Am bătut la ușă înainte să intru. Tata stătea la birou, Tony — pe un scaun în fața lui, iar Nico — rezemat de peretele de lângă fereastră.

Am rămas în mijlocul camerei, jucându-mă cu tivul tricoului. Soarele îmi încălzea pielea umedă.

— Felicitări! mi-a spus tata, spumegând de furie.

Am înghițit în sec, căci nu-l mai văzusem niciodată atât de mânios.

— Te măriți!

Un fior rece mi-a străbătut trupul din cap până în picioare.

Îndreptându-mi ochii spre Nicolas, l-am văzut scrutându-mă cu indiferență. Susținându-i privirea, am răsuflat șovăitoare, întrebând:

— Cu cine?

Deși știam deja răspunsul. Nu mă așteptasem să se ajungă la asta și nici nu știam de ce.

— Cu Nico.

Inima îmi bătea frenetic, gata să-mi iasă din piept.

Tăcerea s-a așternut în cameră: adâncă și clocotitoare din partea tatei, îngândurată din partea fratelui meu și indiferentă din partea *logodnicului* meu.

Tăcerea mea era mai mult mânată de instinct, știind că prada rămâne tăcută într-un loc ca să evite prădătorii. Instinctul de supraviețuire m-a făcut însă să clatin din cap.

— Nu, am spus în șoaptă.

O scânteie a licărit în ochii lui Nico.

— Am încheiat discuția, Elena, mi-a răspuns tata, răsfoind niște hârtii de pe birou.

Contractul nupțial, probabil.

Nicolas a semnat niște hârtii și „am încheiat discuția"? Firește, așa se proceda mereu, dar simplul gest al lui Nico îmi lăsa un gust amar.

Vestea era ca un duș rece. Cum să procesez faptul că logodnicul surorii mele *mi*-a devenit logodnic în mai puțin de cinci minute?

Și nu era numai asta.

Nu mi-am dorit niciodată un soț ca el. Deși mi-l doream cu fiecare fibră din trup, rațiunea îmi spunea că nu era potrivit pentru mine. O să-mi pierd capul după Nicolas Russo și nu voi mai ieși niciodată la liman.

Mă voi îndrăgosti nebunește de el și îmi va zdrobi inima. Puteam să duc o viață lipsită de dragoste. Dar nu voi supraviețui niciodată unei inimi frânte.

— Tata..., am murmurat, clătinând din nou din cap.

— Gata, Elena! Am terminat discuția. Acum du-te să-ți faci bagajele! O să stai la el până la nuntă.

Am căscat ochii mari cât cepele.

— *Poftim?* am îngăimat eu.

— Nu mai ești virgină, Elena, mi-a ripostat, aruncându-mi o privire sarcastică.

— Tată! a intervenit Tony.

Cuvintele lui îmi sfâșiau sufletul. Știam că era supărat și se răzbuna pe mine, dar vorbele lui erau oricum dureroase.

— Cum ai acceptat așa ceva? Doar pentru că mi-am știrbit reputația, trebuia s-o distrugi complet?

— N-ai decât să dai vina pentru asta pe reputația ta și a logodnicului tău. După povestea cu sora ta și... cu trecutul tău, i-am acceptat condițiile.

Îmi dădea astfel de înțeles că Nicolas nu avea încredere în mine, convins că aveam să mă distrez cu alții până la nuntă. Tata nu avea niciun cuvânt de spus în privința asta, ținând seama de încălcarea termenilor contractuali.

Nu știam ce să spun, dar nu eram gata să accept situația cu una, cu două.

— Nu știu să gătesc, am spus apoi iute, înainte să mă uit la Nicolas, care stătea tot rezemat de perete, cu mâinile în buzunare.

— Am bucătăreasă, mi-a răspuns, cu glas profund și îngândurat.

Aveam senzația că nici el nu-și dorea căsătoria asta. Și atunci de ce o acceptase?

— Îmi place să fac cumpărături. Cheltuiesc foarte mulți bani.

Era adevărat, dar făceam și donații căminelor și adăposturilor din împrejurimi ca să-mi liniștesc conștiința. Însemnând alte cheltuieli.

— Am destui, mi-a răspuns.

Așa avea de gând să-mi vorbească de acum încolo — monosilabic?

— Gata, Elena! a intervenit tata. Pleacă acum!

Mi-am stăvilit cu greu un suspin de frustrare.

— Nu vreau, i-am spus tatei, cu glas șoptit, evitându-i privirea lui Nicolas, ce-mi înfiera obrazul.

— S-a terminat, mi-a răspuns tata, pe același ton șoptit, ce anula însă orice negociere.

Am ieșit, așadar, din birou și am pornit spre camera mea. Și, în timp ce îmi făceam bagajul, mă gândeam cum aveam să scap cu viață stând lângă Nicolas Russo.

CAPITOLUL

Douăzeci și șapte

Patimile carnale ne vor aduce pieirea.
— Autor necunoscut

Elena

Tăcerea apăsătoare din mașină părea tot mai asurzitoare. Evenimentele de astăzi m-au aruncat într-un soi de amorțeală pe care numai parfumul masculinității lui reușea să o străpungă. În loc să mă las cuprinsă de spaimă, prezența lui și gândul atingerilor sale mă înnebuneau de-a binelea.

Se pare că mintea se concentra doar asupra instinctelor primare într-un soi de mecanism de apărare.

Perspectiva căsniciei cu Nicolas era sinonimă cu o traumă severă.

Există o mare diferență între poftele trupești stârnite de un bărbat și dorința de a zămisli un copil cu el. Gândul mă arunca în două direcții diametral opuse: spaima și încântarea.

Înotam într-o vâltoare de sentimente și senzații, ce-mi creau deopotrivă fiori de gheață și scântei electrice.

Mama mă condusese în prag, cărându-mi bagajul, cu ochii mari cât cepele, de parcă mă duceam la tăiere. Până și Adriana coborâse treptele în fugă, șoptindu-mi la ureche: „Îmi pare rău", înainte ca ușa să se închidă în urma mea. Tata n-a mai ieșit din birou, în timp ce Tony și verii mei îl priveau pe Nico cu ostilitate, ca pe un hoț care le fura ceva.

Voiam să rămân cât mai detașată și mai indiferentă cu putință, dar, în timp ce peisajele urbane mi se perindau prin fața ochilor, într-o „negură" de soare și beton, noțiunea de „impasibilitate" își pierdea tot mai mult sensul.

Când am ajuns în dreptul casei lui de cărămidă roșie, am simțit un nod în gât.

— De ce nu la penthouse?

— Voiai ceva mai luxos?

— Poftim? l-am întrebat, privindu-l printre gene. Nici vorbă! Mă așteptam doar să mergem acolo, asta-i tot. Cum penthouse-ul l-ai ales pentru Adriana...

— Nu și pentru tine.

M-am crispat toată. Făcea tot ce putea să-mi aducă aminte că îi aparțineam, iar gândul spulbera starea de amorțeală ce pusese stăpânire pe mine.

Pluteam într-un haos de sentimente: teamă, dorința de a-mi păstra independența sau nerăbdarea de a-i simți mâinile pe trup. Toate cele patru din urmă îmi dansau nebunește prin minte și prin corp atunci când am coborât din mașină.

Nico mi-a luat geanta de pe bancheta din spate și l-am urmat înăuntru. Casa era mai spațioasă decât părea de afară. Ușa din spate dădea spre bucătăria mobilată cu electrocasnice din inox, o insulă cu blat din granit gri, dulapuri gri și spoturi ce aruncau o lumină difuză.

În dreapta, se afla un birou, a cărui ușă întredeschisă mă lăsa să întrezăresc o masă din lemn de cireș. Cu excepția biroului, a unei băi mici și a unei spălătorii aflate în stânga, restul era open space, cu niște scări ce duceau spre etaj. Puteai să te uiți la televizorul cu ecran plat de la insula din bucătărie. Locul răspândea o atmosferă masculină, simplă și confortabilă.

Am înghițit în sec când l-am auzit închizând, extrem de hotărât, ușa în spatele nostru. Încă uluită de turnura evenimentelor, nu reușeam să le procesez pe deplin. Parcă mi se blocase mintea.

A lăsat geanta pe un fotoliu și a aruncat cheile pe un colț de pe insula din bucătărie. Deși casa părea extrem de confortabilă, mă îndoiam că aveam să mă simt vreodată în largul meu aici, în prezența lui.

Am rămas încremenită lângă ușă, în timp ce Nicolas își turna ceva de băut din minibarul de lângă ferestrele mari, de jos până sus. Aveam senzația că, de aveam să fac vreo mișcare, ceva sau cineva avea să sară la mine — poate chiar el. Doar câteva raze palide de soare reușeau să se strecoare printre draperiile trase la geamuri, învăluind camera într-o lumină difuză.

Era ora nouă de dimineață și Nicolas bea whisky. Speram să nu fie vreun alcoolic. Deși îl împiedicase pe unchiul meu să mă lovească aseară, cunoșteam câțiva alcoolici, mai ales din familia mamei, și știam că nu e de bine.

Era îmbrăcat în negru din cap până în picioare, iar privirile pe care mi le arunca peste blatul de bucătărie păreau să-i strige cu surle și trâmbițe reputația. Era cel mai primejdios om din oraș și avea să-mi devină în curând soț.

Continua să mă privească, rezemat de minibar, făcându-mi inima să-mi bată nebunește în piept și sângele să-mi zvâcnească prin vene.

Gândurile mi se învălmășeau în minte. Oare cu câte femei se culcase și ce aștepta de la mine? Nu eram virgină, dar nici departe nu eram. Făcusem sex cu un singur bărbat doar într-un weekend. Nu aveam experiență sexuală și mă temeam că aveam să-l dezamăgesc.

Și-a desfăcut cravata și, intrând în bucătărie, și-a pus paharul pe blat și m-a țintuit cu privirea.

— Ai de gând să stai toată ziua lângă ușă?

Am înghițit în sec și am dat din cap.

Punându-și mâinile pe blat, a clătinat ușor din cap. Am simțit fluturi în stomac când m-a privit cu ochii lui ca de chihlimbar.

— Vino aici!

N-aveai cum să-i ignori glasul impunător. Simțeam o dorință acerbă să-l urmez.

Cu inima bătându-mi frenetic în piept, am făcut câțiva pași spre el.

Nici nu m-am apropiat bine, că m-a și apucat de ceafă, strecurându-și degetele în părul meu și îngropându-și fața în gâtul meu. A scos un geamăt profund, stârnindu-mi fiori în tot corpul, și am simțit o presiune dureroasă între picioare. Nu m-am împotrivit și mi-am arcuit spatele, mistuită de scântei.

Mi-am lipit sânii de pieptul lui tare și cald și un fior m-a săgetat profund. Și-a plimbat fața de-a lungul gâtului meu, vrând, parcă, să-mi soarbă parfumul sau savurând, poate, gândul unei alte prăzi.

— La naiba, cât îmi place să te ating! mi-a mormăit, cu chipul îngropat în părul meu.

Cuprinzându-mi mijlocul cu brațul, m-a ridicat rapid pe blatul insulei, la nivelul ochilor lui. Simțeam granitul rece sub coapse când mi-a depărtat picioarele, strecurându-se apoi între ele.

Sângele îmi zvâcnea în urechi și fiori reci îmi străbăteau șira spinării. *Fiori de teamă.* Și-a lipit buzele de gâtul meu și a început să mă sărute încet, aprinzându-mi toate simțurile. Mi-am dat capul pe spate, invitându-l să-și continue explorările, în timp ce un suspin mi-a scăpat printre buze.

Omul acesta trecea rând pe rând de la rolul de bărbat pe care nu puteai să-l ai, la cel de stăpân, iubit și logodnic, înnegurându-mi judecata și făcându-mă să acționez mânată numai de instinct. Îl voiam cu ardoare, deși o umbră de teamă mi se cuibărea în suflet.

Am apucat cu mâinile marginea blatului, încercând să mă ancorez cumva, să rămân cu picioarele pe pământ, în timp ce continua să mă sărute pe gât, atingându-mi ușor pielea cu dinții. Pierdută sub atingerile-i pline de fervoare, temerile au început ușor-ușor să mi se spulbere.

Și-a strecurat palmele mari pe talia mea, au poposit sub sâni, apoi pe șolduri, atingându-mi cu degetele pielea goală de deasupra pantalonilor scurți. Mângâierile lui îmi stârneau senzații amețitoare și muream de nerăbdare să continue, în sus sau în jos. Doar să aleagă odată.

Îi simțeam penisul în erecție între coapse și, de-ar mai fi făcut încă o mișcare, s-ar fi aflat exact acolo unde aveam *nevoie* să fie.

M-am clătinat, îmbătată de dorință, când l-am simțit apucându-mă cu mâna de ceafă în timp ce mă săruta pe gât cu tot mai multă ardoare. Mi-am dat capul pe spate, scoțând un suspin, când a început să mă muște ușor.

Buzele lui erau la același nivel cu ale mele. M-a apucat de fund și și-a apăsat penisul excitat de cliorisul meu începând să se miște încet într-un dans ce mă lăsa fără suflare. L-am auzit gemând, cu fața ascunsă în gâtul meu, și am simțit o fierbințeală insuportabilă între picioare.

Punând capăt mișcărilor chinuitoare, s-a retras ușor, apucând blatul cu mâinile.

— Scoate-ți tricoul! mi-a spus apoi, cu o privire tot mai întunecată.

Fiecare cuvânt, rostit cu glas poruncitor, îmi aprindea și mai tare simțurile. Dar teama își croia din nou drum prin negura fervorii. Voiam să mă supun și să fac tot ce îmi cerea. Să-i dau tot ce dorea, dar nu puteam. Nu încă.

Am clătinat din cap, cu răsuflarea întretăiată.

Și-a mijit ochii, privindu-mă printre gene.

— Promite-mi că nu-l vei ucide pe tatăl copilului Adrianei și o să fac tot ce vrei!

— Nu-mi plac ultimatumurile, mi-a răspuns, cu o expresie tot mai întunecată.

— Nu e un ultimatum. E doar... un imbold.

A clătinat din cap, dând să se îndepărteze, dar l-am apucat de gaica pantalonilor.

— Te rog!..., am murmurat, cu un glas ce-mi era, până și mie, străin — un glas presărat cu o dorință adâncă și mistuitoare.

S-a oprit, țintuindu-mă cu privirea.

— Ca dar de nuntă, am adăugat.

Și-a ațintit apoi privirea asupra degetului meu încleștat pe gaica pantalonilor săi și și-a încleștat maxilarul, adâncit în gânduri.

— O să te dezbraci de tot. De câte ori îți voi cere asta, mi-a spus apoi, după câteva clipe de tăcere.

Încântarea mi se citea, probabil, pe chip, căci a adăugat pe un ton ușor aspru:

— Dar tot îl stâlcesc în bătaie.

Am dat, șovăitoare, din cap. Nu era o situație ideală pentru Ryan, dar era mult mai bine decât moartea și nu aveam de gând să-mi forțez norocul.

— Și tata?

— O să vorbesc eu cu el.

— De unde știu că nu mă minți?

— Cred că va trebui să ai încredere în mine.

Poate că era o prostie din partea mea, dar chiar aveam încredere în el, cel puțin, în privința asta. Mi-am dezlipit degetul de pe gaica pantalonilor săi, simțindu-mă ușurată, de parcă cineva mi-ar fi luat o piatră de pe inimă. Poate că mă implicam prea mult în povestea surorii mele sau poate speram să-mi ușurez, astfel, propria-mi vină. Rare speranțe, dar măcar Adriana nu va trebui să trăiască mistuită de regrete și inimi frânte.

Nico și-a luat paharul de băutură și s-a rezemat de blatul de vizavi, luând o înghițitură de whisky, de parcă s-ar fi aflat într-un club de striptease. Deși, după expresia de pe chip, părea că stă la coadă la băcănie.

Fiori reci de teamă îmi străbăteau acum șira spinării. Cu răsuflarea întretăiată și inima bătându-mi năvalnic în piept, mi-am scos tricoul și l-am aruncat pe jos. Sunetul pe care l-a scos materialul atingând parchetul de lemn părea asurzitor și grăitor. Sânii mi s-au trezit, nerăbdători, la viață, încercând să scape din strânsoarea sutienului. Fără să mai stau prea mult pe gânduri, i-am desfăcut clama de la spate și l-am aruncat pe podea.

M-am înroșit toată când i-am simțit privirea-i încinsă dezmierdându-mi sânii goi. Tăcerea era spulberată numai de bătăile frenetice ale inimii mele.

Deși afișa aceeași indiferență pe chip, îmi înfiera pielea cu privirile-i dogoritoare. Și-a plimbat limba pe dinți și și-a desprins ochii de la mine înainte să ia încă o înghițitură de whisky. Nu știu de ce, dar aveam senzația că încerca să spulbere atracția pe care i-o stârneam. Voia să-și înfrâneze dorința de a mă avea. Nu știu ce-ar fi trebuit să fac în privința asta, dar dintr-un motiv sau altul, mă simțeam cuprinsă de un val de încredere.

Nu m-am dezbrăcat niciodată, singură, în fața unui bărbat. O făcuse doar cel cu care mă culcasem — singurul din viața mea —, dar ar fi trebuit să știu că Nicolas Russo îmi va cere s-o fac cu mâna mea. Și *voiam* s-o fac, oricând avea să mi-o ceară.

Mi-am scos apoi și pantalonii scurți și i-am lăsat să cadă și ei pe podea. Am rămas doar în chiloții roz, tanga, în timp ce el mă privea rezemat de blat, îmbrăcat din cap până în picioare.

Îi captasem acum întreaga atenție, iar încântarea mă lăsa aproape fără suflare.

Încet, fără să-și desprindă privirea dintr-a mea, a lăsat paharul pe blat și a făcut câțiva pași spre mine.

— N-am terminat, am murmurat eu, dar fie nu auzea, fie nu-i păsa.

Un fior mi-a străbătut trupul când m-a apucat de ceafă, strecurându-și mâinile în părul meu. Mă ținea atât de aproape, că răsuflarea ni se îngemăna și îi simțeam gustul de whisky pe buze. Gândul că avea să mă sărute mă făcea să mă înfior. Dar când s-a aplecat să-și contopească buzele cu ale mele, mi-am întors capul.

A încremenit, crispat din cap până în picioare.

I-am evitat privirea.

— Poți avea tot ce dorești, Nicolas. Tot... în afară de asta.

Era singura mea cale de scăpare. Nu puteam să mă dăruiesc cu totul în brațele lui. Trebuia să-mi păstrez un crâmpei de independență și o fărâmă de distanță. Inima mea nu avea nevoie de alte imbolduri ca să-i cadă în mreje. Știam că nu eram atât de puternică încât să-i refuz sexul, dar nu trebuia să fac dragoste cu el.

Nu puteam să fac dragoste ca să-l văd apoi în brațele altor femei. Și, din ceea ce îmi spusese în noaptea aceea pe alee, știam deja că nici prin cap nu-i trecea să rămână fidel. Nu puteam să-mi dăruiesc sufletul unui individ atât de rece și de indiferent ca Nicolas, cu atât mai mult acum, după greșeala din trecut. Aveam să-i dăruiesc, așadar, singurul lucru pe care și-l dorea, sperând că voi reuși, astfel, să scap cu viață.

Nu mă așteptam să-i pese nici cât negru sub unghie de refuzul meu. Sărutul implică anumite conotații romantice, lucru pe care nu-l vedeam împărtășindu-mi-l.

Apucându-mă cu mâinile de marginile blatului, l-am văzut țintuindu-mi cu ochii inelul de pe mâna stângă, cu o grimasă de dispreț pe chip. Îi simțeam ostilitatea ca o povară pe umeri. Nu mă așteptasem la o reacție atât de mânioasă, dar poate că simplul refuz de a-i da ceva îl făcea să și-l dorească și mai tare.

— Desfă-ți picioarele! mi-a ordonat, cu glas rece și aspru, stârnindu-mi alți fiori de teamă.

M-am supus, șovăitoare, trăgând adânc aer în piept.

Și-a plimbat mâinile în sus pe picioarele mele în timp ce le desfăceam, după care mi-a înfipt degetele mari atât de tare în carne, pe interiorul coapselor, că am simțit că mi se taie respirația. Asprimea mâinilor lui se simțea dumnezeiește pe pielea mea moale și catifelată.

Cu picioarele depărtate și extrem de înfierbântată, am simțit o adiere rece pe deasupra chiloților și atunci mi-am dat seama cât de uzi erau.

Și-a ațintit apoi privirea lacomă — deși încă mânioasă — direct în acel loc.

M-a tras mai aproape până când mi-am contopit sânii cu pieptul lui. Răsuflarea-mi sacadată l-a făcut să-mi șoptească la ureche:

— Mă scoți din minți.

Și a început apoi să mă sărute pe gât nesătul.

Am icnit ușor, apoi am scos un suspin când i-am simțit degetul mare cum mi-a apăsat ferm clitorisul, peste țesătura chiloților. Înfigându-mi și mai tare mâna în păr, mi-a dat capul pe spate și mi-a cuprins un sfârc cu buzele. O scânteie mi-a izbucnit în pântec, iar flacăra mi-a cuprins nebunește tot corpul.

Își mișca degetul în sus și în jos peste clitorisul meu și în același timp mă ținea de păr, cu capul pe spate, așa că nu puteam să mă uit în jos. Cu un geamăt grav, ieșit din străfunduri, mi-a cuprins cu buzele celălalt sfârc, sorbindu-l nesătul și dezmierdându-l ușor cu dinții. Un suspin stânjenitor mi-a scăpat printre buze, dar eram atât de excitată că nici nu-mi mai păsa.

M-am lăsat ușor pe spate, pe coate, și am început să-mi mișc șoldurile în ritmul atingerilor lui tot mai frenetice. Buzele fierbinți și umede cu care îmi sorbea sânii îmi încingeau atât de tare simțurile că aveam senzația că o să mor. Când și-a retras mâna dintre picioarele mele, am protestat, plină de frustrare.

Scrutându-mă cu o privire întunecată, ce nu mai era atât de mânioasă, mi-a tras chiloții în jos, peste coapse, și i-a aruncat pe podea, peste celelalte haine.

Mi-am depărtat și mai mult picioarele, dincolo de orice rațiune. Privirea i-a căzut exact acolo, între coapsele-mi goale. A clătinat din cap, dezarmat, trecându-și mâna peste cravată.

— La dracu'!

Asta e tot ce a spus, după care m-a apucat de șolduri, m-a tras spre marginea blatului și și-a dus capul între picioarele mele.

La prima atingere fierbinte și umedă a limbii lui am simțit cum tot corpul mi se cutremură. Mă invadau valuri și valuri de plăcere, cu fiecare atingere catifelată și moale a limbii lui pe cliorisul meu.

În ciuda pericolului pe care îl răspândea prin toți porii, atingerile lui erau surprinzător de tandre și de reverențioase, atingându-mi coardele sensibile ale inimii.

Oricum, docil nu era deloc.

Imobilizându-mă cu brațele, ca să nu pot să-mi mișc șoldurile nici măcar un milimetru, mă dezmierda cu limba lui, în tihnă, fără grabă, de parcă o făcea numai pentru el, nu și pentru mine.

— O, Doamne! am gemut puternic și mi-am înfipt mâinile în părul lui des, zgâriindu-l cu unghiile.

Când a început să-mi soarbă clitorisul, numele-i mi-a scăpat printre buze.

L-am simțit crispându-se și mi-am dat seama mult prea târziu că nu-i plăcea să-i spun Nicolas.

— Care e numele meu? m-a întrebat, cu glas aspru, după care și-a împins limba în mine.

Am scos un icnet stânjenitor ce n-am crezut vreodată că mi-ar putea scăpa printre buze.

Cum nu i-am răspuns, s-a oprit, s-a retras și m-a țintuit cu ochi scăpărători ca niște tăciuni.

— Care e numele meu? a repetat, cu glas și mai aspru.

— Nicolas, am murmurat eu.

Ochii lui au scânteiat, și un val de plenitudine m-a cuprins atunci când a alunecat un deget în mine. M-au invadat explozii de plăcere, în timp ce sângele îmi gonea nebunește prin vene. Și-a ținut nemișcat degetul în mine și am încercat să mă zvârcolesc, înnebunită de extaz, dar mi-a imobilizat din nou coapsele cu cealaltă mână.

— Care e numele meu?! a întrebat din nou.

Am clătinat nervos din cap, căci nu-mi plăcea jocul. „Nicolas" îmi stătea pe vârful limbii, dar când și-a retras degetul, înfigând apoi alte două *cu putere* de data asta, m-a lăsat aproape fără răsuflare și am îngăimat „Nico".

Un tremur puternic m-a învăluit atunci când gura lui mi-a atins clitorisul, și sugea nesătul, în timp ce degetele continuau să se miște înăuntru și în afară, iar și iar. Făcea asta cu atât de multă răbdare, pe îndelete, și din când în când gemea de satisfacție.

Nu se grăbea deloc, încetinind ritmul exact când mă aflam pe culmile extazului, înnebunindu-mă de dorință și făcându-mă să-l implor: *Te rog, nu te opri!* Apoi și-a îndoit degetele înăuntrul meu și flăcările s-au transformat în adevărate văpăi.

A încetinit din nou, și, cuprinsă de panică, am clătinat din cap și mi-am înfipt mâinile în părul lui, repetând iar și iar: *Te rog!* Și, în final, mi-a oferit ce aveam nevoie. Și-a reluat ritmul constant, intra în mine și ieșea din ce în ce mai apăsat și mai rapid, până când presiunea abia dacă o mai puteam suporta.

Atunci m-a țintuit cu privirea lui întunecată.

Ultimul gând înainte de cel din urmă *Te rog!* care mi-a ieși de pe buze a fost: *Omul ăsta adoră să fie implorat!*, apoi totul a explodat, iar sângele alerga prin vene, ca în infern. Iar focul s-a disipat și s-a transformat într-o căldură tandră, răspândindu-mi fiori în tot corpul.

În timp ce zăceam fără vlagă pe blat, muşchii vaginul meu au pulsat de mai multe ori, iar el a continuat, cu blândeţe, să-şi mişte degetele în mine înainte şi înapoi până toate contracţiile au încetat.

Cu răsuflarea întretăiată, mi-am încleştat degetele în părul lui, căci nu eram încă pregătită să-i dau drumul. Era singura parte din corpul lui pe care aveam de gând s-o ating.

Era primul orgasm pe care l-am avut cu un bărbat şi, pe viitor, pentru sănătatea mea, uram să recunosc, dar aveam să devin dependentă de asta, ca de un drog.

Când şi-a retras mâinile, zăbovind pe coapse, teama mi s-a cuibărit din nou în suflet.

Voia să-i răspund la fel?

Sau voia doar o partidă de sex?

M-am ridicat în capul oaselor, cuprinsă de ruşine, şi, văzându-l cum mă scrutează cu privirea, mi-am dat seama că mi-o citeşte în ochi.

Renunţase doar la cravată, în timp ce eu stăteam goală în faţa lui. Acum, după ce focul pasiunii se mai stinsese, totul căpăta conotaţii mult mai obscene.

— De acum încolo o să-mi spui Nico. S-a terminat cu tâmpenia de Nicolas!

Am dat, şovăitoare, din cap. *Te rog! Te rog! Te rog!* încă mai răsuna ca un ecou în bucătărie, iar vorbele lui le-am simţit ca tăişul unui pumnal.

Nu ştiam la ce să mă aştept din partea lui, dar în niciun caz să-l văd întorcându-mi spatele, ieşind din casă şi închizând uşa în urma lui.

Am răsuflat adânc, prăbuşindu-mă pe blatul rece.

Merda!

Eram, într-adevăr, într-o mare încurcătură.

CAPITOLUL

Douăzeci și opt

Sunt la fel de rău ca și cei mai răi, dar, slavă Domnului,
sunt la fel de bun ca și cei mai buni.
— Walt Whitman

Elena

Ticăitul ceasului m-a făcut să-mi îndrept privirea spre el când am coborât de pe blatul de bucătărie. Eram logodită cu Nico de nici măcar o oră, dar mă simțeam complet răvășită și vulnerabilă, de parcă mi-ar fi dărâmat toate zidurile ridicate de jur împrejurul inimii, fără putința de a le mai înălța înapoi. Știam că procedasem corect, refuzând să-i pun tot sufletul pe tavă. Dacă aș fi făcut-o, m-aș fi prefăcut în colb la picioarele lui.

Mi-am plimbat degetul pe marginea paharului de whisky, sub adierea răcoroasă a aerului condiționat. M-am rezemat de blat și am sorbit din băutură, sperând că avea să-mi domolească senzațiile stârnite de atingerile lui și îi va șterge parfumul ce-mi îmbăta simțurile. În zadar, însă.

Când am auzit ușa garajului deschizându-se, mi-am îndreptat ochii spre locul de unde venea zgomotul. Oare avea de gând să mă lase singură aici, m-am întrebat, dar cum nu auzeam sunetul vreunui motor, mi-am imaginat că doar își repară mașinile.

Am dat pe gât restul de whisky și am pus paharul pe blat, dar până să plec, ceva mi-a atras privirea. M-am îndreptat, șovăitoare, spre niște hârtii lăsate pe masă și am luat-o pe prima cu două degete.

Priveam, mistuită de sentimente contradictorii, informațiile bancare ale logodnicului meu. Mă simțeam dominată, pe de o parte, de vinovăție la gândul că aveam să-l trădez și, pe de alta, speranța mântuirii, indiferent cât de mică era, îmi dădea aripi.

Viața în care m-am născut era întunecată, dar transparentă. *Cosa Nostra* reprezenta varianta onestă a lumii ipocrite de afară, a lumii politicienilor cu chipurile împietrite în zâmbete false. Îi cunoșteam prea bine întunericul și lumina. Știam că sunt de partea binelui, dar uneori până și binele e învăluit în umbre.

Fără să mai stau prea mult pe gânduri, am deschis sertar după sertar, căutând ceva de scris. Când am găsit un pix și o foaie de hârtie, am copiat informațiile bancare și am ascuns hârtia pe fundul genții de voiaj.

În viață, ai două șanse: fie te scufunzi, fie înoți.

În lumea interlopă, n-ai cum să înoți, astfel că nu-ți rămâne decât să te îneci.

După ce m-am îmbrăcat, am dat o tură prin casă. Descoperind trei dormitoare la etaj, mi-am lăsat geanta pe patul uneia dintre ele, ce părea să fie cameră de oaspeți. Cu pereți crem și mobilă albă. De o eleganță desăvârșită, ce-mi sugera că nu Nico era cel care o decorase.

În celălalt capăt, se afla un bovindou, cu un divan alături și vedere spre garajul din spate. Am atins geamul cu degetele când privirea mi-a căzut asupra lui Nico, ascuns sub capota uneia dintre mașini. Îl vedeam numai din profil, dar inima a început să-mi bată frenetic în piept. Purta un tricou alb, în timp ce cravata și cămașa zăceau una peste alta pe unul dintre șezlonguri.

Oare cine îi spăla rufele? m-am întrebat. A spus că are bucătăreasă, dar se apropia ora mesei și nimeni nu venise încă să pregătească ceva de mâncare. Gătitul era un mister pentru mine. Da, știu, neobișnuit pentru o italiancă, dar vina îi aparținea, în mare parte, mamei, care nu mă învățase să gătesc. Era o adevărată perfecționistă în bucătărie și ne plesnea peste mâini de fiecare dată când făceam o greșeală, așa că mi-a fost mult mai ușor să nu-i stau în cale.

Îndreptându-mă spre noul meu dormitor, m-am oprit în fața celui principal. Având pereții cenușii și mobilă din lemn de mahon, purta o amprentă masculină. Patul imens era nefăcut, iar pe spătarul unui scaun zăceau aruncate mai multe cămăși și cravate, unele azvârlite pe podea. Părea sanctuarul răvășit al unui rege. Simțeam dorința de a intra ca să fac curățenie, dar mi-am stăvilit-o și am mers mai departe. Nu știu ce-ar zice văzându-mă că-i umblu printre lucruri și nici nu voiam să știu. Deși aveam să locuim sub același acoperiș, era o căsnicie de conveniență, nicidecum una adevărată.

Cu toate astea, analizând celelalte opțiuni, mă simțeam ușurată la gândul că scăpasem de Oscar Perez. Aș putea băga mâna în foc că, de-aș fi ajuns la el acasă, nu mi-ar fi oferit pe blatul din bucătărie un orgasm de vis, fără să-mi ceară, la rândul său, același lucru. Mi se zbârlea părul doar la simplul gând că m-ar fi putut atinge.

Îi eram recunoscătoare celui care îi curmase viața.

Când am deschis frigiderul, am găsit cu ușurare câteva preparate gata doar să fie băgate în cuptor. Erau însoțite de bilețele scrie sigur de o femeie. Avea, așadar, bucătăreasă. Îmi simțeam mândria oarecum știrbită la gândul că altcineva avea să-mi pregătească mesele. Cred că trebuia să pun acum gătitul pe lista priorităților, deși lista nu era încă completă.

Am băgat o caserolă în cuptor și am pornit în căutarea unui telefon.

În timp ce stăteam lângă blatul de bucătărie, strângându-mi părul în coadă, la spate, îngândurată de eșecul căutărilor mele, ușa din spate s-a deschis.

Nico a intrat, scrutându-mă din cap până în picioare. Doamne, ce priveliște îmi oferea în tricoul alb, ud leoarcă de transpirație, cu mâinile și brațele pătate! Legându-mi părul, mi-am lăsat apoi mâinile pe lângă corp.

M-a privit, făcând câțiva pași de jur împrejur, de parcă era firesc să mă găsească aici, deși nu știa dacă agrea sau nu ideea. Aveam senzația că nu era prea încântat, lucru care mă făcea să mă simt stingheră și nedorită. Prezența lui părea să ocupe toată bucătăria, iar eu nu-mi mai găseam locul.

Am rămas încremenită ca o stană de piatră, privindu-l cum ia un pahar din dulap și îl umple cu apă de la robinet. Avea părul răvășit și, văzându-l cum își freacă gâtul cu mâna, am simțit un val de căldură amintindu-mi atingerile mâinilor lui cu nici măcar o oră în urmă.

— Am crezut că am lămurit problema obiceiului tău de a te tot holba la mine, mi-a spus, cu glas profund, provocându-mi fiori în stomac și golindu-și paharul dintr-o singură înghițitură, fără să se întoarcă spre mine.

— N-am lămurit nimic, i-am răspuns, încet. Ai vorbit de unul singur și ai tras concluzia că te-am ascultat.

— M-ai ascultat, mi-a răspuns, cuprinzând cu mâinile marginile chiuvetei.

O încordare stranie plutea în aer. Ca o bombă gata să explodeze. Freamătul pe care îl simțeam de fiecare dată când se afla în preajmă nu-mi era benefic. Nu-și dorea să fiu aici. Toate rezervele legate de logodna noastră îmi învălmășeau acum gândurile.

— Putem să stăm puţin de vorbă? l-am întrebat, fâţâindu-mă pe loc.

— Despre ce anume? mi-a răspuns, cu umerii crispaţi.

— Despre... noi?

— E o întrebare sau ai ceva de spus?

— Am ceva de spus.

S-a întors, în cele din urmă, şi, încrucişându-şi braţele pe piept, s-a rezemat de blat.

— Ascult!

— Sunt convinsă că tata ar renunţa la ideea asta de a ne căsători dacă l-ai ruga, am început, înghiţind în sec.

— Fără doar şi poate, mi-a răspuns, cu un licăr amuzat în ochi.

Am şovăit, căci nu acesta era răspunsul pe care îl aşteptam. Mi-am imaginat că tata era cel care făcuse presiuni asupra lui Nicolas ca să accepte căsătoria noastră, iar mânia lui îşi avea rădăcinile în cu totul alte motive. Acesta era făgaşul pe care îmi clădisem discuţia.

— Fă-o... atunci!

— De ce aş face-o? m-a întrebat, cu glas tărăgănat, presărat însă de tonalităţi mult prea tăioase.

— De ce n-ai face-o? i-am ripostat, încruntată.

— Bună întrebare, mi-a răspuns, cu o privire de gheaţă.

Deşi o căutasem cu lumânarea, aluzia lui m-a făcut să mă înfior. Dacă aşa aveau să se desfăşoare toate discuţiile noastre, o să înnebunesc înainte să ne căsătorim.

Am şovăit, căci nu mai înţelegeam nimic.

— N-o să ne înţelegem, i-am răspuns, când aş fi vrut, de fapt, să-i spun: *Eşti singurul bărbat care ar putea să mă distrugă pentru totdeauna.*

— Mi s-a părut că eşti... destul de agreabilă ceva mai devreme, mi-a ripostat, cu o expresie plină de subînţelesuri.

Simţeam cum obrajii îmi iau foc sub amprenta insinuărilor sale, dar şi pentru că pierdeam controlul discuţiei.

— E un lucru cu totul diferit, și o știi prea bine. Dacă numai despre asta e vorba..., nu trebuie să te însori cu mine.

Replica mă făcea să par o femeie ușoară — cu atât mai mult privită în contextul trecutului meu —, dar nu-mi păsa.

— Am făcut o înțelegere, am adăugat iute, amintindu-mi promisiunea de a mă dezbrăca ori de câte ori mi-o va cere. Și aveam să mă țin de acea promisiune.

Atmosfera părea învăluită în tonalități amare, care mă făceau să-mi regret cuvintele. A răsuflat încordat, plimbându-și limba pe dinți.

— Și de ce ești împotriva căsătoriei?

— Nu sunt împotriva căsătoriei.

N-am vrut să sune atât de tăios, dar mi-a înțeles aluzia: eram împotriva căsătoriei cu *el*. Am înghițit în sec, văzându-i expresia tot mai întunecată de pe chip.

— Și ce se va întâmpla când tatăl tău te va căsători cu altcineva? O să mi-o tragi când voi avea eu chef?

Mi-am mușcat buza de sus. Dacă aveam să-i dau un răspuns negativ, nu-l va mai proteja pe Ryan și nu puteam să-i pun viața în pericol.

— Am făcut o înțelegere.

Văzându-i umbra tot mai sumbră din ochi, am realizat tâlcul ascuns al vorbelor mele: nu aveam de gând să-mi păstrez jurămintele nupțiale și, logodită cum eram cu el, suna cât se poate de *aiurea*. Încordarea din aer îmi tăia răsuflarea.

Când l-am văzut făcând un pas spre mine, inima mi s-a oprit în piept. Am făcut un pas înapoi și m-am lovit de blat.

S-a oprit pe loc. O umbră pe cât de amară, pe atât de amuzată i-a străbătut chipul și a clătinat ușor din cap.

— Isuse!

Nu era vorba că mă temeam de el, dar reacționam din instinct, într-o vâltoare de gânduri și sentimente. Și când un bărbat ca Nicolas vine în felul ăsta spre tine, e firesc să te retragi.

Am rămas fără suflare când s-a oprit doar la câțiva centimetri de mine. Degaja un parfum amețitor: masculinitate, transpirație și whisky. Îmi îmbăta simțurile dincolo de orice imaginație.

A apucat cu mâinile marginile blatului din spatele meu, apropiindu-se încă un pas până când m-a dominat cu prezența-i impunătoare. S-a aplecat spre mine, atingându-mi urechea cu buzele.

— De ce ți-e teamă de mine?

— Nu mi-e...

Am tresărit când a pocnit blatul cu mâna. Inima îmi bătea atât de tare, de putea să mi-o audă.

— Nu ți-e teamă, carevasăzică? m-a întrebat, pe un ton sardonic, ce-ar fi trebuit să mă umple de frustrare, dar apropierea lui îmi stârnea, în schimb, fiori prin tot corpul.

Apucându-mă cu mâna de gât, mi-a dat capul pe spate, făcându-mă să-l privesc în ochi. Avea vocea profundă și domoală, presărată însă de frustrare.

— N-am de gând să-ți fac vreun rău.

Așa spunea acum, dar știam cum îi pedepsesc „nașii" pe cei prinși cu minciuna.

— Îți promit, Elena.

Cuvintele mi se cuibăreau în suflet, spulberându-mi orice putere a voinței. Dar știam să citesc printre rânduri și am înțeles foarte bine ce voia să spună: *Doar atât pot să-ți promit.*

Nu știu ce importanță mai avea asta, căci între noi urma să se aștearnă oricum trădarea.

— Dar căsătoria asta va avea loc.

— De ce?

În minte, îmi stăruia gândul că o alesese mai întâi pe Adriana. Eram pe locul doi în alegerile sale. De ce mă voia acum? Eram oare doar un simplu avantaj?

— Am nevoie de o soție. Iar tu ai nevoie de un soț. Și cred că amândoi știm că nu e cazul să-l lași pe tatăl tău să-ți aleagă pretendenții.

Îi ofeream un avantaj, atunci.

Dar avea dreptate. Nu aveam încredere în tata în privința asta. Cred că încurajase avansurile lui Oscar și nu e nevoie să fii psiholog ca să-i înțelegi caracterul. Eram pregătită să ies de sub tutela tatei, deși n-aș putea să spun dacă cea a lui Nicolas avea să fie mai bună.

Dacă avea să considere căsnicia noastră doar ca pe o simplă înțelegere, atunci așa o voi considera și eu. Am șovăit, în timp ce apropierea lui îmi spulbera toate îndoielile.

Nu știu dacă făceam sau nu o greșeală, dar, cum îmi plăcea să cred că am și eu un cuvânt de spus în povestea asta, tindeam să cred că nu mă înșelam. Îmi făcea pe plac, prefăcându-se că îi pasă de părerea mea.

— Bine, am încuviințat, încet.

— Bine, a repetat, plimbându-și degetul pe bărbia mea și, zărindu-i licărul vesel din ochi, mi-am dat seama că mă murdărise de ulei.

Fluturii au început să mi-o ia razna în stomac, dar au pierit în zbor când i-am auzit tonul întunecat cu care și-a învăluit spusele:

— Nu-ți voi face niciodată vreun rău, Elena, dar dacă aflu că te-a atins vreun alt bărbat, nimic nu-l va mai putea salva din mâinile mele.

CAPITOLUL

Douăzeci și nouă

Fiecare nou început se naște
din sfârșitul unui alt început.
— Seneca

Elena

— *O, cara mia! È cosi bello ascoltare la tua voce!*[1]

— Și eu mă bucur să te aud, mama, i-am răspuns, pe un ton amuzat, căci plecasem de acasă doar de câteva ore.

Înainte ca Nico să urce treptele câte două o dată, lăsând ultimele cuvinte să plutească amenințătoare prin aer, mi-a dat telefonul când i-am spus că vreau să sun acasă. Nu voiam să-i folosesc mobilul imens cât o cărămidă, dar se pare că era singurul din casă.

Vreo cinci minute, mama a tot bătut apa în piuă, exclamând fără încetare: „Cum de-a acceptat taică-tu una ca asta?!" și „Toate planurile mele de nuntă s-au dus pe apa sâmbetei!"

— Stați împreună fără să fiți căsătoriți! E *osceno*[2]!

— N-a fost alegerea mea, am murmurat eu.

---

[1] *O, draga mea, mă bucur să te aud!* (în lb. italiană)

[2] Obscen (în lb. italiană)

— Amânăm nunta doar cu o săptămână. Nu-l las pe Russo să facă una ca asta. Nu trebuie neapărat să se însoare ca să se culce cu femei ca tine.

— Mamă, nu-i așa, i-am răspuns, închizând ochii.

— Cui adică? Îmi împușcă fiul, se hotărăște să se însoare cu una dintre fiicele mele, apoi o ia pe cealaltă! *Non ci posso credere.* Cum să organizez altă nuntă în timp util? Iar aranjamentul ăsta... *disonora la famiglia, lo è...*

— Nu trebuie să organizezi nimic. Trimite-mi pe e-mail lista cu cele necesare și mă ocup eu de toate!

— *Mia figlia... sposata*, a îngăimat apoi, printre lacrimi, într-un șuvoi de cuvinte în italiană, neinteligibile.

Un beculeț mi s-a aprins în cap.

— Bine. Mergem mâine să luăm ce trebuie.

Am tras adânc aer în piept. Un gând straniu mi se cuibărea în minte: urma să mă mărit.

Îmi suna atât de ciudat!

Am mai vorbit despre câteva detalii legate de nuntă, apoi am rugat-o să-mi dea niște rețete ușoare pe care să încerc să le fac. Am notat rețetele pe o agendă de pe blat, umplând pagina cu mâzgăliturі de fiecare dată când devia discuția — lucru care se întâmpla deseori — obsedată cum era de fiica ei însărcinată și nemăritată. Voiam să vorbesc cu Adriana ca să-i domolesc temerile legate de Ryan, dar nu aveam s-o fac până nu urma să fiu sigură că Nico nu mă mințea. Nu voiam să-i dau aripi, ca apoi să i le zdrobesc.

Mi-am întors privirea spre ușa din spate când s-a deschis și am șovăit ușor când am văzut privirea de gheață a celui din prag. Luca s-a oprit pe loc, cu mâna pe clanță, și m-a scrutat cu intensitate mai multe clipe. A clătinat din cap, cu un zâmbet vag pe buze, și, scoțându-și telefonul din buzunar, a început să scrie un mesaj în timp ce se îndrepta spre canapea.

Am înghițit în sec, convinsă că eu eram subiectul mesajului, și i-am dat un răspuns negativ mamei la întrebarea: „Vorbesc la pereți?"

În timp ce Luca s-a așezat pe canapea și a dat drumul la televizor, urmărind un meci de fotbal, am terminat de scris rețetele.

Abia când ne-am luat la revedere și am închis telefonul, am realizat că, în concepția mamei, rețeta de vițel milanez era o alegere ideală pentru un începător. Oftând adânc, am început să cochetez cu ideea, ușor masochistă, de a o chema pe Jenny în ajutor. Vai și amar!

Nico a coborât treptele, cu părul ud, purtând o cămașă albă, o cravată gri și pantaloni de stofă. S-a oprit pe loc, mijind ochii când l-a văzut pe Luca stând pe canapea, cu un braț pe spetează, apoi a coborât și restul treptelor.

Când ceasul aragazului a bipăit, am scos din cuptor vasul cu paste rigatoni. Am salivat de poftă simțind în aer aromele de usturoi și busuioc. Se pare că perspectiva măritișului cu un „naș", fie el și criminal, nu e suficientă ca să-mi dispară pofta de mâncare.

Când mi-am umplut farfuria, i-am simțit alături prezența lui Nico. L-am privit și i-am zâmbit ca eroinele din filmele anilor '50.

— Ți-e foame?

— Nu, mi-a răspuns, cu un zâmbet ușor amuzat. Am o întâlnire la prânz, a adăugat, cu ochii ațintiți asupra mobilului de pe blat. Nu ai telefon?

Am clătinat din cap că nu. Nu voiam să-i explic că tata mi-l confiscase acum șase luni, dar poate că expresia de pe chip îmi trăda secretul, căci o umbră stranie i-a învăluit privirea. Oare avea să-mi ceară mai multe detalii despre cele întâmplate... despre *el*?

— Îți luăm mâine unul, a spus, în schimb.

Adevărul era că nu-mi lipsea telefonul. Anturajul meu îl constituiau numai membrii familiei. Cei de „afară" nu mă înțelegeau niciodată pe deplin. Eram o creație a *Cosei Nostra*, un triunghi ce încerca să se încadreze în pătratul societății.

— Servește-te cu tot ce găsești prin bucătărie! mi-a spus, adăugând apoi pe un ton amuzat: Deși văd că ai făcut-o deja.

— Când vine bucătăreasa? Aș vrea s-o cunosc.

Poate că avea să fie suficient de amabilă să-mi dea niște sfaturi culinare, deși s-ar putea să nu fie o idee prea bună, căci, imediat ce voi învăța să gătesc, va trebui să-și găsească un alt loc de muncă. Perspectiva de a prelua frâiele propriei case mă făcea să debordez de o încântare cu totul neașteptată, chiar dacă va trebui s-o împart cu Nico.

— Isabel vine lunea și joia. Tot ea face și curățenie.

Deși venise, așadar, cu o zi în urmă, camera lui era un dezastru. Poate că era puțin straniu. Poate că nu-i plăcea să-i umbli prin lucruri. Am înlăturat gândul din minte.

— Ai un computer pe care îl pot folosi? Trebuie s-o ajut pe mama cu pregătirile de nuntă.

— Poți să folosești laptopul din biroul meu. Ia și ăsta pentru eventuale cheltuieli! mi-a spus apoi, scoțând din portofel un card de credit și aruncându-l pe tejghea.

Nu-mi plăcea ideea de a-i cheltui banii. Cu atât mai mult dacă mă gândeam la informațiile bancare, obținute deja și ascunse pe fundul genții de voiaj.

— N-am nevoie de el. Îl am pe al tatei, i-am răspuns, mușcându-mi buza de sus.

— De acum încolo, o să-l folosești pe al meu, mi-a ripostat, pe un ton ce nu lăsa loc de negociere, în timp ce își punea ceasul la mână.

În traducere: *Acum ești a mea, nu a tatălui tău.*

Am dat din cap, dar m-am oprit când a început să-și plimbe degetul mare pe buza mea de jos, până a ajuns să-mi atingă dinții.

— Nu mă ispiti! a adăugat, cu o tonalitate aspră care mă încingea de-a dreptul, pentru că se referea la tentativa de mai devreme de a mă săruta.

Am rămas aproape fără suflare. Cât îmi doream să-mi plimb limba pe degetul lui și să i-l bag în gură! Îmi stăvileam cu greu dorința ce mi se citea cu ardoare în priviri.

Ochii îi licăreau ca niște tăciuni încinși în timp ce își plimba degetul pe buzele mele, îndemnându-mă să-mi dau frâu liber dorințelor. Simțeam un tremur în tot corpul. Nu eram atât de curajoasă s-o fac și o știam amândoi prea bine. A făcut un pas înapoi și și-a băgat mâinile în buzunare, lăsându-mi pe buze o amprentă încinsă.

S-a uitat apoi la vărul lui, care stătea cu coatele rezemate pe genunchi și urmărea partida de la televizor.

— Luca o să rămână aici cu tine. În *biroul* meu.

— Șefu'..., a intervenit vărul lui, cu umerii crispați pe sub cămașa albă.

— Dacă ai nevoie de mine, poți să mă suni de pe telefonul lui până mâine, când o să-ți luăm altul, a adăugat, luându-și cheile de pe blat.

— Nu-mi place să fiu pe post de dădacă, șefu', a protestat Luca, din înălțimile sale tutelare, căci avea mai bine de 1,90 metri înălțime.

Mi-am ațintit ochii într-un punct mort, rugându-mă ca Nico să nu-l lase cu mine.

— O să fii până găsim un văr homosexual, i-a ripostat Nico, pe un ton sec.

Am închis ochii.

Nu avea să se întâmple niciodată așa ceva, căci cei din *Cosa Nostra* nutreau o aversiune acerbă față de comunitatea LGBT, chiar mai acerbă decât față de mișcarea feministă. Mai aveau încă de lucrat la asta.

Luca și-a încleștat maxilarul.

Nico a deschis ușa din spate, apoi s-a oprit pe loc.

— Elena?

— Da.

— Aruncă tricoul ăla!

Şi a plecat fără să mai spună altceva.

M-am uitat la tricoul roz cu Yankees. Probabil că Nico era fan Red Sox.

Un aspect unde nu ne „brodeam".

Luca mă privea de parcă ar fi vrut să mă strângă de gât.

Îmi simţeam nervii întinşi ca un arc.

— N-are televizor în birou, mi-a spus, în cele din urmă.

Am clipit de câteva ori, realizând că îmi cerea voie, în cel mai arogant mod, să se uite la televizor aici, chiar dacă Nico îi specificase să se ducă în birou.

Nu voiam să petrec toată ziua în compania lui. Dar, chiar dacă prezenţa lui mă tulbura nespus de tare, nici nu voiam să-l oblig să stea tot timpul închis în biroul lui Nico. O să mă simt vinovată toată ziua.

— Ei bine, ceea ce nu ştie n-are cum să-i facă rău.

În loc să-mi mulţumească, mi-a arătat cu capul vasul de pe blat.

— Ce e acolo?

Oftând adânc, mi-am luat farfuria şi i-am împins-o pe suprafaţa netedă a blatului.

Nico

M-am rezemat de spătarul scaunului şi mi-am împreunat mâinile, trosnindu-mi încheieturile. Abia atunci am realizat fiorii de nelinişte ce alergau prin mine.

Nu știu cum aveam să-mi fac treaba pe ziua de astăzi cu gândul la Elena, dornică să se dezbrace de câte ori i-aș fi cerut-o. Gândul îmi stăruia necontenit în minte, acesta fiind și motivul pentru care nu voiam să mă căsătoresc cu ea. Stăteam în sala de conferințe a clubului meu, alături de cinci bărbați, care n-ar ezita să mă omoare dacă ar putea, și singurul lucru la care mă gândeam era la ea goală pe blatul meu din bucătărie, la cât de catifelată era pielea ei și la gustul ei pe buzele mele.

Nu asta am urmărit. Voiam să obțin cu totul altceva de la Salvatore pentru că m-a tras pe sfoară, dar când i-am auzit numele lui Oscar Perez..., n-am putut să mai gândesc rațional. Am aflat, așadar, unde locuiește și i-am zburat creierii. Am încercat apoi să-mi regăsesc liniștea, dar știam că Salvatore o va plasa altcuiva și, din motive pe care numai Dumnezeu le cunoaște, mi-e cu neputință să accept ideea.

— Uite cum stă treaba! Ce-ar fi să...

— Uite *tu* cum stă treaba! l-am întrerupt pe Rafael, cu glas impasibil. Ce-ar fi să te cari dracului de-aici?

O tăcere apăsătoare s-a așternut în cameră. Nu puteam să-i mai aud propunerile idioate nici măcar pentru o secundă.

Șeful cartelurilor mexicane ale drogurilor s-a făcut roșu la față ca racul.

— Era doar un sfat de afaceri, ca de la bărbat la bărbat, mi-a ripostat, ridicându-se în picioare, spumegând de furie.

— Dacă voiam sfaturi de afaceri de la cineva mai sărac ca mine, le-aș fi cerut.

Rafael a trântit ușa sălii de conferințe până ca oamenii lui să apuce să-l urmeze.

— Am terminat? i-am întrebat pe cei rămași la masă.

Crispați la față, s-au ridicat cu toții în picioare și, aruncându-și ocheade, au ieșit din sală.

— Cred că cineva are nevoie de o partidă de sex, a spus unchiul Jimmy de pe scaunul de alături, și nu sunt eu ăla.

Puțin spus, dacă ar fi s-o zic pe-a dreaptă.

N-o mai făcusem de două săptămâni și dorința devenea greu de stăvilit. Până și eu știam că eram nesuferit când nu făceam sex. Nu-mi amintesc când am mai făcut o pauză atât de lungă. Nu aveam un motiv anume pentru perioada asta de abstinență — poate un fetiș pentru părul lung și negru.

— Nu e bine pentru afaceri să-ți superi furnizorii, a spus Jimmy, aprinzându-și o țigară și rezemându-se de spătarul scaunului.

— Era o afacere idioată, și o știi prea bine.

— La fel de idioată ca și ce i-ai făcut tu lui Perez, Asule, mi-a răspuns, clătinând din cap.

Așadar, individul era o figură mai proeminentă decât mi-am imaginat. Avea „fani" care îi duceau dorul.

— Singurul lucru pe care îl regret e că nu i-am prelungit chinul.

Toate privirile s-au întors spre mine. Lorenzo se fâțâia pe scaun, privindu-mă de parcă i-aș fi ars un picior unui cățeluș, în timp ce Ricardo și Dino — un alt *capo* — mă scrutau cu intensitate.

În clipa aceea, Gianna a intrat ca o furtună în sală. Am privit-o printre gene, purtând rochia neagră și mulată ce reprezenta ținuta obligatorie a tuturor angajatelor din club. Viola însă codul vestimentar, prin părul strâns în codițe și colierul de la gât.

S-a oprit lângă Lorenzo, cu palma întinsă. Fără s-o privească, a scos din geacă un vraf de bancnote și i l-a pus în mână. Lingându-și degetul, a început să-i numere, convinsă că Lorenzo ar putea s-o tragă pe sfoară. Era un Russo — ar fi putut s-o facă.

— Și care a fost obiectul pariului? am întrebat, cu glas aspru.

— Dacă o să te însori sau nu cu Elena în locul surorii ei, șefu', a răspuns Lorenzo, frecându-și ceafa.

Mi-am încleștat maxilarul.

Gianna și-a țuguiat buzele și a întins din nou mâna. Oftând, Lorenzo a scos din buzunar un alt vraf de bancnote și i le-a pus în palmă.

— Mulțumesc, Lo, i-a spus, răsucindu-se pe călcâie, gata să plece.

— Stai puțin! am intervenit eu.

S-a oprit în fața ușii, cu umerii crispați.

— Nu mai lucrezi aici.

S-a întors spre mine, străfulgerându-mă cu ochii.

— De ce nu?

— Pentru că ești o epavă, de-aia. Dacă treci de testul antidrog, o să mă mai gândesc. Returnează uniforma înainte să pleci!

N-ar fi trebuit s-o las să-și aleagă soțul după moartea tatei. *Capo* era mult prea bătrân și pentru afaceri, darămite ca s-o mai controleze și pe Gianna. Acesta fiind și motivul pentru care se căsătorise cu el.

— Bine, mi-a răspuns, cu o privire de gheață, deși încețoșată de droguri.

Și, în stilu-i caracteristic, și-a scos rochia cu un gest sfidător.

Am clătinat ușor din cap, cuprins de iritare.

Lorenzo s-a dat pe spate ca s-o vadă mai bine, căci rămăsese doar într-un sutien negru, niște chiloți tanga și pantofi cu toc înalt. Ricardo a fluierat admirativ, iar Jimmy s-a înecat cu fumul țigării.

Gianna era seducătoare, și o știa prea bine. Chiar și stilul ei lipsit de gust părea să-i atragă pe bărbați, nu să-i alunge. Dar se dovedise o pacoste după moartea tatei. Iar acum părea suficient de mânioasă încât să-mi arunce rochia în față.

— Ai grijă! am avertizat-o eu.

Un suspin de frustrare i-a scăpat printre buze. Alegând cea mai sigură variantă, a aruncat-o pe podea, apoi s-a răsucit pe călcâie și a ieșit din sală.

Lorenzo a fluierat admirativ la scena pe care ne-a oferit-o când a plecat.

Cu regret, fundul ei gol mă purta cu gândul la un alt fund gol, trezindu-mi simțurile la viață.

— Scoate banii, Ricky! a spus Jimmy, trăgând din țigară.

Ricardo a aruncat niște bani pe masă, apoi m-a salutat din cap și a ieșit din sală.

— Și tu? l-am întrebat eu.

Prin fața ochilor începeau să mi se deruleze scenele cu Elena întinsă pe blatul de bucătărie. *La dracu'* — chiar aveam nevoie de o partidă de sex!

— Cine crezi că a făcut pariul? m-a întrebat Jimmy, adunându-și banii. Așa o ținem încă de la petrecerea de logodnă.

Nici nu era de mirare. Eram ca o carte deschisă.

Altul care saliva după ea.

Naiba să mă ia!

Dar era a mea acum, fie că-mi plăcea, fie că nu. Și nu-mi plăcea. Era al naibii de tulburătoare. Avea un corp în care voiam să mă pierd pentru totdeauna, acesta fiind și motivul pentru care nu aveam de gând să mă întorc acasă în seara asta. Trebuia să preiau din nou controlul asupra propriilor dorințe. Mi-am impus deja să n-o ating până la nuntă, doar ca să-mi dovedesc că pot s-o fac. Dar când se află prin preajmă... mi se duce dracului toată voința.

Nici nu mi-a trecut bine pragul casei, că am și întins-o, goală, pe blatul de bucătărie.

Partea nostimă — deși nu e nimic nostim în toată povestea asta — e că nu vrea să aibă nimic de-a face cu mine. Am făcut o obsesie pentru fata asta, iar ea e îndrăgostită de altcineva. O scânteie m-a săgetat din cap până în picioare și mi-am trecut mâna peste maxilar.

L-au ucis pe cel în compania căruia se afla când a fugit de acasă, dar n-au fost surprinși într-o poziție compromițătoare și nici apartamentul nu era al lui. E posibil să fi ucis pe cine nu trebuie, iar iubitul ei să fie încă în viață. Cel puțin asta spun zvonurile care circulă despre ei şi, indiferent cât mi-aş dori s-o fac, n-am sondat terenul.

Întotdeauna m-am considerat moralmente chiar puţin mediocru, dar acum, în condiţiile date, am realizat că eram mai prejos de orice fel de izbăvire.

Căci, nevinovat sau nu, dacă omul ăla nu era mort şi drumurile aveau să ni se împletească la un moment dat, nimeni nu mai putea să-l scape din mâinile mele.

CAPITOLUL

Treizeci

Dacă mă căsătoresc, vreau să fiu „foarte" căsătorită.
— Audrey Hepburn

Elena

Era o atingere nevinovată. Își ținea mâinile lângă ale mele pe blatul rece, atingându-mi-le ușor și stârnindu-mi un val de căldură ca o rază de soare ce se furișează într-o cameră întunecată și prăfuită.

— Ce e asta? m-a întrebat, cu glas tărăgănat, provocându-mi fiori pe șira spinării, în timp ce stătea în spatele meu, țintuindu-mă de blat cu statura lui impunătoare.

— Nu te-ar interesa, i-am răspuns, mușcându-mi buza.

Mă trezisem în bătăile ritmice ale ploii. Dormisem mai bine decât o făcusem în ultimul timp, deși mă aflam într-un pat străin. Era ora opt dimineața când logodnicul meu se hotărâse să se întoarcă, în sfârșit, acasă.

Nu știam niciunde, nici *cu cine* a fost aseară, dar nu avea nicio importanță. Era începutul unei noi vieți alături de el — o viață de care am fost mereu conștientă.

Ziua de ieri am petrecut-o trecând în revistă lista trimisă de mama prin e-mail, în timp ce Luca se uita la televizor, ignorându-mi complet prezența. Bănuiam că dormise pe canapea, căci n-am auzit nici măcar o dată scârțâitul inconfundabil al treptelor de lemn.

Se afla în biroul lui Nico acum, urmărind știrile sportive pe computer. Mă întrebam de ce nu făcuse asta și ieri, dar canapeaua era, probabil, mult mai comodă decât scaunul de la birou.

— O să-ți spun ce mă interesează.

— Detalii legate de nuntă, i-am răspuns. De genul celor care ne vor lega pentru tot restul vieții.

— Parcă-ai vrea să mă sperii.

— Merge?

— Nu, îmi asum riscul, mi-a răspuns, pe un ton amuzat, ce-mi incita mintea.

Cum de era, în egală măsură, nonșalant și insistent în privința căsătoriei noastre și de ce mi se părea un lucru atât de fermecător?

Mi-a atins degetele cu ale sale trăgând mai aproape e-mailul mamei scos la imprimantă. Avea mâini frumoase — mari și masculine, cu unghii frumoase și curate. Nu-i găseam niciun cusur — poate, dacă aspectul fizic nu mă ajuta să-i descopăr vreun nod în papură, personalitatea îmi va oferi o meteahnă.

S-a apropiat și mai mult de mine, citind lista mamei, de parcă nu eram și așa țintuită de blat.

— Ce părere ai de culoarea roz? am murmurat eu.

Și-a strecurat o mână pe talia mea, încingându-mi pielea prin țesătura rochiei roz pe care o purtam.

— Nu m-am gândit niciodată, mi-a răspuns, cu același glas tărăgănat, dar cred că îmi place.

— Bun, i-am spus, cu obrajii încinși. Căci vei purta o cravată roz.

Un suspin amuzat i-a scăpat printre buze.

— Nu mă deranjează, dar mă îndoiesc că Luca va fi la fel de încântat. Te-a supărat ieri?

— Nu, a fost un gentleman desăvârşit. Nu m-a împins în piscină.

— A stat în birou?

Am șovăit, căci nu prea știam să mint.

— Firește.

— Hmm! a murmurat, strecurându-și mâna de pe talie pe șold și înfigându-și degetele în carne cu o fermitate ce-mi făcea sângele să-mi zvâcnească prin vene. Nu te cred, mi-a șoptit apoi, lipindu-și buzele de urechea mea.

— Te așteptai să stea în birou toată ziua și toată noaptea? l-am întrebat, trăgând adânc aer în piept.

— Da, mi-a răspuns, de parcă nici nu cerea mare lucru. Spune-mi ce-ați făcut!

— Am jucat *Monopoly* și am mâncat împreună un cornet de înghețată.

— Ești o mică mincinoasă, mi-a răspuns, cu glasul tărăgănat, presărat de umbra unui zâmbet.

— N-ai espresor, i-am ripostat, căci era singurul lucru care mi-a venit în minte.

— Nu beau cafea.

— Ești de pe altă planetă, am murmurat eu.

Și-a furișat mâna de pe șold pe abdomen, stârnindu-mi valuri de căldură. Îi simțeam atingerile fierbinți prin țesătura rochiei, în timp ce îmi mângâia ceafa cu buzele. Aveam senzația că mă topesc în brațele lui când a început să-mi zgârie ușor pielea cu dinții. Am apucat cu mâinile marginea blatului, scăpând un geamăt printre buze.

— De ce ești îmbrăcată așa? Pleci undeva?

— Mă duc cu mama la cumpărături pentru nuntă, i-am răspuns, cu răsuflarea întretăiată.

— Serios? m-a întrebat, plimbându-și fața pe umărul meu gol și gâdilându-mă cu barba ușor nerasă. Cine te duce?

— Benito.

S-a așternut tăcerea și m-am întrebat dacă avea să se împotrivească. Era oare strict? Irațional? Cele mai cumplite scenarii îmi veneau în minte, realizând că îmi puneam viitorul în mâinile lui. Nu-l cunoșteam. *Voiam* să-l cunosc, ca să înțeleg cum va reacționa. Cel puțin asta îmi spuneam. Voiam să știu ce-a făcut azi-noapte. Dacă mai avea vreun nume. Pe cine iubise sau *iubea* încă. Voiam să știu totul despre el cu o ardoare ce-mi provoca o strângere de inimă.

— Ia-ți un telefon cu cartelă până o să-ți cumpăr unul nou!

Am răsuflat. Oare simțeam ușurare? Nu eram sigură. Nu era suficient ca să-i înțeleg caracterul, dar era ceva.

— Nico, nu trebuie să-l lași pe Luca cu mine. N-am nevoie de dădacă.

O tăcere apăsătoare s-a așternut printre noi înainte să se îndepărteze.

— Trecutul tău spune cu totul altceva.

M-am crispat toată, nevenindu-mi să-mi cred urechilor.

L-am scrutat din cap până în picioare. A intrat în dining, scoțându-și cravata, și am observat că purta hainele de aseară.

— N-am de gând să fug, i-am răspuns, simțind un gust amar în gură.

Am mai făcut-o o dată și nu mi-a oferit libertatea pe care mi-o doream; a fost cea mai mare greșeală din viața mea.

Avea privirea întunecată ca smoala.

— N-ai avea unde să te ascunzi. Căci te-aș găsi oriunde.

Un fior rece mi-a străbătut șira spinării, auzindu-i tonul indiferent al vocii. Îl credeam în stare. Deși, după expresia tăioasă de pe chip, bănuiam că lăsa pe cineva acasă nu doar din dorința de a mă proteja sau de teamă că aș putea fugi.

Își închipuia oare că aveam pe cineva? Gândul m-a făcut să încremenesc. Era cât se poate de logic după aluziile pe care le făcuse de mai multe ori la faptul că aș fi infidelă.

Atât de proastă mă considera oare? Ar fi fost curată nebunie să am o relație clandestină, cu atât mai mult după cele întâmplate în trecut. Fără supărare pentru Adriana, dar ea gândea cu inima, nu cu capul.

Mă simțeam cuprinsă de iritare.

Nicolas avea dreptul să se culce cu cine voia. Gândul că exact asta făcuse și azi-noapte îmi provoca un nod în gât, dar ideea de a-mi pune „bonă" ca nu care cumva să fac și eu la fel mă umplea de revoltă. Așa funcționau lucrurile în lumea noastră — o știam prea bine. Dar era o realitate pe care o percutasem din afară, nu din interior — nu zugrăvită de un om ce-mi va deveni soț. Un om cu care voi sta sub același acoperiș.

Iritarea lăsa ușor-ușor locul amărăciunii, ce mi se vărsa în sânge ca o otravă.

Nu voi avea niciodată un soț în adevăratul sens al cuvântului. Va trebui să-l împart mereu cu altcineva. Iar adevărul — atât de crud acum — îmi stârnea o vâltoare de resentimente.

Mi-am mijit ochii, așa cum făcusem și prima dată când îl văzusem la biserică.

Și mi-a răspuns la fel.

N-aveam niciun chef să-l informez că nu exista niciun alt bărbat în viața mea. Și nici nu conta.

Nu-i voi dărui niciodată inima.

Era singurul lucru ce-mi aparținea cu totul și n-aveam de gând să i-o cedez vreodată.

Tot drumul spre magazin, *nonna* și Adriana m-au privit cu chipurile lipsite de orice expresie. Benito stătea tăcut la volan, în timp ce mama vorbea, cu prea multă însuflețire, despre nuntă.

Dacă majoritatea fetelor visează la o nuntă de basm, eu o vedeam prin faldurile încețoșate ale unor voaluri. Ca printr-un geam mat. Nunta mea nu era încununarea unei iubiri, ci a unui simplu transfer de putere de la tata la soțul meu.

Deși simțeam fiori cu fiecare pas pe care îl făceam și răsuflarea îmi devenea tot mai întretăiată. Sângele îmi zvâcnea prin vene. De încântare. Și *dor*. Presărate cu un crâmpei de speranță.

În vitrină, trona o rochie splendidă de nuntă.

Nu-l iubeam pe cel cu care aveam să mă căsătoresc. *Nu puteam* s-o fac. Punându-mi degetul pe geam, am lăsat o pată pe vitrina cu speranțe false.

Mama a deschis ușa, privindu-mă printre gene.

— O singură zi petrecută cu Russo și ai zice că fiica mea a luat-o razna. *Stupida!*

— Te-a moștenit! La ce te așteptai? a murmurat *nonna*, intrând.

Am închis încet ușa în urma mea. Am simțit teamă când Nico mi-a aruncat o privire de pe locul de lângă insula de bucătărie.

Stătea cu coatele rezemate pe blat, cu pistolul în față. Îl curăța cu o expresie îngândurată pe chip, de parcă avea multe pe cap sau poate că era doar meticulos.

— Ai găsit rochie? m-a întrebat, cu glas domol, fără tonalitățile mânioase pe care le așteptam.

Încordarea din umeri începea, ușor-ușor, să se risipească. Frustrarea se mai estompase pe parcursul zilei, dar, ținând seama de cum ne despărțiserăm, nu știam la ce să mă aștept când aveam să mă întorc.

M-am rezemat de ușă, copleșită deodată de amprenta apăsătoare a zilei de astăzi. Gândul la rochie mi-a readus zâmbetul pe buze.

— Una perfectă.

— Serios? m-a întrebat, cu glas tărăgănat.

— Da, da, i-am răspuns și apoi, cum discuția părea searbădă și formală, am adăugat: Și foarte scumpă.

M-a răsplătit cu un zâmbet vag.

— Firește.

Nu prețul m-a făcut s-o aleg. Când am văzut-o, am știut imediat că era pentru mine. Dragoste la prima vedere cu o rochie. Deși priveam căsnicia cu multă rezervă, am realizat că aveam să mă mărit o singură dată. Nu puteam să ratez nunta doar pentru că uniunea noastră nu izvorăște dintr-o poveste de dragoste.

Am găsit și patru rochii roz pentru domnișoarele de onoare, în locul celor galbene alese de mama pentru nunta Adrianei. Și cum din alaiul domnișoarelor de onoare ale surorii mele făceau parte trei verișoare, împreună cu mine, n-am mai făcut nicio schimbare. Poate că acest lucru ar fi trebuit să fie deprimant, dar pentru mine era convenabil.

— Mama a izbucnit în lacrimi, am spus apoi, scoțându-mi pantofii cu toc înalt.

— Serios?

— Mai corect ar fi să spun că *a plâns în hohote*, am adăugat, cu un suspin adânc, amintindu-mi scena.

— Păcat că am ratat momentul.

Discuția se derula ușor, într-o atmosferă relaxată, deși nu mi-a scăpat faptul că era puțin încordat. Mi-am mușcat buza și am intrat în bucătărie. Am luat un pahar din dulap și l-am umplut cu apă de la robinet, de parcă era un lucru cât se poate de firesc, pe care îl făceam tot timpul în prezența lui, fără să-mi pese că se află prin preajmă. În realitate, simțeam o tensiune îngrozitoare în tot corpul.

În timp ce încercam să găsesc ceva de spus, privirea mi-a fost atrasă de un aparat de pe blat. Am simțit o strângere de inimă.

— Ai luat espresor?

— Doar ca să nu te transform și pe tine într-o ființă de pe altă planetă.

Ce drăguț din partea lui!... Nici nu-mi mai aduceam aminte când s-a gândit cineva și la dorințele mele, fără să fie nevoie să le exprim mai întâi în cuvinte.

Am înghițit în sec, încercând să scap de nodul din gât.

— Telefonul ăsta e al tău, mi-a spus apoi.

Îndreptându-mi ochii spre aparat, l-am luat în mână. Sinceră să fiu, mi-a plăcut libertatea oferită de lipsa telefonului în ultimele șase luni.

— Nu cred că-l vreau, i-am răspuns.

— E al tău, Elena. Să-l ai cu tine! *Mereu!*

Ce-ar fi să-i cer să-mi spună *te rog*?

— Asul, am citit cu glas tare, văzându-i porecla deja trecută în lista de contacte. Îngrozitoare aroganță din partea ta să-ți adaugi numele în telefonul meu.

Întorcându-mi capul, l-am văzut schițând un zâmbet vag pe buze, cu privirea ațintită însă asupra armei pe care continua s-o curețe.

— Ești o certitudine, draga mea *soție.*

„Draga mea soție" ar fi trebuit să fie un apelativ „dulce" pe buzele oricărui bărbat gata să se însoare, dar tonalitățile sardonico-posesive anulau orice dulceață. Cu toate astea, acum șase luni, am descoperit că nu-mi plac nuanțele dulci. Un val de căldură mi-a străbătut trupul.

— Nu sunt încă soția ta, i-am răspuns.

— Pură semantică, mi-a ripostat, cu ochii pironiți asupra obrajilor mei încinși. N-am văzut nicio femeie din *Cosa Nostra* înroșindu-se ca tine.

Nu era nevoie să mi-o amintească.

— Te deranjează?

— Nici vorbă! mi-a răspuns, concentrându-se din nou asupra muncii sale, în timp ce își plimba degetul mare pe maxilar, cu o expresie îngândurată.

Cu răsuflarea întretăiată, am mai făcut un pas spre blat, apucând marginile cu mâinile.

— Îți mulțumesc pentru espresor și pentru telefon.

— Cu plăcere, mi-a răspuns, cu ochii scăldați în nuanțe aurii.

Scrutându-l cu ardoare, mă simțeam cuprinsă de un foc tot mai încins. Voiam să-i mulțumesc în cu totul alt mod. Voiam să-i explorez trupul ascuns sub țesătura albă a cămășii. Voiam să aflu cât de ușor aveam să-i cedez. Voiam să sting focul ce-mi încingea sângele încă de când l-am cunoscut. Îl voiam. Cu o *patimă* mistuitoare.

Când privirile ni s-au întâlnit, o umbră întunecată i-a învăluit chipul. Inima a început să-mi danseze frenetic în piept.

— Te iau cu mine la muncă în seara asta.

Tonul indiferent al glasului mi-a spulberat focul.

— De ce? l-am întrebat, răsuflând adânc.

— Am nevoie de Luca și n-am în grija cui să te las.

Părea că stă de vorbă cu un copil de doi ani, dar am trecut peste asta.

— Aștepți să se iște probleme în seara asta?

— Mă aștept să se iște în fiecare seară.

— Și vrei să mă implici și pe mine? l-am întrebat, încruntată.

— N-o să pățești nimic, mi-a răspuns, cu un licăr ușor amuzat în ochi. Abia încep să mă obișnuiesc cu tine.

CAPITOLUL
Treizeci și unu

Nu poți zugrăvi New Yorkul așa cum este,
ci așa cum îl simți.
— Georgia O'Keeffe[1]

Elena

Cea mai potrivită ținută pe care o aveam, pentru o seară în club, era formată dintr-o pereche de blugi skinny și o bluză largă, cu breteluțe. Era albă și strălucitoare, cu mânecile despicate pe lateral și breteluțe legate la încheieturi. Asortată cu pantofii albi, cu toc înalt, de lângă ușă, ținuta putea fi considerată acceptabilă.

Stând în fața oglinzii din baie, priveam încruntată ondulatorul de păr din cel de-al doilea sertar. Când făcusem baie de dimineață, am găsit deja la duș un săpun și șampon de flori de cireș. Se pare că cineva dăduse iama în stocurile cu produse de toaletă. Ce-aș face oare dacă ar aduce-o acasă cât timp sunt și eu aici? Am simțit un nod în stomac.

---

[1] Georgia Totto O'Keeffe (1887–1986) — pictoriță de origine americană, renumită pentru lucrările sale reprezentând flori supradimensionate, zgârie-nori din New York și peisaje din New Mexico.

Am încercat să-mi dau seama de ce mă deranja atât de tare. Dacă Oscar Perez ar fi fost cel care ar fi adus femei acasă, aş fi răsuflat uşurată pentru răgazul oferit. Dar gândul că Nicolas ar putea veni însoţit de altcineva... îmi umplea sufletul de un sentiment cu totul inexplicabil.

Am folosit ondulatorul de păr. Apoi, mi-am reîmprospătat machiajul lejer.

Mă încălţam lângă uşa din spate când Nico a coborât treptele. Speram ca incertitudinea creată de prezenţa unei alte femei să-mi domolească senzaţiile pe care mi le stârnea de fiecare dată când se afla prin preajmă. Am simţit însă aceiaşi fiori ca întotdeauna când l-am văzut îmbrăcat într-un costum negru, purtând o expresie gravă pe chip. Frumuseţea lui clasică îl făcea atemporal.

Nu puteam să trăiesc aşa toată viaţa mistuită de resentimente sau de temeri legate de ce va face în viitor. Pur şi simplu nu puteam. Va trebui să iau totul pas cu pas și să las inevitabilul să se întâmple atunci când se va întâmpla.

— Cum de-am fost gata înaintea ta? l-am întrebat, dornică să-l tachinez, rezemându-mă de uşă.

S-a strâmbat uşor, luându-şi cheile de pe blat, apoi a introdus un cod pe tastatura sistemului de securitate de lângă uşa biroului.

M-am lăsat cuprinsă de şovăială când am văzut că nu-mi răspunde. După discuția de azi-dimineaţă, părea mult mai distant. La ce mă aşteptam? Era convins că aveam o relaţie cu altcineva și n-am făcut nimic ca să-i spulber suspiciunile. I-am spus că nu voiam să mă căsătoresc cu el şi ştia că nu mai sunt nici virgină, acesta fiind, probabil, şi motivul pentru care o alesese pe Adriana. Sau poate că o prefera pe ea?

De ce m-ar fi vrut pe mine?

Ar fi putut avea pe oricine îşi dorea. Toate fetele virgine, de aici până pe Coasta de Vest, ar fi fost încântate să treacă de testul reputaţiei sale.

Am realizat atunci că îmi doream cu ardoare să mă aleagă pe mine.

În afară de atracția puternică pe care o simțeam pentru el încă de când îl văzusem pentru prima oară, în sufletul meu se mai năștea ceva — ca bătăile firave ale unei inimi pe un monitor cardiac. Aproape că le și auzeam ecoul în urechi. Și le simțeam freamătul în piept.

Bătăi stârnite de imaginea unui bărbat ud de nădușeală, mirosind a whisky.

Lumini licăritoare. Tocuri înalte și rochii scurte. Băutură și aventuri de-o noapte — totul plutea în aer când am intrat în club pe o ușă lăturalnică.

N-am fost niciodată într-un club de noapte. N-am fost niciodată una dintre fetele care abia așteptau să intre în clubul pe care îl deținea logodnicul meu. Dornice să-i intre apoi în pat. Neliniștea mi se cuibărea în suflet. Cum o să-i ofer oare plăcere când o cunoscuse, fără doar și poate, în brațele unor femei mult mai experimentate? Am simțit un nod în stomac gândindu-mă că îl voi dezamăgi în pat. N-a încercat nici măcar să ajungem acolo — mi-a oferit un orgasm ca pe un dar de logodnă și a plecat.

Mi-am mușcat obrazul, adâncită în gânduri. Ideea că poate nici nu-și dorea să se culce cu mine îmi stârnea și mai mult dorințele carnale. Simpla atingere a mâinii sale pe braț și prezența lui alături îmi încingeau simțurile dincolo de orice imaginație.

Nico m-a condus pe un hol cu un covor roșu, scăldat într-o lumină difuză. În aer plutea un miros proaspăt de țigară. Nu era oare ilegal să permiți fumatul în localurile din New York? Gândul m-a făcut să schițez un zâmbet. *Cel mai grav delict pe care îl comitea, fără îndoială.*

O muzică electrică răzbătea prin pereți, iar pe hol se furișau lumini albastre stroboscopice, ce păreau să evadeze de pe ringul de dans. Am coborât câteva trepte și ne-am oprit în fața unei uși masive de metal. Nico stătea atât de aproape în spatele meu, că îi atingeam sacoul. Întinzând mâna deasupra capului meu, a ciocănit de cinci ori în ușă, cu o scurtă pauză între fiecare bătaie.

O clipă mai târziu, ușa s-a deschis larg și în prag a apărut una dintre hostesse, cu părul negru, îmbrăcată într-o rochie neagră, mulată pe corp.

— *Signor Russo*, l-a întâmpinat ea, cu un zâmbet generos pe buze.

Surâsul i-a pierit însă de pe chip când a dat cu ochii de mine. M-a privit printre genele false. Era splendid machiată, trebuie s-o recunosc, dar grimasa de dezgust pe care a scos-o, de parcă eram o prostituată ieftină, era de o bădărănie rară.

Vai și amar! Ieșeam și eu o dată în oraș cu Nico și stârneam antipatie la fiecare pas.

Înainte, aș fi mers mai departe, fără să înfrunt lucrurile, căci n-aș fi avut curajul s-o fac. Acum însă aveam să mă căsătoresc cu un „naș". Nu mă puteam lăsa călcată în picioare de animatoare. Deși mă simțeam ridicolă, angrenată, parcă, în niște jocuri imature, mi-am împletit degetele cu cele ale lui Nico.

S-a oprit pentru o clipă, surprins de gestul meu, dar mi-a cuprins apoi mâna într-a sa. Și apoi am simțit o atingere ușoară peste fund ca să mă îndemne să înaintez. Gestul mi-a declanșat un val imens de căldură; însă, din fericire, fără să mi se oglindească și pe chip.

Nu m-am mai uitat la hostesse, deși cred că a înțeles mesajul. Nico putea să facă ce voia, cu cine voia, dar nu în prezența mea. Trebuia să-mi acorde puțin respect și nu cred că avea să mi-l refuze.

Eliberându-mi mâna dintr-a sa, m-am îndreptat spre niște trepte de metal. Am clipit de câteva ori, scrutând împrejurimile cu privirea.

Locul era înțesat de oameni, majoritatea bărbați, purtând diverse ținute: de la costume la pantaloni scurți și tricouri polo.

Atmosfera era întreținută doar de două hostesse, cu excepția celei de la ușă.

De jur împrejur, erau întinse mese de poker, înconjurate de jucători gata să-și parieze economiile de-o viață.

L-am urmat pe Nico pe scări, observând sala de jocuri ilegale. Terminând o partidă, toți cei cinci jucători de la o masă s-au ridicat în picioare și s-au dus într-un colț ca să fumeze.

— N-au voie să fumeze la mese? l-am întrebat eu.

— Ba da. Dar de cele mai multe ori gestul trădează un indiciu, așa că preferă să aștepte până se încheie partida.

Interesant.

Îmi plăcea să aflu lucruri ciudate de acest gen.

I-am pus un tir de întrebări tot drumul spre birou: de la încasările clubului pe noapte (în jur de douăzeci de miare) până la motivul numărului mic de hostesse (care distrăgeau atenția jucătorilor).

Partidele de poker erau mult prea importante pentru încasările clubului ca să fie tulburate de prezența hostesselor. Nimeni nu ne-a acordat nici cea mai mică atenție când ne-am îndreptat spre capătul sălii. Bărbații păreau încremeniți ca niște stane de piatră la mese, iar cei care fumau fie asudau după pierderile suferite, fie scriau mesaje, anunțându-și câștigurile.

Biroul era o încăpere perfect pătrată, mobilată cu o canapea albastră, extrem de elegantă, o masă din lemn de mahon, cu două scaune în față, un televizor plat și un minibar. Mi-am lăsat poșeta pe măsuța de cafea din sticlă, în timp ce Nicolas și-a accesat computerul.

În ciuda zidurilor de beton, camera degaja o atmosferă caldă și confortabilă, datorită unui covor cu modele orientale, în nuanțe de albastru și auriu, și a unui tablou agățat pe un perete.

Am studiat pânza din spatele sticlei. Culori pastelate, dar rafinate, aruncate cu îndrăzneală de penelul pictorului. Nu aveam o fire artistică la fel ca sora mea, dar am recunoscut lucrarea. Văzusem un documentar despre prăbușirea artei moderne. Și explica faptul că arta de astăzi este doar o copie palidă a talentului și chintesenței artistice din trecut.

— Nu mi-am imaginat că ai o slăbiciune pentru Monet, i-am spus, scrutându-l cu privirea.

A schițat un zâmbet vag pe buze, cu ochii ațintiți în ecranul computerului. Cu o mână îmbrățișa biroul, în timp ce cu cealaltă accesa tastele. Fie avea totul sub control și nu făcea decât să apese pe butoane ca un om de știință excentric, gata să acceseze butoanele roșii, distructive, fie nu avea viteză de scriere.

— Mama făcuse o pasiune pentru el.

M-am înfiorat toată, auzindu-l cum rostește cuvântul *mama*.

— Avea gusturi bune.

A izbucnit în râs. Cu o tonalitate amară în glas. Zâmbetul i-a pierit apoi de pe buze, realizând parcă ce făcuse. Aveam senzația că pășesc pe nisipuri mișcătoare, dar nu mă puteam opri.

— Nu-ți place Monet? l-am întrebat, ridicând din sprâncene.

— Doar îl țin în birou, nu?

— Nu ăsta-i motivul pentru care îl ții aici.

Cu umerii crispați, a accesat tastele cu gesturi mult mai apăsate.

— Mă analizezi?

— Există o zicală care circulă printre femei și care spune să n-ai încredere într-un bărbat care nu se poartă frumos cu mama lui, i-am răspuns, scrutând atingerile pastelate și duioase ale artistului impresionist.

L-am simțit străfulgerându-mă cu privirea.

— Crezi că nu m-am purtat frumos cu mama?

Știam că nu va fi ușor să-i pătrund tainele ferecate ale sufletului. Nu avea de gând să-și împărtășească trecutul, nici măcar logodnicei lui. Trebuia să-l provoc ca s-o facă. Dar voiam să-l cunosc pe cel ce-mi va deveni soț. Am ridicat, așadar, din umeri, continuând jocul, în timp ce inima îmi bătea frenetic în piept.

— Ar trebui să cred altceva?

A scos un suspin adânc, fără să mai rostească vreun cuvânt. Nu încerca să se apere, iar eu mă simțeam mistuită de dorința de a-i spune că nu asta cred. *Oare?*

Copleșită de impulsul de a-i cere scuze pentru aluzia făcută, m-am întors și l-am văzut stând în pragul ușii, gata de plecare.

— James e afară dacă ai nevoie de ceva. Rămâi aici! Nu lipsesc mult.

— Nico, stai puțin! N-ar fi trebuit să spun...

Dar a ieșit pe hol, strigând pe cineva cu numele de Lucky.

— Nu, ai dreptate, mi-a spus apoi, întorcându-se spre mine. N-ar trebui să ai încredere în mine. Te-am mințit deja de când ne aflăm aici.

— În ce privință? l-am întrebat, înghițind în sec.

S-a oprit cu mâna pe clanță.

— Zic mereu că făcuse o pasiune pentru Monet. E mai ușor să spun asta decât să explic că era adesea atât de drogată că nu putea să facă diferența între un Monet și o caricatură stradală.

CAPITOLUL
Treizeci și doi

Adevăratele povești de dragoste nu au niciodată sfârșit.
— Richard Bach[1]

Elena

Când ușa s-a închis în urma lui, am avut senzația că sunt cea mai cumplită persoană din lume. Nu știam ce se întâmplase cu mama lui. Mi-am imaginat că murise de cancer sau de vreo altă boală, dar ceva mă făcea să mă întreb acum dacă suferise cu adevărat de vreo maladie. Mi-am închipuit că femeia era singura constantă în familia lui, dar se pare că m-am înșelat.

Păstra tabloul doar pentru că îi aparținuse mamei sale, deși nu-și jucase cum trebuie rolul de părinte.

Fusese un copil bun. Se purtase frumos cu mama lui.

Trebuia să beau ceva.

În timp ce îmi pregăteam un gin tonic, un băiat de vreo cincisprezece sau șaisprezece ani a intrat. Odată ce-a închis ușa în urma sa, a rămas pe loc, cu o expresie stoică pe chip. Dacă James se afla

---

[1] Richard David Bach — scriitor american, autorul romanelor *Pescărușul Jonathan Livingston*, *Iluzii* și *Îndrumar pentru Mesia.*

pe hol, ăsta s-ar putea să fie Lucky. Porecla îmi invocase imaginea unui bărbat corpolent, tatuat cu un trifoi, nu pe cea a unui băiat. Probabil că logodnicul meu îl iniția. Sărmanul!

— Bună, l-am salutat, zâmbind. Îmi pare rău, dar nu-ți știu numele.

— Matteo, dar toată lumea îmi spune Lucky, mi-a răspuns, băgându-și mâinile în buzunarele pantalonilor de la costum.

— De ce-ți spun așa?

— Poate pentru că sunt norocos.

— Îmi pare bine să te cunosc, Lucky, i-am spus, pe un ton ușor amuzat. Eu sunt Elena, dar probabil că știi deja cine sunt, de vreme ce faci pe dădaca.

A izbucnit, stânjenit, în râs.

Am dat drumul la televizor și m-am așezat pe canapea. Am urmărit știrile vreo douăzeci de minute, sorbind din băutură, în timp ce de afară răzbăteau zgomote intermitente, însoțite de acordurile muzicii electronice. Ar fi fost bine ca Nico să împiedice raidurile poliției cât timp mă aflu în biroul său. Deși nu cred că aveam de ce să-mi fac griji. Avea relații cu un agent FBI; restul forțelor de ordine le avea, probabil, la degetul mic.

Am oftat adânc. Lucky stătea de pază lângă ușă ca un soldat credincios mafiei, post pentru care își făcea „stagiatura". Am luat un pachet de cărți de pe masă și mi le-am răsturnat în palmă.

— Lucky, nu vrei să jucăm cărți?

— Ei bine..., mi-a răspuns, trecându-și mâna peste ceafă..., nu sunt un As.

M-am încruntat, neștiind ce vrea să spună.

— M-am gândit să ne omorâm cumva plictiseala.

— Ăăă..., a spus, chicotind.

— Sau n-ai voie?

Oare cât de strict era logodnicul meu cu oamenii lui?

— Am voie să te privesc numai când îmi vorbești, mi-a răspuns, cu o grimasă în colțul gurii.

Cred că asta explică totul...

— Un singur joc, mi-a spus, oftând.

Nu părea prea convins, iar eu am șovăit, căci nu voiam să-i provoc necazuri. Dar cum se îndrepta deja spre canapea, abia așteptam să pun capăt tăcerii.

— Ești rudă cu Nico? l-am întrebat eu.

— Veri, mi-a răspuns. Tații noștri erau frați.

Lucky era mai înalt ca mine — înalt și deșirat. Încă băiețandru. Oare cum o fi arătat Nico la vârsta lui Lucky? Probabil la fel de autoritar, obișnuit să obțină ce vrea.

Am ales să jucăm poker și, când i-am propus să jucăm fără bani, m-a privit de parcă eram nebună. Am izbucnit în râs. Un mic Russo în devenire.

Am jucat, așadar, poker cu un adolescent pe o sumă de bani de care nu dispuneam.

Și am pierdut.

Jucam deseori. *Nonna* era îndrăgostită de poker și, uneori, când mama avea chef de „o noapte în familie", jucam toate împreună.

— Lucky, am spus eu, aranjând cărțile, cum a murit mătușa ta?

— Caterina? mi-a răspuns, încruntat. Cred că de o supradoză de droguri. Eram mic pe vremea aia.

Am oftat adânc. *Da, o mamă „de milioane"!*

— Unde a plecat Nico?

Eram convinsă 99 la sută că n-o să-mi spună, dar mă agățam cu disperare de singurul procent rămas. Când l-am văzut crispându-se, un semnal de alarmă mi s-a aprins în minte.

— Nu știu, mi-a răspuns, în cele din urmă.

— Ba știi, i-am ripostat, pe un ton acuzator.

M-a privit cu ochii mari cât cepele.

— Ei bine, da, știu, dar n-o să-ți spun.

— De ce nu? l-am întrebat, prefăcându-mă uluită.

— Pentru că o s-o încasez dacă îți vorbesc de afacerile lui.

— De unde să afle?

A clătinat din cap.

— Bine, am spus, lăsând cărțile pe masă și ridicându-mă în picioare.

— Unde te duci? m-a întrebat, cu glas șovăitor.

— Să dansez. Sus, în club.

— Nu, stai puțin! a exclamat, sărind în picioare.

M-am oprit în fața ușii, cu spatele la el.

— N-o să treci de James, mi-a spus apoi.

— Dar n-ar da bine dacă aș trece de *tine*, nu-i așa?

S-a așternut tăcerea. Vreo trei secunde.

— Bine, a mormăit, pe un ton morocănos.

Am schițat un zâmbet.

— Se ocupă de cel care s-a culcat cu sora ta.

Am încremenit pe loc, am tras adânc aer în piept și m-am dus direct la minibar.

— Iar ai pierdut!

O partidă s-a transformat în trei, iar Lucky era fie norocos, fie jucam eu prost.

Am oftat adânc și am aruncat cărțile pe măsuța de cafea, privind cum câteva s-au împrăștiat pe podea. Luasem deja al treilea pahar de băutură și începeam să le simt efectele.

Nico era plecat de aproape două ore și neliniștea mi se cuibărea în suflet. Mi-a spus că n-ar trebui să am încredere în el — cum aș putea, așadar, să cred că își va respecta promisiunea legată de Ryan?

— S-au făcut deja vreo două miare, a spus Lucky, cu un rânjet îngâmfat pe buze.

Am mormăit în gând. Băieţii din familia Russo nu se deosebeau de bărbaţii din familia Russo.

— Două miare, carevasăzică? a întrebat o voce, cu o nuanţă întunecată.

Lucky a sărit în picioare pentru a treia oară în seara aceea.

— Şefu'...

— Gata!

Băiatul a închis gura.

Nico stătea cu ochii aţintiţi asupra mea când a intrat în cameră. Degaja prin toţi porii o încredere desăvârşită. Corpul meu nu a fost imun din cauza acestui lucru şi am simţit mii de volţi trecând prin mine.

— Ieşi dracului afară, Lucky! i-a ordonat apoi, pe un ton aspru, desfăcându-şi nasturii de la sacou în timp ce vărul lui s-a şi îndreptat spre uşă. Dacă te mai prind vreodată că-mi nesocoteşti ordinele, jur că n-o să te mai ridici din pat o săptămână.

— Da, şefu', i-a răspuns Lucky, închizând uşa în urma lui.

— O fi oare vreun motiv pentru care oamenii mei nu mă mai ascultă când eşti prin preajmă?

— Poate că ar trebui să-i rogi frumos, i-am răspuns, muşcându-mi obrazul ca să-mi ascund amuzamentul. Un simplu *te rog* nu strică nimănui.

— Poate că ai dreptate, mi-a ripostat, cu un licăr în ochi. Pare să fie expresia ta preferată în anumite circumstanţe.

Am tras adânc aer în piept, cu obrajii încinşi. Simţindu-mă ca pe jar, am încercat să ignor senzaţiile, schimbând subiectul.

— Am pierdut două mii de dolari, i-am spus, cu glas ferm, de parcă numai asta făceam.

— N-ai pierdut nimic, mi-a răspuns, cu un zâmbet pe buze, în timp ce îşi desfăcea cravata. A trişat tot timpul.

— De unde ştii? l-am întrebat, şovăitoare.

— Pentru că eu l-am învăţat, de-aia.

Norocos, pe dracu'!

— Ar fi câștigat și fără să trișeze, am mărturisit, oftând adânc. Nu prea știu să disimulez.

Mă scruta cu o privire ce-mi mângâia pielea.

— Mă cam îndoiesc, mi-a răspuns, venind spre mine cu mâinile în buzunare.

Aveam senzația că uit să respir cu fiecare pas pe care îl făcea.

— Și nici nu-mi dau seama când cineva trișează, i-am spus apoi, căci nu știam ce să-i răspund și nici de ce avea vreo importanță.

Simțeam că familia Russo o să mă mănânce cu fulgi cu tot. Până și un adolescent reușise să mă păcălească.

Nico s-a lăsat pe vine și a luat o carte de joc de pe podea. Inima îmi bătea frenetic în piept. Stătea suficient de aproape cât să-mi trec mâna prin părul lui.

— E cazul să facem ceva în privința asta, nu crezi?

Ținea cartea între degetul arătător și cel mijlociu, dar până să pun mâna pe ea, s-a și evaporat în aer.

— Cum ai făcut asta? l-am întrebat, cu ochii mari cât cepele.

— O simplă scamatorie.

Membrii familiei Russo stăpâneau atât de bine arta disimulării, încât „evaporarea" cărților de joc devenea o „simplă scamatorie".

— Arată-mi și mie! am insistat eu.

— O să începem cu noțiunile de bază, mi-a răspuns, cu un licăr vesel în ochi, ca să nu-mi pierd toți banii dacă te las singură vreo câteva ore.

I-am aruncat o privire încruntată.

Când a luat și restul cărților, i-am observat încheieturile proaspăt julite. Mi-am mușcat buza când s-a ridicat în picioare, și-a scos sacoul și s-a așezat pe scaunul de la birou.

— Joci des? l-am întrebat apoi.

— Am făcut-o cândva, mi-a răspuns, rezemându-se de spătar și odihnindu-și cotul pe brațul scaunului.

— De ce nu mai joci și acum?

— Am alte treburi de care trebuie să mă ocup.

— Lucky mi-a dat de înțeles că ești un as. Dar nu știu dacă ești as la joc sau as la trișat.

— Văd că l-ai tras de limbă, mi-a răspuns, cu un zâmbet întunecat pe buze.

Tonul ăsta nu-i va fi de bun augur lui Lucky.

— Nu chiar. L-am amenințat mai degrabă că o să mă duc să dansez în club dacă nu-mi spune ce vreau să știu.

— Și ce-ai vrut să afli?

— Unde te-ai dus în seara asta, i-am răspuns, înghițind în sec.

— Credeam că treburile mele sunt ultimul lucru care te interesează, mi-a spus, cu glas tărăgănat.

— Unele au devenit și ale mele.

— Mie-mi spui! mi-a ripostat, cu sarcasm, rostind însă cuvintele atât de încet că abia le-am auzit.

N-am înțeles ce-a vrut să spună, dar nici nu mi-am mai bătut capul să aflu când l-am auzit spunând:

— E în viață, așa cum ți-am promis. E în „grija" *famigliei* tale acum.

— Și o să rămână în viață? l-am întrebat, înfiorându-mă din cap până în picioare.

— Da.

Am răsuflat ușurată, rezemându-mi capul de speteaza canapelei.

— Îți mulțumesc, i-am spus, încet.

— Cred că știm amândoi foarte bine că n-o fac din caritate.

Obrajii mi-au luat foc, amintindu-mi târgul încheiat. Părea să profite de situație doar din obligație. Sau poate nu voia să aflu cât de „filantrop" era în realitate...

Cum Nico trebuia să răspundă unor e-mailuri, am căutat pe telefon aranjamente pentru mesele de nuntă pe site-ul organizatorului de evenimente ales de mama. Din variantele oferite, m-am oprit la o vază mică și rotundă, încrustată cu perluțe pe margini, și la una simplă, așezată pe un suport de sticlă.

I-am trimis pozele mamei, care mi-a și răspuns printr-un mesaj: *Par niște vaze banale, pe care le găsești oriunde.*

Erau simple și clasice și mă reprezentau.

Mama își dorea niște mese stridente, care să-i oglindească mândria și egoul. Acesta era și motivul pentru care nu voiam să folosesc nimic din articolele deja cumpărate pentru nunta Adrianei — mama fiind cea care le cumpărase. Mi-am înclinat capul într-o parte și le-am privit încă o dată, neștiind pe care s-o aleg.

Pentru că Nico vorbea de câtva timp la telefon, mă obișnuisem să-i aud pe fundal timbrul profund și armonios, chiar dacă subiectul abordat era „marfa", din cauza căreia mama lui își pierduse cândva viața.

Acum răspundea în tăcere unui e-mail sau poate scria un raport despre o altă viață distrusă. Iar eu urma să-i devin soție. N-am crezut vreodată că aș avea nevoie de atenția cuiva, dar în acest moment, o voiam pe a lui. Necondiționată.

Deși îmi simțeam nervii întinși ca un arc, m-am ridicat în picioare și, ocolind biroul, m-am oprit alături. Nico și-a ridicat privirea și s-a rezemat apoi de spătarul scaunului.

— Nu reușesc să mă hotărăsc ce vază să aleg pentru mese, i-am spus eu.

— Arată-mi-le!

În loc să-mi ia telefonul din mână, m-a tras spre el, așezându-mă pe genunchi. Inima îmi bătea năvalnic în piept. Cuprinzându-mi apoi mijlocul cu brațul, aveam senzația că îmi arde pielea cu atingerea lui. Ca să-mi mențin echilibrul, mi-am pus mâna pe umărul lui. Deși mă prefăceam că poziția mi se părea cât se poate de firească, mi-au trebuit câteva momente ca să-mi aduc aminte de ce îl abordasem.

Mi-am întors capul ca să-l privesc. Am rămas fără suflare când am realizat că buzele aproape ni se atingeau. Simțeam cum îmi străpunge pielea cu privirea-i pătrunzătoare. Atingerea trupurilor și căldura lui mistuitoare dădeau aripi dorinței mele de a mă apleca spre el și de a-mi contopi buzele cu ale lui. Îi simțeam răsuflarea fierbinte și îi auzeam bătăile inimii.

Aș fi putut să dau frâu liber dorinței mele, cum o făcusem în trecut, în mașină, printre faldurile întunecate ale stropilor de ploaie.

Cât de ușor ar fi fost să-mi îngrop mâinile în părul lui, să-mi plimb degetul pe maxilarul său și să-mi contopesc gura cu a lui!

Pecetluindu-ne buzele într-un sărut cum nu îmi va mai fi dat să cunosc vreodată.

M-am mulțumit, în schimb, doar să-i arăt vazele.

CAPITOLUL

Treizeci și trei

Simplitatea întruchipează rafinamentul suprem.
— Leonardo da Vinci

Elena

Îi uram mașina, căci îi semăna atât de bine. Simțeam că mă sufoc într-un spațiu mult prea îngust, deși nu mi se părea cu totul neplăcut.

Îi uram, așadar, mașina.

Dar îmi plăcea cum o conducea.

Îmi plăcea cum își ținea mâna pe volan, degajând încredere și siguranță, cât și faptul că respecta limita de viteză, încercând, parcă, să păstreze aparențele.

Gândul mi-a zburat la foșnetul hainelor mele căzând pe podeaua bucătăriei lui, la senzația dinților lui pe gâtul meu, la cum m-a tras ușor să-mi dau capul pe spate.

Am simțit un zvâcnet între coapse și mi-am strâns cu putere picioarele.

Nu obișnuiam să fac asta, dar aș fi pariat toate câștigurile ilegale ale tatei pe convingerea că Nicolas făcea sex la fel cum conducea. Cu încredere și sânge-rece.

Nico păstra tăcerea în timp ce conducea, cu o expresie indescifrabilă pe chip. Ceva mai devreme, alesese vaza cea simplă, plecând de la premisa că „mai puțin înseamnă mai mult", și fusesem de acord cu el.

Apoi, nu mi-a mai adresat niciun cuvânt. În timp ce tăcea, mi-am dat seama că îmi plăcea vocea lui. Îmi doream cu ardoare să-l aud îmbrăcându-și gândurile în cuvinte, fără să cunosc sau să sondez motivul.

Tăcerea devenea tot mai asurzitoare, încât trebuia să-i pun cumva capăt.

— Ce viteză poate să atingă mașina asta? l-am întrebat, în cele din urmă.

Și-a înclinat capul într-o parte, surprinzându-mi și susținându-mi o clipă privirea, înainte de a-și aținti din nou ochii asupra drumului.

— Destul de mare.

Mi-am mușcat buza de sus, încercând să găsesc un răspuns.

— Cât de mare? l-am întrebat, căci a fost singurul lucru care mi-a trecut prin minte.

Nu s-a uitat la mine, dar a schițat un zâmbet vag pe buze.

— Arată-mi! am insistat, cuvintele scăpându-mi practic printre buze.

— Nu.

— De ce? am continuat, ridicând din sprâncene. Ți-e teamă?

M-a străfulgerat cu o privire pe cât de amuzată, pe atât de întunecată.

— Una e să-ți fie teamă și alta e să fii chibzuit. Sunt două lucruri complet diferite.

Am răsuflat ușurată auzindu-i răspunsul. Aveam un frate nesăbuit, nu mai voiam și un soț de aceeași teapă. Dar nu eram încă pregătită să depun armele — atenția pe care mi-o acorda îmi făcea sângele să-mi zvâcnească nebunește prin vene.

— Vrei să spui că n-ai făcut niciodată pe grozavul la volan în fața unei femei?

— N-am spus asta.

— Ai făcut-o, atunci?

— Pe la șaisprezece ani, probabil.

Deși se întâmplase cu mult timp în urmă, un crâmpei de invidie mi s-a strecurat în suflet, întrebându-mă cine reușise oare să-i stârnească atât de tare interesul încât să facă pe grozavul în fața ei. Am alungat gândul din minte.

— O să mă mărit cu un Russo. Nu crezi că am dreptul să știu cum e până nu va fi prea târziu?

— E deja prea târziu, mi-a răspuns, aruncându-mi o privire mistuitoare.

— Nu-i nimic, i-am ripostat, prefăcându-mă că oftez, resemnată, în timp ce inima îmi bătea nebunește în piept. Dacă ți-e teamă...

A clătinat din cap, apoi a apăsat atât de tare pe pedala de accelerație că m-am prăbușit pe scaun. Am izbucnit în râs, iar el m-a privit cu un licăr întunecat în ochi, în timp ce acul vitezometrului arăta 90... 100... 110...

Nico conducea cu aceeași relaxare și același sânge-rece de parcă mergea cu 60 de kilometri la oră. Adrenalina îmi făcea sângele să-mi zvâcnească prin vene. A atins 120, apoi, apropiindu-ne de destinație, a fost nevoit să încetinească.

Încinsă de dorință, de pasiune și de viteză, am deschis geamul ca să mă bucur de mângâierea caldă a vântului. Un sfert de oră mai târziu, când am intrat pe aleea din fața casei, m-a cuprins un sentiment că totul era cumva bine, cum trebuie să fie.

Adrenalina începea ușor-ușor să se domolească, lăsând locul unor senzații pe cât de fierbinți, pe atât de reci, sub amprenta nervilor întinși la maximum.

A oprit motorul și, în tăcerea înconjurătoare, scăldată în lumina argintie a lunii, încordarea dintre noi plutea tot mai apăsătoare, lăsându-mă aproape fără suflare.

Adevărul ieșea la lumină în toată plenitudinea sa: îl voiam pe Nicolas cu fiecare fibră din trup. De fiecare dată când mă aflam în preajma lui, îmi pierdeam cumpătul și controlul. Dar și mai înspăimântător era faptul că nu voiam să dețin controlul, voiam să mă bucur de experiența trăită de sute de fete în brațele lui, indiferent de spinii geloziei pe care gândul mi-i înfigea în suflet.

Probabil că știa toate astea, dar nu-mi împărtășea sentimentele.

Eram doar un simplu „aranjament".

A doua pe lista preferințelor sale.

Abia după câteva clipe bune am realizat că la radio suna melodia *Snap Your Fingers, Snap Your Neck*. Nu era nici pe departe o piesă romantică, dar, deși grosolană, era la fel de irezistibilă cum era și Nico. Tot pe acordurile ei îl și sărutasem. În ciuda tăcerii dintre noi, amintirea acelor clipe ne bântuia gândurile amândurora.

Am întredeschis ușa doar atât cât radioul să nu se stingă, dar n-am coborât. Îmi simțeam sufletul împovărat. De o dorință neîmplinită, gata să explodeze. Aveam palmele umede de transpirație rece.

— Nico...

M-am oprit, lăsând cuvintele suspendate în aer când l-am văzut ridicând mâna. Un suspin mi-a scăpat printre buze în clipa în care mi-a atins buzele și bărbia cu degetul mare.

— Du-te înăuntru! Mai am câte ceva de făcut.

Cum nu-mi îmbrăcasem gândurile în cuvinte, mă bucuram că nu m-a lăsat să merg mai departe. Dar povara respingerii devenea tot mai apăsătoare.

Când am intrat în cameră, mi-am pus tricoul cu Yankees. Bântuită de îndoieli, în timp ce inima îmi fremăta în piept, m-am așezat pe scaunul de lângă fereastră și am privit pe geam lumina ce se strecura pe sub ușa garajului.

Am adormit până să aud scârțâitul treptelor.

Când m-am trezit, îmi simțeam gâtul amorțit din cauza poziției incomode în care dormisem. Razele de soare, ce se furișau pe geam, scăldau în lumina lor particulele de praf din aer. Am salivat de poftă, simțind un miros de bacon prăjit. Oare venise bucătăreasa lui Nico? m-am întrebat în gând, deși, cum era duminică, trebuia să vină abia a doua zi.

Încă buimacă de somn, m-am dus la baie, m-am pieptănat și m-am spălat pe dinți. Poate ar trebui să mă fardez puțin, acum că am un logodnic de care aș putea să dau în orice clipă, dar adevărul e că n-am acordat niciodată prea multă importanță acestor lucruri.

Urmând mirosul îmbietor de bacon, am dat să cobor treptele când priveliștea m-a făcut să încremenesc pe loc. Mistuită de un sentiment cutremurător, de scântei și bătăi frenetice de inimă. Pe aragaz se afla o tigaie, dar nu asta mi-a încins simțurile. Ci priveliștea pe care mi-o oferea Nico. Rareori îl văzusem fără să fie îmbrăcat la patru ace. Privindu-l acum la bustul gol, în dreptul blatului de bucătărie, am rămas fără suflare.

Avea umerii lați, mușchi parcă sculptați și pieptul statuar, iar când l-am văzut plimbându-și mâna pe bicepșii goi, am simțit cum obrajii îmi iau foc. Ușurința cu care mă îmbujoram era blestemul vieții mele.

Răsfoia o revistă ce părea să-i fi captat atenția.

— Parcă ți-am zis să arunci tricoul ăla, mi-a spus, cu glas tărăgănat.

Am înghițit în sec, fără să-i răspund, căci tabloul pe care mi-l oferea mă lăsa fără cuvinte. Tatuajul i se oprea în dreptul umărului, dezvăluindu-i pieptul bronzat, masiv și uluitor.

— De ce? l-am întrebat, căci numai asta mi-a venit în minte. Ca să umblăm amândoi cât mai nepotrivit îmbrăcați?

A schițat o grimasă, fără să se uite la mine.

— N-aș putea să-ți spun, dar pare o idee destul de platonică în comparație cu *rugămințile* din ziua trecută...

— În regulă, l-am întrerupt eu. De acord. Dar n-am de gând să arunc tricoul. Va trebui să te obișnuiești cu asta, poate chiar să te schimbi puțin, i-am ripostat, cu gravitate în glas, îndreptându-mă spre espresor.

A protestat, vădit amuzat de propunerea mea, dându-mi de înțeles că *asta* nu se va întâmpla niciodată.

Am reușit cu greu să pornesc espresorul, deoarece goliciunea lui îmi stârnea roiuri de fluturi în stomac. M-am trezit cu ochii ațintiți asupra spatelui său.

Probabil că aveam un fetiș pentru spatele bărbaților, deși n-aș fi putut să spun dacă era corelat sau nu cu pistolul îndesat în betelia pantalonilor. Nu e de mirare că mai era încă în viață — nu umbla niciodată neînarmat. Avea o cicatrice circulară într-o parte, lucru care m-a făcut să mă întreb unde erau oare celelalte două urme de gloanțe.

— Cine te-a învățat să gătești? l-am întrebat, privind tigaia de pe aragaz.

S-a întors spre mine și s-a rezemat de blat, apucând marginea cu ambele mâini.

— Vrei să spui că nu știi să faci nici măcar ouă cu bacon?

— Ei bine..., am îngăimat, încruntată, schimbându-mi greutatea când pe un picior, când pe celălalt.

— Chiar începeam să mă întreb cu ce mă aleg din căsătoria asta, mi-a răspuns, cu un zâmbet pe cât de ironic, pe atât de fermecător.

— Și eu, i-am ripostat, mușcându-mi buza.

A început să râdă cu poftă, făcându-mi inima să-mi tresalte în piept. Era pentru a doua oară când îl vedeam râzând din tot sufletul și mi-am dat seama deodată că mi-ar plăcea s-o facă mai des.

Cafeaua a început să fiarbă, răspândind în bucătărie arome bogate și îmbătătoare. Uitându-mă la ceas, am văzut că arăta 7:30 dimineața.

— Căsnicia asta presupune și mersul la biserică?

— Da, mi-a răspuns, cu un zâmbet pe buze. Asta înseamnă căsnicia *asta*, a adăugat apoi, ștergându-și zâmbetul de pe chip.

Mi-am țuguiat buzele, adâncită în gânduri. Nu mă dădeam în vânt după biserică, de fapt, știam prea bine că preotul nostru se afla pe statele de plată ale tatei. De aceea nici nu aveam încredere în taina confesiunii, motiv pentru care preferam să păstrez secretul propriilor păcate. Era o adevărată povară pe conștiința mea. Dar bănuiam că lucrurile nu stăteau diferit nici în cazul bisericii unde mergea Nico. Unde mai pui că trebuia să suport și prezența tuturor membrilor din familia Russo...

— Cred că trebuie să mă duc să mă pregătesc, i-am răspuns, înghițind în sec.

— Nu, nu săptămâna asta. Trebuie să mergem în altă parte.

L-am privit câteva clipe, bântuită de un gând.

— Sunt convinsă că n-are nicio legătură cu faptul că preotul nu va încuviința uniunea consensuală înainte de căsătorie, nu-i așa? l-am întrebat, scrutându-l printre gene.

Umbra ce i-a învăluit chipul pentru o fracțiune de secundă mi-a dat de înțeles că aveam dreptate. Mă ținea ascunsă de ochii preotului. Voia să joace rolul unui catolic respectabil și, deși era mult prea *departe* de adevăr, era un gest admirabil.

— Sunt, așadar, micul tău secret „murdar", i-am ripostat, pe un ton mult mai grav decât intenționasem, căci mă deranja.

— „Murdar"?! mi-a răspuns, scrutându-mă cu ochii lui scăldați în nuanțe de whisky. Să sperăm că așa va fi!

Am tras adânc aer în piept, deși plămânii mei refuzau să-l accepte. Nu înțelegeam cum de trecea cu atâta ușurință peste fervoarea cuvintelor când eu simțeam nevoia să rup contactul vizual și să șterg momentul din minte.

— Nu e nevoie să te țin ascunsă, Elena, mi-a spus apoi, îndreptându-se spre tigaia de pe aragaz. Doar că n-am răbdare să ascult sfaturile altora în privința lucrurilor ce-mi aparțin.

Ultimele cuvinte au rămas suspendate în aer ca adierea unui vânt leneș, ce refuza să se lase alungat. Făcându-mi inima să vibreze.

— Lucrurile ce-ți aparțin?

S-a oprit, trecându-și mâna peste maxilar.

— În privința logodnicei mele, s-a corectat apoi, cu indiferență în glas, de parcă ar fi realizat greșeala și ar fi înțeles că o logodnică e diferită de *lucrurile ce-mi aparțin*. Familia mea știe de prezența ta aici și pentru mine numai asta contează, a continuat. Nimeni nu are nimic de comentat în privința asta.

— Altfel, le zbori creierii?

— Cam așa ceva, mi-a răspuns, scrutându-mă cu privirea.

Nu-mi dădeam seama dacă glumește sau nu. Deși i-am surprins tonul ușor glumeț al vocii, în minte revedeam scena în care și-a împușcat vărul în cap într-o zi senină de duminică.

M-a scrutat din cap până în picioare cu ochi sfredelitori. Dar când mi-a întâlnit privirea, păreau învăluiți într-o umbră ușor duioasă.

Eu nu am secrete, Elena.

Mințea.

Și nu vedeam decât un singur motiv. Un glas îmi spunea să resping varianta, pe când altul încerca să găsească sensuri noi învăluite în tandrețe.

Mă ținea ascunsă pentru că nu voia să-mi știrbească reputația.

Poate că o făcea din rațiuni egoiste, dar inima îmi fremăta de încântare. Vina mi se strecura însă iute în suflet. Aveam să-i provoc prea multe necazuri. Cifrele copiate pe foaia de hârtie de la fundul genţii mele de voiaj îmi apăsau conştiinţa.

— Poate ar trebui să stau acasă până la nuntă, m-am oferit eu.

— Asta e casa ta.

— Ştii foarte bine ce am...

— Nu.

Bine.

Nu era cale de negociere, se pare.

— Am crezut că alergi în fiecare dimineaţă, mi-a spus apoi, luând două farfurii din dulap.

Abia i-am percutat spusele, obsedată cum eram de goliciunea bustului său.

— Nu-mi prieşte, i-am răspuns, în cele din urmă, ţuguindu-mi buzele.

— Dacă ajungi la un moment dat la concluzia că îţi prieşte, mi-a spus, aruncându-mi o privire întunecată, foloseşte banda de alergat de la etaj! Nu poţi să mai umbli pe străzi ca altădată.

— Ai un mod aparte de a-mi oferi libertate, i-am ripostat, cu un zâmbet dulce pe buze.

— Ce planuri ai cu dansul? m-a întrebat apoi, pe un ton grav.

Nu m-am mai înscris la alte cursuri după spectacolul de dans şi nici nu cred că mai aveam de gând s-o fac. Deşi acum nici nu mai ştiu dacă voi mai putea să ies din casă.

— Nu m-am hotărât încă.

În timp ce Nico umplea farfuriile, mi-am turnat o ceaşcă de cafea. Omul acesta îmi dăruise un orgasm şi acum îmi pregătea micul-dejun. Dacă orgasmul acela mi l-am dorit şi am visat să mi se întâmple, să-mi facă micul-dejun nu bănuiam că avea să fie posibil în viaţa asta. Începeam să mă întreb ce gânduri avea cu mine. Eram doar caricatura noţiunii de soţie.

Rezemându-se de blat, m-a privit cu ochii lui autoritari.

— Dacă te hotărăști să reiei cursurile, va trebui să căutăm un alt studio.

— De ce? l-am întrebat, șovăitoare.

— Pentru că n-am încredere în teritoriul lui taică-tu.

L-am scrutat printre gene.

Mi-a observat uitătura și mi-a susținut privirea.

— Ești cumplit de loială cui nu ar trebui să fii, mi-a ripostat, cu iritare în glas.

— Te referi la familia mea? l-am întrebat, ridicând din sprâncene. Străzile din zona lui taică-miu nu reprezintă niciun pericol.

Privirea rece pe care mi-a aruncat-o mi-a dat de înțeles, clar și răspicat, că subiectul nu era negociabil.

Cum nu știam ce contraargumente să-i dau, am căzut un timp pe gânduri.

— Poate că n-am încredere nici în teritoriul *tău*.

— N-o să mai faci mult timp parte din familia Abelli. Dacă ai de gând să urmezi cursuri de dans sau orice altceva, va trebui s-o faci în teritoriul meu. Și poate nici nu mai ai de gând să sugi viața din trupul nimănui! a adăugat apoi, cu glas sumbru, făcând referire la partenerul meu de scenă, Tyler.

Un fior mi-a străbătut trupul când am realizat că voi deveni în curând Elena *Russo*. M-am prefăcut că oftez ca să-mi ascund neliniștea.

— Ești cumplit astăzi.

— Ușor psiohopat, nu? mi-a ripostat, cu un licăr în ochi. E cazul să stabilesc niște reguli clare.

În timp ce ne priveam, la câțiva pași depărtare, atmosfera părea tot mai apăsătoare și mai încinsă. Inima îmi bătea frenetic în piept. Stătea pe loc, cu bustul gol, degajând masculinitate prin toți porii. Dacă păstram tăcerea, avea să se întâmple ceva. Totul avea să se schimbe într-o fracțiune de secundă. Mă simțeam mistuită de neliniște, de nerăbdare și de teamă.

Eram conștientă că următorul pas avea să-mi frângă inima.

— Chiar te rog s-o faci! i-am răspuns. Ca să știu la ce să mă aștept.

Cuvintele păreau să străpungă atmosfera apăsătoare.

M-a privit încă o clipă. Apoi a clătinat din cap. Și s-a îndepărtat de blat.

— Termină de mâncat! Plecăm peste douăzeci de minute.

— Unde mergem?

A luat revista de pe blat și mi-a pus-o în față. Paginile revistei făceau reclamă la un showroom auto intitulat *Show and Shine Car Show*.

Cu ce naiba te îmbraci când mergi la un showroom auto?

CAPITOLUL Treizeci și patri

Moda trece — numai stilul rămâne același.
— Coco Chanel

Elena

Am realizat, cu regret, că Nico era un tip extrem de matinal. În timp ce eu aveam nevoie de o oră sau două ca să-mi beau cafeaua și să mă pregătesc pentru o nouă zi, el a și făcut micul-dejun și, punându-și pe el o pereche de blugi și un tricou alb, era gata de plecare.

O bilă neagră. Ca și întrebarea legată de starea lui mentală. Deși cele două aspecte sunt strâns corelate.

— Arăți bine, mi-a spus, pornind la drum.

M-am înroșit, ca o proastă, până în vârful urechilor.

A izbucnit în râs și a dat drumul la radio, unde cânta piesa *Last Resort* a formației Papa Roach.

Cuvintele lui — *Arăți bine* — îmi răsunau fără încetare în minte. Era doar o simplă observație, dar tocmai asta îmi făcea inima să vibreze. Eram obișnuită să primesc complimente, multe dintre ele superficiale, pe care însă nici nu mi le doream și nici nu le meritam. În lumea mea, fetele frumoase sfârşeau ca Gianna: cu pupilele dilatate sub efectul drogurilor în care încercau să-şi înece amarul.

Când eram mică, îmi plăcea să observ lumea înconjurătoare. Voiam s-o analizez şi să-i descifrez sensurile ascunse, dar stând în faţa oglinzii, nu vedeam decât o fetiţă cu o viaţă searbădă şi lipsită de dragoste.

Mă minţeam, ăsta era adevărul. Căci am fost mereu o romantică. Iar gândul că nu voi trăi niciodată o poveste de dragoste mă arunca din nou în braţele pustietăţii fără margini, bătute de crivăţ şi zăpezi.

Nu eram atât de inteligentă ca să nu cad în mrejele complimentelor lui, cu atât mai mult cu cât ştiam prea bine că avea o prietenă sau o iubită — ondulatorul de păr era o dovadă incontestabilă. Speram însă, cu o ardoare ieşită din comun, că aceasta să nu fie Gianna. Căci era atât de diferită de mine — degajată şi dezinhibată. Nu puteam concura cu ea. Şi, mânată de o superficialitate pe care mă îndoiesc că mi-o împărtăşea, gândurile mele păreau să se axeze asupra unui singur punct de atracţie: pantofii cu toc înalt pe care trebuia să-i port două zile la rând pentru că erau singurii care se asortau cu rochia de vară.

Pe drumul lung de vreo oră, am ales florile pentru buchetul miresei şi pentru aranjamentele florale de pe mese, în timp ce Nico fie vorbea la telefon, fie dăduse radioul prea tare ca să purtăm o conversaţie. Deşi n-avea nicio conotaţie romantică, întâlnirea noastră degaja o căldură aparte.

Maşinile străluceau în bătaia soarelui în timp ce oamenii se perindau de colo-colo prin parcare. Era o zi înăbuşitoare, ca într-un cuptor încins, de parcă soarele s-ar fi hotărât să-i pedepsească pe oameni. În ignoranţa mea, mi-am imaginat că amfitrionii showroom-ului aveau să ne ofere şi alte distracţii. Dar singura distracție era expoziția de mașini. În momente ca astea, mă bucuram să petrec timpul în compania propriilor gânduri.

Deși nu mai erau alte spectacole sau altceva unde să pierd vremea, expoziția era totuși departe de a fi monotonă. Simțindu-i deseori privirea lui Nico ațintită asupra mea, aveam senzația că sunt una dintre exponatele auto din cadrul showroom-ului. Mă întrebam dacă era la fel de atent cu toate femeile din viața lui, dar am alungat imediat gândul din minte.

— Stai lângă mine! mi-a ordonat de cum am ajuns.

Voiam să-l întreb ce-avea de gând să facă dacă îi voi nesocoti ordinele.

M-am lăsat deseori mânată de curiozitate.

În timp ce schimba câteva vorbe cu unul dintre proprietarii mașinilor expuse, m-am îndepărtat câțiva pași, prefăcându-mă că admir o mașină decapotabilă. Treizeci de secunde mai târziu, i-am și simțit prezența impunătoare în urma mea.

— Tu chiar crezi că o să mă țin toată ziua după tine? m-a întrebat, în șoaptă, la ureche, cu glas onctuos, ca de mătase, și cumplit de *iritat.*

— Va trebui să faci asta, i-am răspuns, dând din cap, în timp ce inima îmi bătea nebunește în piept.

Deși nu mă atingea, timbrul armonios al vocii sale îmi mângâia gâtul.

— Ba nu trebuie să fac nimic, mi-a ripostat.

Adierea blândă a vântului de vară îmi dezmierda pielea, în timp ce oamenii se perindau de jur împrejur, deși eu simțeam prezența unuia singur.

Arăți bine.

Îmi aparții.

— Poate că vrei s-o faci, am murmurat eu.

Au trecut două secunde. Apoi trei.

Ar fi putut să nege. Prefera, în schimb, să lase locul unei tăceri presărate de cuvinte nerostite.

Legătura dintre noi presupunea deopotrivă emoție și spaimă. Astăzi, lupta dintre ele părea mai acerbă ca niciodată.

Forțându-mi norocul și îndepărtându-mă de el, sătulă să-l tot aud vorbind despre mașini, îi simțeam privirea ațintită asupra mea, deși era angrenat în discuții. Și am realizat un lucru: poate că nu eram singura femeie de viața lui, dar aveam să fiu singura pe care o numea *soție*. Ideea mi-a stârnit o adevărată zbatere de aripi în stomac. Mistuită de senzații, am avut un sentiment de adâncă satisfacție.

— Nicolas, i-am spus câteva momente mai târziu, punându-mi mâna la ochi ca să-i feresc de soare, în timp ce priveam mașinile din parcare. Asta seamănă cu Gran Torino din garajul tău.

Nico s-a oprit lângă mine, dar avea ochii ațintiți asupra telefonului, de pe care trimitea un mesaj. Muncea fără încetare. Și eu care, la un moment dat, am crezut că e alcoolic! Începeam să cred că termenul *workaholic* i se potrivea mult mai bine.

— De unde știi ce model e mașina mea? m-a întrebat, fără să-și ridice privirea.

— Am cunoștințe vaste în domeniul ăsta, i-am răspuns, zâmbind, căci nu știam mai nimic despre mașini.

M-a scrutat cu un licăr vesel în ochii scăldați în nuanțe de chihlimbar.

— Sunt convins, mi-a spus apoi, băgându-și telefonul în buzunar și privind exponatele. Ăsta e un model din '70. A mea e din '72.

L-am scrutat șovăitoare. Era cumplit de perspicace, cu atât mai mult cu cât ne aflam mult prea departe de mașină ca să-i citească descrierea din parbriz.

— De unde știi?

— Pură bănuială, mi-a răspuns, cu glas tărăgănat.

Hmn!...

— Dar cea roșie de colo din ce an e? l-am întrebat apoi, arătându-i următorul exponat de pe același rând, tot un Gran Torino.

— '71, mi-a răspuns, privind mașina. Ai văzut filmul, nu-i așa? m-a întrebat apoi, cu un zâmbet în colțul gurii. Așa ți-ai dat seama?

L-am privit încruntată.

Era a patra oară când îl vedeam râzând. Nu știu când am început să le număr, dar nu voiam să mă mai opresc.

Am descoperit în curând că „pura bănuială" avea la bază cunoștințe temeinice în domeniu, căci putea să-mi spună doar dintr-o simplă privire firma, modelul și anul de fabricație ale fiecărui model expus. Era o adevărată enciclopedie — mult prea modest însă ca s-o recunoască.

Îl priveam și eram fascinată de cât de concis se exprima și cât de sigur era pe el. Mi-am întipărit în minte imaginea lui, atunci când mi-a aruncat o privire, cu chipul în bătaia unei raze de soare. Străpunsă de acea privire întunecată și posesivă, am simțit pentru început o senzație de cald în piept, dar care pe măsură ce timpul trecea, căldura s-a răspândit prin toată ființa mea, conștientă fiind că un asemenea sentiment nu avea cum să mai dispară vreodată.

— Cum de știi atâtea lucruri despre mașini? l-am întrebat, mergând unul lângă altul în bătaia nimicitoare a soarelui dogoritor și ridicându-mi părul strâns în coadă de cal, ce mi se lipea de spatele ud de transpirație.

— M-a ținut departe de necazuri, mi-a răspuns, fără să mai adauge altceva.

Se referea, probabil, la perioada adolescenței. În ce necazuri a intrat oare tânărul Nico?

Mă simțeam mistuită de regrete, amintindu-mi insinuările pe care le-am făcut aseară despre mama lui. N-am avut parte de cei mai buni părinți, dar am crescut în siguranță și înconjurată de dragoste. Cine îi dăruise oare un crâmpei de iubire lui Nico? Sunt convinsă că tatăl lui îi arătase la fel de multă iubire ca și cea pe care tata o nutrea pentru Tony. Şi mă îndoiesc că o mamă dependentă de droguri îi putea dărui copilului ei susţinere şi tandreţe.

— Nico..., am început eu, dar m-am oprit, şovăitoare.

Voiam să-l întreb atâtea lucruri. Voiam să-i aflu până şi cele mai tainice secrete, dar ştiam că n-o să-mi spună.

— Mi-e sete, am adăugat, în schimb.

— Carevasăzică, devin Nico atunci când vrei ceva, mi-a răspuns, vădit amuzat, cu glas tărăgănat. Hai să luăm ceva de băut!

Tata nu ieşea niciodată din casă fără să se îmbrace la patru ace. Nico purta, în schimb, o pereche de ghete, nişte blugi şi un tricou alb. Cu toate astea, ceva îl deosebea de toţi ceilalţi. Parcă toată lumea ştia că poartă un pistol ascuns sub tricou. Sau poate că oamenii îi citeau amenţarea tăcută din priviri.

Ne-am aşezat la o masă de picnic de la marginea parcării, cu câte o sticlă de apă în faţă. Nico a dat-o pe gât din trei înghiţituri, apoi, rezemându-se cu coatele pe genunchi, a început să privească mulţimea. După atacul de acum o săptămână, poate ar fi trebuit să-mi fac griji în privinţa siguranţei mele. Adevărul era însă că nimeni altcineva nu reuşea să-mi insufle mai multă siguranţă decât el.

Când i-am simţit ochii aţintiţi asupra mea, m-am prefăcut că nu observ. După alte câteva clipe, când, sub privirile-i scrutătoare, inima îmi bătea gata să-mi iasă din piept, m-am hotărât să rup tăcerea.

— De ce te uiţi aşa la mine?

O clipă de tăcere. Apoi alte două.

— Poate că vreau asta, mi-a răspuns, cu glas răguşit şi ochi la fel de stăruitori.

Inima a început să-mi bată şi mai năvalnic.

Când ne-am oprit în faţa rândului de maşini Gran Torino, dornică să-l tachinez, am început să le studiez atent, de parcă mă şi pricepeam la maşini, apoi, ştiind că modelul din garajul lui era unul din '72, am declarat cu emfază:

— Îmi place mai mult cel din '70.

Nu s-a uitat la mine, dar a schițat un zâmbet în colțul gurii.

— Vino puțin mai aproape și apoi mai spune o dată ce-ai zis!

Fluturii au început să se zbată frenetic în stomac și mi-am mușcat obrazul ca să-mi stăvilesc zâmbetul.

Era ora 11 dimineața, într-o zi de duminică, în clipa în care am realizat că nu simțeam doar o atracție fizică pentru logodnicul meu. Ci că mă îndrăgosteam nebunește de el.

Când ne-am întors la mașină, picioarele mă dureau cumplit și aveam umerii roșii de la soare. Ca să nu mai spun că mi-era o foame de lup. Era deja ora două după-amiaza și, cum aveam ore fixe de masă, îmi lipseau prânzul și gustarea dintre mese.

În timp ce Nico conducea, m-am rezemat cu capul de geam și am privit peisajele ce-mi treceau prin fața ochilor. După câteva clipe, m-am ridicat, încruntată și nedumerită.

— Nico, știam că partea asta din Bronx e a celor din clanul Capello.

Văzându-l cum își plimbă limba pe buze, fără să-mi răspundă, am izbucnit, uluită, în râs.

— O, Doamne! Ești nebun de-a binelea. N-ar trebui să fim pe aici.

— Parcă am stabilit deja că nu sunt zdravăn la cap, mi-a răspuns, privindu-mă cu un licăr ironic în ochi.

Uitându-mă din nou pe geam, aveam senzația că sunt un criminal vânat de toată lumea pe un teritoriu străin. Nu-mi venea să cred că, doar cu câteva clipe în urmă, ne plimbam fără griji pe teritoriul clanul Capello, cu care tata avea niște relații neutrale, deși uneori încordate.

— O să mor din cauza ta, l-am anunțat, pe un ton grav.

A clătinat din cap, apoi m-a scrutat cu o privire extrem de pătrunzătoare.

— Chiar crezi că aş lăsa pe cineva să se atingă de tine?

Nu — mi-am spus imediat în gând.

Cuvintele lui îmi făceau sufletul să vibreze, deşi înotam într-o vâltoare de gânduri şi sentimente. Am urmat mereu regulile nescrise din lumea noastră şi singura dată când le-am încălcat, un om nevinovat şi-a pierdut viaţa. Ştiam prea bine că Nico nu punea preţ pe legea pământului şi nici nu respecta regulile şi eticheta impuse de *Cosa Nostra*. Astăzi îmi făcuse dovada certă. Nu voiam necazuri; iar Nico trăia tocmai în vâltoarea lor.

— E periculos, i-am spus.

O tăcere apăsătoare s-a aşternut între noi. Plimbându-şi degetul mare pe buza de sus, m-a privit pătrunzător, ţinând volanul cu o singură mână.

— Ai încredere în mine?

În minte îmi răsunau cuvintele pe care mi le spusese aseară când mă sfătuise să nu am încredere în el. Am înghiţit în sec, căci întrebarea — rostită cu un glas deopotrivă de duios şi de aspru — îmi sfâşia sufletul. Acum îmi spunea că puteam să am încredere în el. Că *ar trebui* s-o fac.

Eram nevoită să mă căsătoresc cu el.

Dar nu trebuia să am şi încredere în el.

Dar viaţa nu e plămădită numai din lucrurile pe care trebuie să le facem, ci mai ales din cele pe care *vrem* să le facem.

Am privit pe geam locurile pe care le străbăteam dintr-o zonă ce-mi era interzisă. Am simţit un nod în stomac văzând împrejurimile străine, dar prezenţa lui Nico, căldura glasului său, masculinitatea pe care o degaja prin toţi porii — totul îmi părea acum familiar.

Şi, cum n-am ştiut niciodată să mint prea bine, i-am spus adevărul.

— Da, am murmurat.

Nicicând n-am nutrit mai multă convingere ca acum.

CAPITOLUL
Treizeci și cinci

Negru ca diavolul, încins ca iadul,
pur ca un înger și dulce ca iubirea.
— Charles-Maurice de Talleyrand

Elena

Ne-am oprit la biroul lui și, văzând pizza de pe măsuța de cafea, am icnit de plăcere.

Nico mi-a aruncat o privire amuzată, apoi, trecând pe lângă mine, s-a îndreptat spre birou, unde a petrecut o oră la telefon. Poate și mai mult, n-am de unde să știu, căci, sătulă după pizza înfulecată și obosită după ziua petrecută în bătaia soarelui, am adormit pe canapea. Sau, mai bine spus, am moțăit, căci îi auzeam în fundal vocea profundă și liniștitoare.

Trei ore mai târziu, m-am trezit singură în birou.

Am clipit, ușor dezorientată, și mi-am desfăcut părul, de-acum răvășit. L-am aranjat cum am putut și, punându-mi pantofii cu toc înalt, am ieșit pe hol. Mesele de joc erau goale, iar tăcerea de la subsol era spulberată doar de câteva voci masculine, îndepărtate.

Intrând în sala principală, i-am văzut pe Lorenzo, Lucky și Luca într-unul dintre separeurile din colțul camerei, fiecare cu niște cărți de joc în mână. Mă întrebam cum reușeau să joace poker când nu făceau altceva decât să trișeze.

Cum nu era nici urmă de Nicolas, mi-a venit ideea să-l caut în clubul de la etaj. Pentru că viitorul meu soț încălca toate regulile, m-am gândit că n-ar fi rău să ies din zona mea de confort și să-i explorez puțin teritoriul. Mergând pe vârfuri ca să nu fac zgomot, m-am îndreptat spre scări și m-am strecurat pe ușă.

Localul era extrem de elegant. Ringul spațios de dans, cu podea din sticlă, era scăldat când într-o lumină purpurie, când albastră, când galbenă. Un șir lung de scaune capitonate cu pluș roșu străjuia mesele rotunde, din lemn lăcuit, în fața cărora se afla un perete cu oglinzi. Niște trepte duceau, bănuiam eu, spre locurile rezervate VIP-urilor. Speram că Nico nu îngăduia săvârșirea unor lucruri îndoielnice acolo, deși știam prea bine că era doar o simplă iluzie.

După câteva clipe, m-am hotărât să mă întorc la parter înainte ca cineva să-mi observe lipsa. Dând să plec, am realizat că nu eram singură.

— Așadar, tu ești frumoasa Elena.

M-am oprit brusc.

Deși vocea îmi era străină, știam că sunt în topul subiectelor de discuție abordate în ultimul timp de clevetitori, așa că nu era de mirare că mă cunoștea.

Când m-am întors, am dat cu ochii de o privire pe cât de sălbatică, pe atât de rafinată. Degaja prin toți porii un aer aspru, greu de îmblânzit, pe care încerca în zadar să-l ascundă în spatele eleganței oferite de costumul Armani, al amabilității, relaxării și nonșalanței afișate. Părea un cameleon capabil să adopte orice înfățișare își dorea.

— Îmi pare rău, dar nu cred că am avut plăcerea să ne cunoaștem.

— Nu, așa e, mi-a răspuns, cu un râs casant. Nu sunt primul născut.

Deși semnificația cuvintelor sale ar fi trebuit să dispară în vremurile moderne, am înțeles prea bine ce voia să spună. Doar eram dovada vie a principiilor învechite ale *Cosei Nostra* — nunta mea stătea mărturie în acest sens.

Nefiind primul născut, nu moștenea nici titlul, nici afacerea familiei, fiind obligat să trăiască mai întâi în umbra tatălui și apoi în cea a fratelui mai mare. Avea să joace mereu rolul viorii a doua — ignorate și subestimate.

— Îmi pare rău să aud asta.

Frecându-și maxilarul, a murmurat aproape imperceptibil:

— Nu e de mirare că te plăcea.

Pentru că nu îl cunoșteam, nu-mi permiteam să-l iau la întrebări, dar folosirea timpului trecut — *te plăcea* — mi-a stârnit interesul. Nu se cuvenea să stau de vorbă cu un bărbat complet străin, dar dacă se afla în clubul lui Nico, atunci era un om de încredere, nu-i așa?

M-am apropiat, cu pași șovăitori. Străinul mi-a luat mâna într-a sa și mi-a sărutat-o ușor.

— Deși se pare că mă cunoști, eu n-am nici cea mai vagă idee cine ești, i-am spus apoi. Ai vreun nume?

— Sebastian, mi-a răspuns. Perez, a adăugat, cu un licăr în ochi.

Simțind un fior rece din cap până în picioare, mi-am smuls mâna dintr-a lui. Abia atunci i-am observat accentul ușor columbian din glas.

A răsuflat, vădit amuzat și iritat de reacția mea.

— E a treia oară când mi se întâmplă. N-am nicio șansă să mă culc cu cineva în orașul ăsta, a zis apăsat.

Tonul degajat al glasului și sinceritatea întrebării m-au făcut să-l privesc cu o oarecare șovăială. Însă, privind cum își strecoară mâinile în buzunare și scrutează împrejurimile cu ochii, am realizat că stăpânea arta manipulării la fel de bine ca și fratele lui. Dar mi-ar fi plăcut mai mult să aflu cât de *deviant* îi era comportamentul.

Oare Oscar avea într-adevăr o reputație rău famată printre femei? Părea să se bucure de foarte mult interes din partea lor, dar o făcea în anturajul nostru și, dacă avea anumite... înclinații, nu cred că și le trăda în prezența cuiva din *Cosa Nostra*. Asta până n-ar fi pus mâna pe un contract nupțial avantajos și ar fi plecat apoi cu soția lui în Columbia. O soartă de care scăpasem la mustață.

— Te plăcea, mi-a spus apoi. Chiar *foarte mult*.

Am simțit un gust amar în gură. Să fii obiectul dorințelor lui Oscar Perez era ca și cum ai contracta o boală cu transmitere sexuală.

— E frumos localul, a continuat, făcând câțiva pași prin club. E interesant să te găsesc aici. Credeam că Asul se însoară cu sora ta.

— Schimbare de plan, i-am răspuns, înghițind în sec.

Simplul *Aha* rostit în barbă era învăluit într-o tonalitate ușor amuzată.

— Fratele meu mi-a spus la un moment dat, printre aburii alcoolului, că ai o voce frumoasă ca o mângâiere tandră.

— Drăguț, i-am răspuns, stăvilindu-mi o grimasă.

A chicotit, amuzat parcă de încordarea creată de cuvintele sale.

— Te descria în versuri. Ai vrea să le auzi?

— Nu... prea cred.

— Bine faci. Căci unele sunt... de-a dreptul sălbatice, a adăugat, uitându-se, încruntat, de jur împrejur.

— Nu mai ești vioara a doua, am spus eu.

— Nu, mi-a răspuns, cu o umbră întunecată pe chip.

— De-aia ești aici? l-am întrebat, simțind un nod în stomac.

Imediat cum cuvintele mi-au scăpat printre buze, am simțit o prezență în urma mea. Am rămas pe loc, în timp ce Sebastian a rămas unde era, cu mâinile în buzunare și ochii ațintiți spre omul din spatele meu.

— Elena, du-te imediat jos! mi-a ordonat, cu glas rece și distant. Erau cuvintele unui om obișnuit să dețină controlul. Un fior mi-a străbătut șira spinării.

— *Acum!*

M-am întors cu gândul să mă supun.

Nu sunt făcută să încalc regulile, o știu *prea bine.*

Nico nici nu s-a uitat la mine. A rămas cu privirea țintuită asupra columbianului, care stătea în mijlocului clubului și care venise — tindeam acum să cred — fără invitație.

Tabloul pe care mi-l oferea Nico — cel al unui „naș" impunător, dominant și neîndurător — făcea notă discordantă cu cel care mă mângâiase cu mâini tandre și blânde, mâini ce puteau la fel de bine să ucidă sau să mutileze.

Trecând pe lângă el, am pornit pe hol, dar ceva m-a făcut să mă opresc după colț, mistuită de încordarea ce plutea în aer. Dar și de dorința de a-l vedea pe Nico la „treabă". Era pură curiozitate.

— Ai cinci secunde să-mi explici cum dracu' ai intrat aici.

Sebastian a izbucnit în râs.

— Direct la afaceri, i-a răspuns, cu glas onctuos. Prea bine atunci. Am fentat camerele de luat vederi și am folosit vechea stratagemă a cărților de credit.

— Ușa aia are două încuietori.

— Ce pot să spun? i-a răspuns, cu un glas ce-i trăda zâmbetul din colțul gurii. Poate n-ar strica să pui vreo trei.

Tăcerea ce s-a așternut între ei îmi dădea de înțeles că Nico nu era deloc amuzat.

— Dacă vrei să pleci întreg de aici, ar fi bine să vorbești.

— Probabil că fratele meu nu ți-a fost prieten.

Încordarea plutea și mai amenințătoare, făcându-mă să trag încet aer în piept.

— Perez, a continuat Sebastian. Oscar. Fratele meu bănuia — era, de fapt, chiar paranoic în privința asta — că cineva încerca să-l ucidă, a adăugat, după câteva clipe de tăcere. Mărturisesc că mi-a trecut și mie prin cap s-o fac. Încă de pe la vreo șapte ani...

— Treci la subiect! s-a răstit Nico.

Sebastian a oftat adânc.

— Convins de asta, a angajat un detectiv particular. Rolul lui era să-l urmărească peste tot și să se asigure că nu mai era nimeni pe urmele lui. Ironic, nu-i așa? a continuat, râzând.

S-a lăsat din nou tăcerea, de parcă ar fi așteptat răspunsul lui Nico. Cum nu l-am auzit spunând nimic, îmi imaginam că se mulțumea doar să-l scruteze cu o privire pătrunzătoare.

— Motivul pentru care îmi imaginez că fratele meu nu ți-era prieten îl constituie fotografiile detectivului făcute în momentul în care i-ai zburat creierii.

Inima mi-a stat în loc.

— Nu cred că ai venit până aici ca să-mi spui numele detectivului, i-a ripostat Nico.

— Dacă aș face asta, aș pluti acum în cel mai apropiat râu din zonă, i-a răspuns Sebastian, râzând. În plus, mi-a dat fotografiile. Nici nu le-ar fi făcut dacă și-ar fi dat seama cine e autorul. Era cât pe ce să facă un atac de cord când i-am spus despre cine e vorba.

— Deștept omu', a spus Nico, cu glas tărăgănat. Nu același lucru îl pot spune și despre tine. N-ar fi rău să-mi zici mai repede care-i scopul vizitei.

— Să zicem că fratele meu a distrus afacerea! I-a terminat pe mulți dintre furnizorii noștri cu... Mă rog, îi plăceau femeile. Să facă sex, să le bată, să le lege... Lucruri deloc în regulă pentru afacere. Dacă bați palma cu mine, pozele astea dispar pentru totdeauna.

— Îți dai seama, probabil, că o afacere încheiată pe șantaj nu e o mișcare prea inteligentă, nu-i așa? i-a ripostat Nico, sardonic.

— De parcă tu ai fi luat în calcul altă variantă pentru un furnizor nou.

Nico l-a ucis, aşadar, pe Oscar... *Dar de ce?*

— Ai marfă bună? a întrebat Nico, în cele din urmă.

— Cea mai bună.

— Bine. Vorbim mai târziu săptămâna asta, după ce faci programare ca toţi ceilalţi. Unde stai?

— De ce întrebi? a spus Sebastian, pe un ton amuzat. Vrei să-mi arăţi oraşul?

— Dacă mă hotărăsc să-ţi zbor creierii, nu vreau să pierd timpul căutându-te, i-a răspuns Nico, cu glas casant.

Era timpul să plec — auzisem destul. Dar am şovăit auzind întrebarea lui Sebastian. Voiam să ştiu răspunsul lui Nico.

— De ce-ai făcut-o?

S-a lăsat o tăcere apăsătoare şi am simţit o strângere de inimă surprinzându-i trufia din glas.

— Avea ceva ce îmi doream să fie *al meu*.

CAPITOLUL
Treizeci și șase

Nu există geniu fără un dram de nebunie.
— Aristotel

Elena

Habar n-am cum de știam, dar știam.

Poate din pură intuiție, dar gândul îmi stârnea valuri de incertitudine. Suspiciunea nu-mi dădea pace și, mânată de dorința de a-mi confirma bănuielile, am luat telefonul de pe măsuța de cafea și i-am trimis un mesaj lui Tony.

Eu: *Știai că lui Oscar Perez îi plăcea să mutileze femei?*

Mi-a răspuns câteva minute mai târziu.

Tony: *La dracu', Elena, nu!*

Pentru că știa cine îi trimisese mesajul, bănuiam că Nico îi dăduse numărul meu de telefon. Deveniseră brusc foarte buni prieteni, lucru extrem de ciudat. Și n-aș putea spune că îmi plăcea prea tare.

Eu: *Ești sigur? Se pare că se știa.*

Tony: *De ce te-aș minți?*

Era timpul să arunc momeala.

Eu: *Poate pentru că știai că tata i-a promis mâna mea.*

Telefonul a început atunci să sune și am răspuns cu un simplu „Alo!".

— Ce dracu' e în capu' tău? m-a întrebat Tony, cu glasul presărat deopotrivă de iritare și îngrijorare. Chiar crezi că tata ar fi acceptat logodna dacă știa că Oscar făcea mizeriile astea?

Logodna!

Cuvântul îmi spulbera toate îndoielile.

— Îți mulțumesc, Tony, am spus, cât se poate de simplu. Asta am vrut să știu.

Și am închis telefonul. Dar a început să bâzâie câteva clipe mai târziu.

Tony: *Termină cu asta, ești ciudată!*

Răspunsul pe care i l-am dat era cât se poate de imatur, dar nu m-am putut abține, dornică să-l tachinez.

Eu: *Ba tu ești ăla ciudat!*

Am rămas aproape fără suflare când am simțit o prezență magnetică în spatele meu. O prezență pe cât de hipnotică, pe atât de volatilă, ispititoare și amenințătoare ca liniștea dinaintea unei furtuni.

Avea ceva ce îmi doream să fie al meu.

Oscar *mă* avea... după care a murit.

Voiam să alung gândul că Nico făcuse ce începeam să cred că făcuse sau mai degrabă *motivul* pentru care făcuse ce făcuse, căci în suflet mi se cuibărea un crâmpei de speranță.

Dacă nu ai nicio speranță, nici n-ai nimic de pierdut.

Speranța ne preface însă în niște piese de domino gata să se prăbușească.

Dar flăcăruia din suflet se încăpățâna să ardă, transformându-se, încetul cu încetul, într-o văpaie.

— Ai văzut clubul?

— Da, i-am răspuns, strângând telefonul în mână ca pe o ancoră.

Întorcându-mă, l-am observat rezemat de colțul biroului, în timp ce mă scruta cu o privire pătrunzătoare.

— Nu mă încântă să te văd stând de vorbă cu toți „Escobarii" ce ți se ivesc în cale.

După tonul folosit, mi-am dat seama că era un eufemism.

— Dar cu tine pot oare să vorbesc? l-am întrebat, ridicând din sprâncene, dornică să-i dau, astfel, de înțeles că nu se diferenția în această privință de restul bărbaților din *Cosa Nostra*.

— Asta o să și faci de acum înainte, mi-a ripostat, cu o privire sumbră.

Dacă n-o s-o fac, o să mă obligi? aș fi vrut să-l întreb, dar n-am putut să dau glas cuvintelor. În birou, plutea o atmosferă incendiară, gata să explodeze. O singură mișcare greșită, și totul avea să sară în aer. Abia mai reușeam să respir sub norii grei de furtună ce se adunau deasupra noastră. Ne scrutam din priviri într-o tăcere apăsătoare, mistuiți de o dorință pe care amândoi o recunoșteam, dar căreia niciunul dintre noi nu îndrăznea să-i dea un nume.

Aveam nervii întinși ca un arc.

Voiam să-i pun sufletul pe jar cum mi-l punea el mie. Voiam să-i stârnesc o pasiune răvășitoare, mistuitoare și dureroasă. Dar nu puteam să rivalizez cu femeile mult mai experimentate pe care le cunoscuse. Și am fost mereu o perfecționistă — dacă nu puteam să fac un lucru la perfecție, mai bine nu-l mai făceam deloc.

— Erai prieten cu Oscar? l-am întrebat, încercând să spulber tăcerea mult prea apăsătoare.

— Nu, mi-a răspuns, cu un licăr sumbru în ochi, dezlipindu-se de birou.

— Ai făcut afaceri cu el?

— Nu, a repetat, luând cheile de pe birou cu un gest nervos, de parcă simpla pomenire a lui Oscar îl scotea din sărite.

— Nici măcar...

— Nu l-am cunoscut, Elena, a ripostat apoi.

M-am încruntat, încercând să mă prefac uluită de iritarea lui. În realitate însă, o senzaţie dulce ca mierea mi se cuibărea în suflet.

Avea ceva ce îmi doream să fie al meu.

Şi am ştiut atunci că despre mine era vorba.

Nico

Dirty Diana, piesa formaţiei Shaman's Harvest, răsuna în boxele maşinii, amplificându-mi încordarea pe care o degajam prin toţi porii. O aveam pe Elena în dreapta. De-ar fi fost posibil să mi-o scot naibii din minte pe fata asta, fie şi numai pentru o clipă, piesa asta despre o târfă pe care o chema Diana nu avea să mă ajute deloc.

Îmi pierdeam cumpătul. Cu nervii întinşi la maximum, mi-am încleştat mâinile pe volan. Încercam din greu să rezist.

Meritam un premiu pentru asta, la naiba!

Nici ce simţeam fizic, în corp, nu mă ajuta deloc să mi-o scot din cap. O revedeam cum se unduise când îmi dusesem mâna între picioarele ei şi îmi împinsesem două degete în ea. Cum îmi mişcasem degetele înainte şi înapoi şi cum îşi arcuise şoldurile, împingându-se în palma mea, până ajunsese la orgasm. Cum eram disperat să o miros, să o gust. Mi-a lăsat, instantaneu, gura apă şi am simţit cum nodul adânc din piept s-a dezmembrat în valuri de scântei, care mi se duceau în jos, direct în picioare.

Mistuit de dorinţă şi cu nervii întinşi la maximum, am închis radioul.

S-o fut pe Diana!

Şi pe toţi nenorociţii care şi-o trag acum!

O încordare apăsătoare plutea în maşină — amplificată de foşnetul scos de faldurile rochiei când Elena şi-a pus picior peste picior. Gestul nervos i-a scos la iveală coapsele fine, bronzate, iar bătăile aprige ale inimii mi-au pulsat direct în penis.

Am schițat o grimasă, pe care am șters-o cu dosul palmei. Știam ce se ascunde acum sub faldurile rochiei. Imaginea asta mi-a ars mintea. Nu doar formele-i seducătoare îmi încingea sângele, ci și ochii ei negri, duioși și inocenți îmi străpungeau inima. Mă lăsase să fac tot ce poftisem — supusă și ascultătoare. La dracu'!

Văzând-o cum își șterge mâinile pe rochie, trăgând-o pe genunchi, aveam senzația că o tulbur și eu la rândul meu. Ochi pentru ochi!

Puteam să-i fac orice îmi trece prin cap.

Puteam să depășesc orice granițe.

Și știam că o să-i placă.

Dar ceva straniu mă ținea pe loc. Ceva ce mă făcea să-mi aprind o țigară de fiecare dată când gândul îmi fugea într-acolo.

Trebuia să aflu dacă nu eram cumva un soi de înlocuitor pentru o dragoste pierdută. Trebuia să aflu dacă nu-și imagina că sunt altcineva. Dacă mă voia cu adevărat și n-o făcea mânată doar de simțul datoriei și al supunerii.

Când am văzut-o vorbind cu Sebastian Perez, am crezut pentru o clipă că el se ascunde în spatele inelului pe care îl poartă pe deget. Am simțit un gust amar în gură. *E a mea*. Și aș ucide fără crâcnire pe oricine care ar îndrăzni să mă contrazică.

Am hotărât să stea la mine până la nuntă, căci nu suportam gândul că taică-su m-ar putea împiedica s-o văd. O senzație stranie, ca un vid imens, mi se cuibărea în suflet. Să fiu al naibii dacă mai aveam de gând să mai stau încă două săptămâni mistuit de senzația asta!

Mă bucuram însă că nu-l împușcasem pe Sebastian.

Îmi plăcea cum făcea afaceri.

Imediat cum am ajuns pe alee, am oprit motorul și am ieșit din mașină. Dacă mai stăteam încă o fracțiune de secundă în compania ei, aveam să cedez.

A venit după mine spre ușa din spate, făcându-mă să-i urmăresc fiecare mișcare. La un moment dat, tocul i-a rămas înfipt în pământul de pe alee, căci a început să se clatine, gata să cadă. Am prins-o și am ajutat-o să-și recapete echilibrul, dar nu m-am așteptat să-mi cadă cu totul în brațe.

Impactul m-a făcut să-mi încleștez dinții. Doamne, cât de încins i-am simțit trupul lipit de al meu, de la sâni până la șolduri!

Dumnezeule mare, ce-mi face fata asta!

Dacă aveam să-mi stăvilesc pornirile și în noaptea asta, era un adevărat miracol.

Elena

Tocurile îmi pocneau pe podeaua de lemn, acompaniate de bătăile frenetice ale inimii.

Trecuseră doar câteva zile de când am venit aici și, deși sentimentul de incertitudine își făcea încă simțită prezența, pasiunea pe care o nutream pentru el devenea tot mai aprigă și mai mistuitoare. Îi simțeam prezența pretutindeni — de jur împrejur, în sufletul, în mintea și în trupul meu — și nici măcar nu punea mâna pe mine.

Nico a bătut un cod pe tastatura sistemului de securitate în timp ce eu mi-am scos pantofii. Oprindu-se în fața treptelor, s-a uitat la mine cu o privire întunecată, profundă și mistuitoare.

— Ești OK?

— Da, am murmurat, deși eram aproape de combustie, dacă continua așa, să nu mă atingă.

A dat din cap, apoi a urcat treptele, una câte una, lăsându-mă acolo: singură, înnebunită de *dorință.* Am rămas un timp pe loc, într-o tăcere apăsătoare, spulberată doar de zgomotele înăbușite din casă.

Ducându-mă în bucătărie, mi-am umplut un pahar cu apă și l-am lăsat pe blat, fără să iau nici măcar o înghițitură. M-am apucat de marginea blatului, am închis ochii și mi-am permis pentru o clipă să simt presiunea a ceea ce doream atât de mult de la acest bărbat, până am avut senzația că nu mai puteam să respir.

Treptele scârțâiau sub tălpile-mi goale și, când am ajuns în capul scărilor, am auzit dușul curgând din baia lui. Șovăiala îmi bântuia gândurile. Era atât de ușor să-mi las rochia să cadă la pământ și să mă strecor în duș alături de el. Nu avea să mă respingă, dar nu acesta era motivul șovăielii mele.

Am intrat, în schimb, în baia de pe hol. M-am băgat sub duș și mi-am spălat părul cu șamponul unei alte femei. Apoi l-am uscat cu föhnul ei. Învăluită doar într-un prosop, am rămas, șovăitoare, pe hol, mistuită de aceeași incertitudine.

Am intrat în dormitor și, închizând ușa în urma mea, m-am rezemat de ea și mi-am ațintit ochii în tavan, cu răsuflarea întretăiată. Înotam într-o vâltoare de sentimente: teamă, nesiguranță, *pasiune*. Mi-am pus un tricou și niște pantaloni scurți și am rămas în mijlocul camerei.

Cuvintele lui îmi răsunau amețitor în minte: *Avea ceva ce îmi doream să fie* al meu. Cu gândul ăsta în minte, am străbătut holul, oprindu-mă în fața ușii lui închise.

Odată ce o voi deschide, nu voi mai putea să dau înapoi. Știam că asta avea să schimbe totul, dar ceea ce nu realizam la vremea aceea era că... totul se schimbase deja.

CAPITOLUL
Treizeci și șapte

Nu poți să arunci vina pe gravitație
când dragostea te doboară la pământ.
— Albert Einstein

Elena

Nu și-a ridicat privirea din pământ când am deschis ușa.

Dar știa că sunt acolo.

Stătea pe marginea patului, cu coatele rezemate pe genunchi. În aer plutea o negură amenințătoare, apăsătoare și înlănțuitoare ca obsesia.

Razele de lună, ce se furișau pe fereastră, îi scăldau trupul într-o lumină argintie, învăluindu-i însă chipul într-o umbră întunecată. Apropiindu-mă acum de el într-atât încât aveam senzația că mă înecam în prezența-i impunătoare, simțeam cum bravura ce mă împinsese până aici se prefăcea, încetul cu încetul, în scrum.

Inima îmi bătea cu putere, gata parcă să-mi iasă din piept, și sângele îmi zvâcnea prin vene, încingându-mi pielea. N-am știut niciodată că o pasiune mistuitoare se poate împleti cu o teamă la fel de nimicitoare. M-am oprit, șovăitoare, pe loc. Dar, chiar dacă aveam s-o iau acum la fugă, nu mai aveam cale de scăpare, o știam prea bine.

Fiecare părticică din corp îmi ardea în flăcări, cu fiecare pas pe care îl făceam înspre el. Am ajuns în dreptul lui și mi-am împins ușor genunchiul între picioarele sale și am simțit cum materialul boxerilor lui îmi zgâriau pielea fină, proaspăt epilată, din interiorul coapsei. Nu și-a ridicat privirea spre mine și nici nu și-a schimbat poziția ca să mă strecor cu totul între picioarele lui. Tăcerea era spulberată doar de răsuflarea-mi întretăiată și de bătăile frenetice ale inimii.

Am întins o mână, l-am apucat ușor de ceafă și mi-am înfipt degetele în părul lui des. Un suspin i-a scăpat de pe buze. Răspândea valuri de căldură prin pieptul gol, iar eu i le sorbeam cu nesaț. Mi-am împletit degetele printre firele de păr, strângându-i-le în pumni așa cum făcusem cu câteva zile în urmă.

Mi-a atins coapsele cu mângâieri ușoare ca zbaterea unor aripi, iar pulsul meu a luat-o la goană. Sânii, goi pe sub tricou, erau grei și întăriți și atât de aproape de fața lui. Nu avea decât să-și ridice privirea și ajungea exact cu gura acolo, eliberându-i de tensiune.

M-a apucat mai puternic de coapse, înfigându-și degetele în carne și mângâindu-mă apoi cu ardoare. Îmi ardea pielea cu fiecare atingere. Am simțit un spasm puternic undeva adânc, în pântec, iar fiecare mișcare mâinilor lui îmi trimitea unde mistuitoare între picioare. Respiram din ce în ce mai sacadat, în timp ce el era tăcut, ca și cum ceea ce făcea merita întreaga lui atenție.

Atmosfera se încingea cu fiecare secundă care trecea.

Am rămas fără suflare atunci când și-a urcat mâinile și și-a strecurat degetele sub tivul pantalonilor mei minusculi pipăind-mi ușor pielea sensibilă, după care am simțit cum a înaintat rapid și mi-a cuprins fundul cu palmele. Un icnet mi-a scăpat de pe buze în timp ce mă înnebunea cu atingerile lui tandre, dar în același timp ferme. Și-a coborât cu pricepere palmele, fremătătoare și fierbinți, între picioarele mele; degetele mi s-au închis în pumn în părul lui.

Mi-a atins chiloții tanga și i-a tras într-o parte. Tremuram de dorință și de nerăbdare, dar exact înainte să ajungă cu degetele acolo unde aveam nevoie să fie, a tras de chiloți într-o parte, dându-le apoi drumul dintr-o smucitură. Plesnitura mi-a atins clitorisul și un val de senzații mistuitoare mi-a vibrat prin corp, și am crezut că mă lasă picioarele. Când i-am cuprins ceafa cu degetele, ca să mă echilibrez, a dat nervos din cap ca și cum ar fi detestat gestul pe care îl făcusem. Mi-am dat mâna la o parte. N-am avut însă timp să-i cântăresc reacția, căci din spate și-a alunecat degetele sub chiloții mei, m-a dezmierdat, după care și le-a coborât încât mi-a atins anusul și a apăsat, după care s-a oprit pentru o clipă. Senzația îmi era cu totul străină, dar eram atât de excitată, că am început să împing și să-mi rotesc șoldurile.

Un suspin mi-a scăpat printre buze când i-am simțit cum a coborât și mai mult palma și mi-a împins un deget în vagin fără vreun avertisment. A slobozit un „la naiba" gutural, sunet pe care l-am simțit ca o săgetare de-a lungul coloanei. A început să-și miște ușor degetul înainte și înapoi, iar presiunea dintre picioarele mele a devenit insuportabilă.

Mi-am dat capul pe spate și mi-am înfipt unghiile în gâtul lui. Simțindu-l cum se crispează din nou, mi-am dat mâna la o parte. Dar deja se oprise. M-a pocnit peste fund și am simțit o pulsație în vagin. Tocmai când mă gândeam că e o pedeapsă nedreaptă, și-a scos degetul din mine, lăsând loc unei dureri surde și disperate.

M-a cuprins o senzație de confuzie, care îmi întuneca vederea, gândurile și inhibițiile. Îmi doream un *singur* lucru, mintea mea era numai acolo, și devenise de acum fizic imposibil să renunț fără a-l avea.

Și-a depărtat genunchii și nu am ezitat să mă apropii și mai mult de el. Și-a ridicat capul spre mine și acum ne priveam ochi în ochi. Căutătura lui era mai întunecată decât umbrele nopții. Buzele noastre erau la o distanță de câțiva centimetri, atât de aproape, că răsuflarea ni se contopea. Atât de aproape, că ne puteam oricând uni într-un sărut.

Am realizat cât de vulnerabilă eram în clipa aceea, căci, de mi-ar cere să-l sărut, m-aș supune fără crâcnire. Aș face tot ce ar vrea. Dar nu mi-a cerut-o. Mă privea doar printre gene, sorbindu-mi nesătul răsuflarea.

— Scoate-l! mi-a spus, printre dinții încleștați.

Nu se referea la haine. Deși nu-și dezlipea ochii de pe chipul meu, știam că se referă la inelul de pe deget. Am înțeles acum că *nu* unghiile mele îl deranjau, ci inelul de pe deget.

Am înghițit în sec, încercând să străpung negura gândurilor. Mi-am promis să nu mi-l scot de pe mână până în ziua în care voi face puțină dreptate. Dar, indiferent cât uram s-o recunosc, îmi doream momentul ăsta mai mult decât simbolul unei dreptăți înecate în vinovăție. Deși nu mai era vorba despre ce-mi doream.

Ci despre o *nevoie* pe care nu mi-o puteam reprima. O nevoie mai puternică decât moralitatea sau onestitatea.

Știam că nu trebuia să mă culc cu Nico, cu atât mai mult cu cât simțeam în gură gustul amar al înșelătoriei pe care aveam s-o pun la cale.

Dar, când am scos inelul de pe deget și l-am lăsat să cadă pe podea, am realizat că noul rol ce-mi revenea în familia Russo mi se potrivea de minune.

L-am văzut debordând de satisfacție. Fără să mai stau prea mult pe gânduri, mi-am tras tricoul cu ambele mâini peste cap și l-am aruncat pe podea.

A scos un geamăt și, înainte chiar să-mi cobor brațele, s-a repezit cu gura asupra unui sân, și-a plimbat limba pe el, a ajuns la un sfârc și am simțit cum și-a băgat dinții în el. Mistuită deopotrivă de valuri de plăcere, l-am cuprins cu o mână de ceafă, iar pe cealaltă mi-am înfipt-o în părul lui.

Și-a împins o mână în pantalonii mei scurți, mi-a atins pielea sensibilă și m-a cuprins în căușul palmei cu atâta putere că m-a ridicat pe vârfuri. A început să-și frece palma în sus și în jos cu apăsări repetate pe clitoris. Am icnit și mi-am lăsat capul pe spate.

— Ești al *dracului* de udă, a mormăit.

Și-a pus gura pe un sfârc, apoi a împins două degete adânc în mine. O presiune dulce și fierbinte m-a umplut, și pentru moment am simțit că poate era prea mult. A început să-și miște degetele înainte și înapoi, când mai rapid, apoi mai ușor. Iar și iar.

Poate că ar fi trebuit să mă simt jenată pentru că eram atât de udă. Puteam să auzim amândoi, la propriu, sunetul dansului degetelor lui în mine. Eram atât de încinsă de parcă cineva mă stropise cu kerosen și îmi dăduse foc. O scânteie mi s-a aprins în pântec, născând o flacără care avea nevoie să fie hrănită. Iar focul nu avea să se stingă până nu mă voi preface în scrum.

— O, Doamne!... am îngăimat, înfigându-mi unghiile în umerii lui.

Eram atât de aproape, atât, *atât* de aproape.

— Doamne, *te rog!*

Mi-a explorat fiecare centimetru de sân, dezmierdându-i ca și cum m-ar fi sărutat pe gură: cu buze moi, limbă fermă și dinți. Și-a scos degetele din mine, mi-a umezit clitorisul, după care le-a împins din nou înăuntru, și *asta* a fost.

Am simțit cum mă descompun în mii de particule: fiori și flăcări. Venele îmi ardeau ca firul de praf de pușcă aprins, răspândind unde mistuitoare. Un tremur puternic mi-a săgetat corpul ca și cum trei șoturi de tărie mi-ar fi invadat sângele. Apoi m-a cuprins o căldură molatică.

Când mi-am revenit cât de cât, am realizat că genunchii mă trădaseră și îi ajunsesem în poală. Cu ochii încă închiși, i-am simțit buzele și răsuflarea-i fierbinte atingându-mi urechea.

— Isuse, n-am cunoscut pe nimeni atât de fierbinte ca tine!

— Mulțumesc, am murmurat, cu obrajii atât de roșii că păreau să fi luat foc.

Și-a retras ușor mâna din pantalonii mei și m-am cutremurat. Nu aș fi vrut să o facă.

— Cu plăcere, mi-a răspuns, cu glas răgușit și pleoapele întredeschise.

Și-a trecut degetul mare peste buzele mele, lăsând o urmă umedă în colțul gurii. Știam că era de la mine, *din mine.* Mi-am întredeschis gura, am atins umezeala cu limba și am lins-o.

— Treci în pat! mi-a spus apoi, cu o privire arzătoare.

Era o cerință cât se poate de clară și am simțit cum i s-a schimbat dispoziția, de la calm la nervozitate, iar asta mi-a făcut ca inima să-mi tresalte.

M-am dezlipit de el și m-am așezat în pat, pe spate. Simțeam ca și cum pluteam pe un nor de Nico. Norul era totuși mai moale decât Nico, dar mirosea a el: a whisky, a lemn de santal și a ceva ce n-aș fi putut spune ce, dar oricum asociat cu dulce ispită și pericol.

Susținându-mi privirea, și-a dat jos pantalonii, iar eu m-am înroșit și mai tare, chiar dacă avea încă boxerii pe el. Am înghițit în sec, văzându-i penisul întărit prin țesătura lenjeriei intime. Nerăbdătoare, am simțit din nou o undă dureroasă între picioare. Era atât de excitat... Ceva mai sexy nu cunoscusem niciodată în viața mea.

Văzându-l cum mă privește cu ochii învăluiți într-o umbră întunecată, în timp ce dădea ocol patului, am simțit cum inima mi-o ia razna în piept.

Eram moale, epuizată și parcă drogată după orgasmul cutremurător, dar, văzându-l pe acest om cum mă privea stăruitor în timp ce ocolea patul să ajungă nerăbdător la mine, pulsul a început să mi-o ia razna din nou.

Mi s-a făcut pielea de găină sub o pală de aer condiționat. A deschis un sertar de la pat, a luat un prezervativ și l-a aruncat pe noptieră. Un icnet mi-a scăpat printre buze când m-a apucat de gleznă și m-a tras spre marginea patului.

— Pantalonii ăștia m-au omorât cu zile, a îngăimat, printre dinții încleștați, apucându-i de betelie și dându-mi-i jos cu tot cu chiloții tanga.

Am înțeles cu exactitate ce voia să spună. Pantalonii scurți, mulați și minusculi, semănau cu niște boxeri — asemenea celor pe care îi fluturasem pe la nas acasă în bucătărie, pe când încă era cumnatul meu.

— Încercai să-ți bați joc de mine, Elena? Să mă provoci? m-a întrebat, aruncându-mi hainele pe jos, în spatele lui.

— Da, i-am răspuns, încă sub influența orgasmului transformat parcă într-un ser al adevărului.

M-a apucat de coapse, mi-a desfăcut picioarele și a început să înjure în barbă. După care s-a uitat fix în ochii mei cu o privire nimicitoare:

— Și pe *cine* mai „provoci", Elena?

Cuvintele au avut impactul unei lovituri în moalele capului, stingând orice picătură de dorință. Mă credea în continuare o târfă, imagine pe care picioarele mele depărtate pentru el nu făceau decât să-i întărească spusele. Smulgându-mă din strânsoarea mâinilor sale, m-am ridicat în picioare.

— Du-te și trage-ți-o singur, Nicolas! i-am ripostat, străfulgerându-l cu privirea.

— Aș prefera să mi-o trag cu tine, mi-a răspuns, privindu-mă printre gene.

— Ghinion! i-am ripostat, trecând pe lângă el.

Dar n-am apucat să mai fac încă un pas că m-a și prins de mijloc și, ridicându-mă în brațe, m-a trântit înapoi pe pat. Am rămas fără suflare, pe cât de uimită, pe atât de iritată.

— Nu sunt o păpușă cu care să te joci când ai tu chef și nici n-am de gând să mă culc cu tine.

S-a târât în pat, s-a așezat între picioarele mele și mi-a spus cu glas tărăgănat:

— A zis cineva ceva de culcat?

Deși nu-mi plăcea s-o recunosc, vocea lui armonioasă îmi stârnea mereu simțurile. Eram *atât de ușor* de sedus.

— Nico...

— Platonic.

— Poftim?! l-am întrebat, șovăitoare.

Un icnet mi-a scăpat printre buze când m-a apucat de coapse și mi-a depărtat și mai tare picioarele.

— Când vrei să mă opresc, spui *platonic.*

Cuvântul nu făcea altceva decât să-mi aducă aminte cât de *neplatonic* îmi doream să fie.

Și-a înfipt degetele în coapsele mele, și două secunde pline de încordare nu s-a auzit nimic, pentru că n-am putut să scot vreun cuvânt de împotrivire. Când și-a dat seama de asta, m-a privit atât de adânc, încât am putut să-i văd sufletul întunecat. S-a lăsat mai jos, iar nerăbdarea mi-a scurtcircuitat toate terminațiile nervoase.

Cu jumătate de gură am spus un „Stai", deși trebuia să mă abțin. Nu voiam să par ușoară, dar perspectiva de a rosti cuvântul *platonic* îmi surâdea și mai puțin. M-am ridicat ușor pe coate și am început să-l privesc. Când și-a aplecat capul între picioarele mele și a tras adânc aer în piept, mi-am dat capul pe spate, dezarmată.

Am spus cândva că, atunci când Nico făcea ceva, o făcea cu toată ființa lui.

Și, Doamne, *așa era.*

M-a strâns de șolduri, mi le-a ridicat ușor, apoi și-a trecut limba de la anus la clitoris. Am simțit scântei în vene și m-am aprins instantaneu. Am scos un scâncet prelung și mi-am înfipt unghiile în cearceaf.

Era atât de murdar, atât de greșit, atât de *nepotrivit*, dar, Doamne!, poate tocmai de aia era *atât* de bine.

Un geamăt de satisfacție i-a scăpat printre buze.

— Nu mă băga în seamă, am murmurat eu. Fă-o din nou!

Și, pentru prima oară, Nico m-a ascultat.

Atingerile limbii lui fierbinți îmi creau spasme de plăcere, învăluindu-mă deopotrivă într-o mantie de extaz și nebunie. Eram atât de încinsă, ca o cometă care cădea din cer în flăcări. Mi-am rotit șoldurile și le-am împins în față. Mă devora.

Unde fierbinți, una după alta, mi se adunau între picioare într-o durere surdă, până când nu am mai simțit decât *eliberare*.

Aveam *nevoie* de el. Era o nevoie *absurdă*, sălbatică, disperată, o nevoie ce friza nebunia.

Și dacă asta mă făcea să par o târfă, nici că-mi păsa.

— Nico... oprește-te!

Eram sigură că, dacă se întâmpla a doua oară să-i cer ceva, era clar ca lumina zilei că nu avea să mă mai asculte, și exact așa s-a și întâmplat. Când am încercat să-l împing, nu a făcut altceva decât să mă apuce și mai tare de șolduri. Oricum, mi-a zburat din minte intenția, întrucât ceea ce-mi făcea acum m-a aruncat într-un abis care mă mistuia de plăcere.

Eliberare. Eliberare.

Strângându-l cu putere de păr, l-am făcut, în cele din urmă, să-și ridice privirea spre mine. Mă țintuia cu ochii lui scăldați în nuanțe de chihlimbar. Și, deși n-am spus vreun cuvânt, mi-a citit în priviri ce aveam nevoie acum.

A urcat ușor deasupra mea, explorându-mi milimetru cu milimetru abdomenul și sânii cu limba și cu dinții. Acum era cu totul deasupra mea. Greu, masiv. Căldura pielii lui mi-a făcut pielea să cânte de satisfacție. După care i-am simțit limba fierbinte pe gât, timp în care și-a dus brațele de o parte și de alta a capului meu.

Mi-am dat seama că el îmi devorase fiecare milimetru de piele, iar eu abia dacă îl atinsesem.

L-am simțit crispându-se când am început să-mi plimb mâinile pe spatele lui, apoi, când am poposit pe mușchii abdomenului, a închis ochii și și-a încleștat maxilarul.

Mi-am strecurat degetele printre dâra de păr de sub buric, dar când am ajuns la betelia boxerilor, am șovăit ușor. Cu toate că mai fusesem cu un bărbat, asta nu însemna că și știam ce trebuia să fac.

— Mai jos, mi-a spus, printre dinții încleștați.

Simțeam fiori de nerăbdare și de nesiguranță, dar, ascultându-l, i-am cuprins penisul prin țesătura boxerilor. Și-a rezemat fruntea de a mea și un geamăt prelung i-a scăpat printre buze. S-a împins și mai mult în palma mea.

Îl simțeam atât de fierbinte, chiar prin materialul boxerilor, și atât de gros, și atât de mare. Mistuită de un val de dorință, de data asta nu am mai ezitat și mi-am băgat mâna în boxerii lui și l-am cuprins.

— La dracu'! a gemut el.

Era fierbinte și *catifelat*. Ținându-l așa, pântecul mi-a fost invadat de o undă de căldură. Abia mai puteam rezista. M-am întrebat cum ar fi fost să fie în mine. Am simțit o undă mistuitoare între picioare, ca și cum un mugur dăduse în floare. Mi-am coborât mâna la baza lui, după care din nou în vârf.

— Te vreau atât de mult, i-am murmurat la ureche.

— Dacă mă rogi frumos! mi-a răspuns, cu glas răgușit, zgâriindu-mi bărbia cu dinții.

Când mi-am strâns puternic degetele în jurul lui, a scos un geamăt prelung și m-a săgetat cu o privire întunecată.

— *Te rog!* i-am șoptit la ureche, strângându-l din nou, ușor.

M-a privit cu un licăr în ochi, apoi, întinzându-se pe spate lângă mine, și-a scos boxerii. Îmi simțeam obrajii încinși când l-am văzut apucându-și penisul cu o mână și întinzându-se după prezervativul de pe noptieră.

Gestul mi s-a părut incredibil de seducător și atunci o scânteie din corp mi s-a aprins într-o flacără de neoprit. Nemaiputând să mă abțin, m-am urcat deasupra lui, l-am încălecat și am început să-l sărut lacom pe gât, ca și cum i-aș fi sărutat buzele.

— La dracu'! a murmurat, cuprinzându-mi ceafa cu mâna și împletindu-și degetele în părul meu.

Avea gustul exact așa cum mirosea, dumnezeiește, și nu mă mai puteam sătura. Îl devoram, mâinile mele erau peste tot, pe bicepși, pe abdomen, pectorali, în părul lui. Îl sărutam pe gât cu limba, cu dinții, îl sorbeam cu totul.

— De ajuns! a mormăit, copleșit de frustrare, trăgându-mă de păr ca să încetez.

M-am retras cu ochii pe jumătate închiși. Sânii mi se apăsau puternic de pieptul lui, provocându-mi un soi de durere și trimițându-mi scântei de plăcere în pântec. Mi-am coborât mai tare bazinul și m-am frecat de penisul lui. Corpul mi-a vibrat puternic și mi-am înfipt degetele în cearșaf.

— Stai puțin! mi-a spus, desfăcând prezervativul cu dinții.

Copleșită de o dorință nebună, am știu că nu pot să mă opresc, așa că mi-am ridicat puțin șoldurile, rezemându-mă de pieptul său, și am început să mă frec de-a lungul penisul lui. Eram atât de udă...

Exact în clipa în care a reușit să scoată prezervativul, s-a oprit, și un geamăt i-a scăpat printre buze, căci la ultima mișcare pe care am făcut-o, frecându-mă de vârful penisului lui, am simțit cum deja intrase în mine. Era atât de mare, încât am simțit usturimi. M-am cutremurat, am expirat greoi și am început să respir sacadat. Mi-am înfipt unghiile în abdomenul lui și am mai coborât în el încă puțin. Cum usturimea s-a transformat într-o dulce senzație de plin, un icnet lung mi-a ieșit de pe buze.

Îl simțeam încordat, în timp ce strângea în pumn prezervativul cu tot cu ambalaj.

— Nu, așteaptă să-l pun! a mormăit el.

Poate că era o dorință absurdă, născută din impuls, dar nu voiam să folosesc un prezervativ pe care îl ținea la îndemână pentru vreo partidă întâmplătoare sau, și mai rău, pentru partide obișnuite. Îmi doream ca interacțiunea noastră să fie una diferită. Aveam *nevoie* de asta.

Am răspuns printr-un scâncet și m-am lăsat și mai mult în el, până când jumătate din penisul lui a fost în mine. Amândoi ne uitam în acel loc și am avut senzația că plămânii nu mă mai ajută. Respiram greu și sacadat. Eram atât de plină, că am simțit cum mă arde. Cum stăteam așa, nemișcată, mi-am dat seama că șoldurile mele abia mai rezistau, de parcă alergasem kilometri întregi.

Nico se uita direct acolo, cu o privire întunecată, soră cu nebunia. După care, m-a apucat cu o mână, m-a răsucit pe pat, sub el, și a intrat tot în mine.

Am scos un țipăt surd și mi-am arcuit spatele, mistuită. Mă simțeam plină, *prea* plină, de el. Am dat să-l împing cu mâinile de piept, ca să-l scot din mine, dar a rămas acolo, adânc, mult prea adânc, că abia mai suportam.

Stătea deasupra mea, masiv și greu, cu o mână rezemată pe pat și cu cealaltă, stând ocrotitoare, lângă capul meu.

Am rămas încremeniți câteva clipe, în timp ce Nico încerca să-și tragă sufletul, mângâindu-mi gâtul cu răsuflarea-i sacadată.

— Vrei să-ți spun un secret? m-a întrebat în șoaptă, lipindu-și buzele de urechea mea.

M-am înfiorat, auzindu-i vocea profundă, dar nu i-am răspuns, căci nu reușeam încă să respir.

— N-am făcut niciodată sex fără prezervativ, a continuat, frecându-și fața de gâtul meu.

Avea glasul lin și suav, deși vorbea printre dinți.

— Și mi-e teamă că tocmai am conceput un monstru împreună.

M-a apucat de ceafă, și-a împletit degetele în părul meu, și mi-a tras-o.

Piele pe piele. Mușcături. Greutatea lui peste mine. *Neînduplecat.* Era atât de intens, de sălbatic. Mă zvârcoleam în căutarea unei guri de aer. Ceva, orice, numai să nu mai fie atât de dur și aspru. Așa cum era *el.* Curând, a încetinit ritmul, corpul meu mulându-se cu al lui. Cu fiecare zvâcnire din pelvis aprindea câte o scânteie în interiorul meu, pe care doar următoarea împingere o putea sătura. Mi-am înfipt unghiile în bicepșii lui și l-am simțit cum s-a cutremurat deasupra mea.

Îmi vorbea în timp ce împingea, cu glasul răgușit și buzele lipite de urechea mea, înnebunindu-mă complet.

— Mă primești atât de bine!

— Ești *atât* de strâmtă!

— Și *atât* de udă!

Debordam de satisfacție auzindu-i cuvintele.

De fiecare dată când își apăsa pelvisul în mine, clitorisul îmi zvâcnea. Cu fiecare împingere, scâncet după scâncet îmi scăpau nestăvilite de pe buze, de parcă el mi le scotea pe fiecare afară din mine.

Eram plămădită din scântei, vâlvătăi, gemete puternice și plăcere.

— La dracu', nu mai țipa, mi-a șoptit la ureche. Mă faci să termin mai repede.

Am încercat, dar nu am putut. Altfel nu mai puteam respira.

Mi-a așezat o palmă greoaie peste gură, în timp ce cu mâna cealaltă mă ținea de ceafă. Era un gest dur, dominator, de care eram însă dependentă.

Am realizat că *asta* mă atrăsese dintotdeauna la Nicolas Russo. Asta mă fascinase. Poate că otrava *Cosei Nostra* îmi pătrunsese în sânge încă de la o vârstă fragedă, căci exact de asta aveam nevoie: de dominare, asprime și constrângere. I-am cunoscut mereu fervoarea, dar nu mi-am imaginat niciodată că avea să fie atât de intensă.

Orgasmul a venit ca o lovitură, atât de violent, că mi-a trimis spasme în tot corpul. O căldură imensă mi-a pulsat în pântec și mii de firicele de plăcere și extaz s-au ramificat în mine. Era o senzație incredibilă.

Când mi-am revenit puțin, l-am văzut stând încremenit deasupra mea, încă în mine, scrutându-mă cu o privire mai întunecată ca noaptea. Și-a retras ușor palma de pe gura mea și am observat nu numai urme de dinți; atunci mi-am dat seama că îl mușcasem zdravăn când mă lovise orgasmul.

— Cine ți-o trage? a mormăit el.

— Tu, i-am răspuns, înfiorată.

— Și altcineva?

— Doar tu, am murmurat eu.

Un suspin de satisfacție i-a scăpat printre buze și și-a rezemat fruntea de a mea.

— O să ejaculez în tine și apoi o s-o luăm de la capăt.

Avea buzele atât de aproape că le simțeam parfumul, fervoarea, focul, căci eram convinsă că așa săruta Nico: cu o pasiune răvășitoare, ce lăsa în urmă numai scrum. Îmi doream cu disperare să-mi contopesc gura cu a lui, încât între glasul rațiunii și cel al inimii se dădea acum o luptă acerbă.

Îmi imaginam că buzele-i purtau arome de whisky și plăceri vinovate.

De data asta, a câștigat glasul rațiunii.

A rămas deasupra mea, cu buzele aproape pecetluite cu ale mele, în timp ce împingea iar și iar, cu mișcări *lente,* intime și profunde, ce-mi confereau plăcere și durere.

Dar nu mai aveam cale de scăpare — acum, când trupurile ni se contopeau, când își ținea pumnul înfipt în părul meu, când cuvintele-i „murdare" îmi răsunau în minte, când inima îmi fremăta doar la auzul numelui său, nu mai aveam scăpare.

I-am deschis porțile să intre în sufletul meu.

Și nicicând nu mai aveam să-l las să iasă.

CAPITOLUL

Treizeci și opt

Dragostea e ca un virus.
I se poate întâmpla oricui, oricând.
— Maya Angelou

Elena

Inima e atât de schimbătoare. Bate nebunește pentru o clipă, ca apoi să stea în loc. Se zbate, prinsă în vâltoarea unei furtuni, ca apoi să rămână încremenită ca o mare liniștită. Nu știam însă cât de schimbătoare era. Și cât de dureroase îi deveneau bătăile.

Inima mea tindea să fie romantică.

Și îmi bătea nebunește în piept, în timp ce stăteam cu ochii pironiți în tavan, încercând s-o ignor.

Nu puteam să mă îndrăgostesc de Nicolas.

Mai bine nu aveam să cunosc niciodată dragostea decât s-o văd neîmpărtășită. Numai simplul gând îmi trimitea fiori reci pe spate.

Nu puteam să mă îndrăgostesc de un om care mă trata ca pe un bun sau, și mai rău, ca pe o pasăre în colivie, și nu ca pe o soție. Dacă nutream vreo certitudine în privința oamenilor mafiei, aceasta era incapacitatea lor de a înțelege noțiunea de fidelitate. Gândul acesta nu-mi dădea pace.

Îi simțeam încă parfumul pretutindeni. Și făcusem orice ca să mă îmbăt cu el. Mai aveam puțin și îi declaram dragostea în genunchi. Aș fi putut la fel de bine s-o fac după ce avea să termine o partidă de sex în brațele altcuiva.

Mistuită de amărăciune, am vrut să mă ridic și să plec, dar o strânsoare de fier îmi ținea mâna încătușată.

Mi-am întors încet privirea spre Nicolas, care stătea întins lângă mine ca un rege satisfăcut. Era mulțumit, fără doar și poate, că făcuse sex cu logodnica lui atât de ușor de sedus. Dar imediat cum l-am privit, resentimentele au lăsat locul unei alte tristeți. Era atât de frumos, că priveliștea pe care mi-o oferea îmi făcea sufletul să zvâcnească de durere. Mi-am înfrânat dorința de a-mi duce mâna la piept în încercarea de a-mi domoli strângerile de inimă.

N-a spus nimic — mă privea doar printre gene, cu ochi leneși și răsuflarea sacadată. Trecuseră doar câteva clipe după o altă partidă de sex. Suficient însă cât să mă gândesc că avea s-o facă în curând cu altcineva.

Distrugeam un moment pe care mi-l dorisem cu ardoare. Dar nu mă puteam abține să nu pun totul sub lupă — posibilități și consecințe — și nimic nu părea să fie în favoarea mea.

Când contactul vizual părea să devină tot mai dureros, am încercat să-mi eliberez mâna din strânsoarea lui, dar nu voia să-mi dea drumul. Mă scruta cu chipul lipsit de orice expresie, dându-mi de înțeles că putea să mă țină pe loc fără pic de efort. Pentru totdeauna.

O clipă mai târziu, mi-a dat drumul din strânsoare. Am simțit o strângere de inimă, dar am ignorat-o înainte să-i analizez motivul. M-am ridicat din pat și, făcând un pas spre ușă, am simțit ceva sub talpă. M-am oprit și mi-am aruncat ochii în pământ. Privirea mi-a fost atrasă de inelul ce zăcea pe podea — uitat — ca și cel care mi-l dăruise. Am simțit cum stomacul mi se întoarce pe dos.

L-am luat de jos, fără să mai stau pe gânduri. Fiori reci îmi străbăteau șira spinării, într-o tăcere apăsătoare, unde cuvintele nu-și mai aveau rostul.

Nico ura inelul, bănuind, probabil, că avea legătură cu un bărbat. Nimeni nu-i cunoștea povestea, numai Adrianei îi spusesem că era un dar de la *el*.

Aveam să-mi păstrez promisiunea — cu sau fără simbolul de cincizeci de cenți —, dar... am șovăit ușor.

Nu voi mai cunoaște niciodată un alt bărbat și o știam amândoi prea bine, iar asta anula orice avantaj pe care l-aș fi avut în lumea de afară. Dacă un bărbat știe că i-ai dăruit sufletul, ce l-ar mai determina să rămână loial?

Deținea toate frâiele în relația noastră. Poate singurul lucru ce înclina ușor balanța în favoarea mea îl constituia faptul că Nico nu avea de unde să știe că cel care îmi dăruise inelul nu însemna nimic pentru mine. Iar convingerea că logodnica lui era îndrăgostită de altcineva îi leza orgoliul.

Aș fi putut să-i mărturisesc totul. Să-mi pun sufletul pe tavă în fața lui. Să fiu sinceră și să sper că binele va învinge.

Dar poate că stăpâneam la fel de bine arta manipulării ca și el.

Poate că numai așa aveam să-i fac față.

Mi-am strecurat inelul pe deget și am ieșit din cameră.

Nico

N-am urât niciodată nimic în viața mea.

N-am putut să-i sufăr pe cei din clanul Zanetti, care i-au ucis pe tatăl și pe unchiul meu într-un raid acum cinci ani, dar — deși aş fi putut să le zbor creierii cum ar fi meritat — nu i-am urât niciodată.

Ca şi regretele, ura nu-şi avea locul în viaţa mea.

Ura te schimbă. Te face necugetat. Şi îl ucide în cele din urmă pe cel căruia i se cuibăreşte în suflet.

Nu m-am lăsat niciodată orbit de ură, pentru că îmi place să trăiesc.

Acum însă pot spune că urăsc două lucruri. Inelul ăla nenorocit pe care îl poartă pe deget și pe nenorocitul care i l-a dăruit.

Ura loveşte deopotrivă ca un buzdugan şi ca tăişul unui pumnal, otrăvindu-ţi în acelaşi timp sufletul ca un venin. Asta am învăţat eu din proprie experienţă, trăind în sânul mafiei. Asta e definiţia urii.

La dracu'!

Simţeam un nod în gât care mă împiedica să respir.

M-am ridicat în picioare şi, până să-mi dau seama ce fac, am luat o veioză şi am izbit-o de perete. Abajurul de porţelan a scos un zgomot atât de puternic, încât ar fi putut să trezească tot cartierul. Am tras adânc aer în piept şi am clătinat din cap. A auzit şi ea zgomotul, fără doar şi poate. A spus mereu că sunt un psihopat — poate n-ar fi rău să-i şi arăt că are dreptate.

Privirea mi-a căzut asupra hainelor aruncate pe podea. Dacă mi-aş fi băgat nasul în ele, i-aş fi simţit, probabil, parfumul. Le-am luat de pe jos şi le-am trântit în sertarul cu haine, lângă sutienul alb de la costumul de baie. Dacă le voia înapoi, n-avea decât să mă roage frumos.

I-am trimis un mesaj lui Luca şi m-am îmbrăcat. Am ales un costum la fel de negru cum îmi simţeam şi sufletul. Trebuia să plec de acasă ca să nu fac vreo prostie, cum ar fi fost, de exemplu, să-i cer să-i uite pe toţi bărbaţii din viaţa ei.

În loc să iau o ţigară de pe noptieră, am luat tot pachetul. Şi o să le fumez pe toate.

Trecând prin fața dormitorului ei, am văzut că avea ușa închisă și lumina stinsă. Eram cumplit de iritat pentru că nici nu-și bătuse capul să vadă ce s-a întâmplat. Ultima oară când izbisem ceva de perete se petrecuse cu mulți ani în urmă, când tata mă înghiontise în coaste. Poate n-ar fi rău să vadă cât de tare mă înnebunea.

Am deschis ușa garajului și m-am rezemat de bancul de lucru, trăgând adânc dintr-o țigară. Îi simțeam încă parfumul pe mâini și de fiecare dată când duceam țigara la gură, retrăiam toate momentele când i-am tras-o.

Doamne, cât de bună era! Gândul m-a făcut să mă cutremur. Am strâns din dinți și am încercat să alung senzația mult prea stranie. Îi simțeam și acum unghiile înfipte în bicepșii mei, mâinile pe erecția mea și parfumul ce se împletea cu al meu. Dumnezeule, ce *dulce* era! Am apucat bancul de lucru cu mâinile și mi-am lăsat capul în pământ.

Ar fi trebuit să accept propunerea pe care mi-a făcut-o Salvatore când am aflat că Adriana e însărcinată — o parte din teritoriul lui, pe care mi-l doream de mult și care mi-ar fi umplut buzunarele —, căci Elena mă făcea să-mi pierd mințile, să distrug mobila și să fumez toate țigările din lume. Și aveam sentimentul că — dacă m-ar ruga ceva cu glasul ei suav — i-aș da tot ce și-ar dori fără să stau vreo clipă pe gânduri.

N-am fost deloc blând când ne-am tras-o. Ba am fost chiar *sălbatic*.

Aveam douăzeci și nouă de ani, dar nu făcusem niciodată sex fără prezervativ. Asta până astăzi. Azi o făcusem de oaie — cu logodnica mea. Nu cred că m-am culcat vreodată cu vreo femeie care să nu fi trecut și prin patul verilor mei sau, și mai bine, prin patul lui Tony. Convins că niciunul dintre ei nu era „curat", mi-am luat mereu măsuri de precauție. Mi-am încleștat maxilarul, gândindu-mă la trecutul sexual al Elenei. Voiam să știu atât numele fiecărui bărbat din viața ei, cât și „ingredientele" partidelor de sex, ca să-i arăt cum se face cu adevărat, în speranța că așa avea să-i uite pe toți cu care și-o trăsese înainte.

Mă întrebam dacă lua cumva pastile contraceptive, dorindu-mi în mod straniu să nu fie așa. Voiam să închei o legătură indestructibilă cu ea. Voiam să-mi gravez adânc numele pe pielea ei ca s-o fac numai a mea. S-o încui într-o cameră și s-o hrănesc cu mâna mea. Mi-am terminat țigara, contemplând logistica acestui gând.

Farurile mașinii lui Luca și-au făcut atunci apariția pe alee. Și-a băgat cămașa în pantaloni și și-a aranjat mânecile când a ieșit.

— Bănuiesc că micuța prințesă roz e motivul pentru care ți-ai ieșit din pepeni și mi-ai stricat și mie seara.

Am clătinat din cap, iritat de porecla pe care i-o conferea Elenei, și mi-am aprins altă țigară.

— Mă mir că ai găsit cu cine să ți-o „tragi" cu fața asta a ta.

A schițat un zâmbet și și-a trecut mâna peste gură, încercând parcă să șteargă niște urme.

— Ai plătit-o cumva? l-am întrebat apoi, ascultând vuietul orașului din fundal: sirene, zgomot de roți și televizorul vecinului John, care urmărea toate partidele de baseball cu fereastra deschisă.

Cum se afla pe statele mele de plată, mă gândeam să-i ofer o mărire de salariu ca să-și repare dracului aerul condiționat și să închidă odată geamul ăla. Puteam să urmăresc meciurile din Liga Majoră de Baseball din propria sufragerie.

Luca și-a luat o bere din frigider.

— Poate n-ar fi fost rău s-o fac, mi-a răspuns apoi, desfăcând cutia și așezându-se pe un șezlong. Mi-a vorbit numai despre tine.

— Interesant, i-am spus, trăgând adânc aer în piept ca să alung parfumul Elenei.

Mirosul de iarbă proaspăt cosită se împletea cu cel de ulei de motor, cu căldura din atmosfera dogoritoare și cu miasmele orașului.

— Isabel, mi-a spus apoi, cu un zâmbet în colțul gurii.

— Aha! Dacă crezi că știu cum s-o fac să tacă, te înșeli amarnic.

A izbucnit în râs.

De fapt, știam câteva modalități, dar nu voiam să vorbesc despre Isabel. Încă agitat, am ieșit din garaj și m-am rezemat de Mustangul de pe alee.

Gândul la Isabel mi-a reamintit că avea să vină aici mâine de dimineață. Era bucătăreasa și menajera mea — nu una dintre cele mai bune, trebuie s-o recunosc —, dar îmi oferea și sex constant. Cel puțin, lunea și joia, când venea aici. Apoi s-a culcat cu Tony și asta m-a făcut să pun capăt partidelor de sex. N-am mai atins-o mai bine de vreun an și abia de-o mai văzusem de câteva ori.

Mă gândeam ce să fac cu ea. Nici măcar un bărbat din *Cosa Nostra* n-ar face paradă cu amanta sau fosta iubită în fața logodnicei sale. Și, cunoscând-o pe Isabel, știam că avea să facă tot ce-i va sta în putință să fluture trecutul nostru pe la nasul Elenei. Dar oare Elenei îi va păsa vreun pic? Am simțit o strângere de inimă la gândul că probabil nu o va interesa nici cât negru sub unghie.

— Prințesa ta roz va avea ocazia s-o cunoască mâine, a spus Luca, deși afirmația lui era mai mult o întrebare referitoare la cum să gestioneze situația.

O mișcare la fereastra de la etaj mi-a atras atenția.

Am tras adânc aer în piept și am întâlnit privirea Elenei. Era scăldată în lumina caldă a veiozei. Avea părul răvășit și ochii duioși. Pulsul mi-a luat-o razna.

Am obținut ce-am vrut și ce credeam că-mi trebuie ca să pun capăt obsesiei pentru Elena, astfel că puteam să-mi reiau viața. Dar, văzând-o acum la geam, am simțit din nou o strângere de inimă. De parcă m-ar fi străpus doar dintr-o simplă privire.

Am scrutat-o printre gene, scoțând un nor de fum.

— Lasă-le să se cunoască!

CAPITOLUL

Treizeci și nouă

Viața e, în esență, simplă,
dar noi ne străduim s-o complicăm.
— Confucius

Elena

Păsările ciripeau, iar razele calde de soare se strecurau pe geam. Resimțeam cu ardoare îmbrățișările sălbatice ale lui Nico și purtam amprenta atingerilor sale lacome.

Amintirea clipelor trăite împreună îmi încingea simțurile, deși știam că era o greșeală. Sentimentele pe care le nutream pentru el erau frivole și supărătoare chiar și pentru mine. Voiam să urmez o cale dreaptă, cu maturitate și discernământ, dar mi-era cu neputință s-o găsesc în preajma lui. Îmi încingea sângele ca apoi să mi-l înghețe într-o secundă. Era când blând, când bădăran, când sălbatic. Și curmase o viață ca să fiu a lui.

Mintea părea să nu-mi mai funcționeze când se afla alături. Nu mai gândeam limpede.

Adormisem simțindu-i mirosul pretutindeni, copleșită deopotrivă de satisfacție, dar și de neliniștea provocată de izbitura unui obiect pe care o auzisem la scurt timp după ce plecasem din camera lui. Violența era o constantă în viața mea, dar ce mă îngrijora cu adevărat era *motivul* care o stârnise.

Poate că Nico realiza, în sfârșit, că nu aveam de gând să renunț la „bagajul" cu care venisem. Și regreta acum faptul că nu își luase o soție virgină. Nu-i plăcea să-și împartă „avutul" cu cineva — asta era cât se poate de evident.

Poate că nu-și dorea una ca mine.

Poate că mă va înapoia familiei mele odată ce i-am intrat în pat.

Tata îl va ucide, fără doar și poate, dacă va încerca să facă asta, dar Nico nu se temea să încalce regulile. Dacă era însă adevărat și tata nu era încântat de uniunea noastră, poate se va bucura să afle că Nico s-a răzgândit, nu-i așa?

Am simțit un nod în gât. Credeam că asta îmi doresc — să nu mă mărit cu Nico —, dar, gândindu-mă mai bine... aveam senzația că rămân fără suflare. Și nu pentru că respingerea lui mi-ar păta și mai mult reputația.

M-am ridicat din pat, cu o strângere de inimă, și am ieșit pe hol. Am făcut un duș fierbinte și îndelungat. Îi simțeam și acum atingerile lacome. Oare el purta amprenta îmbrățișărilor mele? Se gândea oare la mine la fel cum mă gândeam eu la el?

Nu-l mai văzusem de aseară, când plecase de acasă, și nu știam dacă se întorsese. Dacă o făcuse, plecase deja la muncă. Nu credeam că era acasă; era prea multă liniște.

Am ieșit din duș, m-am șters și m-am înfășurat cu un prosop. Când am pus mâna pe clanță, ușa s-a deschis deodată și m-am izbit cu capul de cineva care răspândea miresme de flori de cireș. Impactul loviturii m-a făcut să dau câțiva pași înapoi.

— Au!

— Ce naiba? a murmurat o voce feminină.

O femeie mă scruta printre gene. Mi-am frecat fruntea cu o grimasă pe chip, simțind din nou parfumul în nări.

Flori de cireș.

Mi s-a pus un nod în gât.

Parfumul șamponului!

Știam de existența altei femei, dar nu mă gândisem că o voi întâlni în carne și oase.

— Cine dracu' ești? m-a întrebat ea, cu glas răstit, frecându-și fruntea la rândul ei.

Ne-am scrutat amândouă din cap până în picioare și ne uitam una la alta de parcă apăruserăm amândouă la vreo recepție îmbrăcate în aceeași rochie. În cazul de față, ne culcam cu același bărbat.

Chiar semănam una cu alta. Avea părul castaniu și lung până la brâu, cu trăsături și forme seducătoare. Era încântătoare. Se pare că Nico prefera o anumită tipologie feminină și mă încadram în această categorie.

— Știi să vorbești? a continuat, pe același ton răstit. Sau ești mută? a adăugat, punându-și mâinile în șold și scrutându-mă cu o privire condescendentă. Ar fi motivul cel mai plauzibil pentru care Asul te-a adus aici.

Am clipit de câteva ori.

Nu mă confruntasem niciodată cu o afirmație atât de caustică. Doar la seriale mai auzeam replici la fel de sarcastice. Bărbații din familia mea nici n-ar fi observat ironia subtilă, ascunsă printre cuvintele ei, căci asemenea lucruri trec pe lângă urechile lor, fără să le perceapă.

Era evident că Nico nu respecta femeile care-i treceau, la un moment dat, pragul vieții. Dacă ar fi fost așa, n-ar fi lăsat-o să vină aici. Inima mi s-a strâns în piept. Și ăsta era abia începutul. Avea de gând să-mi fluture prietenele pe la nas, de parcă eram un nimic în viața lui. Poate, pentru că nu mai eram virgină, considera că nu-i meritam respectul.

Aveam palmele umede de nădușeală și inima îmi bătea frenetic în piept. Fiori amari și încinși îmi străbăteau trupul. Fiori de *mânie.*

Supărat pentru că purtam pe deget inelul dăruit de altcineva, îmi aducea toate târfele în casă?

Aruncându-i o privire de gheață, i-am răspuns la întrebarea referitoare la darul vorbirii mele:

— Uneori, i-am spus, ridicând din umeri. Deși prefer să nu vorbesc până la 9 dimineața cu scorpii pline de ură, am adăugat, uitându-mă la ceasul de pe perete ce arăta că mai erau cinci minute până la ora indicată.

— Te dai mare, ai? mi-a ripostat, cu gura căscată.

— Iar tu îmi stai în drum.

Privindu-mă printre gene, s-a dat însă la o parte ca să-mi facă loc.

— Chiar mă întrebam de ce stă Luca la parter, mi-a spus, pe un ton mult prea dulce. Te ajută să străbați mai repede drumul rușinii.

— Cred că o să-l mai străbat un timp, i-am ripostat, trecând pe lângă ea.

— Poftim?! a exclamat, de parcă vorbea cu o nebună.

— Ai auzit bine, i-am răspuns, copleșită de frustrare, oprindu-mă în fața dormitorului lui Nico. Apropo, am continuat, întorcându-mă spre ea înainte să deschid ușa logodnicului meu, te-am lăsat fără șampon. Ai putea să mai aduci?

Am văzut-o făcându-se roșie la față ca racul înainte să închid ușa în urma mea.

Am rămas un timp în camera lui Nico, rezemată de ușă, cu ochii pironiți în perete. Inima mi s-a strâns în piept. Nu cred că mă simțisem vreodată mai frustrată. Nemulțumită, poate, de modul în care tata îmi tratase faptele din trecut, dar niciodată atât de mânioasă. Furia pe care o simțeam acum îmi mistuia sufletul. Ochii îmi ardeau de lacrimi încinse, dar am clipit de câteva ori ca să mi le stăvilesc. Nu voiam să plâng din cauza lui Nicolas Russo.

M-am pregătit toată viața pentru momentul ăsta. M-am înarmat cu numeroase minciuni, convinsă că, atunci când va veni momentul, le voi crede pe toate cu ardoare — mi-am spus că nu aveam nevoie de dragoste și nici de fidelitate.

Mi-am clădit ziduri de jur împrejurul inimii. Iar Nico mi le-a dărâmat dintr-o singură suflare.

Aș fi vrut să dau timpul înapoi ca să nu intru, cum am făcut aseară, în dormitorul lui. Cu câteva clipe în urmă, amintirea mâinilor sale îmi stârnea senzații calde și plăcute. Acum, amprentele lăsate de atingerile lui îmi păreau niște pete de neșters.

După zgomotele exagerate ce răzbăteau din bucătărie, era evident că interacțiunea dintre mine și *Isabel* n-a mers deloc ca pe roate. Abia mai târziu am realizat că, aflându-ne într-o zi de luni, așteptam vizita bucătăresei.

Isabel vine lunea și joia, mi-a spus Nico. Face și curățenie, a adăugat, deși afirmația era fie un cod pentru partidele de sex, fie era o menajeră de doi bani. Am scrutat dezordinea din camera lui Nico, poposind cu ochii asupra veiozei sparte în bucăți.

Încă de când l-am cunoscut, am apelat la jocuri imature, care m-au pus în situații stânjenitoare. Ca și acum, când stăteam în camera lui, înfășurată într-un prosop, doar ca să-i fac în ciudă amantei sale. M-am dat cu capul de ușă. Făceam numai prostii din cauza lui și mă uram pentru asta.

Am traversat holul spre camera mea și m-am îmbrăcat cu o rochie lungă și frumoasă. Ținutele elegante mă ajutau mereu să mă simt mai bine, deși astăzi nimic nu-mi era de folos. M-am fardat și m-am aranjat, printre bombănelile necontenite ale lui Isabel, până când l-am auzit pe Luca exclamând: „Dumnezeule mare, mai taci odată, femeie!”

Am coborât treptele și am răsuflat ușurată văzând că nu era nimeni în sufragerie și și nici în bucătărie. Nu mai voiam să port războaie; era istovitor.

Prin ușa întredeschisă de la birou, răzbăteau vocile șoptite ale lui Luca și Isabel. Am dat drumul la espresor și mi-am verificat telefonul, care se afla la încărcat pe blat. Primisem un mesaj de la mama referitor la detaliile de nuntă, dar nimic altceva. Voiam să vorbesc cu Adriana, dar știam că nu-i returnaseră mobilul. Mă pregăteam să sun pe fix când șoaptele din birou au încetat deodată, înlocuite acum... cu sărutări.

Am schițat o grimasă.

S-a auzit un suspin.

Am început să mă agit, stânjenită, de pe un picior pe altul. Chiar aveau de gând să și-o „tragă" cu ușa deschisă? Știau, fără îndoială, că eram acolo — cafeaua fierbea în espresor, iar scârțâitul pe care l-au scos treptele de lemn când am pășit pe ele fusese suficient de răsunător să trezească până și morții.

— La naiba! a spus Luca, tușind.

Mda, chiar aveau de gând s-o facă!

Bănuiam că Isabel încerca să mă facă să mă simt cât mai stânjenită cu putință, în timp ce Luca nu putea să refuze o partidă de sex.

Stomacul mi s-a întors pe dos, imaginându-mi-l pe Nico în brațele lui Isabel. Cum va trebui să mă obișnuiesc cu ideea, am încercat să-l plasez acum în locul lui Luca. Gândul mi-a provocat o durere mistuitoare.

Am accesat numărul lui Benito și i-am trimis un mesaj.

Eu: *Vino* să mă iei, te rog!

Au apărut imediat cele trei puncte, semn că îmi răspundea.

Benito: Știi că nu pot să fac asta.

Mă așteptasem să primesc răspunsul ăsta, dar aveam senzația că mă sufoc dacă mai stăteam mult între pereții acestei case. Dacă nu aveam să ies în curând, nici că mai puteam să respir.

Eu: *Te rog! Vreau să vorbesc cu Adriana.*

Benito: *Sun-o pe fix!*

Eu: *Nu, vreau s-o văd.*

Benito: *La naiba, Elena!*

Eu: *Te...*

Benito: *La dracu'! Ce nu fac eu pentru femei?*

Am tras, ușurată, aer în piept.

Benito: *Asul e acasă?*

Eu: *Nu. Doar Luca.*

Benito: *Ai grijă să-i ceri voie!*

Eu: *Da, știu, Benny.*

Benito: *Nu mă mai lua cu dulcegării! Vin în curând.*

Am luat o ceașcă de cafea în cameră și l-am așteptat. Când am primit un mesaj prin care îmi spunea că deja ajunsese, am și sărit în picioare și am coborât treptele, ca să descopăr că Luca și Isabel erau încă ocupați. Trecuseră, cel puțin, douăzeci de minute. Am șovăit. Nu mai puteam să stau nicio clipă aici, dar gândul de a-i confrunta îmi întorcea stomacul pe dos.

Am găsit o bucată de hârtie și am scris un bilet prin care le explicam că aveam să mă duc cu Benito acasă pentru câteva ore. Mâna mi-a șovăit ușor asupra cuvântului *acasă*. Nu mai consideram casa părinților mei ca fiindu-mi cămin, dar nici locul ăsta nu mi se mai părea așa.

Am ieșit pe ușa din față de vreme ce Benito mă aștepta în stradă, dar nu era singurul motiv. Nu voiam să folosesc ușa din spate ca să nu-i distrag atenția lui Luca, temându-mă că nu mă va lăsa să plec, variantă pe care nici nu o luam în calcul. Inima îmi bătea, șovăitoare, în piept când am închis încet ușa de la intrare.

M-am urcat în mașină, pe scaunul de lângă șofer.

Benito scria un mesaj, probabil unei femei ce avusese ghinionul să-i iasă în cale. Era un adevărat balsam să-l văd acum și, dintr-un motiv sau altul, ochii mi s-au umplut de lacrimi.

— Trebuie să-ți povestesc de asta, Elena, mi-a spus, aruncând telefonul în consola din mijloc. Blondă, înaltă... cu niște picioare divine! *La naiba!* a adăugat, lipindu-și degetul mare de cel arătător ca să sugereze cuvântul „perfect", apoi s-a uitat la mine și, lăsând mâna în pământ, m-a scrutat cu o expresie întunecată. Ce ți-a făcut ticălosul ăla?

— Nimic, i-am răspuns, clătinând din cap și ștergându-mi ochii de lacrimi. Sunt doar o proastă.

— *Elena!* a murmurat, privindu-mă printre gene.

M-am aruncat în brațele lui și l-am luat de gât. Parfumul gelului scump de păr se împletea cu cel al apei de colonie, ce-i devenise aproape o carte de vizită.

— Nu știu cum reușești să agăți femeile cu tonele de parfum pe care ți le dai! Duhnești de la o poștă!

— Vin în cohorte, mi-a răspuns, strângându-mă și el în brațe.

— Îți mulțumesc că ai venit să mă iei.

— Anunță-mă dacă îți face ceva! mi-a spus, strângându-mă cu putere la piept.

Deși nu era întrebare, o rostise pe un ton întrebător. Amândoi știam că nu avea ce să facă dacă se va ajunge la asta. Nimeni nu se amesteca în viața vreunui alt membru din *Cosa Nostra*. Nu era treaba nimănui, indiferent cât de abuziv ar fi fost acesta.

— Așa o să fac, dar n-a fost cazul, i-am răspuns, dezlipindu-mă din brațele lui și punându-mi centura de siguranță.

— Atunci, despre ce e vorba? m-a întrebat, ștergându-mi o lacrimă cu degetul mare. Ești la ciclu? Probleme legate de... „chestie"?

— Mi-a fost dor de tine, i-am răspuns, râzând.

— Și mie, draga mea. Hai să mergem acasă!

Acasă.

Cuvântul îmi părea deodată lipsit de sens.

CAPITOLUL
Patruzeci

Dacă soarele și luna ar cunoaște vreodată îndoiala,
ar pieri de-ndată de pe cer.
— William Blake

Elena

Orologiul bunicului spulbera tăcerea din cameră.

Mama a luat o înghițitură de vin, scrutându-mă cu privirea.

Nonna stătea pe canapea și mă privea cu subînțeles, de parcă știa ce se întâmplase cu o noapte în urmă.

M-am înroșit ca racul.

Și ea a rânjit ca o felină.

— Ia niște salată de fructe, Elena! mi-a spus mama, lăsând jos paharul de vin ca să împingă o farfurie pe măsuța de cafea. Am făcut-o aseară.

— Nu mi-e foame, mama.

Amândouă au căscat ochii mari cât cepele, de parcă le-aș fi mărturisit că vreau să mă duc la mănăstire. Și mi-a părut rău că n-am acceptat salata.

— Știam eu că Russo o să abuzeze de ea, a spus mama, punându-și mâna pe piept.

— Nu a..., am îngăimat eu, oftând.

— Hai, *te rog*, las-o baltă! a certat-o *nonna*. După câte văd eu, e un „abuz" consensual, a adăugat, scrutându-mă cu intensitate.

— Nadia! a mustrat-o mama. Nu la asta m-am referit.

— Firește că nu. La cât ești de mironosiță....

— Nu a abuzat de mine, am intervenit eu, încrucișându-mi, stânjenită, picioarele. Doar că nu mi-e foame.

Mama nu părea să mă creadă, iar bunica mă privea cu o expresie ceva mai duioasă.

— Tu ești mereu flămândă, a murmurat *nonna*.

— Nu e adevărat, am răspuns, ca un copil de doi ani.

— N-ar fi trebuit să fim de acord cu nunta asta, a spus mama, clătinând din cap și împingând din nou farfuria spre mine. E cel mai rău lucru pe care l-a făcut tatăl tău.

Oare? am întrebat-o din priviri, ridicând din sprâncene.

Nonna și-a dres, ostentativ, glasul.

— Nimănui nu i-a păsat de Adriana când tata a aruncat-o în brațele lui fără să mai stea vreo clipă pe gânduri.

— Nu e adevărat, a spus mama.

— Ba da. Îmi aduc aminte că mi-ai spus clar și răspicat „să am încredere în tata".

— Adriana s-ar fi descurcat. Tu, în schimb...

S-a oprit, lăsând cuvintele suspendate în aer.

— Eu, ce? am întrebat-o, pe un ton calm, deși îmi simțeam obrajii încinși de frustrare.

Nu-și făceau griji în privința Adrianei, pentru că erau convinși că avea să se descurce. Nu credeau același lucru și despre mine.

— De ce nu mănânci salata? m-a întrebat apoi, țuguindu-și buzele și împingând farfuria.

— Îți repet pentru a treia oară că nu mi-e foame.

— Din cauza depresiei, a șoptit *nonna*.

— Nu sunt deprimată, i-am răspuns, răsuflând iritată.

— Atunci, mănâncă salata! a insistat mama.

— Da, *cara mia*. Trebuie s-o mănânci. Ești și așa mult prea slabă.

— Nu e prea slabă, a spus mama. E perfectă.

— Numai țâțele sunt de ea, a răspuns *nonna*, privindu-mă încruntată. Nu e de mirare că Russo s-a dat peste cap să pună mâna pe ea, a murmurat apoi.

— Dacă aș fi *deprimată*, comentariul ăsta nu mi-ar fi de prea mult folos, am protestat eu.

Mă priveau amândouă de parcă eram într-adevăr depresivă.

Mama mi-a împins și mai aproape farfuria. Încă un centimetru, și mi-ar fi aruncat-o în poală.

— O să te simți mai bine după ce mănânci.

— La naiba, mama, nu vreau să mănânc nenorocita aia de salată! i-am ripostat, printre dinții încleștați.

— Nu te putem ajuta dacă nu te ajuți singură, a murmurat *nonna*.

— De ce nu mă credeți capabilă să am singură grijă de mine? le-am întrebat, frecându-mi tâmplele. Pot să pun și eu piciorul în prag la fel ca Adriana.

— Da, firește, o știm prea bine, a răspuns mama, puțin cam prea repede. Dar poate că emoțional... nu ești la fel de stabilă.

A închis iute gura, realizând că afirmația ei nu era deloc încurajatoare.

— O dai din lac în puț, Celia, a șoptit *nonna*, luând o înghițitură de cafea.

— Nu sunt *stabilă... emoțional*? am repetat, clipind de câteva ori.

Mama se juca cu fermoarul de la jachetă, de parcă ar fi devenit deodată extrem de interesant.

— Poate că n-am folosit termenul corect.

— Chiar te rog să fii mai explicită, Celia! a spus *nonna*, cu un zâmbet pe buze. Stau ca pe ace.

— Am vrut doar să spun că ești... mai vulnerabilă și mai docilă decât sora ta, trăsături de care un om ca Russo ar putea să profite cu ușurință.

Am deschis gura ca să protestez, dar mi-am dat seama că ar putea să aibă dreptate. Era evident că, după nicio săptămână de stat cu Nico, îmi pierdusem pofta de mâncare.

— Cu alte cuvinte, a continuat mama, nu credem că Russo e bărbatul potrivit pentru tine.

— Nu *credem*? a spus *nonna*, încruntată. Nu-mi băga mie vorbe-n gură!

Am izbucnit în râs, deși nu eram nicidecum amuzată.

— Și eu am susținut încă de la bun început că nu e bărbatul potrivit pentru mine, dar n-a contat. „S-a terminat", mi-a spus tata.

— Nu cred că tatăl tău își dorește căsătoria asta, a spus mama, încruntată. S-a purtat straniu tot weekendul.

— Nu edulcora lucrurile, Celia! S-a purtat ca un ticălos.

— Dacă îi spui tatălui tău că nu ești fericită cu Russo, poate că se va răzgândi.

Am înghițit în sec. Nu sunt fericită? Astăzi n-am fost.

— Chiar dacă Salvatore s-ar răzgândi, sunt convinsă că e deja borțoasă ca soră-sa, a spus *nonna*.

— Nu fi vulgară, Nadia! a mustrat-o mama, cu o grimasă pe chip.

— *O, Madonna, salvami!* Oare cum ai făcut trei copii? Te porți ca o mironosiță.

M-am ridicat în picioare, copleșită de o durere de cap.

— Te asigur, *nonna*, că nu sunt gravidă. Iau pastile contraceptive de ani de zile.

— Nu e de mirare că fiicele tale sunt niște stricate, a spus *nonna*, țintuind-o pe mama cu privirea. Practic, tu le încurajezi!

— Mai bine stricate decât senile, am auzit-o pe mama murmurând când am ieșit din cameră.

Draperiile erau trase la ferestre de parcă cineva ar fi ținut doliu. O formă se întrezărea pe sub păturile de pe pat. În cameră răsunau acordurile piesei *Seven Nation Army*. M-am strecurat sub cuvertură și am tras-o peste cap. Stăteam amândouă pe o parte, una cu fața spre cealaltă, în timp ce iPod-ul Adrianei cânta între noi.

Când melodia s-a terminat, am apăsat pe butonul de *pause* de pe playlist.

— Ce crezi că vreau să te întreb?

Și-a dat ochii peste cap, cu un zâmbet în colțul gurii.

— Ce anume?

— Vrei să-mi fii domnișoară de onoare?

Și-a țuguiat buzele, de parcă urma să ia o hotărâre grea.

— Logodnicul tău l-a băgat pe Ryan în spital.

Cu nicio săptămână în urmă, era logodnicul *ei*. Acum, însă, pentru că era al meu, mă făcea responsabilă pentru acțiunile sale.

— Știu sau, cel puțin, bănuiam. Îmi pare nespus de rău, Adriana.

— Am crezut că îl vor ucide, mi-a spus, cu glas fremătător, răsuflând ușurată.

— Dar n-au făcut-o, i-am răspuns, cu inima frântă.

— Nu, a murmurat, plimbându-și degetele pe marginea iPod-ului. Și asta datorită ție. Știi mereu ce să faci.

Am simțit un nod în gât. *Ce n-aș da să fie adevărat!* Uneori, am senzația că plutesc în derivă pe mări învolburate. Astăzi, m-am simțit la fel.

— Îl iubești cu adevărat, nu-i așa?

— Da.

— Și cum e? am întrebat-o, cu ochii înotând în lacrimi.

— Cum adică? mi-a răspuns, scrutându-mă, încruntată, cu privirea.

— Cum e să fii îndrăgostită?

— Dar..., a îngăimat, privindu-mi inelul de pe mâna stângă.

Și am înțeles ce voia să spună. Credea că fusesem și eu îndrăgostită. Eram o romantică incurabilă și toată lumea o știa. Nu eram adepta relațiilor de-o noapte. Nu reușisem să păcălesc pe nimeni, cu atât mai puțin pe mine.

Mi-am răsucit inelul pe deget, râzând amar.

— N-am știut nici cum îl cheamă, Adriana. *Nu-i* știu numele.

— Și atunci de ce-ai plecat? m-a întrebat, la fel de încruntată. Am crezut că v-ați cunoscut undeva, te-ai îndrăgostit și ai fugit cu el.

Un sentiment cumplit de vinovăție mi se cuibărea în suflet. Nu eram deloc o soră prea bună. Nu-i mărturisisem niciodată adevărul și nici faptul că tânjisem după logodnicul ei. Dacă aveam să mor fără să mă spovedesc, aveam să ajung, fără îndoială, în iad.

— Mai știi caruselul muzical cu care mă jucam tot timpul când eram mici? am întrebat-o, evitându-i privirea.

— Da, cel roz.

— Da, i-am răspuns, zâmbind. L-am primit în dar de la *nonna*, de un Crăciun, dacă îți mai aduci aminte. De atunci, mi-am dorit mereu să văd unul în realitate. Un vis absurd de copil, probabil. Dar n-am avut niciodată ocazia... Doar știi cât de ocupat era tata, am continuat, dregându-mi glasul. În seara în care am plecat... eram răvășită complet. Nu mă ridicam la nivelul așteptărilor celor din jur. Apoi, gândul că îmi voi petrece restul vieții alături de un om ca Oscar Perez... Cu un zâmbet fals pe buze... Nu mă vedeam în brațele lui... Și am simțit deodată că mă sufoc. Aveam senzația că, dacă nu ies din casă, o să mor. Caruselul stătea pe scrin, conturând un vis fantasmagoric. Voiam să-l transform în realitate, oricât de neînsemnat părea. Am fugit, așadar, de acasă, am luat autobuzul...

Mă privea cu ochi atât de mari, că am izbucnit în râs.

— Nu mi-a trecut nicio clipă prin minte că, fiind iarnă, nu voi găsi nimic acolo. Eram convinsă că voi vedea caruselul presărat cu un strat subțire de zăpadă. Când am ajuns, m-am trezit singură într-o parcare pustie. Un agent de pază de la un mall din apropiere a venit să vadă ce caut acolo. Și totul s-a întâmplat dintr-odată. I-am spus că nu știu ce caut acolo, că n-am bani și niciun loc unde să stau și m-a luat acasă la el ca să găsim o soluție. Și asta a fost tot.

— Probabil că voia și el o partidă de sex, a murmurat Adriana.

— Poate, i-am răspuns, râzând. Oricum, părea drăguț și sincer. Era fermecător și îmi plăcea…, dar nu l-am iubit niciodată.

Apoi, s-a așternut tăcerea. Am răsuflat ușurată, de parcă cineva mi-ar fi luat o piatră de pe inimă. Abia acum am realizat câtă nevoie aveam să împărtășesc povestea cuiva.

— O să-ți fiu domnișoară de onoare, a spus Adriana, încet.

— Slavă Domnului! am exclamat, punându-mi mâna pe piept, într-un gest de ușurare. Altfel ar fi trebuit să-i propun Sophiei. Și îți imaginezi ce disertație ar fi trebuit să îndur!

A izbucnit în râs, apoi a adoptat din nou o expresie gravă pe chip.

— Astăzi, am programare la doctor.

— Da?

— Da.

— Nu-mi vine să cred că o să devin mătușă, i-am spus, cu un zâmbet pe buze.

— Mi-a fost cumplit de teamă că îl vor omorî dacă vor afla…, a spus apoi, înghițind în sec.

Încerca să-mi explice motivul pentru care se apucase de băut.

— Iar acum mă tem că i-am făcut rău pruncului.

— Totul o să fie bine, i-am răspuns, trăgând-o ușor de păr. Toți membrii familiei Abelli sunt puternici. Crezi că i-ai putea face rău lui Tony cu câteva pahare de votcă?

— Nici *gloanțele* nu-i fac rău, mi-a răspuns, zâmbind. Doar Benito se plânge de fiecare zgârietură.

Am izbucnit amândouă în râs cum nu o mai făcuserăm de mult. Apoi s-a așternut din nou tăcerea.

— Dragostea..., a început ea..., presupune să te prăbușești... și cineva să te prindă în brațe.

— Sună înspăimântător, i-am răspuns, adâncită în gânduri.

— Nu, nu înspăimântător, mi-a spus, râzând. Ci palpitant.

— Poate pentru tine. Ție nu ți-e teamă de nimic.

— Ești sigură că nu ești îndrăgostită? m-a întrebat apoi, scrutându-mă cu privirea.

— Nu, chiar nu sunt.

— Oho! a murmurat apoi.

Dar până să apuc să-i descos răspunsul, zgomote puternice au răsunat de jos. Voci răsunătoare de bărbați, uși trântite...

M-am ridicat în capul oaselor, dând păturile la o parte.

Când, printre glasurile masculine, l-am recunoscut pe cel al lui Nico, am simțit un nod în stomac.

— O, Doamne!...

Inima îmi bătea cu putere în piept când am sărit din pat și am alergat pe hol.

Am încremenit în capul scărilor.

Tabloul ce mi se așternea la picioare părea desprins din iad. Mânia plutea în aer, deasă de puteai s-o tai cu cuțitul. Luca, Lorenzo și Ricardo stăteau în hol, cu chipurile încordate.

Inima mi-a stat în loc când i-am văzut pe Nico și pe Benito luându-se amândoi de guler.

Nico l-a izbit pe Benito atât de tare de perete, că o vază a căzut de pe masă și s-a făcut țăndări pe podea.

— Ai depășit niște limite...

— De parcă îmi și pasă mie de limitele tale, i-a ripostat vărul meu, reușind să-l împingă puțin.

— S-ar putea să-ți pese dacă îți desenez limita cu creierii tăi, a mormăit Nico.

Amândoi și-au scos pistoalele cât ai zice pește.

Inima mi-a stat în loc.

Ușa de la intrare s-a deschis cu zgomot, trântindu-se de perete. În hol și-au făcut apariția tata, fratele meu și Dominic.

Armele se iveau din toate părțile.

Cazzo!

Cred că am făcut-o de oaie.

CAPITOLUL
Patruzeci și unu

Toți ne naștem nebuni. Dar unii așa rămân.
— Samuel Beckett

Elena

— Ar bine să-mi explicați ce dracu' se întâmplă aici! s-a răstit tata.

Apoi, văzându-mă în capul scărilor, a șovăit, cu o expresie și mai furtunoasă pe chip. A clătinat din cap, gesticulând cu pistolul în mână.

— Du-te în camera ta, Elena!

Am dat să plec, din instinct.

— Stai! a spus Nico, cu glas poruncitor.

Își juca la perfecție rolul de „naș". Și trebuia să i te supui.

M-am oprit, șovăitoare.

Nico s-a îndepărtat un pas de Benito și s-a oprit în fața tatei. Vărul meu și tata îl amenințau cu pistoalele, în timp ce el își ținea arma într-o parte. Broboane reci de sudoare îmi străbăteau șira spinării.

Tata și Nico se înfruntau din priviri, transmițându-și mesaje pe care numai „nașii" le înțeleg.

— Ai mers mult prea departe, a spus tata. Până la nuntă, Elena nu e a ta. Şi, dacă ai uitat cumva, asta nu s-a întâmplat încă.

— Cred că trebuie să te „luminez", Salvatore, a mormăit Nico. A devenit *a mea* imediat după încheierea contractului.

— Dă-l dracu' de contract! Şi mai du-te și tu la dracu'!

Nico şi-a trecut mâna peste maxilar cu o expresie pe cât de amuzată, pe atât de sardonică.

— Dai înapoi?

— Cam aşa ceva.

Inima îmi bătea cu putere, gata să-mi iasă din piept.

Nico a făcut un pas spre tata.

— Vrei să vezi cum e să te războieşti cu mine, Salvatore? Căci *aici* se va ajunge.

Am căscat ochii mari cât cepele. *Nu se poate...*

Tata și-a încleștat maxilarul. Tony și Dominic au rămas tăcuți, cu o expresie indescifrabilă pe chip și pistoalele îndreptate spre membrii familiei Russo.

— Vino aici, Elena! mi-a ordonat Nico.

— Du-te imediat în camera ta! a intervenit tata, privindu-mă printre gene.

Simţeam un nod în stomac. Nu ştiam ce să fac şi nici pe cine să ascult. De ce mi se întâmplau toate astea? *Doar am scris un bilet...* Ar fi trebuit să intuiesc însă că nu va fi suficient pentru Nico.

Și-a întors privirea spre mine. Şi m-a străfulgerat cu ochi întunecaţi şi strălucitori. Fiori de teamă îmi străbăteau şira spinării. N-a spus nimic, dar nici nu trebuia s-o facă. Îmi dădea de înţeles doar din priviri că voia să-i fiu alături. Era singura dovadă a vulnerabilităţii pe care şi-o îngăduia şi faptul că îmi arăta această latură îmi făcea inima să-mi vibreze cu putere în piept.

Cu mâinile umede de năduşeală şi răsuflarea întretăiată, am făcut ce făcusem mereu de când eram copil. L-am ascultat pe tata şi am făcut un pas spre camera mea.

Dar ceva m-a făcut să mă opresc pe loc.

Dacă mă alăturam tatei, însemna să stârnesc un *război*. Presărat de violență și moarte.

Dar acesta nu era singurul motiv.

Nodul din stomac mă determina să mă îndrept în direcție opusă. Căci simțeam un gol imens în suflet.

În timp ce șovăiam, o apăsare tot mai copleșitoare punea stăpânire pe mine.

Tata mă vânduse lui Oscar Perez.

Iar Nico îl ucisese ca să mă salveze.

I-am evitat privirea tatei când am coborât treptele, dar îi simțeam mânia ațintită în ceafă. Am tras adânc aer în piept în clipa în care Luca m-a prins cu brațul de mijloc ca nu cumva să mă răzgândesc.

Privirea mi s-a împletit cu cea a lui Tony. Deși era primul care scotea pistolul doar la auzul cuvântului *război*, nu părea să-i împărtășească acum părerea tatei, căci altfel n-ar fi stat cu mâinile în sân, privindu-mă cum trec pe lângă el. Poate că se înțelegea mai bine cu Nico după ce-și împărțiseră unul altuia pumni. Indiferent de motiv, îi eram recunoscătoare.

Aveam deja mâinile mânjite de sânge.

Mi-ar fi fost cu neputință să îndur gândul unei alte morți.

Luca m-a condus la mașină, ținându-mă cu brațul de mijloc ca pe un prizonier.

Nico și ceilalți erau încă înăuntru, iar eu mă rugam cu disperare să găsească o cale de împăcare, în stilul mafiei, cu implicarea unor acte de violență, fără declanșarea unui *război*.

— În loc să mai fugi data viitoare, a intervenit Luca, pe un ton sec, ar fi bine să-i ceri ce vrei. Sunt convins că n-o să te refuze.

— Dar n-am fugit. Erai puțin... *ocupat*, i-am răspuns, străfulgerându-l cu privirea, așa că am lăsat un bilet pe blatul din bucătărie.

— N-am găsit niciun bilet, mi-a spus, mijindu-și ochii.

Poftim? am îngăimat, în gând.

M-a scrutat cu privirea, apoi a clătinat din cap, murmurând:

— *Dracu' s-o ia pe Isabel!*

Stăteam cu picioarele încrucișate pe pat, jucându-mă cu bricheta Zippo.

Ar fi bine să-i ceri ce vrei. Sunt convins că n-o să te refuze.

Ajungeam la concluzia că Nico reușea să mă înnebunească dincolo de orice imaginație. Mi-era cu neputință să-i cer ceva, așa cum s-ar fi întâmplat cu oricine altcineva, și asta dintr-un motiv cât se poate de simplu: în preajma lui Nico, îmi pierdeam rațiunea.

Am aprins flacăra brichetei, cuprinsă de speranță.

Poate că nu va trebui să-l văd în brațele altei femei. Speranța mi se strecura, licăritoare, în suflet, dându-mi noi aripi, căci ideea existenței altor femei în viața lui îmi sfâșia sufletul, provocându-mi răni sângerânde.

Cu toate astea, infidelitatea era o constantă în universul mafiei. Nu le puteai disocia. La fel cum nu poți disocia un surfer de placa de surfing. Sau un scriitor de penița sa. Ar fi fost inutil să-i cer așa ceva.

Ce nu știi nu te doare, spune proverbul.

Pot să merg mai departe dacă nu știu ce se întâmplă.

Am închis bricheta când am auzit zgomotul domol al unui motor. M-am dus la fereastră și l-am văzut pe Nico ieșind din mașină și îndreptându-se spre garaj. Luca stătea acolo de când ajunsesem acasă, acum o oră.

Când am intrat, am scotocit prin coșul de gunoi, căutându-mi biletul. Da, *dracu' s-o ia pe Isabel!* Nu făceam nimic cum trebuie, dar n-am plecat fără să-i anunț, așa cum credea Nico.

Mă simțeam cuprinsă de stânjeneală cu fiecare clipă care trecea. Am acționat în pripă, orbită de mânie, lucru ce nu-mi stătea în fire.

Luca a ieșit din garaj și, frecându-și maxilarul, s-a urcat la volanul mașinii sale. Am rămas pe loc, așteptându-l pe Nico, dar n-a venit. De când ajunsesem acasă, mă tot întrebam cum va reacționa și ce-o să-i spun, iar acum, când îl știam aici, eram cuprinsă de o neliniște tot mai apăsătoare.

Am coborât treptele și am ieșit pe ușa din spate. Simțeam cimentul fierbinte sub tălpile goale când m-am oprit în fața garajului. Nico își ținea mâinile încleștate pe bancul de lucru, cu un pahar de whisky alături. L-am văzut crispându-se când a realizat că sunt acolo.

Și-a întors privirea spre mine: întunecată și presărată de sentimente contradictorii. Un fior mi-a străbătut trupul și, fără să-mi dau seama ce fac, m-am îndreptat spre el. Nu m-am așteptat să-mi cuprindă chipul în căușul palmei. Inima a început să-mi bată năvalnic.

A scos un suspin de satisfacție când mi-am lipit fața de pieptul lui. Și-a strecurat mâna pe ceafa mea, împletindu-și degetele prin părul meu.

Parfumul lui îmi îmbăta simțurile. Nu știam cum să-l definesc: mângâiere, siguranță, *nevoie*... toate laolaltă.

— Îmi pare rău, am murmurat eu. N-am vrut să se întâmple nimic din toate astea.

A răsuflat pe cât de uluit, pe atât de amuzat, îngăimând în barbă:

— Asta e, carevasăzică, adevărata Dolce Abelli.

Deși făcuse ceea ce nimeni din *Cosa Nostra* n-ar fi îndrăznit să facă — își fluturase amanta pe la nasul logodnicei —, în final, tot eu ajunsesem să-i cer iertare.

Mama și *nonna* aveau dreptate.

Nico avea să mă mănânce de vie.

Dar prezența lui acum mă făcea să nici nu-mi mai pese.

Încleștându-și pumnul în părul meu, mi-a ridicat chipul spre el. Și m-a privit cu asprime.

— Unde ți-e telefonul?

Am realizat deodată că nu l-am luat cu mine când am plecat. După atâta timp fără telefon, mă dezobișnuisem să-l mai iau cu mine.

— L-am uitat.

— Normal.

— Am scris un bilet, i-am răspuns, înghițind în sec.

— Am auzit, a spus apoi, cu ochii ațintiți pe bricheta din mâna mea. Unde ai găsit-o?

— Pe podea după încăierarea cu fratele meu, i-am răspuns, amintindu-mi că o luasem cu mine.

— Și ai păstrat-o.

— Da.

— De ce?

Am șovăit ușor, cu o minciună pe limbă. Dar, simțindu-mă și așa prost pentru cele petrecute astăzi, m-am hotărât să spun adevărul.

— E a ta, am murmurat eu.

Era atâta liniște de jur împrejur că îi auzeam bătăile inimii.

Bum-bum!

Bum-bum!

— Te iert, a îngăimat apoi.

M-am simțit ușurată de parcă cineva mi-ar fi luat o piatră de pe inimă.

— Dar nu mai pleci de acasă fără să mă anunți, ne-am înțeles? mi-a spus, cu glas aspru.

Am dat din cap.

— Spune-o cu glas tare!

— N-o să mai plec fără să te anunț, i-am răspuns, susținându-i cu greu privirea, căci știam că nu aveam de gând să-mi țin promisiunea. Nu încă.

— Dacă vrei să-ți vezi familia, te duc eu.

— Tata s-ar putea să te împuște, i-am răspuns, mușcându-mi buza de sus.

— S-ar putea, a repetat, deloc îngrijorat.

Gândul mi-a provocat o strângere de inimă. Și un gol imens în suflet.

Rezemându-se cu spatele de bancul de lucru, m-a luat în brațe și m-a sărutat pe gât. Am oftat adânc și mi-am aplecat capul într-o parte. Nu m-am așteptat la asta, dar se pare că nu mă pricepeam să-i intuiesc acțiunile lui Nico.

— Pot să te rog ceva?

— Te ascult! mi-a răspuns, cu glas tărăgănat și buzele pecetluite pe gâtul meu.

— Nu vreau s-o mai văd pe Isabel aici, i-am spus, fără să mai stau vreo clipă pe gânduri.

— S-a făcut!

Am simțit o altă strângere de inimă.

Strecurându-și mâna pe coapse, apoi pe fund, m-a tras mai aproape și a continuat să-mi exploreze gâtul cu buzele fierbinți.

— Pot să-ți mai cer ceva? am murmurat eu.

— Astăzi, ești cumplit de pretențioasă, mi-a răspuns, cu un zâmbet pe buze.

— Fără femei… aici, bine? am îngăimat, înghițind în sec.

A încremenit pentru o clipă, făcându-mă să mă întreb dacă n-am mers cumva mult prea departe. Dacă avea să mă refuze.

— Asta vrei?

Nu. Vreau să fiu singura femeie din viața ta.

Vreau să mă dorești numai pe mine.

— Da.

Îi aşteptam răspunsul cu nerăbdare în tăcerea aşternută printre noi.

Şi-a ridicat capul. Şi m-a ţintuit cu privirea. Cu buzele atât de aproape de buzele mele.

Dar n-aveam de gând să-l sărut. Şi nici să-mi scot inelul de pe deget. O ştiam amândoi mult prea bine.

Dar ce nu ştia el era faptul că, în curând, avea să-şi piardă pentru totdeauna încrederea în mine.

— S-a făcut, mi-a răspuns, în cele din urmă, plimbându-şi degetul pe buzele şi bărbia mea.

Am răsuflat uşurată, deşi otrava trădării mi se cuibărea în suflet — întunecată şi onctuoasă ca un şarpe veninos.

— Eşti atât de loială familiei tale, a spus apoi, încet. Şi, cu toate astea, m-ai ascultat pe mine, nu pe tatăl tău. De ce? Ca să împiedici un război?

Ăsta era răspunsul pe care îl aştepta de la mine. I-l citeam în expresia de pe chip — în detaşarea oarecum forţată cu care mă ţintuia.

Am făcut-o pentru că aşa mi s-a părut corect.

Simţeam o durere stranie în suflet. Şi dorinţa de a-l face să înţeleagă.

I-am întâlnit privirea scăldată în nuanţe aurii ca whiskyul de lângă mine.

— Poate că aşa am vrut, am murmurat eu.

M-a scrutat un timp în tăcere, făcându-mi inima să-mi bată frenetic în piept. Apoi a închis ochii şi a clătinat din cap.

— Hai înăuntru! a spus încet, luându-mă de mână şi trăgându-mă după el.

L-am urmat.

Am descoperit deodată numele sub care se împleteau — toate laolaltă — mângâierea, siguranţa şi *nevoia.*

Acasă.

CAPITOLUL
Patruzeci și doi

Un sărut ce nu e degustat pe deplin
e irosit pentru totdeauna.
— Billie Holiday

Elena

Mă ținea încă de mână când a închis ușa în urma noastră.

Am rămas fără suflare când m-a tras ușor spre canapea. S-a așezat pe ea, iar eu m-am pus între picioarele lui, așteptând să văd ce vrea. Aș fi făcut tot, absolut tot ce avea să-mi ceară. Poate că inima mea romantică și docilă voia să prindă aripi.

Strecurându-și mâinile pe picioarele mele, mi-a ridicat rochia până a ajuns la coapsele goale. Simțeam fiori de nerăbdare. Palmele-i aspre și fierbinți îmi stârneau valuri de căldură. Nu știu ce-aș fi făcut dacă nu aveam să le mai simt atingerea vreodată.

M-a tras și mai aproape de el, mi-am îndepărtat picioarele și m-am așezat în poala lui.

Trupurile ni se contopeau, iar inimile ne dansau frenetic în piept. Am realizat în clipa aceea cât de diferiți eram. El — imens, eu — minionă; el — tare ca o stâncă, eu — fragilă; el — impunător, eu — supusă.

Răsuflarea ni s-a împletit pentru o clipă, apoi Nico s-a aplecat deasupra mea și și-a plimbat buzele pe gâtul meu.

— Miroși atât de bine, mi-a spus, cu glas răgușit, lipindu-și chipul de pieptul meu. Și sânii ăștia... Isuse!

Am oftat adânc, plimbându-mi mâinile pe bicepșii săi.

— *Nonna* zice că vrei să te însori cu mine numai pentru sânii mei.

— Nu-i adevărat, mi-a răspuns, zâmbind. *Și* pentru asta, a adăugat și m-a plesnit cu putere peste fund, făcându-mă să țip.

Mi-a tras decolteul rochiei în jos, peste umeri, scoțându-mi la iveală sutienul alb, fără bretele. M-au cuprins fiori de plăcere când și-a dus mâinile la sânii mei și a început să-i dezmierde pe deasupra materialului sutienului.

— Sânii și fundul, zici?

Cuvintele mi s-au înecat însă printre gemete când mi-a dat la o parte o cupă și și-a trecut limba peste un sfârc întărit, după care l-a luat în gură și l-a supt nesătul. Mi-am dat capul pe spate, aproape fără suflare.

— Ai și cea mai fierbinte..., a murmurat, strecurându-și mâna între picioarele mele și apăsându-mă ferm cu palma fierbinte.

— Nico! l-am întrerupt, simțind cum fiecare milimetru din corp îmi ia foc.

A râs ușor, vădit amuzat.

Timbrul lui profund îmi atingea corzile inimii, făcându-le să cânte de emoție.

Am tremurat ușor.

— Ți-e frig? m-a întrebat, trecându-și ușor degetele peste mâna mea, având pielea de găină.

— Nu, i-am răspuns, clătinând din cap și mușcându-mi buza de sus. Am doar emoții.

— De ce? m-a întrebat în timp ce-mi desfăcea sutienul și mă privea cu ochi întunecați.

Eram călare în poala lui, goală până la jumătate. Mâinile mi-au alunecat pe pieptul lui spre abdomen, tot mai jos, până am ajuns la catarama curelei.

— Pentru că vreau să fac ceva, i-am răspuns în șoaptă, cu subînțeles.

M-a țintuit imediat cu privirea. Aveam nervii întinși ca un arc când i-am desfăcut cureaua. L-am simțit încordat. Lipindu-mi sânii de pieptul lui, am început să-i explorez gâtul cu buzele. Parfumul său îmi îmbăta nările. Mi-am frecat fața de gâtul lui, sorbindu-i aromele cu nesaț.

— Și de ce ai emoții? m-a întrebat, strecurându-și mâna pe ceafa mea.

— Pentru că n-am făcut-o niciodată, i-am răspuns, înghițind în sec.

Am încercat să mă trag în jos, în fața lui, dar m-a apucat de păr, scrutându-mă cu o privire ce părea să înoate într-o vâltoare de sentimente.

— Minți, mi-a spus apoi, cu glas răgușit.

Am izbucnit în râs, deși răspunsul lui îmi sfâșia sufletul.

— Curând, o să te convingi singur că nu e deloc așa.

Aveam mâinile umede de emoție și îmi stăvileam cu greu dorința de a mi le șterge pe rochie. Oare câte femei experimentate îi dăruiseră partide de sex oral? mă întrebam în gând.

Am încercat să mă trag din nou, dar m-a strâns și mai tare de păr. Mă privea cu ochi atât de sfredelitori, că îmi stârnea fiori de teamă. Susținându-i privirea, mi-am scos inelul de pe deget și l-am lăsat să cadă pe covor. Mi-a dat drumul din strânsoare și m-am așezat în fața lui, în genunchi.

S-a întins, comod, pe canapea, de parcă sexul oral făcea parte din rutina lui zilnică. *Dumnezeule mare*, niciodată nu-mi ușura misiunea!

În timp ce-i desfăceam fermoarul de la pantaloni, cu un sunet seducător, și-a rezemat cotul de brațul canapelei, scrutându-mă cu ardoare.

Am șovăit ușor. Ce bine ar fi fost să fi avut mai multă experiență ca să nu dau greș acum! Gândul că l-aș putea dezamăgi era cumplit de înspăimântător.

— Ai de gând să te holbezi acolo toată ziua sau să treci la fapte? m-a întrebat, stând întins ca un rege pe canapea, nerăbdător și impunător, deși îmi dădeam seama că era crispat și încordat.

I-am dat, cu mâini fremătătoare, boxerii jos și i-am cuprins cu degetele penisul întărit. Cum avea să-mi încape în gură toată chestia asta? Deși eram cuprinsă de neliniște, nerăbdarea își spunea și ea cuvântul. Se simțea atât de catifelat la atingere. Era atât de gros și de tare. Fusese atât de bine când îl simțisem în mine, și doream să-i mulțumesc în aceeași manieră. M-am aplecat și mi-am atins obrazul de organul lui ferm și excitat.

Și-a depărtat și mai mult picioarele, trecându-și o mână peste gură, în timp ce pe cealaltă și-a strâns-o nervos în pumn.

Am salivat puternic atunci când mi-am trecut iar obrazul și apoi buzele peste el. L-am lins ușor, ca o tatonare. Apoi am făcut-o din nou de sus până jos, simțindu-l cum se crispează și își încordează mușchii abdomenului. Un geamăt prelung i-a scăpat printre buze. Reacția lui era atât de seducătoare, că mi-am stăvilit cu greu satisfacția, continuând să-mi plimb limba de jur împrejurul penisului său, peste tot, neratând niciun loc.

— Încetează cu joaca! mi-a spus, cu glas aspru.

Doamne, cât era de capricios!

L-am privit printre gene.

— Suge! mi-a ordonat, cu glas poruncitor, stârnindu-mi o undă de foc între picioare.

M-am supus, plimbându-mi limba de jur împrejurul capului, după care l-am băgat cu totul în gură.

— O, Doamne! a gemut, dându-și capul pe spate.

Sânii mi se contopeau cu coapsele lui, provocându-mi scântei de plăcere. Am supt din nou, plimbându-mi gura de sus în jos.

— Exact așa, a murmurat, înfigându-și mâna în părul meu și ghidându-mi mișcările într-un ritm controlat. În sus, în jos, apoi adânc în gura mea, iar și iar.

— Uită-te la mine! mi-a spus, cu glas răgușit.

Și l-am țintuit cu privirea.

— La dracu'! a murmurat apoi.

Când s-a împins, înfigându-și penisul adânc în gâtul meu, am rămas practic fără suflare, și ochii mi s-au umezit. Gemând din rărunchi, s-a retras, a ieșit din gura mea și, rezemându-și capul de canapea, cu răsuflarea întretăiată, m-a scrutat cu ochii pe jumătate închiși.

— Ce s-a întâmplat? l-am întrebat, ștergându-mi gura cu dosul palmei.

— Nu mai rezist, o să-mi dau drumul, mi-a răspuns.

— Atât de repede? l-am întrebat, încruntată.

N-am vrut să sune așa, dar imediat ce cuvintele mi-au scăpat printre buze, mi-am dat seama ce greșeală făcusem — i-am dat de înțeles că termină mult prea repede.

— O să ți-o trag rău de tot pentru asta, mi-a răspuns, izbucnind în râs.

M-am înroșit până în vârful urechilor.

— Scoate tot de pe tine și vino aici! mi-a spus apoi, scrutându-mă cu o privire încinsă și languroasă.

M-am ridicat în picioare și mi-am scos rochia și chiloții tanga. Imediat cum m-am așezat călare deasupra lui, s-a și năpustit cu gura asupra sânilor mei. Atingerile sale, lacome și imperioase, îmi hrăneau vâlvătăile pe care le simțeam în corp.

Mi-am înfipt mâinile în părul lui când a început să-mi soarbă pielea de pe sâni, sfârcurile și gâtul, strângându-mi și pocnindu-mă peste fund, în timp ce mă poziționa deasupra penisului său întărit.

— Ridică-te! mi-a ordonat, cu glas răgușit.

Dar nici n-a rostit bine cuvintele că m-a și ridicat cu mâinile, așezându-mă apoi deasupra gurii sale. Un suspin mi-a scăpat printre buze, rezemându-mă cu o coapsă de speteaza canapelei și cu o mână de umărul lui. A început apoi să-mi sondeze adâncurile cu limba, în timp ce îmi răsuceam șoldurile deasupra gurii sale. Simțeam cum ard în flăcări, mistuită de plăcere și dorință.

— Sunt atât de aproape, am gemut.

Nici n-am apucat să termin de vorbit, că mi-am și înfipt o mână în părul lui, pentru că orgasmul m-a lovit puternic, nemaisimțindu-mi coapsele și parcă nemaiștiind cum să respir. Am alunecat în poala lui, încă gonind după o gură de aer. Dar, înainte să-mi dau seama ce intenții avea, m-a apucat de șolduri și a intrat în mine cu putere.

Am rămas fără suflare, copleșită de durere.

— Nico, mă doare!

— La naiba, iubito, îmi pare rău! mi-a spus, mângâindu-mă tandru.

S-a repezit spre fața mea și m-a sărutat pe buze.

Am realizat amândoi ce s-a întâmplat în clipa în care și-a desprins buzele de pe ale mele.

A încremenit ca o stană de piatră.

Inima mi-a stat în loc.

Teama punea stăpânire pe mine — încinsă ca picăturile de whisky și rece ca gheața. Intrase în mine adânc, atât de adânc că mă duruse, dar gândul îmi zbura la atingerea buzelor noastre. I-am văzut privirea întunecată în timp ce îmi plimbam limba pe buze. Îi simțeam gustul, dar nu era îndeajuns. Mai voiam.

Totul părea să fi încremenit în jur. Șovăiala mi se cuibărea în suflet. Inima îmi bătea năvalnic, gata să-mi iasă din piept.

Nu mă puteam abține.

Un fior mi-a cutremurat trupul, dar am găsit puterea să mă aplec peste el și ne-am împletit răsuflarea. M-am aplecat și mai mult, până ne-am atins buzele. Când și le-a depărtat, mi le-am lipit și mai mult, strecurându-mi limba înăuntru. A gemut adânc și mi-a strâns șoldurile cu mâinile lui fierbinți.

M-am retras, încercând să-mi recapăt suflul. Dar până s-o fac, m-am aplecat din nou și l-am sărutat iarăși. Încet și apăsat. M-a apucat de ceafă și ne-am înlănțuit limbile cu atâta pasiune. Am scos un scâncet de plăcere și mi-am coborât mâna de-a lungul cravatei lui. Următorul sărut a fost unul dur, cu mușcături, disperat, după care a devenit din nou tandru. Pulsul îmi bubuia în urechi, sângele îmi vuia prin vene, trimițându-mi văpăi prin corp.

Mă simțeam copleșită... împlinită... *mistuită*. Și nici prin cap nu-mi trecea să mă retrag o clipă să pot iau o gură de aer.

A încercat să o luăm mai ușor, dar nu voiam cu niciun preț să mă opresc. Nu puteam s-o fac.

Mi-am contopit și mai mult gura cu a lui, plimbându-mi limba pe buzele sale și sorbindu-i răsuflarea. Avea un gust atât de bun. O combinație de whisky și vanilie.

M-a mușcat de buza de sus, atenționându-mă în felul ăsta că vrea să se oprească.

— Mi-o tragi sau gata! mi-a spus.

Am șovăit ușor, tulburată de schimbarea bruscă de dispoziție. Dar i-am înțeles în curând motivul. Mânios pentru că refuzasem până acum să-l sărut, se răzbuna, refuzându-mi-l acum la rândul lui. L-am privit printre gene, deși nu eram prea impresionată de jocul lui. Nimeni din *Cosa Nostra* n-ar fi acceptat să fie refuzat, iar Nico nu pierdea acum ocazia să-mi aducă aminte cine era „nașul".

Mi-am rotit, încet și languros, șoldurile. Durerea semănă cu dogoarea unei flăcări, dar de care nu te poți lipsi. L-am cuprins cu brațele de umeri și mi-am lipit fața de gâtul lui.

Fiori de dorință și plăcere mi-au străbătut trupul când mi-am frecat clitorisul de pelvisul lui. Și-a coborât mâinile de pe spatele meu, m-a apucat de fund și m-a apăsat și mai mult în el.

Un scâncet mi-a scăpat printre buze când m-am ridicat un pic ca apoi să alunece din nou în mine. Senzațiile îmi încingeau simțurile, smulgându-mi gemete de plăcere.

— Doamne, cum poți să gemi! a îngăimat, sorbind următorul suspin cu buzele-i lacome.

M-a apucat cu putere de talie și am început să mă mișc ușor în sus și în jos. Am simțit cum s-a cutremurat.

Mă ținea strâns cu mâinile-i aspre.

Îmi mușca bărbia.

Și îmi explora gâtul cu buzele.

— Mai ai de gând să nu mă lași să te sărut pe gură? mi-a șoptit la ureche.

Am clătinat din cap.

— Gura asta este a mea?

— Da, am murmurat.

A gemut adânc, apoi m-a apucat de ceafă și m-a sărutat cu foc. Cu patimă și ardoare. Sălbatic și flămând. După care încet, dornic parcă să-mi guste fiecare colțișor. Mi s-a umplut pieptul cu o căldură care s-a împrăștiat în tot corpul.

M-a lăsat pe mine mai întâi să impun ritmul, după care m-a apucat strâns și a început să mă miște el în sus și în jos. O presiune dulce și fierbinte a început să mi se acumuleze în pântec. Am gemut cu gura lipită de a lui. Mă săruta și mă săruta până am simțit că nu mai am aer.

Când și-a coborât gura și mi-a cuprins un sfârc cu buzele, presiunea a fost prea mare și m-au lovit spasme de plăcere, care după un timp s-au disipat în tot corpul. Mi-am rezemat fruntea de a lui, încercând cu disperare să trag aer în piept.

L-am simțit cum corpul i s-a tensionat și, strângându-mă de mijloc, mi-a spus cu glas răgușit, în timp ce mă sălta și mă cobora în el tot mai frenetic:

— Roagă-mă să-mi dau drumul în tine!

— *Te rog*, dă-ți drumul în mine! am murmurat, cu buzele pecetluite cu ale lui.

Lipindu-și fața de gâtul meu, a scos un geamăt prelung, din toți rărunchii, și m-a mușcat de gât suficient de tare cât să-mi lase un semn.

Am rămas în brațele lui, încercând să-mi trag sufletul. Prezența lui... atingerile, trupul, parfumul și gustul lui... toate îmi invadau simțurile. Eram dependentă de el ca de un drog de care nu aveam să mă satur vreodată. Euforia pe care o simțeam acum după ultima „doză" mă făcea să plutesc pe aripile fericirii supreme.

Pasiunea pe care o nutream pentru el căpăta tot mai mult conturul unei obsesii, al unui dor mistuitor, al unei nevoi nimicitoare, deși eram convinsă că nu mi-o împărtășea. Dar, punându-mi mâinile pe pieptul lui...

I-am simțit bătăile inimii...

Bum-bum!

Bum-bum!

Bum-bum!

și am realizat că bate pentru mine.

CAPITOLUL
Patruzeci și trei

Nu ne amintim zilele, ne amintim doar clipele.
— Cesare Pavese

Nico

Mi-am plimbat mâinile pe spatele ei, încântat să-i simt pielea fină și catifelată. Era atât de mică și de fragilă în brațele mele, că aș fi putut s-o frâng dintr-o simplă îmbrățișare. Gândul mi-a provocat un nod în gât.

Nu știam ce să fac cu ea, știam doar că nu puteam s-o pierd. De fiecare dată când o vedeam, sângele îmi zvâcnea, încins, prin vene, iar pronumele posesiv *a mea* îmi înfiera sufletul. Dacă această obsesie ar fi izvorât doar din firea posesivă și lacomă a familiei Russo, s-ar fi stins din clipa în care mi-a părăsit patul. Toți membrii clanului Abelli au înțeles asta din cele petrecute astăzi.

Am ajuns la concluzia că nu-mi păsa nici cât negru sub unghie dacă voia pe altcineva, și asta dintr-un simplu motiv: nu aveam s-o las. Am renunțat să-i mai scotocesc trecutul, căci, de-aș fi găsit ceva ce nu mi-ar fi fost pe plac — și anume, un *iubit* —, mi-ar fi fost cu neputință să gestionez situația cu mintea limpede.

Iar gândul că aş putea să-i stârnesc ura îmi provoca o durere cumplită în suflet.

Simţindu-i răsuflarea fierbinte pe gât, mi-am plimbat degetele prin părul ei moale. I l-am dat la o parte de pe faţă în timpul partidei de sex oral — nu mă minţea —, era pentru prima oară când o făcea. Înotam într-o vâltoare de sentimente. Poate că nu era atât de experimentată cum îmi imaginasem.

Ce alte lucruri nu mai făcuse? Voiam să ştiu totul. Un tir de întrebări îmi stătea pe buze, dar am reuşit să mi le stăvilesc. Nu voiam să vorbesc — nici măcar să mă *gândesc* — la trecutul ei sexual. Aveam senzaţia că discuţia s-ar fi încheiat cu alte piese de mobilier făcute ţăndări.

Mă alesese pe mine, nu pe tatăl ei.

Şi să fiu al naibii dacă asta nu mi-a conferit un sentiment fantastic de satisfacţie!

Când şi-a înfipt unghiile în ceafa mea, am simţit un fior din cap până în picioare.

— Nico, se va isca un război între familii în ziua nunţii noastre?

— S-ar putea, i-am răspuns, amuzat.

Şi-a aplecat capul într-o parte, învăluindu-mi mâinile printre şuviţele de păr.

— Nu cred că tata te place.

— Clanul Abelli nu mă agreează în general, i-am răspuns, râzând.

— Eu, da, mi-a spus, în şoaptă.

La naiba!

— Serios?

— Da.

Un fior m-a cuprins cu totul.

— În curând, vei face şi tu parte din familia Russo, aşa că nu se pune.

— Weekendul viitor, mi-a răspuns, plimbându-şi degetul pe gâtul meu.

Mâine. Dar nu trebuia s-o știe încă.

După amenințarea aruncată de tatăl ei, m-am hotărât să nu mai aștept. Elena era a mea, iar, ca dovadă, mâine avea să-mi poarte numele.

— Cred că ar trebui să găsim o cale prin care să-i facem pe ai noștri să interacționeze mai mult, mi-a spus apoi. La cazinou, de exemplu.

— Nu cred că e o idee prea bună, iubito, i-am răspuns, chicotind.

— Aha! mi-a spus, râzând veselă. Am uitat că sunteți cu toții niște trișori.

— *Suntem,* am corectat-o eu.

— Suntem, a repetat, în șoaptă, de parcă voia să vadă cum îi sună pluralul pe limbă.

Da, și eu eram curios cum ar suna asta.

S-a retras ușor și am simțit cum mă excit din nou doar la vederea sânilor ei atât de aproape de gura mea. Mi-am pus boxerii peste penisul deja în erecție și mi-am înfrânat dorința de a o atinge. După partida sălbatică de sex de mai devreme, știam că era sensibilă și îmi părea rău că o făcusem să sufere. Dar nu îmi părea deloc rău pentru săruturile noastre disperate.

Mi-a aranjat cravata, plimbându-și degetele pe pieptul și abdomenul meu. Aș putea s-o las să mă mângâie toată ziua, fără să mă plictisesc. Mi-a luat mâna într-a sa, atingându-mi ușor încheieturile cu degetul mare.

— O să le văd și eu vreodată întregi și nevătămate?

— Probabil că nu, i-am răspuns, privindu-mi mâinile.

Și-a pus palma peste a mea, măsurând diferența.

— L-ai lovit pe Luca?

— Da.

I-am ars un pumn cu atâta furie, că mă și mir cum de nu i-am mutat falca din loc. Ticălosu' era al naibii de rezistent.

— Ești atât de sincer, mi-a spus, zâmbind.

— Întotdeauna.

Mă scruta, ușor încruntată. Doamne, ce frumoasă era! Simțeam o strângere de inimă numai când o priveam.

— Serios? Mi-ai răspunde cu sinceritate la orice întrebare?

— Da, i-am spus, dându-i o șuviță de păr după ureche, dar unele lucruri e mai bine să nu le cunoști.

I-am simțit mâna fremătătoare într-a mea și mi-am dat seama cum a sunat. Credea că mă refer la femei. Dumnezeule, nu mă mai culcasem cu nimeni de când o cunoscusem! Știam că făcusem o obsesie pentru ea, dar nici că-mi păsa. Nu-mi doream decât să-i dau și mai mult aripi. Să i-o trag, s-o sărut și s-o devorez. Gândul că ceva mi-ar putea sta în cale îmi îngheța sângele prin vene.

— Mă refer la afaceri, Elena.

Și-a împletit degetele cu ale mele, cu ochii ațintiți asupra mâinilor noastre împreunate.

— Am auzit că ești un om rău, a spus, încet, rezemându-și capul de umărul meu.

— Și crezi tot ce auzi? am întrebat-o, cu un zâmbet pe buze.

— Numai ce văd cu ochii mei. De ce l-ai ucis pe vărul tău?

— Te amenința cu pistolul, i-am răspuns, lipindu-mi buzele de urechea ei.

A simțit cum s-a înfiorat. Știam încă de atunci că era a mea.

— Nico!

— Ce e?

— Simt cum sperma mi se prelinge pe coapse, a murmurat ea.

La naiba, era cel mai incitant lucru pe care-l auzisem vreodată! Mi-a zvâcnit penisul.

Mi-am dus mâna printre coapsele ei, am simțit umezeala și am strecurat sperma în ea. A gemut ușor, înnebunindu-mă de dorință. Dacă n-avea de gând să plece de lângă mine, aveam să facem iar sex, deși mi-am promis că îmi voi stăvili pornirile.

— Trebuie să mă duc la muncă, i-am spus apoi. Am o întâlnire cu fratele tău.

Am simțit-o încordată.

— Te rog să nu-l omori!

Un suspin deopotrivă amuzat și sardonic mi-a scăpat printre buze. Ticălosu' ăla se bucura în continuare de dragostea ei. Dar o voiam toată numai pentru mine. Era o dorință irațională, o știam prea bine, dar mi-era cu neputință să-mi gestionez sentimentele pe care le nutream pentru ea. Toate îmi păreau hiperbolizate. Încinse. Și impulsive.

— N-am de gând să-l omor. Am hotărât să nu mai lucrez direct cu tatăl tău. Așa că Tony va fi intermediar.

— Aha! a murmurat, înghițind în sec. Încearcă să nu te lași nici ucis de mâna lui!

— Și dacă ar face-o, ce s-ar întâmpla?

A șovăit, de parcă nu s-ar fi gândit niciodată la asta. Am realizat că nu voia să-mi dea un răspuns în clipa în care a început să-mi exploreze gâtul cu gura. Atingerea buzelor ei mi-a încins din nou simțurile. Sărutându-mă cu și mai multă ardoare, și-a strecurat limba în gura mea, trezindu-mi bărbăția la viață. *La dracu'!* Mi-am înfipt mâna în părul ei și am tras-o ușor, dându-i capul pe spate.

Avea ochii întunecați ca noaptea și buzele umflate și trandafirii.

— Și dacă ar face-o, ce s-ar întâmpla? am repetat eu.

A rămas un timp tăcută, mușcându-și buza de sus.

— Când se va afla că am stat aici, nimeni n-o să mă mai vrea.

Mă simțeam cuprins de iritare. Nu era răspunsul pe care îl așteptam și nici nu era adevărat. Oricine și-ar dori să fie cu Elena. Am privit-o printre gene.

— Nu vei mai avea niciodată pe altcineva.

— M-ai „veghea" și dincolo de mormânt ca să te asiguri că așa va fi? m-a întrebat, cu buze fremătătoare.

— Da, i-am răspuns, deși habar nu aveam ce spuneam.

— Dacă ar exista cineva în stare să facă așa ceva, tu ai fi acela.

Am scrutat-o cu o privire pătrunzătoare, căci mă îndoiam că o spunea ca pe un compliment.

— Iei pastile contraceptive?

S-a făcut roșie la față ca racul. Stătea în poala mea, cu sânii lipiți de chipul meu, după o partidă sălbatică de sex, dar se îmbujora toată la o simplă întrebare.

— Da, mi-a răspuns, jucându-se cu capătul cravatei.

— Când ai de gând să nu le mai iei?

A clipit nedumerită de câteva ori, apoi a izbucnit în râs.

— Ești nebun, mi-a răspuns, în cele din urmă, lăsând cravata și ridicându-se în picioare.

— Ți-am pus o întrebare, Elena.

— Iar eu prefer să nu-ți răspund, Nico, mi-a ripostat, îndreptându-se spre baie, complet goală.

Priveliștea m-a făcut să gem în tăcere.

— Doar n-ai de gând să le iei tot timpul.

— Nu, dar aș prefera să mă mărit înainte de a lua varianta în calcul.

Mi-am frecat maxilarul.

Bine. Vorbim mâine atunci.

— Un gest cât se poate de stupid, Asule, a spus Tony, stând pe canapeaua din birou, cu brațul pe spetează.

— Cine ți-a cerut părerea? l-am întrebat, străfulgerându-l cu privirea.

— Am bănuit că vrei s-o auzi, mi-a răspuns, schițând un zâmbet.

— Te-ai înșelat, i-am ripostat, pe un ton sec. Dacă ar fi să scriem toate tâmpeniile pe care le-ai făcut, ar ieși o carte mai stufoasă decât Biblia.

— Toate acțiunile mele sunt premeditate, mi-a spus, adâncindu-se și mai mult pe canapea. Doar că eu gândesc mai repede decât alții.

— Duhnești a rahat de la o poștă. Chiar nu înțeleg cum dracu' de mai ești în viață!

— Ești șucărit că nu poți să mă omori, mi-a răspuns, cu un rânjet pe buze.

— N-am încercat niciodată să te omor.

— Discutabil. Dar nici n-o vei mai face de acum încolo. Îți place sora mea, iar Elena mă iubește.

Îmi place sora lui? Ce descriere mediocră pentru sentimentele pe care le nutream față de Elena!

În minte îmi răsunau deodată cuvintele Giannei.

Te vei îndrăgosti de ea. Dar nu-ți va împărtăși sentimentele.

Isuse Hristoase, câtă dreptate avea!

La dracu'! Gândul ăsta mă omora!

M-am rezemat de spătarul scaunului, pocnind cu pixul pe birou, fără să-i răspund, căci afirmația mi se părea cât se poate de ridicolă. Tony a pufnit în râs, iar eu am scrâșnit din dinți.

— Necruțătorul Russo a aflat, în sfârșit, cum e s-o iei în mână.

— Între noi doi e o mare diferență, Tony, i-am răspuns, clătinând din cap. Chiar dacă am luat-o sau nu în mână, măcar eu nu sunt preș în fața nimănui.

M-a străfulgerat cu privirea, dar s-a mulțumit doar să-și pună picioarele pe măsuța de cafea.

— Jenny te învârte pe degete când și cum are ea chef.

— Știi ce? Nu m-ar deranja dacă nu i-ai mai pomeni numele.

— Și nici pe mine nu m-ar deranja dacă nu ți-ai mai pune picioarele pe masa mea de cafea.

Nu s-a clintit însă din loc, aranjându-și, în schimb, cravata și punându-și mâna bandajată pe abdomen.

— Am o întâlnire „fierbinte” astăzi.

— Nu știu cât de „fierbinte" mai poate fi considerată când a încins patul tuturor bărbaților de pe-aici.

— O iubesc pe sora mea, Asule, mi-a ripostat, încleștându-și maxilarul, dar, din păcate, n-o să ai parte de... cireașa de pe tort. Ți-a luat-o altul înainte.

Răspunsul mă scotea din sărite, iar privirea satisfăcută pe care mi-a aruncat-o mi-a dat de înțeles că savura din plin momentul.

— Dacă vrei să stai aici și să discuți despre cum i-o trag eu soră-tii, n-ai decât. Îmi trezești amintiri plăcute.

— Dacă era după mine, n-aș fi lăsat-o niciodată pe Elena să stea cu tine până la nuntă, mi-a spus, luând o scamă de pe sacou.

— E bine că n-ai nimic de spus în multe privințe, i-am ripostat, pe un ton sec. Ai da foc New Yorkului când te-ar apuca pandaliile.

— Dacă i-aș da foc, atunci ar merita să ardă.

Am izbucnit într-un râs sec.

— Îți sare mai degrabă muștarul când cineva îi aruncă nimicuri iubitei tale pentru o partidă „fierbinte".

— Nu e o târfă, mi-a răspuns, străfulgerându-mă cu privirea în timp ce trăgea de gulerul de la sacou.

— Eu așa credeam. Dacă i-aș fi dat ceasul de la mână, ar fi făcut orice i-aș fi cerut.

— Oricine ar fi făcut la fel. Arăți ca un nenorocit cu ceasul ăla de treizeci și cinci de mii de dolari la mână...

Aș fi fost de acord cu el până s-o cunosc pe Elena — în privința *femeilor gata să facă oricând sex pentru bani*, dar nu-mi pica deloc bine cuvântul „nenorocit". Acum însă mă îndoiam că ea ar fi făcut-o pentru asta. Și nu doar pentru că deja avea bani.

Nici n-am trecut încă la afaceri și simțeam că îmi explodează deja capul.

— Ne apucăm și noi de treabă?

— Firește, Asule. Dar, mai întâi, trebuie să-ți spun ceva.

— Abia aştept să aflu despre ce e vorba, i-am răspuns, pocnind cu pixul pe birou.

— Din motive obscure — mânată, cel mai probabil, de sindromul Stockholm —, Elena a preferat să se întoarcă la tine, şi îi respect decizia. Dar dacă o faci să sufere, te omor.

Am izbucnit în râs. Mai degrabă mi-aş tăia o mână decât s-o fac să sufere, dar să fiu al naibii dacă îi voi da de înţeles că Elena e marea mea slăbiciune!

— Cum am ajuns la momentul ameninţărilor, i-am ripostat, cu o privire de gheaţă, am şi eu ceva să-ţi spun. Dacă mai faci vreo tâmpenie şi se trezeşte cu pistolul la tâmplă din cauza ta, te jupoi de viu. Ai înţeles?

— Am înţeles, frăţioare, mi-a răspuns, cu un rânjet pe buze.

O, Doamne, de mâine, idiotul ăsta o să-mi fie cumnat!

Ceasul arăta ora două noaptea când am ajuns acasă. Eu şi Tony am reuşit să stăm de vorbă fără să sărim unul la gâtul celuilalt — un adevărat succes, aş putea spune — şi apoi am mai avut ceva de făcut. O treabă supărătoare, care s-a soldat cu o pată roşie pe cămaşă.

Pubelele de lângă garaj erau ticsite de pungi. Am schiţat un zâmbet când mi-am dat seama ce aruncase Elena. Era realmente uluitoare, căci nu ştiam niciodată la ce să mă aştept din partea ei.

Luca a plecat după ce mi-a relatat activităţile Elenei de peste zi. Ştiam că se plictisea stând aici — şi aveam şi eu nevoie de el la muncă —, dar nu aveam încredere în altcineva. De obicei, i-aş fi încredinţat lui Lorenzo sarcini de acest gen —, dar nu în cazul Elenei. Oare mai existau eunuci? m-am întrebat în treacăt.

Adevărul era că nu-mi surâdea deloc ideea s-o las în grija altui bărbat, dar era mult mai important s-o ştiu în siguranţă. Nu puteam să uit nici faptul că încercase să fugă acum șase luni. O făcuse oare pentru că tatăl ei era un ticălos sau de dragul unui alt bărbat, ce-ar putea fi încă în viață? Mi-am încleștat dinții numai la simplul gând.

Am urcat treptele, hotărât să le repar cât mai repede cu putință, căci scârțâiau ca dracu'.

Abia așteptam să vin acasă. Ca să fac sex cu Elena toată noaptea. Să-i aud gemetele, s-o fac să transpire și s-o văd cum tremură de plăcere. Tabloul mi-a incitat simțurile.

Când am intrat în dormitor și am văzut patul gol, un suspin mi-a scăpat printre buze. Deschizând însă ușa dormitorului de oaspeți, am găsit-o dormind. Perdelele fluturau în bătaia unei adieri blânde de vânt ce pătrundea pe fereastra întredeschisă. Când i-am văzut chipul scăldat în lumina gălbuie a felinarului de afară, am simțit o strângere de inimă.

M-am așezat pe vine lângă pat. Dormea pe o parte, cu fața spre mine. O coapsă i se ivea printre așternuturi. Purta un tricou scurt, ce i se ridicase până la brâu, dezvăluindu-i sânii, și o pereche de chiloți tanga. Formele seducătoare ale fundului mă ispiteau să-l mușc. Mă abțineam cu greu să n-o trezesc. *La naiba!* Mi-am frecat fața în mâini și am clătinat din cap. Nu puteam s-o fac.

Avea buzele ușor depărtate și răsuflarea lină. Genele-i negre îi mângâiau obrajii. Am scrutat-o un timp. Cât de liniștită dormea! Lipsită de griji. Voi face tot ce îmi va sta în putință să fie mereu așa.

La naiba, eram într-adevăr o cauză pierdută!

Dacă perfecțiunea avea un chip, un trup și o voce, atunci aceasta era Elena.

Mi-am plimbat ușor degetul pe obrazul ei catifelat.

Ochii mi-au căzut pe inelul de pe deget și mi-a stat un nod în gât. În minte îmi răsunau cuvintele Giannei și am simțit un gust amar.

O s-o fac să mă vrea mai mult decât orice pe lume, să mă iubească și să aibă nevoie de mine, căci să mă ia naiba dacă mai aveam de gând să stau singur!

CAPITOLUL
Patruzeci și patru

Trăim cu adevărat numai atunci când suntem îndrăgostiți.
— John Updike

Elena

Mirosea a aer curat. Un vânt cald pătrundea prin fereastra pe care o lăsasem toată noaptea deschisă.

Am închis-o, apoi m-am dus la baie. După ce m-am aranjat, am coborât treptele. Am încremenit la baza scărilor, dar nu pentru că l-aș fi văzut pe Nico la bustul gol.

— Nico! am murmurat eu.

— Da, mi-a răspuns.

Inima îmi bătea frenetic în piept.

Îmi plimbam privirea de la tabloul pe care mi-l oferea Nico, îmbrăcat la patru ace, la rochia albă de pe speteaza canapelei. Un fior de neliniște mi-a străbătut trupul din cap până în picioare, ce se împletea însă cu un sentiment de plăcere și *ușurare*. Nu mi-am dat seama până acum că ideea de uniune consensuală mă deranja în vreun fel și în niciun caz din cauza reputației mele oricum știrbite. Dar, indiferent cât de mult iubeam libertățile oferite de o lume liberală, tânjeam după ideea de romantism și tot ceea ce înseamnă tradiție în concepția *Cosei Nostra*. Apoi, gândul că se va plictisi și se va hotărî să anuleze nunta îmi îngheța sângele în vene. Voiam să mă mărit și să am un soț alături, dar imaginea, ușor idilică, a fost mereu înnegurată de umbrele altor femei. Nu puteam să-l împart cu altcineva. Nu pe Nico. Ideea îmi făcea stomacul să mi se întoarcă pe dos, mă lăsa fără suflare și îmi provoca o strângere de inimă.

— De ce l-ai ucis pe Oscar Perez? l-am întrebat, pe neașteptate.

Nico stătea cu mâinile în buzunare, rezemat de blat. Avea privirea calmă și profundă ca marea.

— Pentru că erai a mea.

Am înghițit în sec, încercând să înlătur nodul din gât. Nu credeam că avea să mă mintă, ci că va încerca să ocolească răspunsul. Inima mi se strângea de durere în piept.

— Poate că ai forțat mâna destinului, i-am răspuns, în șoaptă, cu ochii ațintiți asupra rochiei de pe canapea.

Nu m-am uitat la el, dar nici nu trebuia s-o fac ca să-mi dau seama că vorbele mele n-au rămas fără ecou. Îi simțeam privirea încinsă pe obraz.

— Nu există destin, mi-a ripostat apoi. Și, chiar de-ar exista, ultimul lucru pe care l-ar face Fortuna ar fi să te cupleze cu Oscar Perez.

— Și-ar fi mai bine să mă cupleze cu *tine*? Nici tu nu ești vreun sfânt.

— Vrei un sfânt, Elena?

Nu, te vreau pe tine. Dar nu vreau să-mi frângi inima.

— Nico... nu ne cunoaștem... Nu-ți știu nici măcar numele complet.

— Angelo. Acum du-te să te aranjezi! Plecăm peste o oră.

Nu m-am clintit din loc.

— Mi-am ales deja rochia, Nico... și e perfectă.

Răspunsul era la fel de frivol ca și mine. Dar ar trebui să știe ce nevasta își ia. Mă întrebam cum reușise să obțină certificatul de căsătorie fără mine, dar era, probabil, cea mai simplă infracțiune pe care a comis-o.

— Vreau o nuntă de vis, i-am răspuns, cu glas ferm.

— Ești sigură că vrei două ceremonii alături de mine? Se pare că abia o digeri și pe prima, mi-a ripostat, cu iritare, scoțându-și telefonul ca să răspundă la un mesaj.

— Nu, prefer una singură. Cea stabilită *weekendul viitor*. Nu merg nicăieri astăzi.

Și am dat să plec, dar nici n-am apucat să urc trei trepte că m-a și apucat cu brațul de mijloc, luându-mă pe sus.

— Ne căsătorim astăzi, Elena. Nu mâine și nici weekendul viitor. *Astăzi!*

Stăteam cu spatele lipit de trupul lui, abia atingând pământul. Nu așa îmi imaginasem o cerere în căsătorie; de fapt, era un gest bădăran și despotic.

Am început să mă zbat în brațele lui, încercând să mă eliberez din strânsoare. Știam însă că n-o să scap cu una, cu două.

— Dă-mi drumul, Nico!

Mă ținea și *mai strâns.*

— Te duci să te îmbraci?

— Ai vrut o nevastă virgină, am protestat eu. Ai ales-o pe Adriana, nu pe mine, am continuat, încercând să-i desprind brațul încleștat pe mijlocul meu, dar mă ținea ca într-o menghină.

— Asta crezi? mi-a răspuns, râzând. Că am preferat-o pe sora ta excentrică în locul tău?

— Nu e excentrică, i-am ripostat, printre dinții încleștați, când m-a pus din nou cu picioarele pe pământ.

— Taică-tu mi-a spus că nu ești potrivită pentru căsătorie. Nu am ales nimic.

Digerând informația, m-am simțit ușurată, de parcă cineva mi-ar fi luat o piatră de pe inimă. M-am întors cu fața spre el și i-am întâlnit privirea. Mă scruta cu ochi atât de încinși de-ai fi zis că abia se abține să mi-o tragă pe loc, ca să-mi bage mințile în cap. Am simțit un fior din cap până în picioare.

— Vreau nunta pe care am programat-o deja, Nico, i-am răspuns, jucându-mă cu tivul de la tricou.

— O s-o ai, mi-a spus, trecându-și mâna peste față. Dar o să devii Elena Russo astăzi, nu mai târziu.

— Elena Russo, am murmurat eu, lipindu-mi obrazul de mâna lui.

Atingerea sa îmi conferea speranță și fericire. Dar, odată ce cuvintele s-au pierdut în tăcere, am auzit din nou tânguirea unei inimi frânte.

Zgomotele claxoanelor de mașini, cearta unui șofer cu un taximetrist și vuietul de pe bulevardul Grand Concourse din Bronx, toate se împleteau cu vâltoarea gândurilor. Sângele îmi zvâcnea prin vene în timp ce ne îndreptam spre clădirea Curții Supreme. Când am ajuns în fața ușilor, m-am întors pe călcâie. Nico m-a apucat de mână, chicotind ușor, și m-a tras înăuntru. L-am văzut pe Luca dându-și ochii peste cap. Era martorul nostru, deși aș fi preferat ca rolul să-i revină unui om fără adăpost pe lângă care tocmai trecuserăm.

N-a fost nevoie să așteptăm. O recepționeră cu părul blond, strâns în coc, ne-a condus spre sala unde avea să se țină ceremonia. Atitudinea ei încordată mi-a dat de înțeles că știa cine suntem. Oare cât contribuia Nico la „bunăstarea" New Yorkului ca toată lumea să-i stea la dispoziție într-o zi aglomerată de marți?

Dar poate că nici n-a fost nevoie să dea vreo centimă. Doar era nașul *Cosei Nostra*.

Inima mi-a bătut cu putere în piept pe tot parcursul ceremoniei. Mi-aduc aminte ca prin vis discursul magistratului, sudoarea rece ce-mi străbătea trupul, parfumul și prezența lui Nico, ce-mi făceau sângele să-mi zvâcnească nebunește prin vene.

— Da, a spus „nașul", cu o privire dogoritoare, promițând apoi să mă iubească, să mă respecte, să mă aprecieze și să mă protejeze până la sfârșitul zilelor, fără să se lepede vreodată de *mine*. După tonul cu care o spunea, părea adevărat.

Am repetat și eu cuvintele, făcând apoi schimb de verighete. Am privit inelul de cincizeci de cenți de pe mâna stângă. Era *mult* mai ieftin decât verigheta purtată de mama lui. În sală, domnea o tăcere apăsătoare. Magistratul și-a dres vocea. Luca s-a uitat la ceas. Purtam inelul pe degetul mijlociu, dar Nico stătea încremenit pe loc, hotărât să mă facă să-l scot. M-am supus și l-am pus pe degetul de la mâna dreaptă. Nico mi-a pus apoi verigheta mamei lui și a repetat cuvintele magistratului.

O iubea pe mama lui. Gândul mi-a făcut inima să-mi vibreze și mai tare în piept.

L-am sărutat pe gură. Un sărut suav, dulce și răvășitor.

Și am devenit doamna Nicolas Russo.

Afară, soarele scălda orașul într-o lumină strălucitoare, ca niște raze incandescente pe un cer fără nori.

— Te-ai descurcat bine, a spus Luca, pe un ton tărăgănat. L-ai făcut doar pe magistrat să creadă că te-am răpit de câteva ori.

M-am oprit în mijlocul trotuarului. Deși îmi simțeam încă nervii încordați, am răsuflat ușurată. Nico s-a oprit în fața mea și mi-am ridicat ochii spre el. În ciuda freamătului ce-mi tulburase sufletul în ultimele douăzeci de minute, aveam senzația că, alături de Nico, trecusem de linia de sosire a unui concurs neștiut.

— Dar dacă destinul există și am fost hărăzită altuia?

Și-a strecurat mâinile în buzunare, străfulgerându-mă cu privirea.

— Atunci, va trebui să dau foc destinului.

— Ești nebun, i-am răspuns, mușcându-mi obrazul ca să-mi stăvilesc un zâmbet și clătinând ușor din cap.

A izbucnit în râs și, ridicându-și ochii spre cer, a murmurat aproape imperceptibil:

— Sunt nebun după ceva anume.

Am încremenit pe loc. În timp ce inima îmi bătea frenetic în piept. Voiam să mă prefac că nu l-am auzit, dar stăteam împietrită ca o căprioară surprinsă de farurile unei mașini. Și-a ațintit apoi ochii asupra mea, scrutându-mă cu o ardoare ce-mi stârnea o vâltoare de gânduri și sentimente.

Luca stătea în apropiere, cu o grimasă pe buze, de parcă urmărea un film de Crăciun pe *Lifetime*.

— Mi-e foame, am spus apoi, înghițind în sec.

— Era frigiderul plin dacă nu le-ai fi aruncat pe toate la gunoi, a spus Luca, pe un ton amuzat.

Exact asta făcusem: pusesem toată mâncarea în pungi și îl rugasem pe Luca să le arunce la gunoi. Mi-am mușcat buza de sus. Doar n-aveam de gând să mă înfrupt din „meniul" Isabelei. Mi se păruse o reacție cât se poate de firească la vremea respectivă...

Nico m-a privit cu un licăr vesel în ochi, deși nu era deloc surprins. Observase, probabil, de dimineață frigiderul complet gol.

În timp ce ne îndreptam spre un restaurant unde să luăm masa, îndoielile mele legate de căsătoria noastră începeau să dispară în bătaia dogoritoare a soarelui, în adierea vântului și în ecoul cuvintelor sale — *Sunt nebun după ceva anume.* Dar gândul la foaia de hârtie ascunsă pe fundul genții mele de voiaj a fost suficient să-mi stârnească fiori de spaimă din cap până în picioare.

CAPITOLUL
Patruzeci și cinci

De-ar fi să fiu sinceră, ar trebui să spun că citesc încă basme și îmi plac la nebunie.
— Audrey Hepburn

Elena

Tăcerea care s-a așternut în mașină era atât de apăsătoare de puteai s-o tai cu cuțitul. Luca a plecat singur, așa că am rămas numai noi doi, învăluiți în falduri de tăcere.

Îmi doream cu disperare să știu ce gândește. Regreta oare pasul făcut? Am înotat într-o vâltoare de sentimente pe tot parcursul ceremoniei, dar n-aș fi dat niciodată înapoi. Poate că, la început, căsnicia e efervescentă ca un drog, dar chiar și în vâltoare, mă simțeam *invincibilă*. Oare asta însemna să fii un Russo?

Nico își ținea o mână pe volan, iar soarele îi cădea pe verigheta de argint — un simbol al uniunii noastre, ce prindea acum un contur tot mai amplu. Îmi dădeam seama că nu voi reuși niciodată să-l țin în frâu cum o făcea el cu mine, dar purtam pe deget simbolul uniunii noastre.

Imediat cum am ajuns acasă, Nico s-a îndreptat direct spre minibar. Băuse și la masă, lucru ce mă făcea să cred că numai alcoolul îl ajuta să accepte căsnicia noastră. Încurajator! Deși nu cred că eram în măsură să comentez de vreme ce toată ceremonia am părut speriată de bombe. Sinceră să fiu, îmi părea bine că vom mai face o nuntă, căci acum am dat-o în bară.

Rezemându-mă cu mâna de ușă, mi-am scos pantofii.

— N-am mai fost măritată niciodată.

— Nici eu, mi-a răspuns, desfăcând o sticlă de whisky.

— Serios? l-am întrebat, prefăcându-mă uimită. Cu reputația ta, am fost convinsă că ai avut un harem de soții pe care le-ai ucis, una câte una, când te-ai plictisit de ele.

— Nici gând! mi-a răspuns, întorcându-se spre mine, cu un zâmbet pe buze. Am oameni care să-mi facă treburile murdare.

— Uciderea soțiilor *e* într-adevăr o treabă murdară, am spus, dând din cap, în timp ce îmi strângeam părul la spate. Să sperăm că, în momentul în care te vei plictisi și de mine, o să-mi spui înainte să pot să fug.

Și-a strecurat mâna în buzunar, scrutându-mă cu o privire la fel de încinsă ca acum câteva zile când mi-a spus: *N-ai avea unde să te ascunzi. Căci te-aș găsi oriunde.* Fiori, deopotrivă de reci și fierbinți, îmi străbăteau șira spinării. Aveam senzația că fac parte dintr-un basm cu personaje deviante, unde prințesa se îndrăgostește de prințul cel rău, preferând să rămână în turn, deși ușa nu e niciodată încuiată.

Am avut dreptate de la bun început. Nu aveam să-i supraviețuiesc... dar era mult prea târziu acum. Trebuia să mă bucur de timpul petrecut împreună atât cât puteam.

Îmi simțeam pielea de găină când m-am îndreptat, desculță, spre el. Deși era al naibii de răcoare în casă, Nico degaja o căldură dogoritoare ca un furnal.

— Nu te-ai plictisit încă de mine, nu-i așa?

— Cred că-ți mai dau câteva zile, mi-a răspuns, trecându-și o mână peste maxilar.

Apropiindu-mă de el, l-am apucat de cravată.

— Doar câteva zile? l-am întrebat, îmbătându-mă cu parfumul lui. Atunci cred că ar trebui să profit din plin de ele, am adăugat, ridicându-mă pe vârfuri ca să-l sărut, dar și-a întors capul într-o parte.

Poate, cu ceva timp în urmă, reacția lui m-ar fi dezarmat. Acum însă, îl cunoșteam mai bine. Mă ajuta și faptul că îl simțeam extrem de excitat. Ignorându-i, așadar, gestul, mi-am lipit buzele de maxilar. Se bărbierise de dimineață și avea pielea fină și catifelată. I-am explorat gâtul cu gura, îmbătându-mă cu parfumul și gustul lui seducător.

A luat o înghițitură de whisky, imun, parcă, la sărutările mele.

— Am crezut că aveai de gând să te arunci astăzi de pe Podul Brooklyn.

— Nu, i-am răspuns, clătinând din cap în timp ce îmi plimbam limba pe gâtul lui, cuprinzându-i în același timp penisul cu mâna. Mai degrabă de pe Podul Washington, am continuat, când mi-a dat mâna la o parte. Nu-i atât de înalt.

Mi-am strecurat din nou mâna pe organul său excitat, frecându-i-l de sus în jos. Nu s-a mai împotrivit, deși nu se dezlipea de paharul de whisky. I-am sărutat colțul gurii, făcându-l să-și întoarcă, în sfârșit, capul spre mine, și mi-a răspuns cu aceeași ardoare, poate puțin mai iritat. Când ne-am împletit limbile, am simțit scântei din cap până în picioare.

— Mă scoți din minți, mi-a spus, dezmierdându-mi buza de sus.

— Nu da vina pe mine pentru psihozele tale!

— Tu *ești* psihoza mea!

— „Elegant", am murmurat, printre sărutările-i de foc.

A lăsat paharul jos și, apucându-mă de ceafă, a început să mă sărute cu și mai multă ardoare, provocându-mi fiori prin tot trupul și făcându-mi sângele să-mi zvâcnească prin vene. M-am lipit de el și am început să-i desfac cureaua. Un suspin i-a scăpat printre buze, dar a pus capăt săruturilor. Când am realizat că se îndepărta de mine, am gemut, copleşită de frustrare.

— Nico...

— E puţin probabil ca o femeie care se poartă la propria nuntă ca la o înmormântare să-şi dorească să facă sex cu soţul ei, mi-a răspuns, plimbându-şi degetul pe gura mea.

— Ba nu, am protestat eu.

Sexul e sex, căsătoria e căsătorie.

De ce amesteca lucrurile?

Oare nu înţelegea cât de mult îl voiam? Cuvintele mi-au scăpat printre buze înainte de a le putea stăvili.

— Mă gândeam la tine... până să ne logodim, am îngăimat, înroşindu-mă până în vârful urechilor.

— Serios? m-a întrebat, încremenind pe loc.

Înotam într-o vâltoare de sentimente — teamă, stânjeneală şi vulnerabilitate —, dar trebuia să-l fac să înţeleagă că îl voiam mai presus de orice imaginaţie. Adevărul era însă cu totul altul: aveam o *nevoie* disperată de el, dar nu-i puteam dezvălui acest lucru. Luându-mi inima în dinţi, m-am ridicat pe vârfuri şi mi-am lipit buzele de urechea lui.

— În ziua aceea, acasă la părinţii mei, în bucătărie, atingerile tale mi-au încins atât de tare simţurile, că..., întoarsă în cameră, m-am întins în pat şi mi-am strecurat degetele în adâncuri, prefăcându-mă că sunt ale tale.

Inima îmi bătea frenetic în piept.

— Trage-mi-o! mi-a spus apoi, apucându-mă de şolduri şi ridicându-mă în braţe, în timp ce îşi contopea buzele cu ale mele.

În *sfârşit!* Mi-am înfăşurat picioarele de jur împrejurul taliei sale şi mi-am înfipt mâinile în părul lui.

Îndreptându-se apoi spre trepte, mă săruta cu atâta patimă de parcă voia să mă mănânce de vie. Cu o poftă mistuitoare. Controlând însă fiecare gest şi fiecare mişcare.

Îmi explora gâtul cu gura în timp ce eu îi desfăceam nasturii de la vestă și de la cămașă. Avidă să-i simt pielea lipită de a mea. Am reușit să-i desfac pe toți, cu excepția butonilor — o sarcină imposibilă, de vreme ce își ținea mâinile sub fundul meu. I-am scos cămașa din pantaloni și mi-am strecurat mâinile pe dedesubt. Plimbându-mi-le pe abdomenul și pieptul lui fierbinte. A gemut printre dinți, iar eu am rămas fără suflare când s-a trântit peste mine în pat.

A tras de rochie, sfâșiindu-i bretelele.

— Era o rochie Chanel, am murmurat eu printre buzele-i lacome.

Judecata mi s-a întunecat cu totul în clipa în care mi-a scos sutienul și a început să-mi soarbă sfârcurile. Un suspin mi-a scăpat printre buze când am simțit că își strecoară degetele pe sub chiloții mei, poposind de jur împrejurul clitorisului.

— Ești atât de udă, la naiba! a îngăimat el.

M-am încordat toată când i-am simțit degetul apăsându-mi *cealaltă* intrare.

— Nico! am murmurat eu.

L-am simțit înfiorându-se din cap până în picioare. S-a oprit, sărutându-mă pe obraz și șoptindu-mi printre buzele contopite cu ale mele:

— Spune-mi să mă opresc și o s-o fac!

Nu mă dădeam în vânt după aventuri nebunești, dar aș fi făcut orice ca să-l văd pe Nico înfiorându-se din nou.

M-a scrutat cu ardoare când a văzut că păstrez tăcerea. A continuat să mă privească cu aceeași fervoare când și-a băgat degetul înăuntru. Era o senzație stranie, dar am devenit tot mai încinsă auzindu-i răsuflarea întretăiată și simțindu-i trupul încordat, de parcă abia se abținea să nu-și descătușeze pornirile.

Mi-a introdus două degete în vagin, fără să și-l desprindă pe primul din anus. Am gemut de plăcere în clipa în care a început să și le miște, încet, înainte și înapoi. Era un sentiment de plinătate delicios care mă urca pe culmile extazului. M-a sărutat pe gât, făcându-mă să tremur sub mișcările nimicitor de lente ale degetelor.

Am strâns cearșafurile în pumni și, înfigându-mi călcâiele în pat, am gemut surprinsă de un orgasm nimicitor. Mi-a înăbușit suspinele cu gura-i lacomă, mușcându-mi bărbia, savurându-mi buzele, sorbindu-mi limba și explorându-mi adâncurile.

— O să ți-o trag încet, mi-a șoptit la ureche.

Și a făcut cum a zis.

În toate modurile posibile.

Bucătăria. Sufrageria. Dușul. Holul. Patul.

Pe toate le-am explorat în cele șapte zile cât trecuseră de la nuntă.

Totul — până și aerul pe care îl respiram — purta un singur nume: Nicolas Russo.

Prima dată când am încercat să mă ridic din pat, m-a apucat de mână și m-a scrutat cu aceeași privire sfredelitoare. De data asta, nici că mai voia să-mi dea drumul. Nu s-a mai plâns niciodată de prezența inelului pe degetul meu — probabil că nu îl mai considera o amenințare acum că purtam verigheta pe aceeași mână.

Dormeam în patul lui, uneori cu fața lipită de pieptul lui, alteori cuibărită în brațele sale, dar *mereu* cu trupul contopit cu al lui. Mereu cu mâinile împletite, sorbindu-i parfumul. Nu știu cum se întâmplase, dar am reușit să-mi încalc toate barierele și să mi-l îngemănez cu totul în suflet.

Ceva îmi făcea inima să vibreze.

Ceva plăpând și fragil.

Ceva ce părea gata să se frângă.

Nu s-a dus la muncă în aceste șapte zile.

M-a învățat cum să trișez la cărți. Cum să fac sex. Și cum să pregătesc o omletă.

Mama lui gătea bine, mi-a spus la un moment dat. *Când nu era drogată*, mi-a specificat apoi.

Îi sorbeam toate informațiile pe care mi le dădea, oricât de neînsemnate păreau. În curând, aveam să conturez întregul joc de puzzle.

Învățam — încet, dar sigur — să și gătesc.

— E apos, mama, i-am spus, oftând, la telefon.

— N-ai făcut rântașul cum trebuie.

— L-am făcut exact cum mi-ai spus!

— Rețetele mele sunt *buono*, Elena. Tu ești problema.

După câteva discuții similare, am descoperit că Google e un profesor mult mai bun. Deși știa să facă o omletă, bucătăria era, în general, un mister pentru Nico.

Făceam numeroase comenzi și nu se plângea niciodată. De fapt, nu se plângea niciodată de nimic. Nici când îl deranjam la birou, dornică de atenție, nici când îi stăteam în poală în timpul unei discuții de afaceri. Deși nu-și pierdea niciodată latura dominatoare și impunătoare, am descoperit că era mult mai relaxat și mai tandru decât mi-aș fi putut imagina.

Ce n-aș fi dat să fie mai rău! Căci, în curând, aveam s-o merit.

Mă săruta încet și tandru. Plimbându-și degetele prin părul meu. Mă lăsa mereu să aleg filmul la care să ne uităm, deși nu ajungeam niciodată să-i vedem finalul. Când îi simțeam degetul de jur împrejurul buricului, tânjeam să-i simt și mai mult atingerile și îmi îndeplinea mereu dorințele.

Contopindu-ne trupurile în îmbrățișări fierbinți, în atingeri pline de fervoare, în dansuri amețitoare și sărutări pătimașe.

Ceva mi se cuibărea în suflet — un sentiment straniu.

Îmi adânceam chipul în gâtul lui și îi sorbeam parfumul. Un parfum ce-mi îmbăta simțurile și îmi întuneca judecata — un parfum ca nicotina sau ca un drog ce ți se răspândește în sânge.

Dar ceva părea să se frângă.
Palpitant, îmi spusese cândva Adriana.
Dar nu îmi spusese niciodată că avea să și doară.

CAPITOLUL
Patruzeci și șase

Am căzut deseori de pe norișorul meu roz,
izbindu-mă cu putere de pământ.
— Elizabeth Taylor

Elena

Soarele îmi scălda trupul într-o lumină caldă, dar nu reușea să topească gheața ce îmi învăluia sufletul încă de azi-noapte. Stăteam trează de câteva ore bune, ascultându-i răsuflarea lui Nico și întrebându-mă ce să fac.

Pentru conștiința și liniștea mea sufletească, dar și în amintirea *lui*, mi-era cu neputință să stau cu mâinile în sân.

Mi-aș fi dorit să fiu cu totul altfel ca să las trecutul în urmă și să uit cele întâmplate în așa fel încât să nu distrug fărâma de încredere pe care Nico mi-o încredințase și să nu îl arunc în brațele altei femei. Ca să nu spulber fericirea ce-mi făcea inima să surâdă ori de câte ori se afla în preajmă.

Era treaz și stătea pe marginea patului. Îi simțeam privirea sfredelitoare ațintită asupra mea, dar n-am deschis ochii. Dacă-mi citea gândurile?

— Ai de gând să lenevești toată ziua în pat? m-a întrebat, mângâindu-mă cu degetul pe obraz.

Am dat din cap.

— Dar mi s-a cam făcut dor de supa ta chioară.

— Nu fi bădăran! l-am mustrat, în șoaptă.

A chicotit vesel.

— Doar ți-am spus că nu știu să gătesc și tot ai vrut să te însori cu mine, am protestat eu.

— Mi-ai mai spus și că arunci banii pe fereastră și n-ai făcut-o.

— Stai să vezi când m-oi duce la cumpărături!

A izbucnit în râs și a tras păturile de pe mine, smulgându-mi un icnet. Am deschis ochii mari.

— Nico, e frig!

Eram complet dezbrăcată. Când nu eram goală, mai purtam uneori câte un tricou și niște chiloți. Asta, în cel mai fericit caz.

S-a așezat peste mine. Mi-am strecurat mâinile pe sub tricoul lui alb ca să „fur" puțină căldură. Eram convinsă că, încins cum era mereu, ar fi putut să supraviețuiască o noapte în Antarctica fără foc.

Îi adoram atât trupul imens, cât și faptul că mă simțeam mică și în siguranță în brațele lui. Trăiam viața la cote amețitoare ca într-un tren în plină viteză, ce zbura prin fața ochilor uluiți ai unei fete dintr-o gară pustie.

Vibram de emoție sub trupu-i statuar. Și-a plimbat mâna aspră pe obrazul meu și mi-a cuprins ceafa în căușul palmei.

— Ești al naibii de frumoasă! mi-a spus, dezmierdându-mi buzele cu ale sale.

Glasu-i răgușit și cald mi-a provocat o strângere de inimă și un gust amar în gură. Am urât mereu cuvântul *frumos*. Suna dezgustător în orice limbă l-ai fi rostit. Desprins însă de pe buzele lui seducătoare, purta cu sine o tonalitate romantică.

Simțindu-i buzele contopite cu ale mele, m-am topit printre atingerile-i lacome, plimbându-mi mâinile pe spatele său vânjos și catifelat.

— Știi ce reprezinți pentru mine, nu-i așa? m-a întrebat, explorându-mi gâtul cu gura.

Am simțit cum inima mi se oprește în loc în timp ce mă zbăteam într-o vâltoare de gânduri și sentimente.

De ce?

De ce-mi făcea asta?

Ochii îmi înotau în lacrimi, trecând, rând pe rând, de la agonie la extaz. Eram atât de crispată că i-ar fi fost cu neputință să nu observe, dar s-a mulțumit doar să mă sărute pe gât, intuindu-mi parcă reacția.

Am simțit o altă strângere de inimă.

Și-a rezemat fruntea de a mea. Și m-a sărutat ușor, sorbindu-mi răsuflarea. Apoi, s-a ridicat în picioare, spunându-mi că se duce în garaj, și a plecat din cameră, lăsând în urmă o suflare de gheață.

Am mai rămas câteva minute în pat după ce-a plecat, ascultând în depărtare ticăitul unui ceas în timp ce frigul îmi amorțea simțurile.

Dacă n-o făceam acum, nu aveam s-o mai fac vreodată.

În niciun caz dacă avea să-mi mai spună lucruri atât de frumoase.

Cu o certitudine pe care nu părea s-o mai fi simțit vreodată.

Mi-am pus, cu mâini fremătătoare, o pereche de blugi, niște adidași și o geacă, fără să-mi desprind privirea de pe fereastra dormitorului de oaspeți. Nico era murdar de unsoare până la coate. Nu mai lucrase în garaj în ultimele șapte zile, dar mi-a spus aseară că trebuia să repare o supapă sau ceva de genul ăsta. Părea ceva important. Cum Nico avea să fie ocupat câteva ore bune, iar Luca nu se afla prin preajmă, urmărindu-mă cu ochi de vultur, știam că nu mi se va mai ivi o altă șansă mai bună.

Scotocind prin geanta de voiaj, am găsit foaia de hârtie cu informațiile copiate și scrisoarea concepută cu multe luni în urmă și le-am băgat în buzunarul blugilor. Inima îmi bătea nebunește în piept în timp ce coboram treptele. Am luat niște bani de pe tejghea și am șovăit ușor în fața telefonului din apropiere. O voce îmi spunea să-l iau cu mine; doar i-am promis că nu aveam să mă mai despart de el. I-am mai promis și că nu aveam să mai plec vreodată de acasă fără să-i spun. Simțeam cum mi se face rău la gândul că îi voi nesocoti din nou ordinele, dar știam prea bine că telefonul avea GPS.

Am ieșit prin față, închizând încet ușa în urma mea.

Am dat să cobor treptele, dar am încremenit când mi-am încleștat privirea cu cea a vecinului nostru, care stătea pe pridvorul casei sale, fumând o țigară. Cel care urmărea mereu meciurile de baseball cu geamurile deschise. Era omul mafiei, fără doar și poate — i-o citeam în ochi.

Am simțit un nod în stomac.

A scos un norișor de fum, țintuindu-mă cu privirea.

Dacă nu aveam să mă comport cât mai firesc cu putință, nu aveam să apuc să ajung nici până la trotuarul de vizavi. I-am dăruit un zâmbet dulce și timid, à la Dolce Abelli, stânjenită să fiu prinsă în „flagrant delict". Nu cred că Nico anunțase pe cineva că ne-am căsătorit, dar dacă o făcuse, totul avea să se sfârșească în curând.

După o clipă, omul m-a salutat din cap.

Am răsuflat ușurată, dar nu aveam încă încredere în el. Doar lucra pentru soțul meu. Străbătând strada cu pași cât mai normali, îi simțeam privirea țintuită în ceafă. Teama mi s-a strecurat în suflet.

Odată ce-am trecut de casă, am grăbit pasul și am dat colțul spre stația de autobuz. Acolo așteptau două fete asiatice și un negru cu căștile pe urechi. Conform aplicației de pe telefon, autobuzul avea să sosească imediat.

Au trecut însă trei minute.

Am început să mă fâțâi pe loc. *Hai odată!*

Au mai trecut încă două minute.

Simțeam broboane reci de sudoare pe șira spinării.

O voce îmi spunea că Nico mi-ar fi oferit ajutorul dacă i l-aș fi cerut, dar ar fi putut la fel de bine să n-o facă. Și, în cazul ăsta, aș rata ocazia pentru totdeauna.

Nu puteam să uit cine era soțul meu și nici faptul că Nico n-ar fi ezitat să-i zboare creierii *oricărui* bărbat în compania căruia s-ar fi aflat orice rudă de sex feminin.

Am răsuflat ușurată când autobuzul a oprit lângă trotuar cu un scrâșnet de roți. Am urcat și m-am așezat pe rândul din spate.

Scoțându-mi inelul de pe deget, am început să-l răsucesc în mâini. Sentimentul de ușurare pe care îl simțeam acum se împletea cu cel al regretelor. Dar trebuia să-mi duc misiunea la bun sfârșit ca să-mi ușurez povara de pe suflet și să îndrept cumva răul făcut. Am băgat inelul în buzunar, rugându-mă ca Nico să-mi înțeleagă faptele. Trebuia s-o facă.

Stăteam în fața ușilor duble și verzi ale restaurantului lui Francesco. Înlocuiseră fereastra ciuruită de gloanțe cu una blindată, fără doar și poate. În vitrina cu rafturile de pâine goale acum atârna o plăcuță pe care stătea scris Închis, dar când am apăsat pe clanță, am văzut că ușa nu era încuiată.

Am scrutat cu privirea camera întunecată. Am simțit cum pielea mi se face de găină retrăind ziua atacului. Nimic nu mai amintea însă de împușcăturile de atunci. Refăcuseră complet localul.

Din bucătărie, se auzeau clinchete de vase însoțite de glasul unchiului meu.

Când am dat să mă îndrept spre destinația mea, o fată cu părul blond a ieșit din camera din spate, cărând un suport cu pahare noi.

— Bună, Elena!

Vorbea atât de tare de-ai fi putut s-o auzi din Coreea.

— Bună, Sarah! Unchiul meu e pe aici?

— Da, e în bucătărie. Mă duc să-l chem.

— Nu, e-n regulă, i-am spus, cu glas repezit. Vreau să-i fac o surpriză.

— A, perfect! mi-a răspuns, ferecându-și buzele cu un fermoar imaginar.

Lăsând apoi suportul cu pahare pe tejghea, mi-a zâmbit cu subînțeles — de parcă ne împărtășeam un secret important —, apoi s-a făcut nevăzută în camera lăturalnică. Sarah lucra aici de câțiva ani. *Zio* obișnuia s-o asemene cu un *sole che cammina*. Un soare care merge printre noi. Nici că-ar fi putut s-o descrie mai bine.

Indiferent de fermoarul cu care își pecetluise buzele, mă îndoiam că avea să păstreze prea mult secretul. Avea să-l împărtășească tuturor precum căldura unei raze de soare. Străbătând holul de lângă toaletă și separeurile, m-am oprit în fața unei uși de lemn.

Să dea Domnu' să fie deschisă! Să dea Domnu' să fie deschisă!

Când am văzut că nu era încuiată, am răsuflat ușurată și am urcat treptele câte două o dată. Apartamentul era jumătate cât restaurantul de dedesubt, bătut mereu de soarele torid al verii. Am intrat în biroul unchiului și m-am așezat în fața computerului.

Broboane de sudoare îmi străbăteau șira spinării.

Bătând câteva taste, l-am făcut să se trezească la viață. Când mi-a cerut parola, m-am rugat iute ca *zio* să n-o fi schimbat în ultimii șase ani.

Dulce. Numele răposatei sale soții.

După un timp de gândire, când clepsidra de pe ecran părea să se rotească fără încetare, am răsuflat din nou ușurată în clipa în care computerul s-a deschis în fața mea.

Când eu și Adriana eram mai mici, iar părinții noștri se duceau la diverse dineuri, ne lăsau aici. Majoritatea copiilor se uită la filme de desene animate și mănâncă diverse aperitive cu fructe împreună cu bona. Eu stăteam în poala unchiului, la biroul său, în timp ce „spăla" banii mafiei și sorbeam câte o înghițitură de whisky.

L-am văzut de sute de ori făcând transferuri bancare, dar nu-mi amintesc să fi existat atâtea programe ca acum.

Hai, dă-i bătaie! Draga mea memorie, nu mă lăsa baltă tocmai acum!

Cinci minute mai târziu, am găsit ce căutam exact în clipa în care nervii mei întinși ca un arc amenințau să explodeze.

Am scris datele copiate de pe contul bancar al lui Nico și apoi pe ale mele.

Și am adăugat o sumă din șapte cifre.

Apoi am apăsat pe butonul *Transfer*.

Când am ieșit din bancă, m-am izbit de cineva.

— Îmi cer scuze, am spus, privindu-l pe cel de care mă lovisem, și am simțit un nod în stomac.

Sebastian!

— Să vezi și să nu crezi! Ce-avem noi aici? m-a întrebat, cu un licăr vesel și uimit în ochii întunecați, trecându-și mâna peste cravata bleumarin.

Inima îmi bătea cu putere, gata să-mi iasă din piept. Era cel mai cumplit scenariu ce mi se putea întâmpla — să dau de noul partener de afaceri al soțului meu —, dar nu mersesem atât de departe ca să mă opresc tocmai acum.

— Vorbeşti ca un şarlatan, ştii asta, nu? i-am ripostat, continuându-mi drumul pe trotuar în vâltoarea oraşului.

Sebastian m-a prins din urmă, potrivindu-şi paşii cu ai mei.

— O, Elena, dar *chiar* sunt şarlatan! mi-a răspuns, cu glasul presărat cu un uşor accent columbian. De ce îmi faci impresia că te plimbi singură pe aici? m-a întrebat apoi, scrutând împrejurimile cu privirea.

— Încă n-ai găsit cu cine să te culci? i-am ripostat, ignorându-i întrebarea.

A râs uşor şi şi-a trecut degetul pe buza de sus, dezvăluindu-şi ceasul de aur ce-i strălucea la mână în bătaia soarelui.

— *Sí*. Am găsit doamne dornice să-mi ofere cazare.

— Doamne, carevasăzică? Nu prostituate?

— *Ay*, Elena, mă jigneşti! mi-a răspuns, ducându-şi mâna la piept. Dacă îmi oferi douăzeci de minute din viaţa ta, te cuceresc suficient cât să-ţi scoţi... blugii, a adăugat, scrutându-mă din cap până în picioare.

— Şi începi prin a mă urmări?

— Nu. Te urmăresc pentru că încep să cred că eşti într-adevăr singură şi, dacă n-aş face-o, noul meu partener de afaceri ar încerca să-mi zboare creierii.

— Doar ar încerca? am spus, ridicând din sprâncene.

— Sunt greu de ucis, mi-a răspuns, făcându-mi cu ochiul.

Ne-am oprit la un semafor, iar Sebastian şi-a îndreptat umerii în costumul gri şi elegant pe care îl purta, în timp ce tot mai mulţi oameni se opreau de jur împrejur.

— Cum de vorbeşti engleza atât de bine? l-am întrebat, dornică să fiu la fel de invazivă cum era şi el, luându-se după mine.

— Mama e australiancă, mi-a răspuns, băgându-şi mâinile în buzunare. Am făcut şcoala la Sydney.

Părea plauzibil. Nu e de mirare că Oscar era blond. Fratele lui avea însă tonalitatea aurie a columbienilor.

— Trăiesc o grămadă de șerpi și păianjeni pe acolo, am spus, strâmbând din nas.

— Așa e. Dar eu cred că tu ai o problemă mult mai mare pe aici, mi-a răspuns, făcând o grimasă în clipa în care un șofer de taxi i-a strigat unui biciclist să se dea la o parte din calea lui.

Când culoarea semaforului s-a făcut verde, Sebastian a continuat să mă însoțească tot drumul până la stația de autobuz. M-am oprit în fața gheretei de bilete ca să cer un bilet, dar degetele mi-au șovăit pe geam când l-am auzit pe Sebastian spunând cu glas tăios:

— Două.

— Nu e nevoie, am murmurat eu. Dar îți mulțumesc pentru intenție.

— Dacă așa vrei, Elena. Oricum aveam de gând să-i fac o vizită Asului.

Și a băgat mâna în buzunar ca să-și scoată telefonul, dar înainte s-o facă, l-am apucat de mână. Un rânjet i-a apărut în colțul gurii.

— Vezi? Despre asta este vorba. Nici nu te-am cucerit bine, că mă și iei de mână.

— Nu-l suna! am îngăimat eu, înghițind în sec.

— De ce nu, Elena? m-a întrebat, cu o umbră întunecată în ochi.

— Nu vreau, și gata!

— Ai fugit de el?

— Nu, am insistat eu. Îți jur. Doar că am ceva de făcut.

— Cu mii de dolari în buzunar? m-a întrebat, cu glas sardonic.

Am încuviințat, fără să mai spun altceva.

— Și un „naș" mânios pe urmele tale?

Am încuviințat din nou.

A clătinat ușor din cap, încleștându-și maxilarul.

— Ce naiba! a murmurat apoi. Oricum orașul a început să mă cam plictisească, a adăugat, scoțându-și mâna din buzunar, cu ochii ațintiți asupra mea. Două bilete, Elena!

Cum nu aveam niciun cuvânt de spus, a luat două bilete.

CAPITOLUL Patruzeci și șapte

N-am ucis pe nimeni ce n-ar fi meritat să moară.
— Mickey Cohen

Nico

Ventilatorul zumzăia în timp ce broboane de sudoare mi se prelingeau pe spate în bătaia soarelui torid. Mi-am șters gâtul cu o cârpă pe care am aruncat-o apoi pe blatul de lucru. Mistuit de încordare, am cedat ispitei și mi-am aprins o țigară. Am tras adânc fumul în piept până când nicotina mi s-a răspândit în trup, ajutându-mă să mă relaxez.

Sincer să fiu, nu prea aveam chef să lucrez acum la mașină. Aș fi preferat să fac sex cu Elena sau s-o privesc cu ardoare. Dar am venit în garaj dintr-un motiv bine întemeiat. Mă obseda prezența ei: glasul, parfumul, părul, notițele legate de nuntă, unghiile cu care îmi gâdila ceafa ori de câte ori o țineam în poală. Îi simțeam pretutindeni prezența.

La naiba, mă acaparase cu totul și habar nu aveam cum să scap de obsesia asta!

Aveam nevoie de câteva ore ca să analizez lucrurile, pentru că nu reușeam să-i scot inelul ăla ieftin de pe deget. O voiam cu patimă — zâmbetul, sufletul, fidelitatea, totul. Am tatonat terenul ceva mai devreme și am simțit-o departe. Mult prea departe.

Am clătinat ușor din cap.

Trăiam cel mai negru coșmar — o iubeam la nebunie. Și devenea marea mea slăbiciune — o slăbiciune cu ochi căprui și duioși și păr lung și negru. Aveam mulți dușmani care abia așteptau să-mi descopere călcâiul lui Ahile — acesta era și motivul pentru care evitasem să devin vulnerabil. Nu m-am așteptat însă ca această vulnerabilitate să se împletească cu o liniște și o siguranță covârșitoare pe care nu voiam să le mai pierd.

Telefonul mi-a sunat pe masă și am răspuns fără să mă uit cine sună.

— Da.

— Alo! Sunt Judy, de la banca AMC Gold. Sunteți domnul Nicolas Russo?

— Exact.

— Vreau să vă verific data de naștere înainte de închiderea operațiunii.

Mi-am frecat fruntea cu degetul și i-am dat datele.

— Mulțumesc. Există niște suspiciuni cu privire la o tranzacție făcută din contul dumneavoastră și vă sun ca să-mi confirmați aprobarea.

M-am aplecat peste masă și am scos un nor de fum.

— Ce suspiciuni?

La naiba, toate operațiunile mele sunt dubioase!

— O tranzacție făcută astăzi, 16 august, la ora 11:42 a.m., din contul dumneavoastră de economii.

Am încremenit pe loc.

— Suma?

— Două milioane de dolari, domnule.

Mi-am plimbat limba pe dinți în timp ce un sunet sardonic mi-a scăpat printre buze.

— S-a efectuat deja tranzacția?

— Da, domnule, mi-a răspuns, șovăitoare. Există o notificare în contul dumneavoastră prin care nu trebuie să investigăm tranzacțiile, dar apreciem relația pe care o aveți cu banca AMC Gold, motiv pentru care am vrut să vă informăm de această operațiune în cazul în care nu ați autorizat-o. Aveți șase zile la dispoziție ca să contestați tranzacția...

— Am autorizat-o.

Nu era adevărat. Dar nu mă ocupam de hoți pe căile „oficiale".

— Mulțumesc frumos, mi-a spus apoi, dregându-și, stânjenită, vocea.

Era evident că știa cine sunt.

— Mă bucur s-o aud. O să notific acest lucru în contul dumneavoastră. Vă urez o zi frumoasă, domnule!

Am închis telefonul, cu ochii țintuiți asupra ferestrelor din dormitorul de oaspeți. Soarele bătea în geamuri, dar scrutându-le cu atenție, am simțit un nod în stomac. Am tras încă un fum și am stins apoi țigara pe bancul de lemn.

Îndreptându-mă spre casă și intrând pe ușa din spate, m-a întâmpinat o tăcere covârșitoare. În ciuda aerului rece, simțeam cum sângele îmi fierbe prin vene. Nimic nu tulbura liniștea din casă, cu excepția aerului condiționat și a pașilor mei greoi pe parchetul de lemn.

I-am luat telefonul de pe blat și am mers mai departe.

Urcând treptele, am simțit din nou aceeași senzație ciudată în piept ca atingerea unui obiect abraziv. Mi-am îndreptat umerii ca s-o înlătur.

Am scotocit, cu o relaxare aproape nefirească, fiecare cameră în parte. A mea — *a noastră*. Camerele de oaspeți. Băile.

Toate erau pustii.

Nodul pe care îl simțeam în gât aluneca, ușor-ușor, în stomac.

A fugit. Mi-a furat banii și a fugit. Ca să fie cu altcineva? Acest „altcineva" era ca și mort.

Își lăsase hainele aici, și geanta, dar poate că nu mai avea nevoie de ele. Poate că ar fi încurcat-o.

Am tras adânc aer în piept și am coborât scările, dând în același timp un telefon. Apelurile păreau îndepărtate, înăbușite de sângele ce-mi zvâcnea în urechi.

— Allister, a răspuns Christian, pe un ton rece.

— Găsește-o pe nevastă-mea! i-am ordonat, cu glas răgușit. Are un cont la banca din centrul orașului. Fie a fost deja acolo, fie va ajunge în scurt timp. Verifică și stația de autobuz! Probabil că acolo se va duce apoi, am adăugat, scrâșnind din dinți.

S-a așternut tăcerea.

— Dă-mi o oră!

Și a închis. Mi-am băgat telefonul în buzunar. Încă îi țineam mobilul în mână și, până să-mi dau seama ce fac, l-am azvârlit de perete.

— La dracu'!

Am măturat cu mâna toate sticlele de pe raftul din bar, prefăcându-le în țăndări. Mirosul de lichior mi-a invadat nările în timp ce lichidul mi se prelingea printre ghete. Simțeam un gust amar în gură. Mi-am trecut mâinile prin păr și m-am lăsat cuprins de liniștea dinaintea furtunii.

Mi-a zis că sunt *nebun*.

Doar că n-are idee cât de nebun pot să fiu.

I-am dat o oră lui Christian s-o găsească.

Flăcările trosneau, licărinde, în vatra de foc. Stăteam pe marginea băncii, cu coatele pe genunchi și sufletul pe jar. Am auzit ușa din spate trântindu-se cu zgomot, dar nu mi-am ridicat privirea. Nici nu-mi mai aminteam ce-i scrisesem lui Luca mai devreme, dar intrase, fără să rostească vreun cuvânt, de cum venise acum câteva minute.

— E cam cald pentru foc, a comentat, așezându-se pe un șezlong în fața mea.

Nu i-am răspuns — mă mulțumeam doar să privesc flăcările ce mistuiau materialele roz.

— I-ai și pus hainele pe foc?

Am împins cu vătraiul tricoul cu Yankees.

— Asule, știu că ești nervos acum...

S-a oprit, văzându-mi privirea întunecată.

— Dar și-a lăsat aici toate hainele roz...

— Mai taci din gură, Luca! m-am răstit eu.

Nu voiam să-i aud teoriile idioate privind motivele pentru care a plecat. Nici că-mi păsa. Nu, nu era adevărat — îmi păsa atât de tare, că mă scotea din sărite.

Și-a ridicat mâinile în semn de capitulare, dar a deschis din nou gura.

— N-o văd părăsindu-și familia, asta-i tot.

— A mai făcut-o o dată.

— Dar n-a fugit, mi-a răspuns, clătinând din cap. N-a plecat nici măcar din oraș.

Am izbucnit într-un râs amar când am realizat că m-ar fi părăsit pe mine, nu și pe ai ei.

— Nu gândești limpede, Asule. Du-te înăuntru, la naiba!

Am fost deja. De-aia mă și aflam acum aici.

— De ce îi iei apărarea? l-am întrebat, privindu-l printre gene.

— Nu i-o iau. Doar m-a făcut să port o cravată roz la nunta voastră, mi-a răspuns, cu o grimasă pe chip. Odată ce tatăl ei va afla că ai pierdut-o, se va lăsa cu scântei. O știe prea bine. Nu e proastă. Încerc doar să pun lucrurile cap la cap și ceva dă cu virgulă.

Pentru mine totul era cât se poate de logic. Inelul ăla nenorocit! Încordarea de dimineață! Era îndrăgostită de altcineva și lăsase totul în urmă ca să fie împreună. Nodul din gât aproape că mă lăsa fără suflare și inima mi s-a strâns în piept.

— Două milioane, Luca. Pentru asta ce explicație mai găsești?

A păstrat tăcerea.

Mi-am ațintit ochii în flăcări. Nu știu ce aveam de gând să fac când o voi găsi, dar Luca avea dreptate. Nu gândeam limpede. Va rămâne mereu soția mea, dar nu trebuia să mă adâncesc în această obsesie, cu atât mai mult cu cât ea era complet detașată.

A sunat telefonul și am răspuns imediat.

Christian mi-a dat o adresă și inima mi-a luat-o razna în piept.

— Încă ceva, Asule. Nu e singură.

Cuvintele m-au lovit în moalele capului și am strâns cu putere telefonul în mână.

— Am înțeles.

CAPITOLUL

Patruzeci și opt

Cred că trebuie să plătești dragostea cu lacrimi amare.
— Édith Piaf

Elena

— Știi, a spus Sebastian, scărpinându-și maxilarul, nu cunosc eu prea mult New Yorkul, dar, după părerea mea, cartierul ăsta nu e printre cele mai elegante.

Stătea lângă mine, pe o bancă verde, murdară de sucuri și de alte lucruri la care nu voiam să mă gândesc. Sebastian era imaginea opulenței desăvârșite. Totul — de la costumul gri, extrem de rafinat, la ceasul de aur și butonii ce străluceau în bătaia soarelui — părea să strige în gura mare: „Aveți ce să furați de la mine". Mă îmbrăcasem modest dintr-un motiv cât se poate de întemeiat. Acum, însă, cu el alături, eforturile mele păreau în zadar. Dar nu siguranța mea mă preocupa acum. Căci, în ciuda eleganței și opulenței afișate atât de ostentativ, privirea-i întunecată nu lăsa loc de îndoială — era un adevărat „profesionist" în breasla sa.

— Și ce facem acum? m-a întrebat, rezemându-se de speteaza băncii. Stăm și așteptăm?

— Da.

Strada plină de gunoaie era străjuită de case dărăpănate, cu gratii la ferestrele de la parter, vopsea scorojită și garduri de sârmă îndoite. Stăteam cu ochii ațintiți asupra celei gri din capăt, ascunși printre un pâlc de copaci, suficient de aproape cât să-i vedem ușa de la intrare.

Mi-a trebuit o jumătate de oră ca s-o găsesc, invocând amintirile de acum șapte luni. Aș vrea să spun că imaginea *lui* îmi stăruia, tulburătoare, în minte, dar adevărul era că devenise doar o umbră printre gândurile mele, conturată doar de sentimentul de vinovăție.

În părculețul din dreapta noastră, câțiva băieți se prefăceau că se împușcă, simulând armele cu degetele.

— Ar putea să se angajeze în slujba ta și a soțului meu, am spus eu.

— Peste vreo câțiva ani, mi-a răspuns, râzând. Știi că va încerca să mă omoare, nu-i așa? mi-a spus apoi, odihnindu-și brațul pe speteaza din spatele meu.

— Și de ce-ai insistat să mai vii dacă asta crezi? l-am întrebat, clătinând, uluită, din cap, în timp ce broboane reci de sudoare îmi străbăteau șira spinării. O să-i spun că n-ai nicio legătură cu povestea asta.

A râs amuzat, urmărind cu privirea o mașină de poliție ce trecea pe lângă noi dubios de încet.

— Știe deja, Elena.

Am simțit mă cuprinde groaza.

Am văzut mișcare cu coada ochiului, dar am rămas încremenită pe loc. Nu voiam să atrag și mai mult atenția asupra mea când și așa eram însoțită de un șef de cartel de droguri columbian.

— Cred că peștele a mușcat nada, a spus Sebastian.

Părea să aibă în jur de cincizeci și ceva de ani, cu părul blond, ușor încărunțit, strâns în coc la ceafă, și o expresie bântuită pe chip, pe care numai corvoada vieții ți-o dăruiește din belșug. Venind spre noi din celălalt capăt al străzii, am văzut că purta o uniformă albastră, deși știam că nu lucra în domeniul sanitar. Spăla rufe la un azil de bătrâni din zonă de la ora 4 a.m. până la orele amiezii, apoi lucra la o benzinărie până la miezul nopții.

Era blondă, ca și *el*, dar aceasta era singura asemănare pe care o vedeam. Deși, sinceră să fiu, nici nu mai știam prea bine cum arăta. Mi-am înfipt unghiile în palme, urmărind-o cum urcă treptele verandei în timp ce își căuta cheile în poșetă. S-a oprit, cu privirea ațintită în pământ. Am rămas fără suflare când am văzut-o aplecându-se și luând de jos geanta cu bani.

Îmi aminteam doar crâmpeie din weekendul acela. Îmi stăruiau însă în minte zgomotul împușcăturii și imaginea sângelui pe fața mea. Dar îmi aminteam cât de mult *muncea* — avea trei slujbe și făcea ore suplimentare. Majoritatea timpului, l-am petrecut singură în apartamentul prietenului său, închis pentru un furtișag mărunt, în timp ce *el* lucra ca să-și întrețină mama și sora mai mică, încă elevă la liceu.

Voia ca sora lui să urmeze un colegiu ca să nu ducă același trai plin de lipsuri ca el, muncind ore îndelungate, fără să câștige niciodată suficienți bani. Familiile de aici își duc existența ca într-un carusel ce se învârtește fără încetare. Îmi aminteam sângele de pe podea, ochii sticloși, lipsiți de viață, și pasiunea cu care îmi vorbea despre familia lui. Ar fi făcut orice pentru ele și nu concepeam să stau cu mâinile în sân atâta timp cât puteam să le întind o mână de ajutor.

A desfăcut fermoarul genții. A scăpat poșeta pe jos când și-a dus mâna la gură. Erau 50 000 de dolari în geantă. Doar atât am putut să scot de la bancă într-un timp atât de scurt, și asta numai datorită faptului că purtam încă numele de Abelli. Mă îndoiam că aș mai fi putut să fac tranzacția sub numele de Russo. Restul banilor erau sub forma unui cec bancar, pe care speram că avea să-l încaseze cât mai repede cu putință. Nico ar putea să-mi închidă iute contul și să anuleze tranzacția, invocând o fraudă, deși procedura ar putea dura ceva mai mult.

Când am văzut-o scoțând inelul din geantă, mi-am frecat degetul acum gol. Punându-l la loc, a luat apoi biletul pe care îl scrisesem. Am simțit un nod în gât când l-a despăturit. Câteva clipe mai târziu, mistuită de hohote de plâns, s-a așezat pe treptele verandei. Mi-am șters lacrima ce îmi brăzda obrazul. Nu aveam dreptul să-i împărtășesc durerea; căci purtam toată vina pentru cele întâmplate.

Îi știam numele de luni de zile. Nu aveam cum să nu i-l aflu dacă voiam să descopăr adresa mamei lui. Dar când ne-am cunoscut, făcuserăm un pact: nu avea să-mi spună cum îl cheamă dacă nici eu nu aveam de gând să-i spun. Și, cum nu mai era în viață să-l afle pe al meu, m-am prefăcut mereu că nu-i cunosc numele.

Câteva clipe mai târziu, s-a ridicat în picioare și, ștergându-și lacrimile de pe obraji, a intrat în casă.

Mă simțeam de parcă cineva mi-ar fi luat o piatră de pe inimă. Nu puteam să-i dau fiul înapoi, dar le puteam ușura viața — ei și fiicei sale. Puteam să opresc caruselul vieții numai pentru ele două înainte de a începe din nou să se învârtească.

— Asta-i tot? a întrebat Sebastian, aruncând o scamă de pe costum. Mă așteptam la ceva mult mai... dramatic.

Am clătinat din cap, fără să-i răspund, căci am simțit un nod în gât și sângele mi-a înghețat prin vene.

— Dar nici nu mai contează. Iată-l! a spus apoi, oftând.

Mașina lui Nico s-a oprit în mijlocul străzii. A ieșit, trântind portiera, și a venit spre noi, cu chipul lipsit de orice expresie. Privirea-i întunecată mi-a provocat însă o strângere de inimă.

— Mă bucur că ai apărut în sfârșit, a spus Sebastian, ridicându-se în picioare.

M-am înfiorat auzindu-i cuvintele, dar până să apuc să clipesc, Nico a și ajuns la el și, scoțându-și pistolul de la spate, l-a lovit atât de tare, încât a făcut doi pași înapoi.

Sebastian a încremenit pe loc, cu capul înclinat într-o parte.

— Știi ceva, a spus el, ștergându-și cu dosul palmei sângele ce i se prelingea din buza rănită. S-ar putea s-o iau ca pe un afront personal.

Calm, fără să spună vreun cuvânt, Nico i-a pus pistolul la cap. Am simțit cum inima îmi stă în loc. Am sărit în picioare și i-am ațintit calea.

— Nico, oprește-te!

— Treci în mașină! mi-a ordonat, fără să-și desprindă ochii de la Sebastian.

— Nu, am murmurat eu. N-are nicio legătură cu povestea asta.

— Ți-ai tras-o cu el? m-a întrebat apoi, străfulgerându-mă, în cele din urmă, cu privirea.

— Poftim? am îngăimat, clipind de câteva ori.

— Ți-ai tras-o dracului cu el?

Am făcut un pas înapoi și m-am ciocnit de Sebastian. Nu-l văzusem niciodată atât de mânios și inima îmi bătea cu putere, gata să-mi iasă din piept.

— N... nu, am bâiguit eu. De ce-aș fi făcut-o?

Credea că am o aventură cu Sebastian.

— Nu e vorba de asta, îți jur. Lasă-mă să-ți explic, te rog! l-am implorat eu.

Aruncând o privire spre părculeț, am văzut că băieții ne priveau cu ochii mari cât cepele.

Sebastian m-a dat la o parte din drum și a înaintat spre Nico până când țeava pistolului i s-a lipit de frunte. Nimic nu mai amintea acum de spiritul său ludic — avea privirea mai întunecată ca moartea.

— N-ar fi avut nevoie de banii tăi ca să fugă cu mine, Russo. Și nici ca să stea o oră într-un cartier de rahat.

Văzându-l pe Luca oprind în spatele mașinii lui Nico, m-am rugat să-i bage mințile în cap soțului meu. Nico și Sebastian se înfruntau din priviri. Sângele îmi zvâcnea în urechi încât nu mai auzeam nimic în jur.

— Nico...

M-a țintuit cu ochi atât de reci, că am simțit cum mă prefac într-o stană de gheață.

— Treci în mașină!

— Te rog să nu-l omori!

— Dacă mai trebuie să ți-o spun încă o dată, s-a zis cu el! mi-a ripostat, cu maxilarul încleștat.

Simțind cum stomacul mi se întoarce pe dos, m-am îndreptat spre mașină, așteptând cu sufletul la gură zgomotul împușcăturii. Câteva vehicule s-au oprit pe stradă, neputând să treacă de mașina lui Nico, staționată pe ambele sensuri de drum. M-am urcat înăuntru și am închis portiera, îmbătându-mi simțurile cu mirosul de piele și parfumul lui Nico. I-am văzut schimbând alte câteva cuvinte. Rostite cu calm și luciditate. Când să răsuflu ușurată, l-am văzut pe Nico lovindu-l din nou cu patul armei. Sebastian l-a străfulgerat cu o privire mânioasă, scuipând sânge din gură. Luca l-a apucat pe Sebastian de braț și l-a împins spre mașina lui.

Nico a traversat apoi strada. Purta o pereche de blugi și un tricou alb, pătat de unsoare. Ținuta asta mă intimida. Aș fi putut să-l înfrunt cu mai mult curaj dacă ar fi purtat un costum negru.

S-a urcat la volan și a trântit portiera. Degaja prin toți porii o încordare ce mă lăsa aproape fără suflare. Și-a încleștat mâinile în pumni înainte de a porni motorul. În aer plutea o atmosferă ostilă — o singură scânteie și am fi explodat pe loc. Abia după vreo cinci minute mi-am luat inima în dinți și am rupt tăcerea.

— Nico...

— Nu vreau să aud nimic acum, Elena! mi-a ripostat, cu glas tăios.

Am simțit cum inima mi se frânge în mii de bucăți.

După cele petrecute, nu mai aveam puterea să-l înfrunt. Tăcerea apăsătoare din mașină era spulberată doar de zgomotul roților, de vuietul orașului și de bătăile frenetice ale inimii mele. Nu-mi doream decât să ajung acasă și să-i cer iertare, cu chipul ascuns la pieptul lui. Promițându-i că nu vor mai exista niciodată secrete între noi.

Tata își ținea informațiile bancare încuiate într-un seif al cărui cod nici măcar Tony nu îl cunoștea, pe când Nico și le lăsase pe blatul de bucătărie. Ispita fusese mult prea mare — poate singura mea șansă. Oamenii mafiei erau cu toții la fel. Să fur de la Nico era ca și cum aș fi furat de la tata. Cu toate astea, trăiam un sentiment cu totul diferit — senzația unei trădări mult mai amare.

Nu mergeam acasă. Deși n-am îndrăznit să rostesc vreun cuvânt, simțeam o strângere de inimă cu fiecare kilometru parcurs.

Când a parcat mașina, am ieșit și l-am urmat. Stăteam unul lângă altul în lift, dar evita să mă privească. După câteva clipe, ușile s-au deschis cu un clic și m-am trezit în fața penthouse-ului. Fiecare răsuflare devenea tot mai dureroasă.

Pe hol stătea un bărbat cu părul negru, îmbrăcat la costum. Mi se părea cunoscut, dar nu știam de unde să-l iau. A dat scurt din cap când l-a văzut pe Nico.

Soțul meu a descuiat apoi ușa și a aprins lumina. Eu l-am urmat, buimacă.

A rămas în pragul ușii deschise, cu privirea ațintită deasupra mea.

— Dacă ai nevoie de ceva, poți să-i ceri lui James, mi-a spus, cu glas rece și distant.

Trebuia să spun ceva — orice — ca să-l fac să se uite la mine.

— Îmi vreau telefonul.

M-a privit, în sfârşit, cu ochii lui întunecaţi şi volatili. Îmi doream cu ardoare să-i simt mâinile aspre pe chip şi să-i aud glasul răguşit mângâindu-mi urechea.

— Ai avut telefon. Dar ai preferat să nu-l foloseşti.

— Îl voi folosi de acum înainte, i-am răspuns, căci numai asta mi-a venit în minte.

— Voi trimite pe cineva să-ţi aducă unul, mi-a spus, cu maxilarul încleştat.

Va trimite pe cineva să mi aducă unul.

Atunci, s-a terminat totul între noi? Nu m-a lăsat nici măcar să-i explic. Poate că nici nu-i păsa. Poate că nu putea să mă ierte pentru că îi furasem banii. Simţindu-mi ochii în lacrimi, am clipit de câteva ori ca să mi le stăvilesc.

— Mulţumesc, am îngăimat apoi.

A izbucnit într-un râs amar. Şi a clătinat uşor din cap.

— Luca o să-ţi aducă şi geanta, a adăugat, dând să plece.

— Nico!

S-a oprit pe loc, cu spatele la mine şi umerii încordaţi.

— Îmi pare rău, am murmurat eu.

După câteva clipe, când am crezut că o să-mi răspundă, a ieşit, închizând uşa în urma sa.

Am scrutat, năucă, împrejurimile, apoi, cuprinsă de deznădejde, am izbucnit în hohote de plâns.

CAPITOLUL
Patruzeci și nouă

La fel și îndrăgostitul trebuie să se chinuie
ca să dea glas cuvintelor.
— T. S. Eliot

Elena

Inima îmi fremăta în piept, frângându-se de durere cu fiecare bătaie.

Priveam împrejurimile prin negura lacrimilor și a razelor de soare ce scăldau podeaua de marmură. Odată descătușat zăgazul de lacrimi, cascade năvalnice îmi brăzdau obrajii, stăvilite parcă de ani de zile. Stăteam în mijlocul unui apartament elegant, simțindu-mă pustie și înfrigurată. Gândul deșertăciunii amenința să mă mănânce de vie.

Cât de bine mi se potrivea noțiunea de narcomană, căci ce simțeam acum părea cu adevărat un sevraj! Începeam să mă tem însă că lucrurile erau și mai grave, căci spinii ascuțiți ai dragostei îmi sfâșiau inima fără milă.

M-am dus la baie și, intrând sub duș, am vărsat un alt șuvoi de lacrimi amare. Încercam cu disperare să găsesc o cale prin care să-mi îndrept greșeala, dar toate eforturile îmi păreau zadarnice când mă gândeam la atitudinea de gheață pe care mi-o arătase astăzi.

Simțeam cum stomacul mi se întoarce pe dos.

În ciuda strădaniilor mele, mă îndrăgostisem atât de nebunește de el, că durerea respingerii sale devenea aproape viscerală. Îmi venea să râd la gândul farsei pe care mi-o juca destinul dacă aș mai fi avut puțină vlagă.

Am ieșit de la duș și, înfășurându-mă cu un prosop, am intrat în dormitor. Dând cu ochii de geanta aflată lângă ușă, am simțit o strângere de inimă. Un sentiment de vulnerabilitate mi s-a cuibărit în suflet la gândul că Luca m-a auzit plângând. Altă dată, m-aș fi simțit umilită. Acum însă, cuprinsă de amorțeală, vâltoarea gândurilor și a sentimentelor părea să piară încetul cu încetul.

În loc să mă îmbrac cu hainele mele, mi-am pus unul dintre tricourile simple ale lui Nico pe care le-am găsit în comodă. Poate că, pentru el, povestea se terminase, dar eu nu eram încă pregătită să fac pasul ăsta. Dorul pe care i-l purtam se prefăcea într-o durere mistuitoare.

Era încă miezul zilei când m-am urcat în pat. Părea imens fără Nico. Dormiserăm împreună o săptămână întreagă, iar lipsa lui părea acum și mai apăsătoare.

Mă întrebam dacă de acum înainte aveau să doarmă și alte femei în patul ăsta. Am simțit o strângere de inimă. Numai simplul gând că altcineva se va bucura de atingerile sale, de glasul și de atenția lui deplină mă făcea s-o urăsc cu patimă, deși nici nu era încă reală.

Înțelegeam acum motivul pentru care femeile rămân alături de bărbați în lumea noastră, indiferent de faptele sau vorbele lor. Din *iubire*. De ce era oare doar univocă?

Am rămas în pat privind cum soarele se stinge la orizont până am adormit în cele din urmă.

Lumini roșii și galbene se strecurau în camera întunecată prin pereții de sticlă. M-am uitat la ceas și am văzut că arăta ora unu noaptea, apoi m-am răsucit pe spate. O teamă cumplită mi s-a cuibărit în suflet, dar a pierit iute, lăsând locul unui sentiment de ușurare atât de copleșitor, că am rămas fără suflare.

Stătea pe marginea patului, cu spatele la mine, coatele pe genunchi și privirea țintuită pe geam.

Simpla-i prezență îmi alina rănile sângerânde ale inimii. Știam însă că vor începe iar să sângereze în clipa în care îl voi vedea plecând din nou.

— Ia-o cu începutul! mi-a spus, cu glas răgușit.

Fiecare fibră din trup îmi fremăta de disperare, de *dor* și speranță.

— De când? l-am întrebat, ridicându-mă în capul oaselor. De astăzi sau...

— De anul trecut, când ai fugit de-acasă.

Trăgând, fremătătoare, aer în piept, am început să-i povestesc cum și de ce fugisem. Toate detaliile: de la Oscar la carusel și întâlnirea cu *el*. Cum ne-am cunoscut, cum am petrecut câteva clipe de intimitate împreună și cum l-am văzut apoi pierind de mâna unchiului meu.

— Cred că realizezi că i-ai dăruit ceva ce-mi aparține? m-a întrebat, cu umerii încordați.

Am deschis gura, apoi am închis-o. Tipic à la Nico să-mi revendice trupul încă dinainte de a ne cunoaște.

— Câți ai avut? m-a întrebat apoi.

— Ce anume?

— Bărbați, a mormăit el.

„Ba spune-mi tu câte femei ai avut!" aş fi vrut să-i ripostez doar ca să scot în evidenţă dublul standard, dar chiar nu voiam să aflu. Am început să trag de un fir desprins din cuvertură.

— Doi, i-am răspuns, în şoaptă. Tu şi cu el. Nici măcar nu m-am sărutat cu alţii. Îţi jur!

O tăcere apăsătoare s-a aşternut printre noi, în timp ce eu îmi auzeam bătăile frenetice ale inimii, iar Nico stătea cu ochii aţintiţi în gol. Văzându-l că poartă aceleaşi haine de mai devreme, m-am întrebat ce făcuse astăzi, cu cine se întâlnise şi dacă se gândise vreo clipă la mine.

— De ce erai cu Sebastian? m-a întrebat apoi.

— Ne-am întâlnit întâmplător la bancă. I-am spus să nu vină după mine, dar e... insistent.

— E un idiot, a murmurat Nico.

Folosirea timpului prezent însemna că Sebastian era încă în viaţă. Am răsuflat uşurată.

Îi vedeam imaginea oglindită în geam, contopită cu luminile galbene ale oraşului.

— L-ai iubit? m-a întrebat, privindu-şi mâinile, pe un ton aparent indiferent, ce ascundea însă o rană sângerândă.

Ştiam că nu se referă la Sebastian.

— Nu, i-am răspuns. Nici nu l-am cunoscut în adevăratul sens al cuvântului.

A răsuflat, vădit uşurat, trecându-şi mâna prin păr, apoi pe ceafă, şi a clătinat din cap.

— Sora ta pare să creadă cu totul altceva.

Am închis ochii, amintindu-mi ultima discuţie purtată cu ea. Muşcându-mi pentru o clipă buza de sus, i-am răspuns în cele din urmă:

— E doar o simplă ipoteză din partea Adrianei, nimic mai mult.

Tăcerea, apăsătoare şi încordată, ce s-a aşternut printre noi, era spulberată doar de sirenele maşinilor de afară.

— Și inelul? m-a întrebat apoi.

— L-am purtat numai pentru că mă simțeam vinovată, nu pentru că l-am iubit.

— L-ai purtat?

— I l-am dat astăzi mamei lui. O să mă angajez și o să-ți dau banii înapoi, am adăugat apoi, încet.

— Crezi că despre asta e vorba? De niște bani?

Nu despre asta e vorba? m-am întrebat în gând. Dar am păstrat tăcerea.

I-am întâlnit privirea în imaginea reflectată în geam.

— Știi câți și-ar dori să-ți facă rău doar ca să mă facă pe mine să sufăr?

Nu știam cum să-mi îndrept greșeala sau ce să spun ca să-l fac să mă ierte. Totul îmi suna atât de găunos în cap, poate și pentru că nu-i meritam iertarea. Îmi priveam degetele în timp ce continuam să trag de firul desprins din cuvertură.

— Îmi pare rău.

— La dracu', Elena, nu e chiar atât de simplu! mi-a ripostat, clătinând, dezgustat, din cap.

Am simțit cum stomacul mi se întoarce pe dos.

Mă ura.

Eu îl iubeam, iar el mă ura.

Ochii îmi înotau în lacrimi, iar una mi-a brăzdat obrazul.

— Dacă te simți atât de dezgustat, de ce-ai mai venit aici?

S-a așternut tăcerea, apoi am simțit că se pregătea să se ridice în picioare. Inima mi s-a strâns în piept și durerea era aproape viscerală. Stârnită de gândul că avea să plece, l-am apucat cu disperare de braț. Nu putea să plece. Îmi frângea inima în mii de bucăți.

L-am simțit crispându-se, dar nu s-a ridicat. M-am apropiat ușor, așezându-mă în genunchi în spatele lui. Trupul îmi fremăta sub prezența-i impunătoare și căldura dogoritoare. Strecurându-mi mâna pe mjlocul său, l-am sărutat pe ceafă.

— Te rog să nu pleci! l-am implorat, în șoaptă.

Un fior i-a străbătut trupul din cap până în picioare.

— N-am avut niciodată pe nimeni, de când ne-am cunoscut, i-am spus apoi, lipindu-mi fruntea de gâtul său. Pe nimeni, în afară de tine.

M-a apucat de mână și m-a tras jos din pat, în fața lui. Ochii ni s-au încleștat, sfredelitori. M-am așezat în genunchi, între picioarele lui, simțind cum mă topesc sub privirile-i scrutătoare.

— Și atunci de ce nu ai vrut să te sărut pe buze, la început? m-a întrebat, plimbându-și degetul de jur împrejurul gurii mele.

I-am evitat privirea, căci nu i-o puteam mărturisi privindu-l în ochi.

— Bărbații ca tine frâng inima femeilor... N-am vrut să te iubesc.

— Și a funcționat? m-a întrebat, cu glasul lui profund și armonios.

— Nu, i-am mărturisit, în șoaptă, în timp ce inima îmi bătea frenetic în piept.

Un suspin i-a scăpat printre buze — presărat deopotrivă de satisfacție și mânie. Mi-a cuprins obrazul în căușul palmei și mi-am lăsat capul într-o parte, mistuită de valuri de căldură.

— Uită-te la mine!

Mi-am ridicat capul, adâncindu-mi ochii în privirea lui întunecată și încinsă.

— M-ai mințit privindu-mă în ochi.

Am dat din cap, amintindu-mi promisiunea pe care i-o făcusem de a nu mai pleca vreodată fără să-i spun.

— Nu ți-ai luat telefonul.

Am încuviințat din nou.

— Mi-ai furat banii, a continuat, plimbându-și mâna pe gâtul meu.

Am înghițit în sec.

Încleștându-și ușor degetele, m-a obligat să îmi ridic privirea. Mi-am ațintit ochii într-ai lui și un fior mi-a străbătut șira spinării. Mi-a atins ușor buzele cu ale sale.

— Am crezut că înnebunesc când am văzut că ai dispărut.

Am dat din nou din cap.

— Habar n-ai prin ce-am trecut, a mormăit el. Nu pot să stau nici măcar o clipă fără tine, iar tu pleci fără să stai vreo clipă pe gânduri.

Am clătinat din cap, dar m-a oprit, strângându-mă de bărbie.

— Habar. Nu. Ai!

Și-a contopit buzele cu ale mele, năucindu-mă cu firea lui volatilă. M-a sărutat cu și mai multă ardoare, făcându-mă să mă topesc în brațele sale și alinându-mi inima sângerândă. Am scos un suspin când i-am simțit limba în gură, cuprinzându-mi chipul în căușul palmelor.

Și-a strecurat apoi mâinile pe coapsele mele, poposind pe fesele goale. A pus apoi capăt sărutului, retrăgându-se ușor ca să mă privească îmbrăcată în tricoul lui.

— Scoate-l! mi-a spus, cu ochi licăritori.

Îmi simțeam pielea încinsă când am apucat poalele tricoului și l-am tras peste cap. Am rămas, goală și fără suflare, în fața lui. Mi-a cuprins sânul cu buzele și mi-a sorbit sfârcul. Am scos un icnet când i-am simțit dinții de jur împrejur.

— Sunt încă supărat pe tine, iubito.

— Dar n-ai de gând să mă lași aici, nu?

— Nu, mi-a răspuns, cu glasul răgușit, strecurându-și mâinile printre picioarele mele și înfigându-mi două degete adânc în mine. Nu pot să ți-o trag aici.

Am simțit scântei din cap până în picioare.

Și-a contopit din nou buzele cu ale mele, sărutându-mă, de această dată, cu o mânie de-a dreptul răvășitoare. Simțurile și judecata mi s-au întunecat cu totul, mistuite de atingerile-i lacome, de parfumul şi de mişcările frenetice ale degetelor lui în mine. Mă simţeam din nou plină.

Săruturile deveneau tot mai nebuneşti, mai avide şi mai nimicitoare. Înfigându-şi mâna în părul meu, a început să-mi exploreze gâtul cu buzele şi dinţii. L-am cuprins cu braţele de umeri, contopindu-mi trupul cu al lui. S-a ridicat în picioare şi, luându-mă în braţe, m-a întins în pat. Un suspin mi-a scăpat printre buze când s-a aşezat peste mine.

Cu gurile pecetluite în sărutări fierbinţi, mi-a ridicat coapsele, mi le-a depărtat şi şi-a apăsat penisul puternic de mine, provocându-mi fiori de plăcere, de dorinţă şi pasiune. L-am apucat cu mâinile de tricou şi s-a retras uşor ca să şi-l scoată. A început apoi să-mi sărute sânii şi stomacul, alunecând tot mai jos.

— Stai puţin! am murmurat, prin negura patimii cu care îl doream.

Înfigându-mi degetele în carne, mi-a sărutat coapsele, una câte una, îndreptându-se spre destinaţia-i finală şi făcându-mă să-mi pierd orice urmă de judecată.

— Platonic, am îngăimat apoi.

L-am simţit crispându-se, dar s-a oprit, cu privirea încinsă de dorinţă şi frustrare.

Am înghiţit în sec.

— Nu vreau s-o mai facem dacă vor mai exista şi alte femei în viaţa ta, Nico. Nu pot să accept asta.

M-a privit încordat vreo două secunde.

— Îmi eşti de-ajuns.

Am simţit cum inima îmi explodează în piept. Am realizat deodată că, de mi-ar fi spus asta de la bun început, nu l-aş fi crezut. Acum însă cuvintele sale îmi păreau cât se poate de sincere.

Şi-a dus apoi gura între picioarele mele, arzând de o plăcere mistuitoare.

Am făcut dragoste ore în şir, până când mă durea fiecare fibră din trup. Era încă mânios pe mine — o simţeam în fiecare sărutare, în fiecare gest, în fiecare atingere, în fiecare mângâiere. Nu aveam voie să-mi mai pun viaţa în pericol, plecând singură de acasă. Dacă n-o să-mi iau telefonul oriunde mă duceam, o să mi-l lipească de mână. Nu mai aveam să fur nimic de la el. Iar acasă urma să port numai tricourile lui.

Nu erau nişte pretenţii absurde, trebuie s-o recunosc, deşi ultima nu era doar pentru el. Am fost de acord cu toate. Şi asta dintr-un singur motiv:

Îmi eşti de-ajuns.

Inima îmi dansa acum în paşi cu totul diferiţi, pe acordurile unei alte nopţi albe, învăluite în sărutări, în mângâieri şi atingeri lacome.

Mi-am aşezat capul pe pieptul lui şi i-am ascultat bătăile inimii împletite cu ale mele.

Indiferent de lumea în care m-am născut, m-am considerat mereu un om cinstit, cu valori şi principii morale. Dar poate că eram mult prea înrădăcinată în această lume sau poate că dragostea scoate la iveală anumite laturi întunecate, căci am realizat deodată că aş fi făcut orice pentru Nico: aş fi minţit, aş fi înşelat şi aş fi furat fără să stau o clipă pe gânduri.

Aş da foc lumii întregi pentru el.

Căci era Regele *Cosei Nostra.*

Şi era numai al meu.

CAPITOLUL
Cincizeci

Dacă promiți că nu întârzii prea mult,
te voi aștepta aici toată viața.
— Oscar Wilde

Nico

Am clipit de câteva ori, deranjat de soarele ce se strecura nestingherit prin geamurile de sticlă și mi-am dat seama de ce nu mi-a plăcut niciodată să stau aici. Nu aveam perdele.

Întorcându-mă pe partea cealaltă, am întins mâna și, negăsind nimic, am simțit un cuțit în inimă. Clinchetul vaselor din bucătărie m-a făcut însă să respir ușurat. Mi-am trecut mâna peste față. *Isuse!* Mi-am dorit o nevastă și m-am ales cu o sperietură soră cu moartea.

Ieri, după ce-am lăsat-o aici, m-am dus la club cu intenția de a-i zbura creierii lui Sebastian Perez, indiferent dacă se atinsese sau nu de Elena. Se afla în compania soției mele fără să mă anunțe. Înnebunisem de grijă în timp ce ei stăteau de vorbă, unul lângă altul, pe o bancă în parc. Nu știu ce m-a împiedicat să nu-l trimit înapoi în Columbia între patru scânduri. Ba da, știu. A părut sincer când a zis că nu s-a atins de Elena.

A protejat-o cât s-a aflat în nenorocitul ăla de cartier East Tremont. Dacă aş fi împiedicat-o să-şi ducă misiunea la bun sfârşit, ar mai avea şi acum inelul pe deget, iar eu aş crede că e îndrăgostită de altcineva, în timp ce ea ar născoci planuri secrete până şi-ar simţi conştiinţa curată.

M-am ridicat din pat, m-am dus la baie şi, punându-mi o pereche de boxeri, m-am îndreptat spre bucătărie ca să văd ce face hoţomana mea de nevastă.

Ştirile se auzeau în surdină la televizorul din sufragerie în timp ce ea stătea în faţa aragazului, îmbrăcată cu unul dintre tricourile mele, ce-i trecea de fund. Avea părul răvăşit şi lăsat liber pe spate. Priveliştea mi-a făcut inima să-mi tresalte în piept. M-am furişat pe la spatele ei şi mi-am strecurat mâna pe sub tricou.

A ţipat, înspăimântată, ducându-şi mâna la piept.

— O, Doamne, Nico, ce m-ai speriat!

Mă bucur. Poate că astfel o să înţeleagă, măcar pe jumătate, ce-am trăit eu ieri.

I-am mângâiat fesele goale, apoi am tras-o lângă mine, privind-o peste umăr.

— Ce faci?

— Încerc să-ţi pregătesc micul-dejun.

— Nu prea ţi-a ieşit, după câte văd, i-am spus, privind ouăle arse din tigaie.

— Nu, mi-a răspuns, oftând adânc.

— Găteşti îngrozitor, iubito, am adăugat, chicotind.

Se lăsa „furată" mult prea uşor de tot ce era în jurul ei: de ştirile de la televizor, de paginile unei cărţi, de gustul cerealelor sau de oja de pe unghii. Avea puterea de concentrare a unui copil.

— Dacă vrei să-ţi iasă bine, trebuie să stai lângă aragaz.

— Asta am şi făcut, pe cuvântul meu, a insistat ea. Dar a sunat mama pe telefonul tău, îngrijorată că al meu nu merge. I-am spus că e descărcat.

Mda, nu prea aveam chef să-i spun că zăcea în bucăți pe podeaua din sufragerie. De fapt, urma să stăm aici până când Luca avea să aducă pe cineva să curețe mizeria pe care o făcusem cu o zi în urmă, orbit de furie la gândul că mă părăsise. Și, amintindu-mi cum mă scosese din nou din minți, am plesnit-o peste fund.

— Au! a exclamat. Ce-am mai făcut de data asta?

— M-ai jefuit. M-ai mințit. Spune tu!

A încremenit ca o stană de piatră, mistuită de vinovăție. Am întors-o, oftând, cu fața spre mine și i-am ascuns chipul la piept. Când m-a cuprins în brațe, un suspin de satisfacție mi-a scăpat printre buze.

Poate că n-ar fi trebuit să cred povestea pe care mi-a îndrugat-o aseară, dar am făcut-o. Poate că n-am reușit niciodată să-i citesc gândurile, deoarece nu i-am scrutat chipul cu atenție. Acum însă i le vedeam oglindite în ochii căprui și în glasul suav. Mai avea un drum lung de parcurs până avea să devină o Russo în adevăratul sens al cuvântului, dar aveam s-o țin de mână până la capăt.

Elena

O plesnitură peste fund m-a făcut să mă răsucesc pe călcâie, să-mi mijesc ochii și să mă frec în locul unde mă plesnise.

Nico mă privea cu un prosop în mână — arma pe care o folosise. Purta doar o pereche de boxeri și avea părul încă ud de la duș.

— Ia mai explică-mi o dată ce se întâmplă diseară!

Mi-am dat ochii peste cap, mimând iritarea, dar în realitate, m-am văzut nevoită să-mi mușc obrazul ca să-mi stăvilesc un zâmbet când am dat să intru în dormitor.

— Un spectacol cu stripperi.

Eu și Nico petrecuserăm încă o noapte în penthouse, dar preferam să mergem acasă. Deși nu mai conta unde stăm, atâta timp cât eram împreună și mă pierdeam în brațele lui.

Mama m-a sunat pe la opt de dimineață, iar Nico mi-a dat telefonul să vorbesc, apoi am ațipit povestindu-i de petrecerea burlăcițelor de diseară — acesta fiind motivul biciuirii cu prosopul.

M-am dus la geanta de pe comodă și am început să scotocesc prin ea, căutând niște haine care să mă apere de alte plesnituri.

— Sper că n-o să pună vreunul mâna pe tine, Elena, mi-a spus, oprindu-se în spatele meu.

— Fac stripperii așa ceva? l-am întrebat, întorcându-mă spre el, cu buzele țuguiate.

— Se numește dans în poală, iubito, a mormăit apoi.

— Aha! i-am răspuns, cu nonșalanță, întorcându-mă din nou cu spatele la el. E bine de știut.

— De ce e bine de știut?

— Ca să mă epilez.

Răspunsul mi-a adus o pedeapsă bine-meritată, căci m-a aruncat în pat. Râdeam cu poftă până să aterizez pe saltea.

— Cine dracu' a avut ideea să aducă stripperi la petrecere? m-a întrebat, exasperat.

— Doamne, ești nebun de legat! Am râs de tine. O să mergem la un spectacol de cabaret, i-am răspuns, oftând, rezemată în coate. Nu știi deloc de glumă.

Mă privea printre gene din capătul patului.

— Și ar trebui să mă distrez la gândul că te-ar putea atinge alți bărbați?

— Ești de groază, Nico, i-am răspuns, cu un nod în gât. Știu că diseară te duci la un club de striptease și toată lumea o să fie dornică să-ți danseze în poală.

N-aveam cum să-l împiedic să frecventeze cluburile de striptease, o știam prea bine — bănuiam că era chiar proprietarul câtorva dintre ele —, dar simțeam cum mi se întoarce stomacul pe dos la gândul că alte femei ar putea să-l atingă.

— De unde știi unde mă duc? Aud asta pentru prima oară.

— I-a spus Benito mamei.

— Benito, a repetat, cu o grimasă pe chip. Și de unde știe idiotul ăla?

Cum de nu-l agrea pe vărul meu? Toată lumea îl plăcea pe Benito.

— Și ce alte picanterii mai implică distracția, Nico?

Clubul de striptease era cea mai cuminte distracție din cadrul unei petreceri a burlacilor organizate pentru oamenii mafiei. La petrecerea de anul trecut au fost aduse niște prostituate. Am aflat asta de la Benito, care mi-a scris un mesaj, întrebându-mă cum să-și dea seama dacă o femeie îl dorește cu adevărat atâta timp cât a fost plătită să se culce cu el.

— Aș prefera să anulez totul. Nu-mi prea vine să te las la ai tăi.

— De ce?

— N-am încredere în tatăl tău.

— E socrul tău acum, Nico. Va trebui să vă înțelegeți cumva.

A scos un suspin vădit amuzat, trecându-și mâna prin păr.

— Se pare că aduci cu tine „o grămadă de bagaje", draga mea.

L-am privit încruntată.

Ochii ni s-au încleștat, sfredelitori.

— Nimeni nu are voie să pună mâna pe tine, Elena, indiferent unde mergeți diseară. Ai înțeles?

— Același lucru e valabil și pentru *tine*, i-am ripostat, tăioasă.

Ne-am mai scrutat un timp, realizând implicațiile profunde ale replicilor noastre. Pe de o parte, era o situație amuzantă, de vreme ce eram deja căsătoriți, iar pe de alta, sentimentul de posesiune și patima ce ne uneau erau realmente mistuitoare. Era *al meu* și nimeni altcineva nu-l mai putea avea.

— Atunci, ne-am înțeles, mi-a răspuns, cu glas tărăgănat, trăgându-mă de glezne și urcându-se deasupra mea.

Oare mai simțea cineva o iubire atât de pătimașă de-ți ardea sufletul?

Nico oprise mașina de vreo două minute bune în fața casei părinților mei și stătea la volan, încordat și tăcut. Am pus mâna pe mânerul portierei, dar a încuiat-o până să apuc s-o deschid.

— Nico, nu putem să rămânem aici la nesfârșit, am spus, oftând.

— Dracu' să le ia de petreceri! mi-a răspuns, străfulgerându-mă cu privirea. Hai acasă! O să ne-o tragem toată noaptea.

— Romantic mod de a prezenta lucrurile, i-am ripostat, vădit amuzată.

— Cine ai spus că te însoțește? m-a întrebat apoi, trecându-și mâna peste gură.

— Dominic, plus cei doi oameni pe care i-ai pus de pază în fața clubului.

— Îți cam bagi nasul unde nu-ți fierbe oala, mi-a răspuns, schițând un zâmbet în colțul gurii.

— Vorbești tare la telefon.

— Ai bani?

— Da.

— Și telefonul?

— Da, i-am răspuns, deși tot nu înțeleg la ce-mi trebuia unul nou.

A ridicat din umeri. Poate că i-a fost mai ușor să cumpere unul nou decât să se ducă acasă după al meu. Nu trecuserăm încă pe acasă, rămânând în tot acest timp în penthouse. Trebuia să-mi aleg o ţinută pentru diseară, deşi majoritatea hainelor erau încă la ai mei.

Benito a ieşit pe verandă, iar Nico l-a privit printre gene.

— O să le spui că ne-am căsătorit?

— Da, vreau ca toată lumea să ştie că ne-am oficializat relaţia.

— Nu m-am gândit niciodată că o să am o nevastă cu gura atât de bogată, mi-a răspuns, privindu-mă cu un licăr vesel în ochi.

— Şi eşti dezamăgit?

Şi-a strecurat mâna pe ceafa mea şi m-a tras spre el.

— Putea fi şi mai rău, mi-a spus, sărutându-mă încet şi cu nesaţ. O să te distrezi diseară?

— Poate că da, am murmurat, printre buzele pecetluite cu ale lui. Dar o să-mi fie dor de tine.

— La naiba! a spus, cu glas tărăgănat. Eşti dulce când nu mă jefuieşti.

M-am făcut roşie la faţă ca racul.

— O să mă laşi să mă angajez ca să-ţi dau banii înapoi?

— Ştii cât mi-ai luat? m-a întrebat, râzând. Ţi-ar trebui, cel puţin, douăzeci de ani.

— Ei bine... nu plec nicăieri, nu?

— Nu, mi-a răspuns, cu privirea-i sfredelitoare. Cred că te păstrez.

— Nico..., am îngăimat, înghiţind în sec. Îmi pare nespus de rău pentru banii luaţi...

— Nu e cazul. Sunt chiar impresionat, mi-a spus apoi, cu glasul presărat de o tonalitate uşor amuzată. S-ar putea să existe o fărâmă de Russo în tine.

Am ciocănit uşor în uşa deschisă şi mi-am dres glasul.

— Bună, tata!

Şi-a ridicat ochii din hârtiile de pe birou, cu o expresie indescifrabilă pe chip.

— Am auzit că te-ai măritat.

Probabil că toată lumea auzise, la cât ţipase mama când mi-a văzut verigheta. N-a fost un ţipăt de încântare, ci mai degrabă de groază.

— Da, i-am răspuns, foindu-mă în prag.

— Nu m-a întrebat dacă sunt de acord cu schimbarea datei, a mormăit tata.

— Nici tu nu m-ai întrebat dacă sunt de acord să mă vinzi lui Oscar Perez, i-am răspuns, simţind cum inima mi-o ia razna în piept de cum am rostit cuvintele.

Nu-mi venea să cred că aveam curajul să-i ripostez tatei, indiferent ce avea să spună sau să facă.

Şi-a încleştat maxilarul, dar s-a mulţumit doar să răsfoiască nişte hârtii.

— Nu te-am vândut. Dar ştii foarte bine cum funcţionează lucrurile în viaţă, Elena. Dacă ai trăi în lumea de afară şi ar trebui să iei singură toate deciziile, n-ai putea să supravieţuieşti. Te-ar mânca de vie. Am încercat doar să te protejez.

Noţiunile tatei despre fericire şi bunăstare erau atât de contorsionate, încât ştiam că nu vom putea niciodată să ajungem la un acord, aşa că, indiferent cât de aberante mi se păreau, le-am lăsat baltă.

— Nu vreau conflicte între tine şi soţul meu.

A râs batjocoritor.

— De ce nu-l simpatizezi? l-am întrebat, oftând.

— Pentru că e iute la mânie şi un escroc fără pereche.

Am deschis gura ca să-l contrazic, dar apoi am închis-o. Nu prea aveam contraargumente.

— Când vrea ceva, face tot ce poate să-l obțină, ca și taică-su. Știam al naibii de bine că n-ar fi trebuit să-l las să te vadă până la nunta cu soră-ta.

— De ce i-ai spus că nu sunt bună să fiu soție?

— Pentru că nu te merită! a exclamat mânios, lovind cu pumnul în masă. Oscar a intuit aluatul din care ești plămădită. Ar fi fost un soț mult mai bun pentru tine.

— *Aluatul din care sunt plămădită*? am repetat, râzând cu amărăciune. Dar din ce crezi că sunt plămădită, tata? Din sticlă? Nici tu nu mă cunoști cu adevărat, și asta pentru că n-ai petrecut nici măcar o zi cu mine de când am împlinit zece ani.

A clătinat din cap.

Am simțit un nod în gât.

— În primul rând, habar nu ai ce fel de om era Oscar. Dacă o să-i studiezi puțin trecutul, o să descoperi cu surprindere cui ai vrut să mă vinzi. Și, în al doilea rând, oricâte rezerve ai avea în privința lui Nico, a ajuns să mă cunoască mai bine decât oricine altcineva, în ciuda răstimpului scurt petrecut împreună. E soțul meu, tata... și înseamnă mult pentru mine, chiar dacă îți place sau nu, am continuat, înghițind în sec. Dacă ții vreun pic la mine, o să te porți frumos cu el.

După câteva clipe de tăcere, am dat să plec, dar m-am oprit auzindu-i vocea:

— Chiar dacă te îndoiești uneori, te iubesc, Elena, și îți doresc tot binele din lume. Vino la mine dacă se va purta vreodată rău cu tine!

Am încuviințat din cap, deși știam că nu se va ajunge niciodată la asta.

Pentru prima oară în viața mea, mă simțeam cu adevărat liberă. Liberă să înjur dacă vreau, liberă să dăruiesc zâmbete numai celor care le merită, liberă să trăiesc, liberă să iubesc.

Nico nu mă trata de parcă aş fi fost plămădită din sticlă. A zdrobit imaginea unei vieţi goale pe care o vedeam mereu în oglindă.

Şi mi-a dat aripi să zbor.

CAPITOLUL
Cincizeci și unu

O femeie trebuie să se îmbrace în roz
și să fie „răsfățabilă" pentru un bărbat.
— Jayne Mansfield

Elena

— Sophia Anise! a mustrat-o mama când un dansator pe jumătate dezbrăcat a luat o spectatoare din sală, care s-a întors spre public, cu mâna la gură, și a scos un icnet. Credeam că e un family show!

— Se mărită Elena! a răspuns Sophia, izbucnind în râs și aruncându-și părul pe umeri. Cine vrea să vadă un family show?

Mama îi încredințase Sophiei misiunea alegerii unui club și a spectacolului pe care urma să-l vedem și acum se aștepta să urmărim un show clasificat „numai cu acordul părinților"?

— E minunat! a exclamat Gianna. N-am mai văzut de mult un spectacol de cabaret.

Când am ajuns la club, am găsit-o pe Gianna la ușă stând de vorbă cu portarul mare cât un munte, de parcă se cunoșteau de-o viață, când de fapt se întâlniseră doar de câteva minute. Amărâtu' își imagina, probabil, c-o și punea de sex diseară, când Gianna adora doar să poarte discuții spumoase cu toată lumea, cu excepția agenților FBI.

Masa noastră era plină, dar părea goală fără Adriana și *nonna*. Sora mea avea grețuri de dimineață și se simțea cumplit de rău — o pedeapsă bine-meritată, susținea *nonna*, deoarece concepuse un copil fără să fie măritată. A preferat să rămână acasă sub pretextul că avea grijă de Adriana, dar cred că, de fapt, voia să se culce odată cu găinile cum o făcea mereu.

Îmi simțeam obrajii încinși în bătaia strălucitoare a luminilor și inima îmi tresălta de fericire.

— Trebuie să mă duc la baie, am spus, în gura mare, ridicându-mă în picioare.

— Păi du-te! mi-a răspuns mama. Dar nu e nevoie să știe toată lumea.

Am izbucnit în râs.

— *Mamma mia!* a exclamat apoi, dându-și ochii peste cap.

Dominic mă privea printre gene, stând rezemat de perete, cu brațele încrucișate. Arăta elegant, îmbrăcat la patru ace, purtând aceeași expresie meditativă pe chip.

— Vin și eu, a spus Gianna, sărind în picioare.

Purta niște balerini din catifea roz ce-mi stârneau invidia.

— O, nu! a protestat Sophia. Pierzi distracția. Ce ți-a venit?

— Nu știu, i-am mărturisit. Doar nu beau prea mult.

— Atunci vă potriviți de minune, tu și Nico.

— Dar Nico bea mereu, i-am răspuns, încruntată.

— Așa e, mi-a spus, râzând și înghiontindu-mă cu umărul. Dar nu întrece niciodată măsura. Ultima oară când l-am văzut beat a fost acum șase ani și cred că și-a învățat lecția.

— De ce?

— Păi…, a murmurat, oftând. Poate ar trebui să ți-o spună chiar el.

— Te-ai culcat cu soțul meu, nu-i așa? am întrebat-o, scăpând cuvintele de pe buze.

— E evident, nu-i așa? mi-a răspuns, râzând stânjenită. S-a întâmplat o singură dată și eram amândoi mult prea beți ca să ne mai amintim povestea.

Poate din cauza câtorva pahare băute în plus în seara aceea sau poate pentru că nu mai era de mult o surpriză, mărturisirea ei nu m-a mai deranjat câtuși de puțin. Știam prea bine că Nico nu era un sfânt și nici nu-mi doream vreun sfânt. N-ar mai fi fost omul de care mă îndrăgostisem acum.

După ce ne-am terminat treaba în toalete, ne-am așezat una lângă alta în fața chiuvetelor ca să ne spălăm pe mâini.

— Ești măritată, carevasăzică, nu-i așa? am întrebat-o apoi.

— Nu-mi mai aduce aminte! mi-a răspuns, cu un oftat adânc, dându-și ochii peste cap.

— Îmi pare rău să aflu că nu te-ai căsătorit din dragoste.

— Nu e cazul, mi-a răspuns, aplecându-se spre oglindă ca să-și facă buzele cu un ruj bordo. A fost alegerea mea.

— Serios?

— Da, mi-a spus, lipindu-și buzele ca să întindă rujul. M-am măritat cu Antonio pe când aveam douăzeci de ani. A murit trei ani mai târziu. Apoi, având probleme cu legea, Nico mi-a oferit alternative: fie mă întorceam acasă la Chicago, fie mă măritam din nou.

Când mi-a întins rujul ca să-mi fac și eu buzele, era cât pe ce s-o refuz, dar... de ce nu? m-am întrebat apoi. Elena Abelli n-ar alege niciodată o nuanță atât de provocatoare, dar eram Elena Russo acum. L-am acceptat și mi-am aplicat un strat cât se poate de îndrăzneț.

— Și ai preferat să te măriți?

— Da, mi-a răspuns, luându-mi mâna stângă ca să-mi vadă verigheta în bătaia luminii. Am luat hotărârea cât ai bate din palme.

Se pare că acasă n-o aştepta o viaţă prea grozavă.

— S-ar putea să mă consideri o persoană îngrozitoare, dar l-am ales pe cel mai bătrân dintre candidaţi din motive lesne de înţeles.

— Nu te consider deloc o persoană îngrozitoare, i-am răspuns.

Şi era cât se poate de adevărat. N-aş avea curajul să mă mărit cu un bărbat de trei ori mai mare ca mine. Numai simplul gând al nopţii nunţii îmi provoca fiori de dezgust.

— Atunci, nu Nico te-a obligat să te recăsătoreşti? am întrebat-o apoi.

— Nu, mi-a răspuns, mijindu-şi ochii şi eliberându-mi mâna.

Ei bine, se pare că, dincolo de personalitatea ei efervescentă, se ascundea un suflet plin de pasiune.

I-am dat înapoi rujul şi mi-am lipit buzele, privindu-mă în oglindă.

Aveam privirea uşor înceţoşată de aburii alcoolului şi mă simţeam slobodă la gură.

— A promis că o să-mi fie fidel, am spus apoi, sub aceiaşi aburi bahici.

Nu ştiu de ce i-am împărtăşit acest lucru, dar faptul că am putut să-mi pun sufletul pe tavă în faţa ei mi-a conferit aripi izbăvitoare. Aceasta era chintesenţa prieteniei şi era pentru prima oară când aveam parte de ea.

— Biata de tine! mi-a spus, cu o privire compătimitoare. Se pare că nu mai ai nicio scăpare. Cu el rămâi. Căci o fi Asul un escroc până în măduva oaselor, dar face mereu exact ce spune.

— Câţi ani zici că are vărul tău? m-a întrebat Gianna, suficient de tare cât să se audă peste drum.

Dominic ne-a aruncat o privire şi, pe Dumnezeul meu, de n-am început să chicotesc.

— E prea tânăr pentru tine. Ești... cu vreo zece ani mai mare ca el.

Gianna s-a încruntat, rezemându-se de peretele de cărămidă ca să-și mențină echilibrul.

— Are optsprezece ani? N-arată de optsprezece.

— Nu, douăzeci.

M-am îndreptat cu pași împleticiți spre ea și, când am reușit s-o susțin cu umărul, nu m-am mai clintit din loc.

— E sexy.

Dominic stătea lângă trotuar, prefăcându-se că scrie mesaje, fără să ne asculte discuția.

— E un tip OK, i-am răspuns.

Auzindu-mi răspunsul, Dominic și-a țuguiat buzele.

Mama și ceilalți plecaseră cu Benito cu puțin timp în urmă, dar Dominic a rămas cu mine ca să-l așteptăm pe Nico. Soțul meu îmi scrisese de trei ori pe parcursul serii și reușisem să-i răspund de fiecare dată. Meritam o medalie. *Te distrezi?* Da. *Ești gata de plecare?* Nu. *Cât de beată ești?* Turtă.

Câteva minute mai târziu, când l-am văzut pe Nico coborând din mașină, inima mi-a tresărit de satisfacție. Dar am rămas pe loc — sau, mai bine zis, *rezemată* de perete —, căci pantofii mei cu toc înalt nu păreau „să înghită" mai mult de trei pahare de băutură. Și le pierdusem de mult șirul.

Nico și-a îngustat ușor ochii când ne-a văzut pe mine și pe Gianna stând rezemate una de alta, cu spatele de zid.

S-a oprit în fața noastră, cu mâinile în buzunare.

— Ești beată moartă.

Am dat încet din cap.

Un licăr vesel i-a învăluit ochii în timp ce și-a plimbat degetul mare pe buza de sus.

— Poți să mergi?

Am dat din nou din cap, dar nu m-am clintit din loc. Dacă aş fi făcut-o, Gianna ar fi putut să cadă.

A scrutat-o câteva clipe, apoi s-a întors şi a vorbit un timp cu Dominic. Vărul meu şi-a băgat telefonul în buzunar şi l-a ţintuit pe Nico cu privirea. Ce trebuia să fac ca să mă bucur de aceeaşi atenţie din partea lui? M-am uitat la soţul meu în timp ce stătea de vorbă cu Dominic. Arăta atât de bine, că inima îmi fremăta în piept.

— Hai să mergem acasă! mi-a spus apoi, luându-mă de mână.

— Dar Gianna...

— Se ocupă Dominic de ea...

— O!... Am băut *atât* de mult în seara asta.

— Serios? a spus Nico, râzând.

— Dar mi-a plăcut, am adăugat apoi. M-am distrat de minune.

Nico a deschis portiera şi m-am prăbuşit pe scaun. S-a aşezat pe vine lângă mine şi mi-a fixat centura de siguranţă.

— Ai petrecut cu Gianna?

— Da!

— Fără droguri, Elena! mi-a spus, privindu-mă printre gene.

— Da, domnule, i-am răspuns, râzând.

— Vorbesc serios.

— Fără droguri, i-am răspuns, cu glas grav, amintindu-mi de mama lui.

— Promite-mi!

— Promit, Asule!

— Asule, carevasăzică? a spus, mirat.

Am dat din cap cu mişcări leneşe. Şi, din clipa aceea, i-am spus *Asule* de fiecare dată când eram beată, *Nicolas* — când eram mânioasă şi *Nico* — în răstimpuri.

— Ai de gând să verşi în maşina mea? m-a întrebat apoi, plimbându-şi degetul pe obrazul meu.

— De ce să vărs? i-am răspuns, strâmbând din nas. Mă simt minunat.

— O să ne distrăm, la naiba! mi-a spus, pe un ton vădit amuzat.

A închis portiera și l-am văzut prin parbriz ocolind mașina. Arăta ca un „naș" în seara asta și abia așteptam să ajungem acasă ca să-i smulg hainele de pe el și să-l „umanizez" puțin.

Stând cu capul rezemat de scaun, m-am întors să-l privesc când s-a așezat la volan.

— Cum de poți fi atât de frumos?

— Așa m-a făcut Dumnezeu, mi-a răspuns, chicotind.

M-a apucat apoi de obraz și m-a sărutat cu pasiune și nesătul, făcându-mă să mă topesc pe scaun.

Undeva pe drum, am adormit, dar odată ajunsă acasă, am reușit să fug la toaletă ca să vomit.

CAPITOLUL
Cincizeci și doi

Dragostea e o vrajă stranie și întunecată.
— Atticus

Elena

Razele strălucitoare de soare pătrundeau prin ferestrele înalte ale apartamentului nupțial, scăldând particulele de praf din aer în nuanțe aurii. Copleșită de o senzație de greață, mi-am pus mâna pe abdomen și am respirat adânc, încercând să-mi revin.

M-am clătinat pe picioare când mama a tras de bretelușele rochiei.

— Trage burta, Elena! Abia am început să le leg.

Ce aiurea! Aveam senzația că mă lasă fără suflare.

— Pentru numele lui Dumnezeu, Celia, n-are cum să-și tragă sânii! a spus *nonna* de pe scaunul din colț, ținând o revistă *Vanity Fair* într-o mână și o ceașcă de cafea în cealaltă.

— Spatele îmi face probleme. Bretelele se vor desface dacă nu le leg mai strâns.

Cum să nu cazi oare în depresie?

După o altă smucitură, am îngăimat „O, Doamne!" și mi-am dus mâna la gură, gata să vărs.

— Adriana! a strigat *nonna*. Adu repede găleata de gunoi!

Sora mea a sărit de pe scaun și, venindu-i în întâmpinare, am vărsat micul-dejun în găleată.

— *Che schifo!*[1] s-a strâmbat mama.

Adriana m-a masat ușor pe spate. Purta o rochie roz, cu umerii goi, aleasă pentru domnișoarele de onoare, și era deja machiată și coafată. Verișoarele mele se aranjau și ele în camera alăturată.

— Bine ai venit în club, mi-a spus în șoaptă. Am vărsat de trei ori în dimineața asta.

O auzisem. Aseară, am rămas, de ochii lumii, acasă la ai mei. Nico n-a fost prea încântat, dar cum nu aveam să mai fac altă nuntă, voiam să respect tradiția mirilor despărțiți înainte de cununie, chiar dacă eram deja căsătoriți. Ne-am sărutat în mașină vreo zece minute până să cobor. Aveam să stăm separat doar o noapte, dar am simțit o strângere de inimă când am plecat de lângă el.

Mi-am imaginat mereu dragostea ca pe un concept — învăluit în zâmbete, în strângeri de mâini, în parteneriate încheiate pe viață. Acum știam că lucrurile erau mult mai complexe, iar dragostea era un sentiment răvășitor, posesiv și mistuitor, ce putea fie să-ți dăruiască aripi ca să zbori, fie să te frângă în mii de bucățele.

— Fetele tale își merită soarta cu vârf și îndesat, Celia, a spus *nonna*, făcându-și vânt cu revista. Aveți impresia că vă puteți destrăbăla cu oricine vă iese în cale fără să suferiți consecințele.

Adriana și-a dat ochii peste cap și s-a așezat pe scaun, în timp ce inelul de logodnă îi strălucea în bătaia soarelui. Mi-a spus aseară că avea să se căsătorească cu grădinarul. Cum inelul era mai mare decât al meu, mi-am imaginat că nu Ryan i-l cumpărase, căci nu și-l putea permite. Îl luase tata, fără doar și poate, și îi oferise lui Ryan un răgaz ca s-o ceară pe Adriana de soție. Fie că îi plăcea, fie că nu, Ryan făcea acum parte pentru totdeauna din lumea noastră.

---

[1] Dezgustător! (în lb. italiană)

Am luat paharul cu apă de pe masă și mi l-am lipit de obraz.

— Nu sunt gravidă, *nonna*. Am doar emoții.

— De ce? m-a întrebat, încruntată. Doar ești deja măritată.

Poate că așa era, dar visam la ziua *nunții* mele încă de la cinci ani.

— Sper să iasă totul perfect.

— O să iasă, m-a asigurat mama. Dar lasă paharul ăla! Îți strici machiajul, a adăugat, lovindu-mă atât de tare peste mână, că am scăpat paharul, care s-a făcut țăndări pe podea.

— Mama! am mustrat-o, cu inima bătându-mi frenetic în piept. Puteai să-mi uzi rochia.

Și-a acoperit gura cu mâna și a pufnit în râs. *Nonna* a chicotit și ea de la locul ei din colț. Adriana a căscat ochii mari, cu un zâmbet amuzat în colțul gurii.

— Ce-aveți? le-am certat eu. Nu mai e nimeni matur în casa asta în afară de mine?

Au început să râdă și mai tare.

Mi-am stăvilit zâmbetul, căci nu voiam să le încurajez.

Ducându-mă la chiuvetă, m-am spălat pentru a treia oară pe dinți și am început să mă plimb prin cameră ca un animal în cușcă. Era cumplit de cald. Mi se părea atât de înăbușitor încât, cu trena-i lungă de un metru, aveam senzația că rochia are zece kilograme.

— Doamne, cât de cald e! m-am plâns eu. Mama, ajută-mă să mă dezbrac! Vreau să ies ca să iau puțin aer.

— Nici vorbă! a protestat ea.

Nonna i-a aruncat o privire printre gene și ceva mi-a stârnit un semnal de alarmă.

— Ce s-a întâmplat?

— Nimic, *cara mia*, a răspuns *nonna*, fluturându-și mâna prin aer. Dar nu poți să ieși. Ești deja machiată și coafată. Nu vrem să te vadă soțul tău.

— Dar nu-i pasă de...

— Ai distrus deja logodna destrăbălându-te cu el de nenumărate ori, pentru numele lui Dumnezeu! Nu cred că vrei să-ți începi căsnicia sub auspicii rele.

Nu eram superstițioasă, dar nu voiam să port o discuție pe tema asta. În plus, camera începea ușor-ușor să se întunece în timp ce nori de ploaie se adunau pe cer.

— O să plouă, nu-i așa? am spus, oftând. Norocul meu!

— O, nu, *cara mia*! Ploaia în ziua nunții aduce noroc. E simbolul fertilității, a spus *nonna*, țuguindu-și buzele și ațintindu-și apoi privirea în paginile revistei. Dar nu cred că avem vreo problemă în privința asta, a murmurat apoi.

Am clătinat din cap, vădit amuzată. Nu eram însărcinată și nici nu aveam de gând să rămân prea curând. Aveam doar douăzeci și unu de ani — voiam să mă mai bucur un timp de viața lipsită de griji alături de soțul meu. Ideea unui „mini”-Nico îmi umplea însă sufletul de încântare. Dar trebuia să învăț mai întâi să gătesc, deși misiunea mi se părea sortită eșecului de la bun început.

M-am trântit pe un scaun, cu nervii întinși ca un arc. Mi-am rezemat capul de spătar, dar l-am ridicat iute când am auzit-o pe mama țipând că îmi stric coafura.

Ușa s-a deschis larg. Și în prag a apărut Sophia, ținând două sticle de șampanie în mână și strigând din rărunchi:

— Să înceapă petrecerea!

Am schițat un zâmbet în colțul gurii.

Că bine zice!

Fiori reci îmi străbăteau șira spinării în timp ce pășeam pe acordurile domoale ale pianului. Strângeam buchetul de flori în palmele-mi umede de nădușeală sub privirile a trei sute de perechi de ochi, deși pentru o clipă nu vedeam decât una singură.

Câteva raze de soare pătrundeau prin vitraliile bisericii, poposindu-i la picioare.

Whisky și foc. Nopți albe. Tatuaje, tricouri albe și atingeri aspre. Dragoste, patimă și fericire — le întruchipa pe toate.

Când acordurile viorilor din *Canonul în Re major* au răsunat în biserică, m-am înfiorat toată din cap până în picioare. Nici nu mai puteam să respir în timp ce mă privea pășind pe culoarul bisericii spre altar. Privirile-i scrutătoare mă făceau fie să încremenesc pe loc, fie să vibrez ca arcușul unei viori.

Îi eram recunoscătoare mamei lui Nico, care — deși nu fusese un părinte-model — mi-l dăruise pe fiul ei. Fără el și privirile-i pline de fervoare, lumea mea ar fi fost searbădă și lipsită de sens.

Simțind cum inima îmi bate frenetic în piept, mi-am desprins privirea de la el ca să-mi recapăt răsuflarea. Ochii mi-au căzut asupra mamei, care plângea cu suspine — de tristețe sau fericire, n-aș putea spune exact —, apoi asupra tatei, care mi-a făcut ușor semn din cap. Poate că lucrurile se vor aranja într-un fel sau altul, căci — dacă tata avea să mă facă să aleg între el și soțul meu — alegerea va veni de la sine.

Pluteam de fericire. Singurul lucru care mă împiedica să-mi iau zborul era rochia cu trena ei grea.

Mi-am împletit privirea cu cea a lui Benito, care, lipindu-și degetul mare de cel arătător, îmi dădea de înțeles că arătam perfect. Tony mi-a făcut cu ochiul, în timp ce Jenny, care îi stătea alături într-o rochie roșie și strălucitoare, a murmurat: „O, Doamne Dumnezeule!".

De data asta, am repetat cuvintele preotului cu multă convingere.

De data asta, fremătam sub timbrul armonios al glasului lui Nico.

De data asta, l-am sărutat pe gură cu nesaț.

Oaspeții ne-au aplaudat și ne-au încurajat cu strigăte și ovații, iar Nico a chicotit, amuzat de entuziasmul meu.

— Ești numai al meu, am murmurat printre buzele-i pecetluite cu ale mele.

A scăpat un suspin de satisfacție și m-a sărutat cu aceeași ardoare. Împletindu-și degetele cu ale mele, am pășit amândoi pe culoar.

— A fost perfect, am izbucnit de cum am intrat în foaierul sălii de bal.

— Tu ești perfectă, mi-a răspuns, râzând ușor și plimbându-și degetul pe obrazul meu.

— Îți place rochia? l-am întrebat apoi, roșie la față ca racul.

— Ești superbă, iubito, mi-a răspuns, strecurându-mi mâna pe ceafă și sărutându-mă cu poftă.

Am înghițit în sec, încercând să alung nodul din gât. I-am scos cravata din vestă, în speranța că voi reuși astfel să-mi ascund obrajii încinși.

— Îmi place cum îți vine culoarea roz. Ți se potrivește.

— Serios? m-a întrebat, cu glas tărăgănat. Și tu ce ai roz?

— Chiar vrei să știi? i-am răspuns, cu un zâmbet seducător pe buze.

Și-a aranjat cravata, scrutându-mă cu o privire sfredelitoare.

— Tot o să aflu mai devreme sau mai târziu. Poate și mai devreme dacă n-ai de gând să-mi spui de bună voie.

Mi-am dat ochii peste cap, dar mi-am ridicat rochia ca să-i arăt pantofii roz cu toc înalt. Mai aveam ceva roz, dar deocamdată trebuia să se mulțumească doar cu atât.

A zâmbit, plimbându-și degetul pe buza de sus. Forfota de jur împrejur ne dădea de înțeles că oaspeții ne urmau în sală. Nico m-a luat de mână și m-a tras spre ușa de la intrare.

— Ce faci? Nu putem încă să plecăm.

— Nu plecăm nicăieri. Ieșim doar puțin.

— De ce? l-am întrebat, clipind de câteva ori.

— Vreau să fumez o țigară.

— Vrei să fumezi acum? am repetat, încruntată.

— Exact asta am spus, draga mea nevastă.

Mi-a deschis uşa, dar am şovăit în faţa ei când un tunet a brăzdat cerul.

— O să plouă, Nico. Rochia mea...

— Îţi cumpăr alta.

Am şovăit din nou, dar îndoielile mi s-au topit sub privirile-i scrutătoare. Arăta de milioane. Ştiam că n-ar fi trebuit să mă mărit cu un bărbat atât de chipeş. Era vina mea dacă aveam să stau acum în ploaie.

Am ieşit, ridicându-mi poalele rochiei şi uitându-mă pe unde calc în timp ce coboram treptele. Trăgând trena după mine prin praf şi mizerie, mă mustram în gând pentru că nu eram în stare să-i spun NU cu mai multă hotărâre.

Când mi-am ridicat privirea, inima mi s-a oprit în piept.

Sângele a început apoi să-mi zvâcnească prin vene şi am rămas fără suflare.

Pe caldarâmul ros de vreme, printre sirenele îndepărtate ale maşinilor şi priveliştea oraşului, se înălţa un carusel scăldat în lumini strălucitoare. Singur, nemişcat şi frumos.

Am mai făcut câţiva paşi, uitând cu totul de trena rochiei. Ochii îmi înotau în lacrimi, iar una mai rebelă mi-a brăzdat obrazul. Simţeam în urmă prezenţa impunătoare a lui Nico.

Primele picături de ploaie au început să cadă din cer, lovindu-se uşor de caruselul auriu.

— Îţi place? m-a întrebat, cu glasu-i armonios, trezindu-mă din visare.

Dacă îmi place?

M-am întors încet spre el. I-am citit nedumerirea în ochi când mi-a văzut expresia de pe chip.

— Ce s-a întâmplat? m-a întrebat, ştergându-mi lacrima de pe obraz.

Am clipit de câteva ori, cu genele presărate de picuri calde de ploaie.

— Te iubesc, am murmurat apoi.

Mă privea cu ochi sfredelitori, în timp ce inima îmi bătea frenetic în piept, repetând ca o mantră: *Iubește-mă și tu! Iubește-mă pe vecie!*

A făcut câțiva pași spre mine până mi-a atins rochia cu smochingul, apoi, strecurându-mi mâna pe ceafă, mi-a șoptit la ureche:

— Și eu te iubesc, Elena Russo.

Poate că Nico nu cunoștea valorile și principiile morale, poate că purta stigmatul mafiei, dar pentru mine a fost soțul ideal.

Căci m-a iubit pe vecie.

Mulțumiri

Romanul *Dulce uitare* a luat naștere după șase luni de creație, cu suișuri și coborâșuri, trecând, rând pe rând, de la extaz („E minunat”) la agonie („E o mizerie”). Acum, însă, că a văzut lumina tiparului, mi s-a făcut deja dor de perioada de creație.

Vreau să le mulțumesc prietenilor și familiei mele pentru susținerea lor necondiționată și tonul voalat cu care mă întreabă dacă mai scriu „literatură pornografică”.

Îi mulțumesc, de asemenea, soțului meu, pentru că reprezintă o stâncă în viața mea, pentru că întruchipează muza inspirației mele și pentru că îmi răspunde la cele mai ciudate întrebări fără să stea vreo clipă pe gânduri.

Recunoștința mea se îndreaptă și spre cititorii mei: Tawni (ești fantastică), Emilia, Kristin, Samantha, Elizabeth, August și mulți alții. Vă mulțumesc din suflet. Cartea n-ar fi văzut lumina tiparului fără sugestiile voastre. Sunteți o ancoră în viața mea.

Mulțumirile mele se îndreaptă și spre redactorul meu, Bryony, a cărui atenție pentru detalii a conferit frumusețe și strălucire acestei cărți, cât și corectorilor mei, care mi-au stilizat rândurile: Juli Burgett, Khalima Bolden și Jessica Bucher.

Îi mulțumesc, de asemenea, și lui Sarah de la Okay Creations pentru coperta fenomenală. De asemenea, mulțumiri se îndreaptă către Stacey Ryan Blake, pentru formatul paginilor.

Le sunt recunoscătoare tuturor bloggerilor și cititorilor care, prin recenziile lor, mi-au promovat romanul. Apreciez toate e-mailurile primite, comentariile și prezentările făcute. Îmi aștern rândurile pe hârtie din pură pasiune, dar, datorită vouă, scrisul devine o adevărată artă.

O carte nu-și are rostul fără un public — le mulțumesc, așadar, tuturor cititorilor care m-au făcut să dau viața personajelor din *Dulce uitare*. Sunteți întregul meu univers.

Cu drag,
Danielle

În colecția EpicLove,
adresată tinerilor peste șaptesprezece ani, au mai apărut:

Te aștept
de J. Lynn / Jennifer L.Armentrout

Te doresc
de J. Lynn / Jennifer L.Armentrout

Rămâi cu mine
de J. Lynn / Jennifer L.Armentrout

Lasă-mă să te iubesc
de J. Lynn / Jennifer L.Armentrout

Mă pierd în tine...
de Jasinda Wilder

Mă regăsesc în noi...
de Jasinda Wilder

Răniți
de Jasinda Wilder

Intimidare
de Penelope Douglas

Rivali
de Penelope Douglas

Descătușare
de Penelope Douglas

Flacăra dintre noi
de Penelope Douglas

Ugly love — Despre fața urâtă a iubirii
de Colleen Hoover

Totul se termină cu noi,
de Colleen Hoover

Speranța pierdută,
de Colleen Hoover

Verity
de Colleen Hoover

Vocea lui Archer
de Mia Sheridan

Zece respirații scurte
de K.A. Tucker

O minciună nevinovată
de K.A. Tucker

În patru secunde ai pierdut totul
de K.A. Tucker

Callie & Kayden. Așa cum e scris în stele
de Jessica Sorensen

Te-am ales pe tine
de Mia Sheridan

Cum să furi o inimă cu un sărut
de L.J. Shen

La Editura EPICA au mai apărut:

Zece lucruri pe care le-am făcut (și probabil n-ar fi trebuit)
de Sarah Mlynowski

Probabilitatea statistică de a te îndrăgosti la prima vedere
de Jennifer E. Smith

Uite, așa arată fericirea
de Jennifer E. Smith

Salut, rămas-bun și tot ce se întâmplă între ele
de Jennifer E. Smith

E ușor să te iubesc
de Tammara Webber

E ușor să mă rănești
de Tammara Webber

Anna și sărutul franțuzesc
de Stephanie Perkins

Lola și băiatul de treabă din vecini
de Stephanie Perkins

Isla și Fericirea până la adânci bătrânețí
de Stephanie Perkins

Dragostea mea mi-a dăruit
coord. Stephanie Perkins

Zile și nopți de vară
coord. Stephanie Perkins

Destine la limită
de Katie McGarry

Îndrăznește să iubești
de Katie McGarry

Cu el pentru totdeauna
de Katie McGarry

Mare Tranquillitatis
de Katja Millay

Hopeless / Fără speranță
de Colleen Hoover

Slam. Din dragoste pentru Layken
de Colleen Hoover

Nume de cod: Verity
de Elizabeth Wein

Iubire
de Katie Cotugno

Printre tonuri cenușii
de Ruta Sepetys

O mare de lacrimi
de Ruta Sepetys

Adio, New Orleans
de Ruta Sepetys

Cum am devenit populară
de Maya van Wagenen

Începutul tuturor lucrurilor
de Robyn Schneider

Marea călătorie a lui Amy și Roger
de Morgan Matson

O nuntă… cu bucluc
de Morgan Matson

Girl Online
de Zoe Sugg

Girl Online în turneu
de Zoe Sugg

Girl Online pe cont propriu
de Zoe Sugg

Cerul e pretutindeni
de Jandy Nelson

Îți voi dărui soarele
de Jandy Nelson

Duff — Desemnată Urâțica și doloFana din gașca Fetelor
de Kody Keplinger

Flower
de Elisabeth Craft
și Shea Olsen

Ascultă-ți inima
de Sarah Dessen

Sfântul tuturor celor văzute și nevăzute
de Sarah Dessen

Magia lucrurilor simple
de Estelle Laure

Urgia și zorile
de Renée Ahdieh

Trandafirul și hangerul
de Renée Ahdieh

Dumplin'
de Julie Murphy

Love & Gelato. Vacanță la Florența
de Jenna Evans Welch

Ce se întâmplă cu noi
de Huntley Fitzpatrick

Singura amintire a Florei Banks
de Emily Barr

Sub soarele nopții
de Trish Cook

Fetița care privea trenurile plecând
de Ruperto Long

Cu tine în Paris
de Clémentine Beauvais

La adăpostul nopții, vântul ne va purta înapoi acasă
de Majok Tulba

Fata pe care el o știa
de Tracey Garvis Graves

În colecția EpicWave au apărut:

Născută din fum și os
de Laini Taylor

Vremuri de sânge și străluciri de stele
de Laini Taylor

Visuri de îngeri și monștri
de Laini Taylor

Visul își alege visătorul
de Laini Taylor

Și am privit cu toții spre cer...
de Tommy Wallach

Cu toții suntem făcuți din molecule
de Susin Nielsen

Simon și Planul Homo Sapiens
de Becky Albertalli

Etajul o mie
de Katharine McGee

Vertigo
de Katharine McGee

Cinder
de Marissa Meyer

Scarlet
de Marissa Meyer

Cress
de Marissa Meyer

Pentru comenzi şi informaţii vă rugăm contactaţi:
Editura EPICA
Str. Vasile Lucaciu, nr. 115, sector 3
Bucureşti, cod poştal 030693
Tel.: 031 0699705
E-mail: vanzari@edituraepica.ro
office@edituraepica.ro
Magazinul virtual şi blog:
www.edituraepica.ro

Tipar: ARTPRINT
Email:office@artprint.ro
Tel: 021.336.36.33